E. M. Ross

Guardian Angels

Mystery-Thriller

Bibliografische Information der Deutschen Nationalbibliothek
Die Deutsche Bibliothek verzeichnet diese Publikation in der Deutschen Nationalbibliografie; detaillierte bibliografische Daten sind im Internet über http://dnb.ddb.de abrufbar.

www.medu-verlag.de

E. M. Ross
Guardian Angels
Mystery-Thriller

Dreieich bei Frankfurt/M.
Lektorat: Fee Heitland

Umschlaggestaltung: im Verlag

Printed in Germany
ISBN 978-3-941955-70-7

Und zu Gabriel sprach der Herr:

Zieh gegen die Bastarde
und die Verworfenen und die Hurenkinder,
und vertilge die Söhne der Wächter
unter den Menschen …

Aus dem Buch der Wächter, Henoch

PROLOG

Ich wache manchmal noch auf, wenn die grauenhaften Träume kommen, wenn ich wieder an dem Kreuz hänge, an das sie mich genagelt haben, wenn ich wieder dem Mädchen Tanja gegenüberstehe, das ermordet wurde. Bin dann schweißgebadet, muss raus aus dem Bett und fange an, unruhig in meinem Haus herumzulaufen.

„Vergiss es endlich", sage ich in diesen Momenten laut zu mir, genauso laut wie in der Zelle, in der ich gefangen war, auch dort habe ich in der endlosen Dunkelheit laut gesprochen, um nicht wahnsinnig zu werden. Irgendwann kann ich mich dann hinsetzen, eine Zigarette rauchen, ein Glas Wein trinken und beruhige mich langsam. In diesen Situationen kommen mir aber auch andere Gedanken, die schönen, wenn ich sie wieder vor mir sehe, meine Cathy, den Menschen, den ich vermisse wie keinen anderen, seit ich wieder in einem Zeugenschutzprogramm stecke.

Mein Name ist Nathaniel Caim, doch das wissen vielleicht fünf, sechs Leute, denn für den Rest der Menschheit bin ich jetzt Sean Caver, Ausbilder beim FBI in Quantico und Leiter der Behavioral Analysis Unit. Das mache ich seit sechs Jahren und ich kann mich glücklich schätzen, denn wenn man einen Fall wie den der „Desperate Angels" überlebt hat, grenzt es schon an ein Wunder, immer noch beim FBI tätig zu sein. Eigentlich müsste man lachen, wenn die ganze Sache nicht so traurig wäre.

Ich war das, was man als einen aufgehenden Stern im Profiling bezeichnen würde: jung, genial und zu allem bereit – aber nur so lange, bis „alles“ mit mir passierte. Der Albtraum meines Lebens. Danach war ich gebrochen – körperlich, mental und seelisch –, suizidgefährdet und, um es mit einem Wort zu sagen: ich war ein Wrack.

Plötzlich trat sie in mein Leben: Catherine Kampell, ein siebzehnjähriges Mädchen. Sie passierte mir, wie eigentlich mein ganzes Leben scheinbar immer nur mit mir passiert, und auch wenn ich sie nie wiedersehen werde, muss ich zugeben, meine Gefühle für sie verwirren mich noch immer.

KAPITEL EINS

Quantico, Freitag, 20. Juli 2018

Agent Sean Caver sortierte das Unterrichtsmaterial. In knapp zwei Wochen erwarteten sie in Quantico die neuen Anwärter für das Sommersemester, etwa zweihundert neue Agenten sollten dann ausgebildet werden. Er selbst war als Ausbildungsleiter für diese Rekruten der allgemeine Ansprechpartner bei Problemen, übernahm aber persönlich nur eine Klasse von siebenunddreißig auf dem Gebiet der *behavioral science*, der Verhaltensforschung von Tätern und Opfern. Zu diesem Gebiet gehörten *human behavior*, *counterintelligence* und *constitutional crime procedures* sowie die *intelligence cycles*. Was nichts anderes bedeutete als die psychische Analyse menschlichen Verhaltens, Spionageabwehr, die eher trockenen gesetzlichen Prozeduren bei Kriminalfällen, Abläufe des Geheimdienstes und natürlich auch Verhörtechniken. Diese Bereiche wurden in kleinen Gruppen und von weiteren neun Agents, die alle zu Cavers BAU gehörten, abgedeckt. In größeren Gruppen erhielten die neuen Agenten in dem zwanzigwöchigen Trainingsprogramm Unterricht in Terrorismusabwehr, Internet- und Computerkriminalität, Ethik, was den praktischen Umgang mit rechtlichen Dokumenten anging, Entwicklung von Informanten, Beweismittelhandhabung, dem Gebrauch von Feuerwaffen und zudem körperliches Fitnesstraining mit Verteidigungstaktiken. Vor ihnen lagen fünf Monate eines brutalen Programms, unzählige Stunden des Studierens und praktischen Übens. Die

Erfahrung hatte gezeigt, dass der ständige Druck die Anwärter an ihre körperlichen Grenzen bringen würde; dennoch, und das, obwohl man beim FBI alles andere als reich werden konnte, erhielten sie mehr als zwanzigtausend Bewerbungen im Jahr, bildeten aber nur sechs- bis achthundert aus. Wer sich beim FBI bewarb, musste so einiges mitbringen, zwischen dreiundzwanzig und siebenunddreißig Jahre alt sein, einen Universitätsabschluss und zweijährige Berufserfahrung nachweisen. Sean Caver selbst hatte einen Doktor in Psychologie und einen Master in Recht sowie zwei Jahre als klinischer Psychologe im Stanford University Hospital hinter sich gebracht, bevor er zum FBI gegangen war.

Des Weiteren mussten die Bewerber einen schriftlichen, einen mündlichen und einen medizinischen Test bestehen. So weit kam man aber nur, wenn die intensive Background-Überprüfung positiv ausfiel. Während dieser Prozedur sah man sich den Charakter, die Umgebung, Ruf und Loyalität sowie Fähigkeiten und Verantwortungsverhalten eines jeden Einzelnen an. Fachleute führten Interviews mit den Bewerbern, aber auch mit Freunden, Nachbarn und Familie. Erst dann hatte man einen Fuß in der Tür.

Von den einhundert Prozent der Anwärter, die ein Semester begannen, verließen etwa zehn Prozent als „nicht erfolgreich“ das Programm, weitere zehn Prozent gingen freiwillig während der fünf Monate.

In Quantico herrschten strikte Prinzipien, die von jedem geachtet wurden: Fraternisierung mit anderen Auszubildenden und natürlich Ausbildern führte zu sofortiger Entlassung. Auf dem Gelände waren sowohl Jeans als auch Shorts tabu, es gab Einheitsuniformen – Sweat- und T-Shirts farbig gekennzeichnet, die FBI-Trainees trugen Blau, DEA-Studenten Grau und Polizisten, die sich zur Weiterbildung dort aufhielten, Rot. Ein absolutes Alkoholverbot verstand sich von selbst. In den zwanzig Wochen erhielten die angehenden Agents genau ein Wochenende, an dem sie das Gelände verlassen durften; Sondergenehmigungen konnten in Notfällen erteilt werden. In Anbetracht dieser Ausbildung konnte man den Agents des FBI durchaus zugestehen, zu einer Elite auf ihrem Gebiet zu gehören, auch wenn sie von den lokalen Polizeiorganisationen gerne mal als „College Boys" verlacht wurden.

Aus Erfahrung wusste Sean, dass er, wenn in zwei Wochen das Semester begann, täglich etwa zwei bis drei Stunden mit seiner Klasse verbringen würde, dazu kamen nochmals zwei Stunden die Woche, um die wöchentlichen Examen zu korrigieren, außerdem würde er allen Auszubildenden mehrere Stunden die Woche für Gespräche in Problemfällen zur Verfügung stehen: alles in allem bis zu fünfundzwanzig Stunden Ausbildung, und den Rest der Zeit konnte er an den Fällen und der Leitung der BAU arbeiten. Für die nächsten fünf Monate plante er, die meiste Zeit in den Wohntrakten von Quantico zu verbringen und nur gelegentlich am Wochenende zu seinem Haus in Stafford zu fahren. Er hatte ein kleines Anwesen im Monument Drive gekauft, das von üppigen Bäumen umgeben und sehr ruhig gelegen war. Bis auf seine Nachbarin Corey, eine freischaffende Künstlerin, die das geerbte Haus ihres Onkels renovierte, hatte er so gut wie keine Kontakte in Stafford. Corey war eine Freundin und sie waren sich im Laufe der Jahre auch für einige Zeit nähergekommen, waren immer mal wieder miteinander ins Bett gegangen. Doch Sean hatte diese Art der Verbindung beendet, als klar wurde, dass Corey mehr wollte. Ihr Verhältnis war jetzt herzlich, doch rein freundschaftlich.

Er hatte nicht geheiratet oder war eine feste Verbindung eingegangen – so sehr er sich auch gedanklich dagegen wehrte, er musste zugeben, dass es etwas damit zu tun hatte, was er einmal für Catherine Kampell empfunden hatte. Für einen kurzen Moment in seinem Leben hatte er Liebe erfahren und dieses Gefühl hatte sich nie wieder eingestellt. Auch war er vorsichtig mit Bekanntschaften, denn seine Gefangenschaft bei den „Desperate Angels“ hatte nicht nur Narben auf der Seele hinterlassen: Ihm blieb auch eine andere ständige Erinnerung, das Tattoo auf seinem Rücken. Sie hatten ihn tätowiert, neunundsechzig Tage lang, das großflächige Bild eines stehenden Engels mit Schwert zog sich über den Rücken, die Schulterblätter bis hinunter zu seinen Unterarmen. Es war nicht einfach, einer normalen Frau solch ein Tattoo zu erklären, besonders nicht, wenn man als Agent bei den Feds arbeitete. Seit Jahren kaschierte er seinen Körper so gut es ging, selbst bei größter Hitze sah man ihn immer langärmlig, wenn er seine täglichen Joggingrunden lief, und er duschte nie gemeinsam mit jemandem in der Akademie. Da er nicht zu Ärzten ging – er war, solange er zurückdenken konnte, nie krank gewesen, abgesehen von den Verletzungen, die man ihm damals beigebracht hatte –, gab es keine Nachfragen und Corey hatte einfach akzeptiert, dass er nie ganz nackt war, wenn sie Sex hatten.

Sein längster und auch einziger Freund war Don Viggen, der seine Geschichte nicht nur kannte: Er war damals beim CASMIRC, dem *Child Abduction and Serial Murder Investigation Resource Center*, sein Kollege gewesen und hatte an den Ermittlungen im Fall „Desperate Angels“ bis zum Ende mitgearbeitet. Doch auch ihm hatte er nie etwas von seiner Beziehung zu Cathy gesagt, geschweige denn von seinen Engelsvisionen, auch wenn Don gewisse Vermutungen hatte. Don war mittlerweile der Leiter des CASMIRC und recht häufig wandte er sich an die BAU und bat Sean um ein Profil – immer in Mordfällen, bei denen man eine Serie vermutete. Er ließ es sich dann nie nehmen, persönlich in Quantico zu erscheinen – meistens an einem Freitag, um sich bei Sean in Stafford fürs Wochenende einzuquartieren. So konnten sie Seans Bericht in Ruhe durchgehen und sich anschließend betrinken, über alte Zeiten philosophieren und Freunde sein. Don war ebenfalls unverheiratet, was in seinem Fall wohl an den ein Meter fünfundsechzig, den roten Haaren und der Brille lag. Außerdem hatte Don einen Humor, den die meisten Frauen nicht unbedingt schätzten – ein Genie zwar, aber wie die meisten Genies mehr als extravagant. Ehrlich gesagt war er ein wenig überspannt. Sie beide waren ein wirklich ungleiches Paar: Sean war einen Meter fünfundneunzig, mit einem erstklassig trainierten Körper und attraktiven, anziehenden Aussehen. Im September würde er sechsunddreißig, doch in den letzten zehn Jahren hatte er sich kaum verändert, außer vielleicht, dass eine gewisse Reife hinzugekommen war, die sich in seiner Mimik widerspiegelte. Frauen hätte er genug haben können und Sean hätte man Dons überschwängliche Erzählungen, was seine Affären anging, auch jederzeit abgenommen, doch Don – nein, selbst als sein Freund glaubte Sean ihm nicht die Hälfte der wilden Stories, die Don so von sich gab.

Obwohl das CASMIRC sich in den letzten Monaten nicht mehr an die BAU in Quantico gewandt hatte und Sean vollauf mit der Vorbereitung des Ausbildungsprogramms beschäftigt war, hatte sich Don für dieses Wochenende angekündigt. Er hatte gemeint, er bräuchte mal wieder ein Wochenende mit Sean, und abgesehen davon hätte er etwas zu besprechen, was nicht am Telefon beredet werden sollte. *Klar*, dann musste es etwas mit Seans altem Leben zu tun haben, aber er hatte nicht die leiseste Idee, worum es ging.

Es war bereits sechs Uhr an diesem Freitag Nachmittag und Sean beeilte sich, vom Gelände der Akademie runterzukommen. Bis nach Hause war es nur eine halbe Stunde, doch er rechnete damit, dass Don jeden Moment vor seiner Tür stand, und dann ging garantiert ein ungnädiger Anruf auf dem Handy ein.

Der Verkehr war nicht so schlimm wie erwartet und es schien, dass die Marine Base heute nicht eines ihrer Urlaubswochenenden hatte, somit fuhr er nach zwanzig Minuten bereits in seine Hofeinfahrt und parkte seinen schwarzen Ford Explorer Interceptor hinter Dons Crown Victoria. Sean sprang aus seinem Fahrzeug und sah durch die Beifahrerscheibe. Don gestikulierte hinter dem Steuer wild mit seinem Handy am Ohr. Als er Sean sah, hob er kurz die Hand und zeigte drei Finger, er brauchte also noch ein paar Minuten. Sean ging auf die Haustür zu, schloss auf und ließ sie hinter sich offen.

Nach zehn Minuten kam Don endlich mit einer Tasche in der Hand; Sean hatte bereits eine Flasche Rotwein geöffnet und zwei gefüllte Gläser standen auf dem Tisch. Als er auf Don zuging, hielt dieser ihn auf: „Halt, komm ja nicht auf blöde Ideen!"

Don sprang auf die zweite Stufe der Treppe, die in den ersten Stock führte, und breitete die Arme aus. Sean lachte, schüttelte den Kopf und umarmte den Freund, der jetzt auf Augenhöhe mit ihm war, herzlich.

„Wie geht's, Kleiner?", fragte Don und zeigte sein unverwechselbares Lachen mit der Zahnlücke zwischen den Schneidezähnen.

„Wenn ich dich sehe, immer gut. Schön, dass du mal wieder da bist, ist immerhin fünf Monate her. Obwohl ...", Sean grinste, „ich erinnere mich noch gut an den Kater, den ich das letzte Mal fast eine Woche mit mir rumgeschleppt habe. Diesmal kriegst du mich nicht dazu, mein Freund." Er zwinkerte Don zu. „Komm rüber, der Wein steht auf dem Tisch."

Sie setzten sich auf die bordeauxfarbenen Ledercouchen, die sich gegenüber standen, und Don streifte die Schuhe von den Füßen, nahm sein Weinglas und legte die Füße auf den kleinen Glastisch, der mit Zeitungen und Magazinen überfüllt war.

„Auf dein Spezielles“, meinte er und trank einen großen Schluck des tiefroten Weins. „Mhmm, prima Zeug“, nuschelte er genüsslich und trank das Glas leer.

„Ein Pinot noir, 2007, schütte ihn nicht so runter, hat ’ne Menge Geld gekostet“, scherzte Sean.

Don zog die Augenbrauen hoch, aber nahm im gleichen Augenblick die Flasche und goss sich großzügig nach. „Erzähl, wie geht’s im Ausbilderstress?“

„Na ja, in zwei Wochen kommen die neuen Anwärter und ich habe bis jetzt die Dossiers noch nicht, die sind diesmal spät dran. Das bedeutet, nächste Woche mache ich nichts anderes als lesen, um mir meine siebenunddreißig Opfer zu suchen.“

Don sah ihn an, wurde merkwürdig ernst, als er wieder anfing zu sprechen: „Also gut, bevor ich einen sitzen habe und wir albern werden, lass uns erst einmal besprechen, warum ich wirklich hier bin. Du hast das Thema ja bereits angeschnitten.“

Er stand auf, ging an seine Tasche, die immer noch auf der Treppe stand, und zog eine blaue Mappe heraus. *Ein Dossier*, dachte Sean und griff danach, nachdem Don es auf den Tisch geknallt hatte. Als er es öffnete, starrte er auf eine großformatige Photographie einer jungen Frau mit langem, blondem Haar und nahezu perfektem Gesicht. Er spürte regelrecht, wie sein Herz einen Schlag aussetzte und sah Don fragend an. „Catherine Kampell – was soll das, Don?“

„Eine deiner neuen Anwärterinnen, die in zwei Wochen auf der Matte steht.“ Don taxierte ihn, als ob er Seans Reaktion genau mitbekommen wollte.

Sean schüttelte den Kopf. „Nein, nicht möglich – selbst wenn sie qualifiziert wäre, der Background-Check hätte bei ihr nicht standgehalten, sie war Opfer eines Verbrechens und ist damit für alle Zeiten ein No-Go beim FBI.“

Don zog übertrieben den Atem ein, griff in seiner Hemdtasche nach dem Päckchen Zigaretten und zündete sich eine an. „Tja, eigentlich hast du recht, doch nicht in diesem Fall. Sie ist bereits akzeptiert, hat alle Voraussetzungen, die schriftlichen und mündlichen Tests absolviert und eine Clearance bekommen. Sie fängt in Quantico an."

„Das ist nicht dein Ernst!" Sean schnappte sich Dons Zigarette und zog daran, der verzog den Mund und fischte eine zweite aus seinem Päckchen.

„Welcher Arsch hat ihr Clearance gegeben, das werde ich noch heute rückgängig machen!", fluchte Sean heftiger als gewollt.

„Vorsicht, der Arsch heißt John McSimmens, mein und dein Boss."

„Ich versteh das nicht, was soll das? Erstens haben wir klare Regeln, die ehemalige Opfer einer Gewalttat von der Liste schießen, zweitens kann ihre Anwesenheit in Quantico mein Cover kompromittieren und drittens", er hielt kurz inne, atmete laut aus, „wäre es so oder so nicht gut, wenn wir uns wiedersehen, schon gar nicht mit mir als ihrem Ausbildungsleiter." Sean stand auf und fing an, hin und her zu gehen, eine Angewohnheit, die er nie abgelegt hatte, wenn ihn etwas beschäftigte oder er nachdenken musste.

„Sorry, Bruder, aber die Kleine hat Haare auf den Zähnen und sich nun mal vorgenommen, eine FBI-Agentin zu werden. Sie hat vor vier Monaten Sims kontaktiert, ihm klipp und klar gesagt, dass sie sich bewerben will und, falls er sie aufgrund ihrer Vergangenheit ablehnt, kein Problem damit hat, an die Presse zu gehen. Ein Exklusivinterview mit einer ehemaligen Gefangenen der Selbstmordsekte ruft immer noch Interesse bei der Öffentlichkeit hervor. Sie kommt, und wenn du dich auf den Kopf stellst."

Sean blieb stehen, blickte durch die offene Verandatür in den Garten und ein Lächeln umspielte kurz seinen Mund. *Cleveres*

Mädchen, dachte er. „Sie hat Sims also aufs Kreuz gelegt", entwich es ihm nicht ohne ein gewisses Vergnügen.

„Ja, und er hat getobt, doch sie muss sich sehr professionell verhalten haben, ihm blieb nichts anderes übrig. Der Deal ist: er hilft mit dem Background-Check, doch sie hat alle Tests alleine zu schaffen, genau wie die fünf Monate in Quantico. Er meinte, ich solle dir sagen: ‚Keine Gnade.' Nun, Miss Kampell hat es geschafft – wie gesagt, einhundert Prozent, und das schafft selten jemand beim Eignungstest. Sie kommt, daran führt kein Weg vorbei."

Sean setzte sich wieder. „Weiß sie, dass ich hier bin?"

„Nein. Sims will, dass du sie in deine Klasse nimmst."

„Spinnt ihr?!", kam es aus Sean geschossen. Er drückte heftig die Zigarette im Aschenbecher aus.

„Er meint, wenn du sie im Auge behältst, ist das die beste Strategie. Abgesehen davon: du hast sowieso keine Wahl. Sei ein guter Junge und tu, was er will, ohne vorher einen Riesenzirkus zu machen. Du weißt, er hat die Mittel es durchzusetzen und es täte dir gut, einfach mal etwas zu akzeptieren, ohne Tamtam."

„Don", Sean nippte resigniert an seinem Wein, „das ist nicht so einfach. Cathy und ich, wir standen uns einmal sehr nahe."

„Jetzt halt lieber den Mund, ich bin immer noch ein Bundespolizist und das *age of consent* in Kalifornien liegt bei achtzehn – du warst damals dreißig, sie siebzehn, falls da mehr war, hättest du dich strafbar gemacht, das könnte dich immer noch in den Knast bringen." Plötzlich war sein Freund Don nur noch ein FBI-Agent, hart, klar und präzise.

Sean sah ihm in die Augen, versuchte seine Mimik zu kontrollieren. „Das meine ich nicht."

„Gut, Gott sei Dank. Denn McSimmens hat sich sehr klar ausgedrückt was das angeht. Mensch, Sean, der sorgt dafür, dass du gefeuert wirst, egal, ob es damals eine Zwangslage war oder nicht.“

„Was ich meine“, fuhr Sean stoisch fort, „ist, dass wir uns emotional sehr nahe gekommen sind, nicht körperlich.“ Er wunderte sich darüber, wie leicht es ihm fiel, seinen Freund anzulügen. „Don, vergiss nicht, wir waren fünfundneunzig Tage und Nächte in diesen verdammten neun Quadratmetern gefangen. Sie bedeutete mir was und ich denke, es ging ihr nicht anders. Die Sache wird schwierig.“

„Das ist mir schon klar, Nate.“ Don hatte seinen richtigen Namen lange nicht mehr benutzt. „Aber es ist, wie es ist. Sei professionell, sie ist ein Anwärter unter vielen. Ich weiß, dass du nur die siebenunddreißig Besten in deine Klasse nimmst. Mach es ihr schwer, schwerer als den anderen, bring sie dazu, dass sie von alleine aufhört.“

„Da kennst du Cathy schlecht“, erwiderte Sean trocken.

„Nenn sie besser von Anfang an Kampell, so wie du es immer tust bei den Anwärtern, und stell vor allem gleich am ersten Tag die Dinge mit ihr klar: Du bist ihr Ausbilder, jemand, der sie an ihre Limits bringt, ihr die Hölle beschert und den sie immer mal wieder voller Inbrunst hassen wird. So ging es mir jedenfalls, als ich in Quantico war – kapiert, was mein Ausbilder für mich getan hat, habe ich erst viel später.“

Sean lehnte sich auf der Couch zurück, verzog den Mund. „Das wird nicht einfach, aber in Ordnung. Ich habe deine Botschaft verstanden – ich tue mein Bestes und hoffe, sie spielt mit.“

„Jetzt verstehen wir uns!“ Don lächelte ihn zufrieden an.

„Noch mehr, was du mir kredenzen willst, oder können wir anfangen uns zu besaufen? Ich jedenfalls scheiß jetzt auf den Kater.“ Sean setzte sein Weinglas an und leerte es in einem Zug.

KAPITEL ZWEI

Quantico, Donnerstag, 2. August 2018

Catherine Kampell war an diesem Morgen angekommen. Bisher hatten sie und weitere fünfzig Mitbewerber das Gelände der Akademie kennengelernt, die Unterkünfte, Hogan's Alley, Sporthallen, Lehrgebäude, Laboratorien, einen Blick auf den Yellow Brick getan. Die von ehemaligen Anwärtern aufgestellten Schilder am Brick schwirrten ihr immer noch im Kopf herum: „Qual", „Schmerz", „friss oder stirb", damit war bereits eine Menge gesagt.

Nachdem sie im Magazin ihre Ausbildungsuniformen bekommen hatte, richtete sie sich in dem Zweibett-Appartement ein. Ihre Mitbewohnerin Joan Ingres war jedenfalls in Ordnung, sie hatten sich gleich von der ersten Minute an verstanden. Joan war sechsundzwanzig, drei Jahre älter als Cat und mehr als beeindruckt zu erfahren, dass sie erst dreiundzwanzig war. Cat hatte ihren Universitätsabschluss als Master der Psychologie in Paris gemacht, natürlich an der V, einer der besten Fakultäten Frankreichs. Danach war sie in die Staaten zurückgekehrt und hatte als klinische Psychologin in Chicago gearbeitet. Alles nur mit dem einen Ziel, so schnell wie möglich die Erfordernisse zu erfüllen, um sich beim FBI zu bewerben. Verkürztes Studium, vorgezogene Masterarbeit und hier war sie, dreiundzwanzig und in Quantico.

Ihr Vater Eric Kampell, erfolgreicher Architekt in Europa, hatte ihr freie Hand gelassen. Nachdem sie sich auf ihre Karriere gestürzt hatte, hatte er nichts dagegen gehabt, dass sie es anstrebte Bundespolizistin zu werden – im Gegenteil, er hielt es für das Beste, nach dem, was sie als siebzehnjähriger Teenager erlebt hatte. Es war für ihn nur der logische Weg zur Verarbeitung der Erlebnisse.

Mit Mona, ihrer Mutter, die mittlerweile ein sinkender Star am Himmel Hollywoods war, hatte sie keinen Kontakt mehr. Das Verhältnis zu ihrer Mutter war immer schwierig gewesen und jetzt hatte sie mit Monas vergnügungssüchtigem Leben gar nichts mehr zu tun.

Doch nur Cat selbst kannte ihre eigentliche Motivation, wusste, warum sie mit allen Mitteln – wozu auch Erpressung gehörte – zum FBI wollte. Sie hatte dem Leiter des NCAVC in Washington, John McSimmens, ziemlich zugesetzt, um eine Freigabe des Background-Checks zu bekommen. Jetzt war sie hier, einen Schritt weiter auf ihrem Weg, Nathaniel Caim zu finden. War sie erst einmal Agentin, war es nur eine Frage der Zeit, bis sie sich als Bundesmarshall bewerben, Zugang zum Zeugenschutzprogramm der Vereinigten Staaten bekommen und ihn finden konnte.

Nate war die erste Liebe ihres Lebens gewesen, sie hatte mit ihm mehr erlebt und durchgestanden, als gewöhnliche Paare es ein Leben lang taten. Er war ihr erster Liebhaber gewesen und danach war nie ein Mann gefolgt, für den sie auch nur einen Bruchteil dieser Gefühle aufbringen konnte. Sie wollte ihn und richtete ihr Leben darauf aus ihn zu finden. Natürlich war er jetzt sechsunddreißig, konnte verheiratet sein, eine Familie, Kinder haben – doch solange sie das nicht mit Sicherheit wusste, hoffte sie. Hoffte, dass die starken Gefühle, die sie immer noch für ihn empfand, auch bei ihm die letzten sechs Jahre unverändert geblieben waren. Sie hatte nie mit irgendeinem Menschen über die Tage und Nächte mit ihm gesprochen. Es gab nur zwei, die mehr ahnten: ein Arzt in einer Privatklinik in Los Angeles und die Staatsanwältin Monica Winter. Sie wussten, dass Catherine Kampell eine Abtreibung hinter sich hatte, dass sie schwanger gewesen war, als sie und Nate aus der Gefangenschaft der Sekte hatten entfliehen können. Doch die ganze Geschichte mit den „Desperate Angels" war so undurchsichtig und vor allen Dingen politisch brisant, dass Monica Winter ihr damals gesagt hatte, dass es vielleicht besser sei, wenn für immer darüber geschwiegen würde – wenn Cathy es so wollte.

Ja, das wollte sie. Ihr erstes Mal mit dem Mann, den sie liebte, und sie war schwanger. Es gab keine, auch nicht die geringste Möglichkeit, das Kind zu behalten. Sie gab dem Druck der Staatsanwältin nach und stimmte der Abtreibung zu. Doch bis heute bedauerte sie es. *Mein Gott*, sie war ein Teenager gewesen, eine junge Frau damals, zu naiv, was Intrigen und Verschwörungen betraf.

Nachdem man sie aus der Klinik entlassen hatte, lebte sie wieder auf dem Anwesen ihrer Mutter. Mona gab sich alle Mühe, doch Cathy hatte nur eins im Sinn: Nate finden. Sie wandte sich immer wieder an das FBI, versuchte Informationen zu bekommen, doch lief gegen Betonwände des Schweigens. Der zuständige FBI-Agent McSimmens und Staatsanwältin Winter rieten Mona Seasboury dazu, ihre Tochter wegzuschicken, um dem Kind, wie sie Cathy nannten, die Chance zu geben alles zu vergessen. So entschied Mona, dass Cathy zu ihrem Vater nach Europa zurückkehren sollte. Drei Monate nach ihrer Befreiung aus den Händen der „Desperates", drei Monate, nachdem sie Nate Caim das letzte Mal gesehen hatte, landete sie in Paris und fing ein neues Leben an.

„Kampell, können wir heute noch damit rechnen, dass Sie uns folgen?" Agent White, der sie bisher auf dem Gelände herumgeführt hatte, sah sie leicht amüsiert an.

„Verzeihung Sir, natürlich."

„Also, last not least, die Kantine. Wie Sie sehen, haben hier zweihundert Personen Platz, die Zeiten …"

Cat sah sich um. Es war bereits dreizehn Uhr dreißig und nicht mehr so voll. Eine Kantine wie jede andere, wie die Mensa am Chicago University Hospital: Plastik, Buffet, weiß, steril, es gab einen netten Außenbereich, wo auch jetzt vereinzelt Leute saßen und sich während des Essens unterhielten. Es gefiel ihr, sie ließ ihren Blick über die Holzbänke und Tische im Außenbereich gleiten und träumte gerade davon, schon bald dort zu sitzen, als sie den Mann sah. Sie hielt den Atem an – das konnte nicht sein.

Er trug ein blaues Sweatshirt, war verschwitzt, er kam wohl gerade vom Fitnesstraining und war erst mal essen gegangen. Um seinen Hals hing ein Ausweis – ein Special Agent, entweder zur Fortbildung hier oder er gehörte nach Quantico. Er unterhielt sich angeregt mit einem anderen Mann, sein Haar war sehr kurz geschnitten, was ihn veränderte, doch sie kannte das Gesicht, die Körperhaltung, diese Augen.

„Sir", sprach sie White an, als die Gruppe bereits im Begriff war, die Kantine zu verlassen.

„Kampell?" Er sah sie fragend an, sie waren nur noch zu zweit, die meisten waren bereits wieder auf dem Flur.

„Verzeihen Sie, kennen Sie den Mann dort draußen, mit dem Sweatshirt, kurzes braunes Haar, dort drüben?"

Agent White sah hinüber und dann erstaunt auf Kampell.

„Kennen Sie ihn?", fragte er, anstatt zu antworten.

„Nein. Tut mir leid, Sir, er fiel mir nur auf, vielleicht eine dumme Angewohnheit von mir." *Shit, das war ein Fehler*, dachte Cat und bereute bereits, überhaupt gefragt zu haben.

„Angewohnheit? Nicht schlecht, Kampell, immer die Augen offen, behalten Sie das bei. Das ist Agent Caver. Sie werden noch früh genug das Vergnügen haben, er ist Ihr Ausbildungsleiter und managt die BAU hier in Quantico."

Sie lächelte kurz in Whites Richtung.

„Na, kommen Sie, wir haben heute noch einiges vor uns."

Cat folgte wie in Trance der Gruppe, hörte nicht, was Agent White erklärte, denn sie war am Ziel – sie hatte Nate gefunden.

Sean hatte sie in dem Moment gesehen, als sie die Kantine betrat. Er wusste, dass sie heute mit den restlichen fünfzig Anwärtern hier angekommen war. Er war vorbereitet, dennoch musste er tief einatmen, als er sie in der Gruppe ausmachte. Cathy – da war sie, groß, erwachsen und schöner denn je; sie hatte das Aussehen ihrer Mutter geerbt, das weich geformte Gesicht mit den vollen Lippen. Trotz des unvorteilhaften blauen Polohemds und der weißen Leinenhosen konnte jeder erahnen, welch betörender Körper in der Kleidung steckte. Er hatte weggesehen, in dem Moment, als sie ihn entdeckte – natürlich, sie erkannte ihn, was hatte er eigentlich geglaubt. Mit verstohlenen, kurzen Blicken taxierte er sie immer dann, wenn er glaubte, ihre Augen nicht zu spüren.

Dann sprach sie plötzlich mit White und der sah überrascht in Seans Richtung. *Fehler, Cathy*, dachte er, *großer Fehler.* Doch sie sprach noch ein paar Worte und verließ dann die Kantine. White hatte kein zweites Mal herübergeschaut. Na, vielleicht doch noch die Kurve bekommen. *Sei vorsichtig, Cathy, es wird schwierig.*

Um drei am Nachmittag sollte er das erste Mal vor seiner Klasse stehen: siebenunddreißig Newcomer und Cathy eine unter ihnen. Er musste sie einführen, Fronten klären und das Programm erläutern.

Mit ungutem Gefühl betrat er um fünf nach drei den Klassenraum. Es war still und man wartete auf ihn. Keiner redete, genauso wie es von ihnen verlangt wurde. So weit, so gut, doch er wusste auch, dass er die Besten der zweihundert Anwärter hier versammelt hatte.

Sean trat ein, legte einen Stapel Papier auf den Tisch, der etwas erhöht vor der Klasse stand. Fünf Reihen, rechts und links je vier Auszubildende an einem langen Tisch, und ganz vorne links außen saß sie. Sean tat, was er immer tat: Er sagte nichts, ging auf die Tische zu, blickte jedem von ihnen ins Gesicht, schwieg und schritt weiter durch den Gang zwischen den Vierertischen. Er hatte sie einige Sekunden lang angesehen, nicht länger oder kürzer als jeden anderen, doch in Gedanken war er immer noch bei ihrem Gesicht.

Natürlich kannte er alle Gesichter, hatte Namen dazu und im Grunde genommen den detaillierten Lebenslauf im Kopf, doch er musste sich selbst gegenüber zugeben, dass er verwirrt war.

Am Ende angekommen, setzte er sich auf einen der freien Stühle in der sechsten Reihe, hinter die Anwärter. Dann sprach er mit fester Stimme. „Willkommen in Quantico, Herrschaften." Er wartete, doch keiner blickte sich um, sie verstanden das Prinzip. „Sie sind die Besten der zweihundert Bewerber, die wir angenommen haben, und damit bei mir gelandet. Mein Name ist Caver." Verdammt, fast hätte er Caim gesagt – *konzentrier dich!* „Sie können mich Agent Caver oder Sir nennen. Ich spreche Sie ohne Titel mit Ihrem Nachnamen an, Sie werden feststellen, dass das auch alle anderen Ausbilder tun."

Er stand auf. Es hatte sich immer noch keiner gerührt, sie blickten steif geradeaus. Langsam ging er wieder nach vorne, vermied es, Cathy von hinten anzusehen, ihren langen Pferdeschwanz, der bis zur Mitte ihres Rückens herunterhing. Vorne angekommen, alle Augenpaare auf ihn gerichtet, lehnte er sich an seinen Tisch. „Sie haben es bis hierher geschafft, was nicht einfach war. Doch ab heute wird es wirklich schwer, das kann ich Ihnen garantieren. Es geht hier darum, Sie an Ihre Grenzen zu führen – körperlich, mental und seelisch. Nebenbei werden Sie eine Menge lernen, nicht nur Fakten und Fähigkeiten, auch einiges fürs Leben. Ich hoffe, Sie haben alle einen guten Grund hier zu sein, denn reich werden Sie als FBI-Agent nicht. Sie brauchen die Leidenschaft, Ihrem Land zu dienen, denn wenn Ihnen diese fehlt, wird das Programm Sie brechen. Glauben Sie mir, denn ich spreche aus Erfahrung – nicht als Ausbilder, sondern weil ich mich genau daran erinnere, vor etlichen Jahren hier gesessen zu haben – ein Anwärter. Den ersten Schritt hatte ich gemacht, denn ich war, genau wie sie, hier." Er zeigte auf die zweite Reihe gleich links neben dem Mittelgang. Der Rekrut zuckte ein wenig, als Sean mit ausgestreckter Hand auf ihn deutete.

„Dort, Briggs, habe ich einmal gesessen und war guter Dinge, denn ich war wie Sie: außergewöhnlich, was meinen Intellekt betraf, doch vom Leben hatte ich kaum Ahnung. Quantico hat Seiten in mir herausgekehrt, die ich nicht kannte, mich zum Heulen und Verzweifeln gebracht, zum Durchhalten gezwungen. Statistisch ist erwiesen, dass zwanzig Prozent, acht von Ihnen, vor Ablauf der fünf Monate das Programm verlassen, doch das ist ein Durchschnitt – ich kann Ihnen sagen, dass die Ausfallquote meiner Klassen um dreißig Prozent höher ist. Damit rede ich von neunzehn. Wenn Sie es bei mir nicht schaffen, haben Sie noch eine Chance in einer anderen Klasse, doch wenn Sie es hier bis zum Ende bringen, wird sich jedes Außenbüro um Sie reißen. Aber ich kann Ihnen jetzt schon sagen: es wird kein Spaziergang. Sie sollten sich die Frage stellen: Will ich das wirklich?" Sean verschränkte die Arme. „Also machen Sie mich stolz. Ich erwarte von Ihnen, dass Sie das Programm durchziehen und die Abschlussprüfung nicht in den Sand setzen – helfen Sie sich gegenseitig, geben Sie alles."

Dann lächelte er und sah, dass sich die angespannten Gesichter etwas lockerten.

„Ich bin Ihr Mentor und Leiter dieser Klasse, des Weiteren stehe ich Ihnen zur Verfügung wenn es Probleme gibt, egal welcher Art. Auch nehme ich mir die Freiheit, Sie zu beobachten, wenn Sie von anderen Ausbildern unterrichtet werden – ich behalte Sie alle im Auge. Wenn einer von Ihnen gegen die Grundsätze verstößt, ist er raus, ein Fehltritt und es ist vorbei. Sie werden hier zwanzig Wochen auf eklatante Dinge in Ihrem Leben verzichten müssen: dazu gehören Sex, Alkohol, Freunde – also alles, was höchst entspannend ist. Doch es lohnt sich: Wenn Sie Ihren Ausweis in der Hand halten – das Gefühl ist großartig, es gibt kaum etwas, das es schlagen kann. Der Direktor des FBI hat einmal während einer Abschlusszeremonie folgenden Satz gesagt: ‚Wenn Sie irgendwo auf der Welt jemandem erzählen, dass Sie ein Special Agent des FBI sind, dann wird man Ihnen sofort Respekt erweisen.'"

Er nickte, dann drehte er sich um und griff den Stapel mit den Papieren, warf sie dem jungen Mann in der ersten Reihe auf den Tisch.

„McKinney, verteilen Sie das. Es ist Ihr Ausbildungsprogramm. Ich bin kein Freund davon, es Ihnen vorzutragen, Sie alle sind in der Lage zu lesen und zu denken. Wenn Sie Fragen haben, stellen Sie diese morgen. Wir sehen uns um acht Uhr hier wieder und ich führe Sie in die Kriminalpsychologie ein. Die Bücher sollten auf Ihren Zimmern sein. Ich erwarte, dass Sie sich mit den ersten zweihunderteinundneunzig Seiten von Howitt beschäftigen, *Forensic and Criminal Psychology*. Es kann sein, dass Sie ein dreißigminütiger Test erwartet. Was die Werte, das Motto und die Organisation des FBI betrifft, die wir gemeinsam durchgehen sollten – tut mir leid, das müssen Sie sich schon selbst erlesen. Finden Sie

Ihre eigenen Antworten, Ihre eigenen Werte – was das angeht, weigere ich mich schon seit Jahren zu intervenieren. Das Gute daran: wir haben jetzt dreißig Minuten zusammen verbracht und den Rest der zwei Stunden überlasse ich Ihnen, machen Sie das Beste daraus. Bis Morgen, Herrschaften."

Er schwieg und lehnte sich wieder am Tisch an. „Kommen Sie, verschwinden Sie, das ist kein Test, ich meine es ernst – nutzen Sie die Zeit."

Die Ersten erhoben sich und dann folgte der Rest. Mit einem gemurmelten „Sir" verließen sie den Raum – alle bis auf Cathy.

„Verzeihen Sie, Sir", sagte sie, als sie allein mit ihm im Raum war, „kann ich Sie kurz sprechen?"

„Sie fangen früh an, Kampell", erwiderte er härter als gewöhnlich. „Schließen Sie die Tür."

Cat zog die Tür zu, dann drehte sie sich um. „Hallo Nate." Ihre Stimme war sanft und der Blick unsicher.

Sean sah sie an, sein Gesicht bewegungslos. Was hatte sie erwartet – dass er sie in den Arm nahm, sie küsste?

Er legte so viel Kälte in seine Augen, dass ihm selbst übel wurde und Cat erbleichte. „Okay, das musste ja so kommen, Kampell. Jetzt will ich Ihnen mal was sagen, und das sollten Sie sich zu Herzen nehmen."

Cat sah ihn entsetzt an, doch sie schwieg.

„Erstens, ich bin für Sie ‚Sir' oder ‚Agent Caver'. Zweitens: wenn Sie als angehender Agent ein Zeugenschutzprogramm kompromittieren, dann verletzen Sie Ihre Verschwiegenheitspflicht und schießen sich selbst ins Aus. Und drittens, und das sollten Sie sich wirklich ganz genau anhören und überdenken: das, was vor sechs Jahren passiert ist, gehört der Vergangenheit an. Sollte es der Grund dafür sein, dass Sie hier sind, dann gehen Sie noch heute. Falls nicht, dann steht Ihnen Ihr Ausbilder gegenüber, mit dem Sie es sich bereits verscherzt haben. Noch Fragen, Kampell?“ Sean hatte die Sätze heruntergesprochen, wie er sie sich zurechtgelegt hatte, versuchte die feuchten Augen zu ignorieren, die ihn verständnislos ansahen, versuchte irgendwie Fassung zu bewahren. „Haben Sie noch Fragen, Kampell?“, wiederholte er laut und aggressiv.

Sie schüttelte den Kopf. „Nein, Sir, keine.“ Ihre Stimme war kaum hörbar.

Gott, dachte Sean, *das tut weh – nicht nur dir, Cathy.* Sie drehte sich um und verließ den Raum. Sean sank auf den Stuhl hinter seinem Tisch und schlug die Hände vors Gesicht.

Cat rannte den Gang entlang. Sie wollte nicht, dass ihre Kollegen die Tränen sahen, die sehr bald fließen würden. Sie erreichte ihr Quartier, schmiss sich aufs Bett und vergrub ihr Schluchzen im Kopfkissen. *Bitte lass Joan nicht gleich zurückkommen!*

Zwei Stunden später hatte sie sich wieder im Griff. *Es ist, wie es ist*, dachte sie. Dennoch, sie wusste, dass sie ihn liebte und auch, dass er sie einmal geliebt hatte. Auch wenn sie doppelt so hart arbeiten musste wie alle anderen, würde sie bleiben und es ihm zeigen.

Der Klassenraum roch nach Duschgel und Shampoo. Sie waren heute das erste Mal den Yellow Brick gelaufen, einfach, ohne Hindernisse, dennoch gab es einige, denen man die Strapaze immer noch ansah. Fünf Uhr dreißig wecken, sechs Uhr auf den Brick, um sieben duschen, Frühstück, und dann waren sie alle hierher geeilt. Manche hatten noch die letzten Seiten von Howitt vor sich und versuchten nachzulesen, was sie gestern Nacht nicht mehr geschafft hatten.

Sean saß vor einem Laptop im Klassenraum und arbeitete, während einer nach dem anderen eintraf. Er reagierte nicht auf ihr „Guten Morgen, Sir“, hielt seinen Blick auf den Bildschirm gerichtet und tippte zwischendurch immer wieder auf der Tastatur. Um sieben Uhr fünfzig waren sie vollzählig, einige lasen, es war Stille im Raum. Um Punkt acht hob Sean seinen Blick.

„Guten Morgen. Ich habe Ihnen für heute einen Test angekündigt – tut mir leid, darauf verzichten wir. Es ist mir klar, das jeder von Ihnen die angegebenen Seiten von Howitt gelesen hat. Somit ist ein Test überflüssig, denn ich gedenke nicht, Ihre Seele zu streicheln, indem ich mir durchlese, was Sie wissen. So ist das immer in den ersten Wochen: Sie sind vorbereitet. Es wird ein Zeitpunkt kommen, an dem Sie abends so müde sind, dass Sie dann das erste Mal Mut zur Lücke haben, weil Sie es einfach nicht mehr schaffen. Mich interessiert mehr, wie gut Sie sich selbst organisieren können und wie es mit Ihrem Improvisationstalent steht. Die Aufgaben, die Ihnen hier gestellt werden, sind so angelegt, dass ein normaler Mensch sie niemals alle zur Zufriedenheit bearbeiten kann. Wenn Sie so weit sind – dann fange ich an zu testen.“

Die meisten von ihnen versuchten, einen neutralen Gesichtsausdruck aufrechtzuerhalten, doch Sean konnte sehen, was hinter der Fassade vorging: Sie fürchteten ihn und manche begannen ihn jetzt schon zu hassen. In drei, vier Wochen war diese Phase vorüber – für die, die durchhielten. Dann wurden sie Partner anstatt Schüler, begann der eigentliche Unterricht, erst dann fingen die meisten an zu verstehen, warum er anfänglich so hart war.

„Gut, bleiben wir bei Howitt. Wir haben in diesem Raum sechs ausgebildete Psychologen, ich darf einen von Ihnen bitten, nach vorne zu kommen und den Juristen und Ökonomen unter Ihnen das kleine ABC der Kriminalpsychologie vorzustellen.“

Er blickte sich um. Natürlich, keiner kam freiwillig.

Dann sah er Catherine an. „Kampell, kommen Sie nach vorn." Cat stand auf und trat unsicher vor die Klasse.

„Folgen Sie die nächsten zwei Stunden den Grundlagenschritten, fangen Sie mit den dysfunktionalen Störungen an: Traumata in der Kindheit, die einen Menschen zum Straftäter werden lassen. Ich erwarte Beispiele. Gehen Sie dann die therapeutischen Schritte durch. Das Ganze bitte professionell."

„Sir, therapeutische Schritte?", fragte sie etwas verwirrt.

„Seien Sie nicht begriffsstutzig, Kampell. Ich meine die therapeutischen Maßnahmen, die während eines Verhörs angewandt werden können, um ein Geständnis zu bekommen."

Sie nickte, war etwas rot geworden.

„Ihre Kommilitonen warten, fangen Sie an." Damit wandte er sich wieder seinem Laptop zu und tippte weiter.

Cat konnte aus dem Augenwinkel sehen, dass er an einem Bericht arbeitete, ein Profil, nahm sie an. Dann begann sie langsam zu reden, erst unsicher, doch je mehr Zeit verging, umso sicherer wurde sie. Cat ging davon aus, dass er noch nicht einmal zuhörte – dafür aber ihre Kollegen, es entstanden gute Diskussionen und die Fragen, die gestellt wurden, konnte sie beantworten. Robert Briggs unterstützte sie, wenn sie doch einmal ins Stocken geriet; er war eine große Hilfe. Dann plötzlich nuschelte Caver ihr etwas zu, korrigierte sie leise, so dass die anderen nicht verstanden, was er sagte. Sie nahm es auf und verbesserte sich – er hörte also doch zu.

Die zwei Stunden waren schneller vorüber, als sie es für möglich hielt: Als der Gong ertönte, beendete sie gerade ihre Ausführungen. Sie erhielt von ihren Kameraden ein Klopfen auf die Tische.

Caver sah auf: „Also, für morgen lesen Sie bei Howitt Kapitel sechzehn bis achtzehn – keine Sorge, sind nur neunundfünfzig Seiten, ich möchte das mit Ihnen diskutieren. Ingres, Pattison und Gernot, warten Sie einen Moment. Sie auch, Kampell", blickte dann wieder auf seinen Laptop, sah sie nicht an.

Cat wartete und die anderen drei kamen nach vorn. Die Klasse hatte sich geleert.

„Sie drei", er sah auf, ignorierte Cat, „Sie haben heute Morgen eine ziemlich miese Leistung auf dem Yellow Brick gezeigt. Kampell, Sie treffen sich mit Ihnen heute Abend um sieben Uhr, zeigen Ihnen in den nächsten Wochen, wie man den Brick läuft."

Cat war empört. Sie sollte abends mit ihnen laufen? Sie hatte zu tun, dann schaffte sie ihr Pensum nicht!

„Sir, eigentlich wollten ein paar von uns heute Abend in einer Arbeitsgruppe lernen, ich meine …"

Er sah sie scharf an. „Das werden auch ein paar, aber nicht Sie. Sie haben zu tun."

Arschloch, dachte Cat, aber nickte.

„Das war's, oder wollen Sie noch was anmerken, Kampell?"

„Nein, Sir", zischte sie zwischen zusammengebissenen Zähnen.

Im Flur auf dem Weg zur Kantine hielt Joan sie am Arm fest. „Tut mir leid Cat, dass du jetzt mit uns …"

„Entschuldige, ich hätte das nicht sagen sollen, das ist es nicht. Das mach ich gern, es ist nur …" Doch sie verstummte.

„Es ist nur, als mache er das extra. Du warst toll heute und er hat noch nicht einmal ein Wort darüber verloren. Ich weiß, Cat."

„Schon gut, vergiss es. Ich glaube, ich muss mich damit abfinden, dass Caver mich nicht mag."

Sie waren auf dem Weg zu den Schießständen, als Briggs sie einholte. „Hey Kampell, war 'ne große Leistung heute Morgen." Er lächelte sie aus seinem Kleine-Jungen-Gesicht an.

„Ich hab dir zu danken, für die Unterstützung. Ich heiße im Übrigen Cat – Catherine."

„Robert. Aber egal, du kannst mich auch Briggs nennen – vielleicht sogar besser, sonst wirft man uns noch Fraternisierung vor." Er lachte und man sah seine Grübchen.

Ein netter Kerl, dachte Cat.

„Caver war schwer beeindruckt von dir", ließ er während des Gehens fallen.

Cat konnte nicht glauben, was sie hörte. „Warst du wirklich in der gleichen Klasse wie ich? Er hat noch nicht einmal ein Wort darüber verloren, im Gegenteil, als Dank darf ich heute Abend mit dreien von uns den Brick laufen, da ihre Zeiten so schlecht sind."

Robert kräuselte die Stirn. „Mensch, Kampell, du bist doch auch Psychologin, das musst du doch sehen!"

„Was meinst du?" Sie war entrüstet. Merkte er was?

„Denk doch mal nach, er hat dich verbessert – nicht dass ich gehört habe, was er sagte, doch er hat es getan, und das leise. Er wollte dich nicht bloßstellen. Ja, und dass er dich ausgewählt hat für heute Abend ist doch klar."

„Klar?"

„Mensch, Ingres und Pattison sind Frauen, natürlich wählt er eine Frau aus, um sie zu unterstützen. Das ist doch wesentlich motivierender, als wenn einer von uns Machos die beiden und Gernot durch den Wald hetzt."

Cat nickte, da war was dran – vielleicht doch keine Boshaftigkeit. Sie musste wirklich aufhören darüber nachzudenken, warum Nate tat, was er tat – wahrscheinlich dachte er sich gar nichts dabei und unternahm nur Schritte, wie es ein guter Ausbilder tat. Nichts, was unbedingt mit Cat zu tun hatte. Sie war ihm egal, oder eher: so egal oder auch nicht egal wie jeder andere in diesem Klassenzimmer.

„Hör zu, ich bin bei der Arbeitsgruppe – wenn du zurück bist vom Laufen, können wir uns noch eine Stunde in der Kantine draußen treffen, dann führe ich dich durch alles und du musst nicht jedes Detail durchlesen. Wir sprechen über die Kapitel. Was hältst du davon?“

„Das würdest du tun?“

„Klar doch.“

„Okay, dann komme ich direkt zur Kantine. Duschen kann ich, bevor ich ins Bett falle. Danke, Robert.“

Ihr taten immer noch die Arme weh vom Schießtraining, als sie mit Joan aus dem endlos scheinenden Rechtsvortrag von Agent Gerban kam. Er hatte alle miteinander zu Tode gelangweilt. Recht und Prozesswesen war das schlimmste und Gerban ein begnadet talentloser Redner. Computer Science bei Hagatti war okay, er war ein IT-Mensch, liebte Computer und man ließ sich von seiner Leidenschaft mitreißen. Das ganze physische Training bei White war für sie nicht so schlimm, sie lief gerne und lernte begierig die Verteidigungsgriffe und das Boxen. Waffenausbildung bei Agent Corner, einem harten Brocken, machte Spaß, doch die ungewohnten Bewegungen und das lange Ausstrecken des Arms machten ihr Schwierigkeiten, besonders in der Schulter.

Joan und sie zogen sich schnell um. Als sie am Yellow Brick ankamen, warteten Susan Pattison und Daniel Gernot bereits auf sie.

„Hört mal“, fing Cat an, „ich habe es Ingres schon gesagt – es tut mir leid, ich habe das heute Morgen nicht so gemeint, ich helfe euch gerne mit dem Training. Vielleicht könnt ihr mir ja in Recht unter die Arme greifen. Ich meine, dafür sind wir doch hier: um einander zu helfen.“

Die drei lächelten und als sie wieder zu sprechen begann, bemerkte sie die Blicke, die über ihre Schulter hinweggingen.

„Also, fangen wir an. Ich weiß zwar noch nicht, wie, aber versuchen wir es."

„Das müssen Sie auch nicht", hörte sie eine Stimme hinter sich und drehte sich um. Caver stand in Sportklamotten vor ihr. „Das zeig ich Ihnen. Ich laufe vor, gebe das Tempo an, Kampell bildet die Nachhut und Sie drei in der Mitte." Dann lief er los, in einem gemäßigten Trab, und folgte dem Brick, ohne an den Hindernissen zu stoppen, er lief nur.

Cat fand schnell ihren Rhythmus, ließ sich von den unregelmäßig lauten Atemzügen der drei vor ihr nicht aus dem Takt bringen. Sie konzentrierte sich auf ihre Atmung, leerte ihren Kopf und sah ihm zu, wie er vor ihnen lief, immer im gleichen Tempo. *Mein Gott, ich könnte immer so mit ihm laufen.*

Nach etwa einer Stunde kamen sie an die Wende, es ging zurück. Joan und die beiden hielten sich ganz gut, immerhin waren es zwanzig Kilometer, die sie heute abend schaffen mussten. Als sie noch etwa einen Kilometer vom Zielpunkt entfernt waren, griff sich Joan fest an die Leiste, sie hatte Seitenstechen, wahrscheinlich schon viel länger. Cat joggte an ihnen vorbei und lief neben Caver, der sie ansah.

„Ich glaube Ingres hat Probleme", keuchte sie beim Laufen.

„Ich weiß, doch sie wird bis zum Ziel durchhalten. – Kommt, Leute, wir haben es gleich", rief er über die Schulter, dann sah er Cat auffordernd an. „Na, wie wäre es mit einem Endspurt?"

„Ja, Sir, warum nicht", schnaufte sie. Er lächelte für den Bruchteil einer Sekunde und zog an, sie hinterher. Natürlich hatte sie keine Chance, doch er sprintete nicht davon, fiel immer wieder in einen langsameren Trott, um sie herankommen zu lassen, dann wurde er wieder schneller. Innerhalb von fünf Minuten hatten sie das Ende des Brick erreicht. Von den dreien war noch nichts zu sehen. Sie stemmten beide die Hände in die Hüften und atmeten vornüber gebeugt tief durch.

„Hören Sie, Kampell, wenn ich nicht kritisiere, dann befinde ich etwas für gut“, sagte er jetzt auch heftig atmend. „Heute Morgen, das war sehr gut, Ihr Vortrag ohne Vorbereitung. Das heute Abend ist keine Strafaktion gegen Sie, es ist nur so, dass Ingres …“

Doch Cat unterbrach ihn: „Ingres und Pattison sind Frauen und es ist motivierender, wenn eine Frau sie trainiert.“

Wieder dieses Lächeln, das über sein Gesicht huschte.

„Genau. Danke, dass Sie das tun. Am Anfang müssen wir zu zweit sein, falls etwas passiert mit unseren drei Schäfchen, die gerade die Ziellinie stürmen.“

Sie sahen, wie sie sich die letzten Meter heranschleppten, Joan mit der Hand fest auf die Leiste gedrückt. Caver ging zu ihr, nahm ihre Hand und legte sie direkt unter die Rippe.

„Seitenstechen ist ein Sauerstoffmangel des Zwerchfells, drücken Sie hier leicht. Aber viel wichtiger ist das richtige Atmen, tiefe Züge, und entspannen, dann geht es von alleine weg.“ Er nickte allen zu: „Gut gemacht“, und ging.

Cat saß schweißüberströmt neben Briggs an den Holztischen. Es war bereits halb zehn und er referierte immer noch begeistert über das letzte Kapitel und Ekmans Theorie der Lügenaufdeckung, erklärte ihr, was sie als Gruppe herausgearbeitet hatten. Die Lampen des Außenbereichs brannten hell und Motten schwirrten um die Glaskugeln. Sie waren nicht die Einzigen, die hier saßen und arbeiteten, denn es war angenehmer, bei den immer noch warmen Temperaturen draußen zu sein. Außerdem lag ein so erdiger Waldgeruch in der Luft, dass es ein Vergnügen war, einfach nur zu atmen.

„Also, verstehst du – Agents, die ein Ekman-Training absolviert haben und das während eines Verhörs anwenden, sollten immer im Hinterkopf behalten, dass es gerade bei psychisch gestörten Strafttätern zu Fehlinterpretationen kommen kann, wenn die Gesichtsmimik und die Körperhaltung auf eine wahre Aussage hinweisen, es sich aber um eine Lüge handelt, die der geistig gestörte Straftäter für die Wahrheit hält …" Er brach ab und sah sie an, folgte ihrem entrückten Blick zu der Lampe. „Sag mal, hörst du mir überhaupt zu?"

„Wie?"

„Genau, WIE? Ob du mir zuhörst? Denn falls nicht, kann ich anderes mit meiner Zeit anfangen." Briggs schüttelte den Kopf.

„Klar! Agents, die ein Ekman-Training absolviert haben …" Sie wiederholte seinen Satz, aber er hatte recht, sie war nicht ganz bei der Sache, konnte sich nicht hundert Prozent konzentrieren. Immer wieder erschien das Gesicht vor ihr, das zweimal flüchtig gelächelt hatte, das Gesicht, das sie so gerne berührt hätte.

„Vielleicht hast du recht, ich bin einfach zu müde. Lass uns Schluss machen", sagte sie plötzlich, denn sie wollte nur noch ins Bett, die Augen schließen und an ihn denken.

„Okay, pass auf: Ich habe eine Liste mit Stichwörtern gemacht. Kleb sie dir morgen an den Spiegel, wenn du Zähne putzt, und präg dir alles ein. Dann hast du eine gute Basis zum Improvisieren. Ich denke, er wird dich morgen nicht gleich wieder rannehmen."

„Danke, Briggs, ich mach das gut, versprochen."

Vier Wochen schon, ein Fünftel war geschafft. Cat war zwischendrin mit den Nerven am Ende gewesen, hatte aufhören wollen, doch dank Joan und Briggs hatte sie weitergemacht. Klar, alle waren erschöpft, gestresst, aber Cat war diejenige, die das größte

Problem hatte – ein Problem, das Caver hieß. Mittlerweile war es Briggs und Joan auch aufgefallen – immer, wenn Cat besonders müde war, wenn sie es nicht geschafft hatte sich vorzubereiten, dann saß Caver ihr im Nacken, als suchte er ihre Lücken, und er wusste genau, wo er sie finden konnte.

Jeden Abend lief er noch mit den vieren. Pattison und Ingres hatten sich enorm verbessert; für Gernot war es nur noch eine Frage der Zeit, er schaffte es nicht und Caver nahm mittlerweile keine Rücksicht mehr darauf. Am anstrengendsten war es jedoch für Cat, denn Caver hatte angefangen, jeden Abend den Lauf um ein Hindernis zu erweitern. Immer der gleiche Rhythmus: er und Cat machten den anderen vor, wie man zum Beispiel die ein Meter achtzig hohe Holzwand überwinden musste, immer und immer wieder, bis auch die beiden anderen Frauen es schafften. Natürlich, er tat es genau wie Cat – doch hatte er eine ganz andere Kondition, auch wenn Catherine sehr fit war. Es war eine Strafaktion für sie.

Wenn Pattison nicht hochkam, dann musste Cat wieder ran – er lief vor, blieb oben auf der Wand und schrie sie an. „Los, Kampell, hoch hier!" Sie fiel, weil sie sich nicht mehr halten konnte. „Verdammt noch mal, greifen Sie meine Hand!"

Dann zog er sie brutal hoch und warf sie über das Hindernis. Mittlerweile hatte sie sich hier mehr blaue Flecken zugezogen als in ihrem ganzen bisherigen Leben. Doch das war nicht das Schlimmste: Nach diesen katastrophalen Läufen, wenn sie schwankend am Ende des Bricks ankam und sich kaum noch auf den Beinen halten konnte, zog er verächtlich die Augenbrauen hoch und ging ohne ein Wort – ein Lächeln hatte sie nie mehr von ihm gesehen.

Normalerweise fiel sie tot ins Bett, duschte sehr oft erst am anderen Morgen, da sie keine Kraft mehr hatte, und war dementsprechend fast immer schlecht vorbereitet. Genau dann nahm er sie ran, löcherte sie mit so speziellen Fragen, dass sie oft noch nicht einmal mehr improvisieren konnte, sah sie scharf an und meinte jedes Mal, dass ihre Vorbereitung zu wünschen übrig ließe.

Joan regte sich furchtbar auf, denn sie wusste, was Cat abends geleistet hatte und dass es keine Chance gab, noch irgendetwas zu lernen.

„Warum will Caver dich fertig machen?“, fragte Joan sie eines Tages. Cat lag auf ihrem Bett über einem Buch – der Bundesrechtsverordnung – und versuchte, sich die Grundlagenschritte einzuprägen. Sie sah auf zu Joan, die am Schreibtisch saß.

„Will er das?“, fragte sie nur.

„Na hör mal, denkst du nicht?“

„Ich habe aufgehört darüber nachzudenken. Gernot ist raus und mit ihm sechs andere. Ich bin noch da, und wenn er es mir besonders schwer machen will, bitte. Damit erreicht er nur das Gegenteil.“ Cat sah wieder in das Buch.

„Das ist gut, Cat, lass dich nicht kleinkriegen. Aber ich frage mich, warum – du bist gut, nein, du bist fantastisch! Ich meine, du und Briggs, ihr seid die Stars, aber er behandelt Briggs ganz anders. Man könnte wirklich meinen, er hat was gegen dich.“

„Vielleicht hat er das“, murmelte Cat.

Catherine stocherte in ihrem Müsli. Briggs saß ihr gegenüber und sah sie durchdringend an. „Hey, was ist los, schlecht geschlafen?“

„Ach weißt du … ich hinke mittlerweile so mit meinen Vorbereitungen hinterher, dass ich mir wirklich Sorgen mache um die Rechtsprüfung morgen. Muss wahrscheinlich den ganzen Abend und die halbe Nacht durcharbeiten, um etwas Vernünftiges zu Papier zu bekommen. Sagen wir lieber: die ganze Nacht, denn wenn Caver mich heute Abend wieder laufen lässt, dann bleibt mir nur die Nacht."

„Komm, das macht er nicht. Pattison und Ingres müssen auch lernen, das weiß er. Er kann schon ein Arschloch sein, aber das macht er nicht."

„Ich hoffe, du hast recht. Lass uns gehen. Wenn wir zu spät kommen, macht er dich auch noch fertig."

Caver referierte heute das erste Mal über Profilingtechniken. Es war so interessant, dass Cat völlig vergaß, ihn mit einem verkniffenen Gesicht anzusehen – sie ließ sich einfach von der Begeisterung, mit der er über das Thema redete, fortreißen, genau wie alle anderen. Die Zeit verflog und sie waren erstaunt, als die Glocke ertönte.

„Ingres, Pattison, Kampell, Sie bleiben." Caver räumte seine Papiere zusammen, während alle anderen den Raum verließen. Die drei kamen zum Pult und warteten. Sobald sie alleine im Raum waren, wandte er sich ihnen zu. „Sie haben morgen ein wichtiges Rechtsexamen. Ingres, Pattison, es ist besser, sie lernen heute Abend, anstatt auf den Brick zu gehen."

„Ja Sir", kam es erleichtert von beiden, und sie gingen aus dem Raum.

Cat wollte ihnen gerade folgen, als er sie aufhielt. „Kampell."

Cat drehte sich wieder um zu ihm. „Sir?"

„Wir treffen uns um sieben am Brick."

Cat sah ihn ungläubig an. „Aber, Sir, das ist nicht fair! Ich habe das gleiche Examen morgen!" Sie war empört und spürte, wie sie rot wurde vor Zorn.

„Keiner sagt, dass ich fair bin, Kampell. Um sieben. Das war's." Er nahm seine Papiere in die Hand und ging an ihr vorbei aus dem Raum. Sie stand nur da und wusste nicht, ob sie schreien oder heulen sollte. *Dieses verdammte Arschloch!*

Um sieben wartete sie am Brick. Ganze zwei Stunden hatte sie am Nachmittag Zeit gefunden, sich die Rechtsbücher anzusehen, nur einen Bruchteil dessen, was morgen eventuell abgefragt wurde. Sie war wütend, immer wütender geworden im Laufe des Tages. Er kam keine zwei Minuten später und sie begannen langsam zu laufen.

„Wir lassen die Hindernisse aus und laufen gemächlich, die volle Strecke hin und zurück."

„Sir, das dauert mindestens zwei Stunden", knirschte Cat und versuchte an sich zu halten, um nicht noch mehr zu sagen.

„Ich weiß", erwiderte er lapidar. „Nicht fair, hmm?"

„Verdammt noch mal", entfuhr es ihr. „Ja, das ist ganz und gar nicht fair!"

Er schien sich nicht von ihrem Gefühlsausbruch beeindrucken zu lassen und trabte neben ihr her; er wartete, doch sie sagte nichts mehr, hatte zu viel Mühe, die Tränen herunterzuschlucken, die in ihr aufsteigen wollten.

„Also gut, Kampell", meinte er nach einer Weile. „Das, was ich Ihnen jetzt sage, ist ‚off the record', verstanden?"

Sie sah ihn böse von der Seite an, aber nickte.

„Fair, Kampell? Glauben Sie, es ist fair, das FBI zu erpressen, um Clearance zu bekommen, obwohl Sie als ehemaliges Opfer keinesfalls hier sein dürften? Glauben Sie, es ist fair, zum FBI zu wollen, nicht um Ihrem Land zu dienen, sondern nur um einen gewissen Nate Caim wiederzusehen, aus welchen Gründen auch immer? Glauben Sie, es ist fair, dass ich im schlimmsten Falle sogar ins Gefängnis wandere, wenn jemals herauskommt, was damals geschehen ist? Glauben Sie, das ist fair?"

Cat blieb abrupt stehen und auch Caver stoppte.

„Gefängnis – aber wieso?"

„Kampell, Sie sind wirklich schlecht in Recht. Kapierst du denn nicht? Du warst siebzehn, ich dreißig, das nennt man Unzucht mit Minderjährigen! Ich habe mich dagegen gewehrt, dass du in Quantico anfängst, doch keine Chance. Die Drohung, dass du an die Presse gehst, war ein guter Schachzug. Also haben sie mir gesagt, ich soll dir das Leben schwer machen, dafür sorgen, dass du aufhörst. Nein, das ist nicht fair, Cathy, ich weiß. Aber mein Arsch liegt gerade unter dem Mikroskop – ein falscher Schritt, eine falsche Bewegung, was dich angeht, und McSimmens kassiert mich. Ich kann nicht noch mal ein neues Leben anfangen, und was ich erst recht nicht kann, ist, mich einsperren zu lassen. Das FBI ist alles, was mir geblieben ist, darum bin ich unfair. Also tu mir den Gefallen und schluck das alles, arbeite wie eine Besessene, um es denen zu zeigen – oder hör auf."

Er sah sie lange an, mit Augen, die nicht zu dem Caver passten, den sie manchmal fast verabscheute, eher zu dem Nate, in dessen Armen sie eingeschlafen war, als sie ihn das letzte Mal gesehen hatte.

„Wir sollten laufen." Mit diesen Worten fiel er wieder in einen ruhigen Trab und sie folgte ihm.

„Darf ich dazu auch etwas sagen?"

Er nickte, sah stur geradeaus.

„Es stimmt, ich bin zum FBI gekommen, weil ich dich finden wollte. Aber nicht nur wegen meiner Gefühle für dich, Nate – es gibt Sachen, über die ich mit dir reden muss, dringendst. Sachen die mich seit damals quälen."

Er schwieg eine Weile, dann sagte er: „Ja, aber damit müssen wir warten. Mach die Prüfung, werde Agentin, beweise, dass du gut bist, dann wird dir und auch mir viel verziehen. Konzentriere dich nur darauf, Cathy, auf nichts anderes. Später können wir vielleicht ...", doch er brach den Satz ab.

„Nate", sagte sie wieder, zögerte, doch dann sprach sie es aus: „Hast du mich vermisst?"

Er antwortete nicht gleich, sie liefen und liefen, dann sah er sie an und holte tief Luft. „Ja", sagte er so leise, dass sie es fast nicht hören konnte, „das habe ich, Cathy."

Sie lächelte ihn an, fast hätte sie ihn berührt, doch sie hielt sich im letzten Moment zurück.

„Okay, also lass uns dieses verfluchte Spiel spielen, Kampell und Caver, und vergiss nicht: wir hassen uns, verstanden?"

„Verstanden, Sir." Cat hatte das Gefühl, dass ihr Herz lange nicht so leicht gewesen war wie in diesem Moment. Er hatte sie vermisst und sie konnte das Gefühl greifen, er empfand immer noch etwas für sie!

„Na dann, Kampell. Wir haben noch achtzehn Kilometer vor uns, und so, wie wir laufen, brauchen wir mehr als zwei Stunden. Also lassen Sie mal hören. Welche Grundsätze der Verfassung der Vereinigten Staaten haben direkte Auswirkung auf die Arbeitsweise des FBI?"

Cat runzelte die Stirn und sah ihn erstaunt an.

„Ich denke, Sie haben morgen ein wichtiges Examen? Wir haben zwei Stunden, um Sie vorzubereiten – wir sollten anfangen."

Die Monate waren vergangen, zwölf Wochen lagen hinter ihnen – hinter Briggs, Joan und auch Cat. Mittlerweile teilten ihre beiden Freunde die Aversion gegen Caver, denn er hörte nicht auf, Cats Leben unerträglich zu machen. Doch sie war immer noch da, und das mit ausgezeichneten Bewertungen. In allem, was sie tat, war sie ausgezeichnet – bis auf *Behavioral Science* bei Caver, dort war sie zwar gut, aber nie besser, und jeder der inzwischen noch zwanzig Leute in ihrer Klasse wusste, warum: Caver. Robert Briggs mochte Catherine sehr – vielleicht zu sehr, denn er war mittlerweile richtig sauer auf Caver. Cat und Briggs schmissen den Unterricht, sie waren geborene Profiler – auch wenn

Briggs das Lob bekam und Cat nur eine Art „Okay“. Doch das war egal, denn Cat und Sean wussten, dass es nicht zählte: es war ihre Inszenierung.

Cat spielte das Spiel, genau wie Sean, doch wenn sie jeden Abend den Brick liefen, dann brachte er ihr mehr bei, als sie es je aus den Büchern hätte lernen können. Es gab nie mehr die verbale Nähe zwischen ihnen wie an dem Abend, als er ihr das alles anvertraut hatte, doch es gab Nähe, etwas unglaublich Vertrautes. Die Abende, an denen er sie nicht zum Laufen aufforderte, weil wichtigere Dinge bei der BAU anstanden, waren für Cat fast eine Enttäuschung. Sie freute sich auf die zwei Stunden, die sie gemeinsam hatten – so neben ihm zu sein, ihn lächeln zu sehen, wenn er zufrieden war, oder auch das angenervte Stöhnen zu hören, wenn sie mal wieder so richtig falsch lag. Denn es war ohne Härte, es lag eher etwas Beschützendes darin, und das fühlte sich so sehr nach Nate an.

Sie waren in ihrer gegenseitigen Abneigung so glaubwürdig, dass Agent White einmal versucht hatte, mit Caver zu sprechen, um anzudeuten, dass er vielleicht doch etwas zu hart war mit Kampell. Doch Caver hatte sich davon nicht im Geringsten beeindrucken lassen. Es veranlasste die anderen Ausbilder sogar dazu, mit ihr nachsichtiger zu werden. Doch eigentlich war das nicht nötig; sie und Briggs arbeiteten sich hoch zu den Stars des Jahrgangs, genau wie Joan es prophezeit hatte. Das FBI hatte große Erwartungen an beide.

McSimmens blieb das alles nicht verborgen, denn er hatte überall Augen und Ohren, die regelmäßig sowohl über Caver als auch über Kampell berichteten. Mit der Zeit kam auch er zu der Überzeugung, dass Kampell eine gute FBI-Agentin werden würde und dass ihr Wunsch, zum FBI zu gehen, nicht unbedingt nur mit Nate Caim in Zusammenhang stand.

KAPITEL DREI

Washington, Montag, 19. November 2018

Sean fuhr in die Tiefgarage des J. Edgar Hoover Buildings in Washington, der Hauptzentrale des FBI, und parkte auf einem der Besucherplätze. Gestern Morgen hatte John McSimmens, der Leiter des NCAVC, dem auch das CASMIRC unterstellt war, ihn angerufen. McSimmens kannte Sean gut, war sein unmittelbarer Boss, genau wie auch damals, als er noch beim CASMIRC gearbeitet hatte. John hatte darauf bestanden, dass Caver am nächsten Tag nach Washington kam – er müsse dringend mit ihm reden, *persönlich*, und das hatte alle Alarmglocken bei Sean ausgelöst. Das konnte nur bedeuten, dass es um Catherine ging.

Er hoffte inständig, dass John McSimmens seine Drohung nicht wahr machte. Cat war immer noch in Quantico, hatte nicht aufgegeben, würde das FBI nicht verlassen, und es war möglich, dass McSimmens das nun an Sean auslassen wollte. Zwar glaubte er nicht, dass er aufgrund der Situation, in der sie sich damals befunden hatten, mit einer Gefängnisstrafe zu rechnen hätte, doch man würde ihn definitiv suspendieren oder feuern, wenn das alles auf den Tisch käme. Zwangslage hin oder her, er hatte mit einem siebzehnjährigen Mädchen Sex gehabt – auch wenn er nicht verstand, wie Sims davon wissen konnte. Hatte Cat doch geredet? Selbst wenn – John McSimmens hatte gesehen, was damals in der Kirche passiert war; es war ein Schlachthaus gewesen und reines Glück, dass Nate und Cathy überlebt hatten. Man konnte ihm doch keinen Strick daraus drehen, dass er versucht hatte, ihr Leben zu schützen, auch wenn das bedeutete, dass er mit ihr hatte schlafen müssen.

Er legte seinen Ausweis auf den Scanner und nahm die Glock aus dem Gürtelholster, dann seine Marke, Portemonnaie und Wagenschlüssel, um sie durch das Röntgengerät zu schieben, und ging anschließend durch die Sicherheitsschranke. Mit dem Ausweis am Jackett trat er in den Aufzug, um in den dritten Stock zu gelangen. Er war seit damals nicht mehr in Washington gewesen – wann immer er für Don ein Profil übernahm, kam dieser nach Quantico, nahm ihn auch mal mit zu den Tatorten, aber nie nach Washington. Auch wenn er im Zeugenschutzprogramm nur eine geringe Sicherheitsstufe hatte, die es ihm immer noch ermöglichte, beim FBI zu bleiben, war vermieden worden, ihn ins Headquarter zu holen – hier gab es doch ein paar Leute, die ihn als Nate Caim kannten. Was das Ganze umso beunruhigender machte – es musste wichtig sein, wenn John ihn hierher bestellte.

Er betrat das Vorzimmer von McSimmens' Büro und die Sekretärin nickte ihm zu. „Agent Caver, Mr. McSimmens wartet schon auf Sie. Darf ich Ihnen einen Kaffee anbieten?"

„Ja, danke, mit Milch", erwiderte er kurz und trat dann in Sims' Büro, ohne anzuklopfen.

John saß hinter seinem Schreibtisch, den Telefonhörer am Ohr, und sah kurz auf, als Sean erschien. Er deutet mit einer Hand auf den Stuhl vor dem Tisch und forderte ihn auf sich zu setzen. Die Sekretärin kam, stellte den Kaffee vor Sean und eine weitere Tasse vor Sims, lächelte kurz und schloss die Tür wieder hinter sich.

„Gut, das machen wir so. Hör zu, ich melde mich später noch einmal, habe jetzt eine Besprechung. Dank dir, bis dann." Damit legte Sims auf und streckte Sean die Hand entgegen.

„Hallo, John“, sagte Sean, während er einschlug.

„Sean, wie geht's?“ Sims war älter geworden, das Haar sichtlich grauer, aber er musste mindestens zehn Kilo abgenommen haben. Er ging langsam auf die sechzig zu und Sean fragte sich, ob er bald in Ruhestand gehen würde, denn es stand FBI-Agenten zu, mit siebenundfünfzig aus dem Dienst auszuscheiden. Aber er kannte John – der war ein Vollblutagent und würde noch eine Weile als Leiter des NCAVC weitermachen.

„Okay, mir geht es gut. Und selbst?“

Sims lächelte. „Ach, hören wir auf mit den Floskeln, wir haben Wichtigeres zu besprechen.“

Sean sah in unverwandt an. „Wenn es um Kampell geht – glaub mir, ich habe ihr das Leben mehr als schwer gemacht, doch sie ist zäh und zu gut, um sie loszuwerden.“

Sims runzelte die Stirn. „Kampell? Du glaubst, es geht um Kampell? Gibt es in der Hinsicht etwas zu besprechen?“

Jetzt war Sean verunsichert. „Von meiner Seite nicht, doch Don hat mir ziemlich klar gemacht, dass mein Kopf in der Schlinge steckt, wenn sie nicht freiwillig geht. Hör zu, ich habe alles getan, was möglich ist – sie geht nicht. Aber eins kann ich dir versichern: mittlerweile bin ich ihr persönliches Hassobjekt.“

Sims nickte. „Ich weiß, davon habe ich gehört. Gut, wenn sie unbedingt Agentin werden will, soll sie. Also, ich denke, wir können die Sache vergessen. Weder ich noch die Generalstaatsanwältin werden dich dafür belangen, es war eine Zwangslage und wir beide haben gesehen, was in dieser Kirche passiert ist. Glaub mir, ich bin nicht im Geringsten daran interessiert, irgendwelche Details darüber zu erfahren, was du und das Mädchen …“ Er beendete den Satz nicht.

Sean war heiß geworden und Sims musste merken, wie er schwitzte. „Vergessen wir die Sache. Ich habe hier einen Fall,

Sean, und ich wollte mit dir persönlich darüber reden." Er schob ihm über den Schreibtisch eine dünne Mappe zu; Sean ergriff sie und schlug sie auf. Darin lagen Photos, wie sie typischerweise am ersten Schultag von Kindern gemacht werden. Drei hübsche, vielleicht sieben-, achtjährige Jungen mit Zahnlücken und dem aufgeregten Lächeln eines Grundschülers. Er kannte die Gesichter, hatte sie auf CNN gesehen, als über das Verschwinden der Jungen berichtet worden war. Dann zwei weitere Photos, Tatortphotos, und als Sean sich diese näher ansah, zuckten seine Wangenmuskeln. Es mussten zwei der drei Kinder sein, an einen Baum gefesselt, nackt und mit Verletzungen übersät, ein grausiger Anblick. Er blätterte weiter durch die Photos: Obduktionsaufnahmen eines Jungen, der kleine Körper auf dem Seziertisch, Schnittwunden, Bisswunden, wahrscheinlich von Tieren, und Verbrennungen von Zigaretten, die meisten im Genitalbereich.

„Drei Jungs. Zwei von ihnen, James Everett und Michael Mullen, sieben Jahre, der dritte neun, Jonathan Braider. Man hat zwei, Jonathan und Michael, im Gunnison National Forest in Colorado gefunden, beide etwa zwei bis drei Tage, nachdem sie gestorben waren. James fehlt uns noch, doch wir gehen davon aus, dass er nur noch nicht gefunden wurde. Er wird schon länger vermisst als Michael."

„Todesursache?"

„Das ist es, was den Fall so persönlich für mich macht. Sie wurden entführt, gefoltert, wahrscheinlich missbraucht und dann dort zurückgelassen. Sie starben an Unterkühlung oder ihren Wunden. Einer der Jungen wurde von Wildtieren angefressen; es ist anzunehmen, dass er noch lebte, als das geschah. Genaueres muss dir Don sagen, er macht gerade die Obduktion von Michael Mullen in Denver, man hat das Kind vor zwei Tagen gefunden."

Sean sah Sims an und verzog den Mund. „Du willst, dass ich ein Profil erstelle?"

„Ja, und nicht nur das: ich möchte, dass du dich persönlich in die Untersuchung einschaltest. Don hat die Fälle übernommen und deine BAU soll mit dem CASMIRC zusammenarbeiten."

„Es ist momentan schwierig, du weißt, ich habe beide Hände voll zu tun mit der Ausbildung und meine BAU ist beschäftigt mit den Wichita-Morden."

„Das weiß ich. Trotzdem, ich möchte dich persönlich – arbeite mit Don, sieh dir die Tatorte an, sprich mit Eltern und Lehrern, bitte. Von mir aus nimm dir ein paar deiner neuen Rekruten, du musst keinen der Agents involvieren. Du hast doch immer ein, zwei Stars, denen es nicht schaden kann, ein wenig Erfahrung zu sammeln."

Sean nickte nachdenklich. „Da fallen mir schon zwei ein, aber ich muss dich warnen – Kampell ist eine davon."

„Hatte ich nicht gesagt, dass wir das vergessen? Mir ist es egal, ob sie Smith oder Kampell heißen. Kannst du zwei Wochen abzweigen und mit Don arbeiten?"

Sean überlegte wieder, doch dann sagte er: „Ja, das geht. Zwei Wochen Field, dann werden wir von Quantico aus das Profil erstellen. Ich nehme Kampell und Briggs mit, beide sehr vielversprechend. Anschließend kann Don für ein paar Tage nach Quantico kommen und wir machen den Bericht. Wen haben wir noch vom CASMIRC?"

„Alte Bekannte: Mario Seppa und Gordon Donnoghou. Das ist es im Moment, mehr kann ich euch nicht geben."

„Warum ich?"

„Meine Güte, Sean, willst du, dass ich dir jetzt erzähle, wie gut du bist?"

Sean machte ein knurrendes Geräusch und schüttelte den Kopf, dann sagte er: „Gut. Kann ich die Akte mitnehmen? Ich möchte mir das erst in Ruhe ansehen und mit meinen Leuten besprechen, bevor wir nach Colorado fliegen."

Sims stand auf und streckte ihm wieder die Hand entgegen.

„Klar, geh zu Mario, er gibt dir alles. Wie gesagt, Don ist momentan in Denver in der Gerichtsmedizin; ruf ihn an, wenn du so weit bist. Danke, Sean."

Sean schüttelte seine Hand. Eigentlich war es ein gutes Gefühl, mal wieder selbst ins Field zu kommen, doch bei Kindermorden war es eine Sache, vom Schreibtisch aus zu ermitteln, und eine ganz andere, vor Ort zu sein.

Er ließ sich auf der Rückfahrt Zeit, nachdem er die Papiere geholt und mit Mario einen Kaffee getrunken hatte. Es war erst halb elf am Morgen und der Stadtverkehr dementsprechend ruhig; schnell war er aus der Innenstadt raus und fuhr nun mit neunzig Meilen pro Stunde auf der Interstate 395 nach Süden – mehr als eine Stunde bräuchte er nicht, um wieder in Quantico zu sein.

Das Gespräch hatte Sean etwas irritiert. Nicht die Mordfälle, sondern das, was Sims über Kampell gesagt hatte: „Die Generalstaatsanwältin und ich haben nicht vor, dich wegen dieser Sache zu belangen." Sims und Monica Winter wussten, was zwischen ihm und Cathy vorgefallen war. *Nicht von mir*, dachte Sean und es wunderte ihn, dass Cathy geredet hatte. Sie hatten es sich geschworen, darüber zu schweigen – warum hatte sie es ihnen gesagt? Es lag auf der Hand, dass sie sich wahrscheinlich Monica anvertraut hatte, einer Frau, und Sims es von ihr erfahren hatte. Es war nur komisch, dass er nie explizit dazu befragt worden war – immerhin war Sims damals bei jedem seiner Verhöre dabeigewesen. ‚Schwamm drüber', das war Sims' Reaktion, und jetzt hatte er noch nicht einmal was dagegen, dass Kampell an dem Fall mitarbeiten sollte. Irgendetwas war komisch an der Sache und Sean nahm sich vor, sehr vorsichtig mit der Situation umzugehen. Er musste mit Cathy sprechen, denn auch wenn sie damals ein Teenager gewesen war, auch wenn sie sofort getrennt worden waren und sie sich wahrscheinlich sehr einsam gefühlt hatte – sie hatten es sich versprochen und irgendwie kam er sich jetzt verraten vor.

Der Fall, an dem sie in nächster Zeit gemeinsam arbeiten würden, gäbe ihm Gelegenheit, mit ihr zusammen zu sein. Vielleicht konnten sie reden – Cathy wollte darüber sprechen, und vielleicht war es genau das, was sie ihm sagen musste. „Es gibt Dinge von damals, die mich noch immer quälen“, so ähnlich hatte sie es ausgedrückt. Er schob sein verletztes Ego beiseite. Das war nicht fair ihr gegenüber. Sie hatte Gründe gehabt und es bestimmt nicht leichtfertig preisgegeben.

Sean bog in die Russell Road ein und hielt dem Straßenposten seinen Ausweis hin, um weiter auf die MCB1 zu fahren. Die Straße war für den öffentlichen Verkehr gesperrt, da sie bereits ein Teil der Marine Corps Base Quantico war. Er folgte der MCB4 und bog links ab, um auf den Parkplatz zu kommen. Der Einfachheit halber fuhr er weiter über den großen Parkplatz zu den Besucherparkplätzen.

In seinem Büro angekommen, gab er den Ordner einem der Verwaltungsangestellten und bat um drei Kopien. Des Weiteren bat er Bob, vorläufige Ausweise für Kampell und Briggs anzufertigen und zusammen mit zwei Marken und zwei Dienstwaffen in sein Büro zu bringen. Danach ging er rüber in das Ausbildungsgebäude zu den Klassenräumen. Sein Unterricht war für heute von Agent White übernommen worden – er wollte so schnell wie möglich mit ihm sprechen, um für die nächsten beiden Wochen in Sachen Unterricht den Rücken frei zu bekommen. Abgesehen davon musste er Briggs und Kampell informieren.

Er klopfte und trat in die Klasse. White sah ihn überrascht an, denn er hatte Sean nicht vor morgen aus Washington zurückerwartet.

„Entschuldigen Sie“, wandte er sich an die Klasse. „Simon, kann ich dich kurz sprechen?“

„Natürlich. Bitte führen Sie die Diskussion weiter – McKinney, Sie leiten.“

„Ja, Sir“, kam es diszipliniert von McKinney und Simon folgte Sean auf den Gang. „Ich hatte dich nicht so schnell wieder hier erwartet“, sagte er.

„Ja, ging schneller, als ich dachte. Hör mal, Simon, ich habe einen Fall vom NCAVC aufs Auge gedrückt bekommen“, meinte Sean und lehnte sich an die Wand. „Kannst du für die nächsten vierzehn Tage eine Vertretung für meinen Unterricht veranlassen?“

„Klar, ich kann das zwischen mir und Gerban aufteilen.“

Sean verzog den Mund und kräuselte die Stirn.

„Hab keinen anderen als Gerban“, erwiderte Simon, nachdem er Seans Gesichtsausdruck gesehen hatte. Er wusste genau wie alle anderen hier, dass Gerban nicht gerade der beliebteste Dozent war.

„Außerdem brauche ich zwei“, Sean deutete mit dem Kopf zur Klasse, „Kampell und Briggs, ich schätze, vierzehn Tage voll und dann halbe Tage, bis das Profil steht.“

„Okay, das wird ihnen gut tun, ich glaube die beiden sind sowieso etwas gelangweilt. Ich kläre das mit dem Unterrichtsausfall. Wirst du selbst ihre Beurteilung für das Abschlussgremium schreiben?“, fragte White.

Sean nickte. „Natürlich.“

„Dann sei nicht so erbarmungslos mit Kampell, tu mir den Gefallen. Sie ist verdammt gut, und das weißt du.“

„Ja, das weiß ich, würde ich sie sonst mitnehmen? Bitte sag den beiden, dass ich sie um vierzehn Uhr in meinem Büro erwarte und dass sie den Rest des Tages freigestellt sind. Alles andere erkläre ich ihnen selbst."

„Mach ich, Sean. Um was geht's?"

„Kindermorde in Colorado, eine hässliche Geschichte."

„Du meinst die kleinen Jungen? Habe die Nachrichten verfolgt."

„Ja."

Simon schickte sich an, wieder in die Klasse zu gehen.

„Danke Simon, du hast was gut bei mir", sagte Sean und ging den Flur runter in Richtung Hauptgebäude.

Agent White betrat den Klassenraum und hörte sich die Diskussion an. Nachdem das Thema beendet war, räusperte er sich. „Briggs, Kampell, Sie sind nach dieser Stunde für heute freigestellt, finden Sie sich um vierzehnhundert in Cavers Büro ein."

Cat sah zu Robert, beide antworteten mit einem „Ja, Sir."

Oh Scheiße, Catherine, was ist jetzt wieder los, dachte Robert Briggs und hatte nicht gerade ein gutes Gefühl.

Als sie um zwei Uhr an Cavers verschlossene Tür klopften, wunderten sie sich ein bisschen, denn in Quantico galt das Open-Office-Konzept: Man schloss normalerweise die Türen nicht, es sei denn, es fand eine Besprechung statt. Es war das erste Mal, dass sie in Cavers Büro traten. Man konnte darüber streiten, ob es nun ein Office war, das für den Leiter der BAU repräsentativ war. Es war klein, ein Schreibtisch mit Laptop und Desktop, davor zwei Stühle, in der anderen Ecke eine schwarze Ledercouch und ein Sessel, in dem er saß, auf dem Schoß einen Ordner, die Füße auf dem länglichen Tisch davor. Hinter ihm an der Wand ein Whiteboard, daran hingen jetzt drei Bilder von kleinen Jungen, darüber in Cavers Schrift Namen. Sonst war das Board leer. In dem Regal, das sich an der Wand entlang zog, Ordner und Papiere, die aussahen, als lägen sie willkürlich durcheinander. Eine zweiflügelige Fenstertür, die offenstand und auf das Waldgebiet blicken ließ, in dem der Brick lag. Es war ganz schön kalt in dem Raum und roch schwach nach Rauch. Als Caver sie sah, zog er die Füße vom Tisch, legte den Ordner darauf und nahm den Aschenbecher, in dem ein Zigarettenstummel lag. Er ging zur Fenstertür, stellte ihn auf das schmale Gitter davor und schloss die Tür.

„Setzen Sie sich." Er deutete auf die Couch und ließ sich wieder im Sessel nieder.

Auf dem Tisch vor ihnen lagen zwei Ordner, darauf FBI-Ausweise mit Marke und jeweils eine Glock mit einer Hundert-Schuss-Munitionspackung. Robert Briggs konnte sich nicht zurückhalten und nahm den Ausweis, las seinen eigenen Namen und blickte Caver fragend an.

„Nicht zu früh freuen, Briggs, der ist nur provisorisch und läuft in einem Monat ab. Sie beide werden in den nächsten drei Wochen mit mir an einem Fall arbeiten. Unterzeichen Sie bitte den Beleg darüber, dass Ihnen Ausweis, Marke und die Glock ausgehändigt wurden. Zwei Wochen lang sind Sie von jeglichem Unterricht befreit und die Fehlzeit wird Ihnen nicht zum Nachteil gereichen – im Gegenteil, wenn Sie Ihre Sache gut machen, dann schreibe ich Ihnen eine Beurteilung, mit der sie die Abschlussprüfung so gut wie in der Tasche haben."

Cat und Robert sahen sich kurz an. Auf Briggs' Gesicht erschien plötzlich ein Lächeln.

„Nur wenn Sie Ihre Sache gut machen, verstanden?", kam es streng von Sean.

„Ja, Sir", erwiderten die beiden und in Cat stieg ein freudiges Kribbeln auf – sie würden an einem echten Fall arbeiten!

„Ich denke, dass Sie in der dritten Woche wieder teilweise an den Ausbildungsseminaren teilnehmen können – das kommt darauf an, wie gut wir mit dem Profil zurechtkommen und wie sich alles entwickelt. Es ist ein Fall des CASMIRC und wir wurden zu Rate gezogen. Nehmen Sie sich die Ordner und lesen Sie alles gründlich durch, dann besprechen wir es. Ich möchte Ihre ersten Eindrücke hören. Dann reden wir mit Don Viggen, er leitet das CASMIRC und diesen Fall. Ich denke, dass wir morgen nach Denver fliegen und uns die Tatorte und Leichen ansehen. Wir werden nochmals mit allen Zeugen und auch den Familien sprechen. Noch was, Herrschaften: es ist ein ziemlich übler Fall. Kindermorde sind das immer und es wird für Sie stellenweise heftig werden. Versuchen Sie, Ihre Gefühle da raus zu lassen, sonst werden Sie über kurz oder lang kein Auge mehr zumachen."

Sie nickten und Briggs stand auf, nahm den Ordner. „Wann sollen wir wieder in Ihrem Büro sein?"

„Gar nicht. Sie lesen es hier mit mir, ich bin auch noch nicht annähernd fertig. Machen Sie es sich bequem und konzentrieren Sie sich. Im Übrigen: wenn wir an dem Fall arbeiten, sind wir ein Team. Ich erwarte Professionalität in jeder Hinsicht. Das bedeutet auch, dass die Umgangsformen in einer SOKO entspannter sind als hier an der Akademie. Wenn es Ihnen Recht ist, nenne ich Sie Robert und Sie Catherine oder Cathy?"

Cat sah ihn erstaunt an. „Cat wäre mir am liebsten, Sir."

„Also gut, dann Cat."

Beide nickten.

„Sie wissen, dass ich Sean heiße, wenn Sie das schaffen – sonst nennen Sie mich einfach Caver." Er stand auf. „Gut, auf dem Gang ist ein Kaffeeautomat, schmeckt einigermaßen. Lesen Sie und machen Sie sich Notizen. Alles, was Ihnen auffällt, Ideen, Intuitionen, egal wie lächerlich. Wir fangen mit einer Art Brainstorming an; jetzt am Anfang ist alles erlaubt. Spekulieren Sie, wenn es sein muss – später, wenn wir das endgültige Profil ausarbeiten, dann geht es nur noch um Fakten. – Also, wie trinken Sie Ihren Kaffee?"

„Was?", fragte Briggs, völlig aus dem Konzept gebracht.

„Schwarz, Zucker, Milch?"

Sean verließ das Büro und war nach wenigen Minuten wieder mit drei Tassen Kaffee zurück, stellte alles auf den Tisch, legte dann die Füße hoch, nahm sich seine Papiere und begann zu lesen. Cat und Robert schlugen ebenfalls ihre Ordner auf und vertieften sich darin.

Michael Mullen war erst sieben Jahre alt gewesen, war von seinen Eltern und eigentlich von allen immer nur Micki genannt worden – wenn man den Zeugen glaubte, ein aufgeweckter, kluger Junge. Er war in die zweiten Klasse gegangen, in der Cottonwood Elementary School in Montrose, die keinen Kilometer von seinem Elternhaus ernfernt lag. Montrose war ein verschlafenes Nest in Colorado, unweit des Gunnison National Park. Nicht mehr als fünfzehntausend Einwohner, zu neunzig Prozent weiß, und das Durchschnittseinkommen der ansässigen Familien lag in etwa bei fünfundvierzigtausend Dollar. Ein Ort, der mehr oder weniger vom Tourismus lebte: im Sommer der Ausgangspunkt, um den Black Canyon of the Gunnison im gleichnamigen Nationalpark zu erwandern, im Winter ideal, um die Skigebiete in den San Juan Mountains zu erreichen. Sogar ein kleiner Flugplatz zierte die Stadt – nur eine durchgehende Verbindung, nach Denver, doch im Winter flog man die Skitouristen zu all den schwer erreichbaren Wintersportgebieten. Mickis Vater Jeremy war Pilot und flog eine der kleinen Sportmaschinen; im Sommer arbeitete er hauptsächlich als Mechaniker am Flughafen. Die Mutter Rose Mullen hatte einen Halbtagsjob im Black Canyon Hotel, während der Sommer- und Wintersaison. Eine glückliche Familie, die ihr Auskommen hatte.

Micki grinste Cat von seinem Schulphoto an. Sie hielt es in der Hand und betrachtete sich den sommersprossigen Jungen mit dem dunkelblonden Haar, das wild von seinem Kopf abstand. Sie musste lächeln, denn er war einer dieser Jungs, dem man andauernd die Haare bürsten und glattstreichen konnte, nur damit sie Sekunden später wieder wild in alle Richtungen standen. Sein Blick war klar und sein Gesicht verriet die Neugier, endlich in die Schule gehen zu dürfen. Offene grüne Augen und ein entzückendes Lachen, in dem Stolz lag. Micki, sieben Jahre, als er verschwand, auf seinem kurzen Weg zur Schule; Micki, sieben Jahre, als man ihn vier Tage später tot, an einen Baum gebunden, in der Wildnis des National Forrest fand.

Eine Gänsehaut überzog Cat plötzlich. Sie betrachtete sich die Tatortphotos und versuchte, genauso lange hinzusehen wie bei dem Schulphoto, doch es fiel ihr schwer. Sie blickte von ihrem Ordner auf und trank von dem mittlerweile kalten Kaffee. Robert saß still neben ihr und las eine der Zeugenaussagen.

Sie hatte nicht gemerkt, dass Sean aufgestanden war. Er hatte wieder die Fenstertür geöffnet und rauchte, starrte auf das Waldgebiet der Marine Base.

Sie zwang ihren Blick zurück in den Ordner. Es lag von Micki noch kein Obduktionsbericht vor; sie ging davon aus, dass Agent Viggen deshalb in Denver war. Dem Bericht der United States Park Police zufolge, die von den Park Rangern nach dem Fund der Leiche verständigt worden war, hatte man Micki nackt, mit einem Nylonseil an einen Baum gebunden aufgefunden. Er wies verschiedene Verletzungen auf, die als Bissspuren im Bereich der Beine und Brandwunden, mutmaßlich von Zigaretten, am Oberkörper und den Genitalien, aufgelistet waren. Nachdem der Junge vom Baum losgebunden worden war, beschrieb ein Beamter Blutspuren an den hinteren Oberschenkeln. Cat ging davon aus, dass es Blutungen des Anus waren, man hatte den Jungen höchstwahrscheinlich missbraucht.

Gemäß der ersten knappen Untersuchung eines lokalen Arztes war Micki an Unterkühlung gestorben, etwa dreißig Stunden vor seinem Auffinden.

Im Protokoll der Montrose Police stand, dass Micki am Morgen des dreizehnten November gegen sieben Uhr dreißig das Haus seiner Eltern verlassen hatte, um einen Freund in der Nachbarschaft abzuholen, mit dem er gewöhnlich zur Schule lief – einen Block von zu Hause entfernt. Gegen sieben Uhr fünfundvierzig rief die Mutter des Freundes an und informierte Rose Mullen, dass Micki nicht aufgetaucht war. Rose war zunächst nicht besorgt und glaubte, Micki wäre direkt zur Schule gegangen; vielleicht hatten die beiden Jungs sich zuvor gestritten, ohne dass Micki etwas erwähnt hatte. Dennoch rief sie in der Schule an und bat um einen Rückruf, sobald er eingetroffen war. Als um acht Uhr dreißig der Unterricht begann, meldete sich die Sekretärin der Schulleitung und informierte Rose, dass Micki dort nicht erschienen war. Rose rief ihren Mann am Arbeitsplatz an und setzte sich ins Auto, um die Straßen nach Micki abzusuchen; ein halbe Stunde später fuhr auch ihr Mann die Straßen entlang, ging in jedes Geschäft auf dem Weg zur Schule und fragte nach seinem Jungen. Um elf Uhr schalteten die aufgelösten Eltern die Polizei ein.

Die Tatsachen, dass einen Monat zuvor der siebenjährige James Everett aus Gunnison, einem etwa hundert Kilometer entfernten Ort am Südrand des Nationalparks, spurlos verschwunden war und dass man schon sechs Wochen vor James' Verschwinden eine nicht zu identifizierende Jungenleiche im Park gefunden hatte, alarmierten die Officers der Montrose Police. Jeder der dreiundvierzig Beamten, der nicht gerade zu einem Noteinsatz musste, machte sich auf die Suche nach Micki. Ohne Erfolg.

Am Dreizehnten war Micki verschwunden, am Vierzehnten gestorben und am Siebzehnten aufgefunden worden, nur einen Tag war er in der Gewalt seines Mörders gewesen, doch auch ohne den Obduktionsbericht wusste Cat, dass er unsägliche Qualen durchgestanden haben musste, bevor er alleine und total verängstigt an einem Baum erfror. Das waren das kurze Leben und der grausame Tod des Micki Mullen.

Cat atmete hörbar aus. Sean saß wieder neben ihnen und sah von seinen Papieren auf. Sein Gesicht blieb emotionslos, dennoch sagte er: „Gehen Sie sich ruhig die Beine vertreten, das ist nicht einfach beim ersten Mal."

Cat schüttelte den Kopf. „Nein, schon gut. Aber stört es Sie, wenn ich auch am Fenster eine rauche?" Sean schüttelte den Kopf und blätterte weiter in den Papieren. „Okay für dich, Robert?" Sie wartete auf eine Reaktion, doch Briggs war so konzentriert auf seinen Zeugenbericht, dass er noch nicht einmal aufsah. Sie stand auf und klopfte ihre Hosentaschen ab, doch sie hatte keine Zigaretten dabei.

„Kommen Sie, wir gehen vor die Tür, eigentlich ist das Rauchen hier nicht gestattet", meinte Sean plötzlich und stand auf. Er ging aus dem Zimmer und sie folgte ihm.

Sie setzten sich in den Außenbereich der Kantine, die jetzt, um fünf Uhr, völlig leer war. Er hielt ihr seine Schachtel hin und sie nahm dankend an. Es war kalt – höchstens zwölf Grad – und sie fröstelte ein wenig.

„Ist heftig, kommen Sie klar damit?", fragte er.

„Ja, Sir, es geht schon, ich gewöhne mich daran. Es ist nur … es sind Kinder. Aber es wird gehen. Was machen wir als Nächstes?"

Sean sah sie an, seine Miene immer noch ausdruckslos. „Wir fliegen morgen nach Denver, Agent Viggen wird uns durch die Obduktionsergebnisse führen, dann fahren wir hoch in den Nationalpark und sehen uns die Fundorte an."

Er machte eine kurze Pause, zog an seiner Zigarette, bevor er weitersprach, wurde plötzlich persönlich: „Du kennst Don im Übrigen. Vielleicht erinnerst du dich nicht – aber er kennt dich. Er war einer der Agenten, die in Camino Esperanto dabei waren."

Cat nickte. „Ein kleiner Mann mit rotem Haar?"

„Ja. Es ist wichtig, dass du so tust, als würdest du ihm das erste Mal begegnen, denn Robert wird dabei sein, wenn ich euch vorstelle."

„Weiß Agent Viggen, dass ich mitkomme?"

„Noch nicht, aber ich rufe ihn heute Abend an."

Sie rauchten eine Weile schweigend, dann ergriff Sean wieder das Wort. Diesmal war seine Stimme leiser und es bildete sich eine Falte zwischen seinen Augen. „Cat, kann ich dich was fragen?"

Sie schaute ihn erstaunt an und nickte.

„Warum hast du ihnen damals …", doch da klingelte sein Handy. Er nahm den Anruf entgegen. „Caver", sagte er kurz. „Hallo John. Ja … Wann …? Okay, hör zu, ich bin gerade draußen, gehe nur schnell ins Büro und rufe dich zurück, dann können meine beiden Anwärter mithören." Damit beendete er das Gespräch und stand von der Bank auf.

Cat drückte die Zigarette aus und erhob sich ebenfalls. „Was wolltest du fragen?"

„Später. Das war McSimmens. Sie haben die Leiche des dritten Jungen gefunden; er wird uns gleich alles erzählen."

Sie gingen zurück in sein Büro und hörten sich über den Lautsprecher von Seans Laptop McSimmens' Ausführungen an. Cat konzentrierte sich auf die Worte und nahm alles auf, doch immer wieder blitzte ein kurzer Gedanke dazwischen: Was wollte er fragen? Es ging um damals!

Nach der Skypekonferenz diskutierten sie den Fall, warfen Fakten in den Raum und an das Whiteboard, hängten die Tatortphotos unter die Schulphotos der Jungen – McSimmens hatte das neuste Photo geschickt und Robert druckte es an Seans Desktop aus. Drei Jungen, ein Mörder. Das gleiche Nylonseil. Die Verletzungen des Ersten und des Dritten der verschwundenen Jungen waren annähernd identisch; die Leiche des zweiten Jungen war zu stark verwest, um auf dem Photo Genaueres zu erkennen. Das konnte nur Don bestätigen. Doch sie würden es selbst sehen, denn bei seiner Obduktion würden sie dabei sein, morgen in Denver.

Es war bereits neunzehn Uhr dreißig, als Sean die Diskussion abbrach; sie hatten einige gute Stichpunkte gesammelt und Mutmaßungen ausgesprochen. Robert Briggs stellte eine ausgezeichnete Frage: Warum ließ der Mörder die Jungen am Leben, warum starben sie an Unterkühlung? Wie konnte er sich so sicher sein, dass die Jungen nicht rechtzeitig genug gefunden werden würden, um ihren Entführer zu verraten? Das war eine sehr gute Frage, woher die Sicherheit?

Sean wies Cat an, ein Photo des Whiteboards zu machen und auf ihre iPads zu schicken, so dass sie sich morgen früh im Flugzeug alles noch einmal ansehen konnten. Sie würden von der Marine Base hier in Quantico mit einer Militärmaschine nach Denver fliegen, der Obduktion von James Everett beiwohnen und mit Don in den Nationalpark fahren. Immerhin war der letzte Fundort erst einen Tag alt, man wusste nie, was es noch zu finden gab. Gegen Abend ging es dann weiter nach Gunnison. In den nächsten Tagen sollten Eltern, Lehrer und Zeugen befragt werden – erst in Gunnison, dann in Montrose. Vor ihrer Rückkehr nach Virginia wollten sie noch nach Gypsum, das nördlich des Nationalparks lag – der Ort, aus dem das erste, mittlerweile identifizierte Opfer stammte: Jonathan Braider.

Sean hatte sie angewiesen, eine Tasche für etwa zehn Tage zu packen. Sie nahmen die Ordner und verabschiedeten sich, um packen zu gehen. Treffpunkt war am Haupteingang morgen früh um sieben Uhr, so würden sie spätestens gegen acht starten und um neun Uhr Ortszeit in Denver eintreffen. Sean sprach mit Bob und bat ihn, die Logistik zu erledigen – Hotels waren zu buchen, ein Mietwagen zu organisieren und die lokalen Behörden zu verständigen –, danach ging er wieder in sein Büro und rief Don an.

Als er endlich in seinen Wagen stieg, der immer noch auf dem Besucherparkplatz stand, war es bereits halb zehn. Er musste raus nach Stafford, um selbst sein Gepäck zusammenzusuchen. Hier in der Akademie hatte er nur die Sachen, die er während der Ausbildung benötigte, und das, was er heute in Washington getragen hatte, doch er brauchte mindestens zwei Anzüge und alles Dazugehörige. Die Nacht würde kurz werden – besonders, da er morgen wieder hierher fahren musste, doch das ließ sich nicht ändern.

Andererseits hatte er in seinem Haus noch einige Flaschen des Pinot, den Don und er im August zur Genüge getestet hatten, und ihm war nach ein, zwei Gläsern, damit er Schlaf finden konnte.

Es war ruhig auf der Straße, die vom Gelände führte, und außer einem Militärjeep kam ihm niemand entgegen. Er dachte über Cat nach – fast hatte er sie heute gefragt, warum sie damals geredet hatte. Er bereute, dass er keine Zeit gefunden hatte, nochmals mit ihr einen Moment allein zu sein. Es brannte auf seiner Seele zu erfahren, was passiert war, warum sie das Versprechen gebrochen hatte. Aber es ging nicht nur darum: Er hatte sich daran gewöhnt, den Abend mit ihr auf dem Brick zu verbringen, in ihrer Nähe zu sein.

Als er den letzten Kontrollposten der Base passiert hatte, bog er auf den Highway 95 ab und öffnete ein wenig das Seitenfenster, um sich ein Zigarette anzuzünden. Er musste lächeln; sie rauchte, das hatte er nicht gewusst – aber was wusste er schon von der Frau Catherine Kampell? Er hatte Cathy nur als Teenager gekannt.

Das Einzige, das er mit Sicherheit wusste, war, dass er es liebte, in ihrer Nähe zu sein, es beruhigte und erregte ihn zugleich. Wie oft in den letzten Wochen, wenn sie gemeinsam abends liefen und er den Lehrstoff abfragte, hatte er das Bedürfnis gehabt, sie zu berühren. Er hätte einiges dafür gegeben, sie zu umarmen, sogar zu küssen. Verdammt noch mal, er war dabei, sich von Neuem in Cathy zu verlieben. Nein, er war bereits verliebt, das musste er zugeben, wenn er ehrlich war, denn seine Gefühle waren längst über einen Beschützerinstinkt hinausgewachsen. Sie war klug; mehr als das: sie war hochintelligent, schön, sexy, und dann war da immer noch etwas von der Cathy, für die er einmal gestorben wäre.

Eine Nacht hatte er mit ihr verbracht. Sie war noch ein Teenager gewesen, so verdammt jung, dennoch hatte er es als intensiv und leidenschaftlich empfunden. Vielleicht lag es daran, dass alles in völliger Dunkelheit passiert war, vielleicht war es, weil sie beide Todesangst hatten, vielleicht, weil er kurz vor einem Nervenzusammenbruch gestanden hatte, damals. Dennoch, es war der aufregendste Sex gewesen, den er je gehabt hatte.

Jetzt war sie eine Frau und ihr Körper perfekt; ihm war nicht entgangen, dass die Mehrzahl der männlichen Rekruten sich den Hals verrenkten, wenn sie vorbeiging, selbst Robert Briggs schien sie mehr als nur freundschaftlich zu betrachten. Eifersucht und Stolz kam dann in ihm auf – ihr Lächeln aber schien nur für ihn bestimmt zu sein.

„Verflucht noch mal", grunzte er laut und drückte die Zigarette im Aschenbecher aus. Warum musste immer alles so verdammt kompliziert sein? *Reiß dich zusammen*, denn wenn Don in den nächsten Tagen irgendetwas von seinen Gefühlen auch nur erahnte, würde er wie Rumpelstilzchen um ihn herum hüpfen und mit seiner Glock auf Seans Kniescheiben zielen. Vielleicht sollte er ihm alles erzählen? *Nein!* Dann hätte er die Glock zwischen seinen Augen. *Verflucht noch mal!*

KAPITEL VIER

Denver, Dienstag, 20. November 2018

Sie stiegen aus dem Grand Cherokee Overland. Bob, der Verwaltungsangestellte oder, offen gesagt, Sekretär, kannte Seans Vorliebe für den Wagen und wann immer die Autovermietung so etwas zur Verfügung stellen konnte, mietete er es. Denver war dafür der richtige Platz, denn von hier starteten im Winter die Wohlsituierten nach Aspen zum Skifahren. Abgesehen davon war der Overland ein ausgezeichneter Wagen, wenn es um meterhohen Schnee ging. Sean hatte ihn sich damals während seiner Zeit in Los Angeles gekauft, was vom Klima her eine reine Verschwendung gewesen war. So ein Wagen gehörte in die Berge und in den Schnee. Selbst Cathy musste grinsen, als sie den Wagen sah; sie war unzählige Male darin gefahren, als Sean sie damals als ihr persönlicher Wachhund in L.A. von A nach B brachte.

Die Tiefgarage in der Stout Street, dem Standort der FBI-Pathologie in Denver, war nicht anders als die von anderen Bureaus überall in den Vereinigten Staaten: Beton und Sicherheitsmaßnahmen. Jedenfalls sah das Gebäude von außen freundlicher aus, im Neorenaissance-Stil gebaut, mit einem angenehmen weißen Anstrich, am Eingang das Schild „Federal Building, US Customs House“. Nichts schrie lauthals: „Hallo, hier sitzt die Pathologie des FBI.“ Zwar war das offizielle FBI-Außenbüro in die nur knapp vier Kilometer entfernte 8000 East 36th Avenue umgezogen, doch man hatte das ältere Gebäude hier für die Pathologie beibehalten. Darum konnten sich auch die wenigsten, die täglich hier vorbeiliefen, vorstellen, dass man den Aufzug nur mit Swipecard benutzen konnte, die Etagen im ersten und zweiten Untergeschoss nur sah, wenn man eine Marke mit einem goldenen Adler besaß – aber erst recht nicht, dass dort eine voll eingerichtete Pathologie vorhanden war, in der momentan die Leichen von zwei kleinen Jungen lagen, deren Namen jeder in den gesamten USA kannte, sofern er gelegentlich mal Nachrichten sah.

Sie traten durch die Metalltür des Autopsiesaals. Sean sah Don sofort, er stand mit einer Frau in grünem, klinischem Overall zusammen an einem Waschbecken. Don winkte und bedeutete ihnen, bei der Tür zu warten. Nach ein paar Sekunden kam er herüber, gab jedoch niemandem die Hand.

„Hi Don", meinte Sean lapidar. Er zeigte auf Briggs und Kampell und stellte sie vor. Don sah über seine Brille, die auf der Nasenspitze saß, und nickte.

„Don Viggen", sagte er schroff, was für ihn nicht ungewöhnlich war, und taxierte Cat eine Sekunde zu lang.

„Also, Leute, wenn ihr bei der Autopsie dabei sein wollt, dann nur in voller Montur. Ich will die Leiche nicht noch weiter kontaminieren, die State Ranger haben schon ganz Arbeit dabei geleistet. Auch werdet ihr für die mentholgetränkten Masken dankbar sein, tolle neue Erfindung." Er sah noch mal kurz von Cat zu Sean und zog eine Augenbraue hoch. Sean konnte die Glock an seiner Stirn förmlich fühlen.

„Also, der Junge ist seit mehr als drei Wochen tot und sieht dementsprechend aus. Wenn mir einer von euch Grünschnäbeln in den Saal kotzt, ist die Hölle los, kapiert?"

„Ja, Sir", kam es schockiert von Robert. Sean schüttelte den Kopf und ging zum Regal, um sich einen Overall und die anderen Accessoires zu holen. Die beiden folgten ihm. Nachdem sie von Kopf bis Fuß eingekleidet waren und den Mundschutz vor die Nase geschoben hatten, traten sie an den Tisch, auf dem ein kleiner schwarzer Leichensack mit Frontreißverschluss lag. Sean trieb es ein wenig die Tränen in die Augen, denn der Geruch von Menthol stieg in seine Nase – nicht unangenehm, doch man musste sich daran gewöhnen.

Don zog den Reißverschluss auf und schlug den Leichensack mit einer dramatischen Bewegung zur Seite; typisch Don, ein bisschen Drama gehörte dazu. Er genoss es, die beiden zu schockieren, und verfehlte seine Wirkung nicht, denn Robert Briggs wandte sich mit einem Stöhnen ab und ging ein paar Schritte zurück.

Sean bemerkte, dass Cat ruhig stehen blieb und unverändert auf die stark verweste Leiche des Jungen starrte, ihre Augen wach; doch durch die Maske konnte er nicht sehen, ob sie blass geworden war. Robert rannte aus der Tür und sie konnten vom Flur ein Würgen hören.

„Der arme Mülleimer im Flur! Ich sage euch, der hat schon viel ertragen müssen – die meisten Feds ernähren sich von Junkfood, also Scheiße; dementsprechend sieht dieser arme Mülleimer fast immer nur Scheiße."

„Don, halt doch einfach den Mund", fuhr Sean dazwischen.

„Na, Agent Kampell, nicht doch eine Runde kotzen?", fragte Don unbeirrt.

Cat sah ihn an, dann sagte sie ganz ruhig: „Vielleicht später, Agent Viggen. Ich meine, wenn ich mir noch mehr Ihrer Kommentare anhören muss, vielleicht auch früher."

Sean grinste in sich hinein.

„Uuhu", war alles, was Don sagte, dann wurde er ernst. „Also, kümmern wir uns um James Everett aus dem schönen Gunnison. Sean, assistierst du mir? Meine gute Fee hat nebenan noch was zu erledigen. Sie, Agent Kampell, dürfen zuschauen."

Es wurde ein verdammt langer Vormittag und Sean tat das Kreuz weh, da der Seziertisch auf Dons Größe engestellt war und er sich die zwei Stunden ständig zu tief bücken musste. Das Kind vor ihnen, oder besser die Leiche, denn man mochte keinen Augenblick darüber nachdenken, dass es jemals ein Kind gewesen war, hatte fast identische Verletzungen wie Micki Mullen. Die Handgelenke waren tief eingeschnitten von einem Nylonseil, auf der Haut waren immer noch Verbrennungen zu erkennen, in Größe und Form von Zigaretten. Es waren viele, und wer sich jemals an einer Zigarette verbrannt hat, weiß, welche Schmerzen dieser Junge hatte aushalten müssen. Am Oberkörper und im Genitalbereich Brandwunden; der Fuß und Teile der rechten Wade fehlten gänzlich – Wildtiere, Bissspuren von Füchsen oder Mardern; man konnte nur hoffen, dass er bereits tot gewesen war, als es passierte. Vorsichtig drehten Sean und Don den im Verfall begriffenen Körper um. Robert war mittlerweile wieder hereingekommen und stand nun tapfer neben Cat. Don sprach die ganze Zeit in das Mikrophon, das über dem Tisch hing.

„Verletzungen des Anus, gewaltsames Eindringen. Sean, gib mir bitte die Pinzette und ein Glasröhrchen."

Er zog etwas aus dem Fleisch, das wie ein Splitter aussah, und stopfte es in das Glasröhrchen, verschloss dieses und hielt es gegen das Licht.

„Sieht nach einem Holzsplitter aus", meinte Sean, als er sich das Röhrchen betrachtete.

„Ja, würde ich auch sagen. Davon ist noch viel mehr hier, es ist bis in den Dickdarm eingedrungen." Don zog weitere Splitter heraus. „Wenn mich jemand fragt: er wurde mit einem Stück Holz penetriert, vielleicht einem Ast. Denn hier ist ein Stück, das wie Borke aussieht. Das können wir später mit den Bäumen am Tatort abgleichen."

„Scheiße“, entfuhr es Robert, aber er sprach nur aus, was alle dachten.

„Todesursache verbluten“, schloss Don die Autopsie und schaltete das Mikro ab. „Dieser Junge hatte es besonders schwer, es war noch nicht kalt genug im Oktober, um zu unterkühlen, er starb am Blutverlust.“

„Wie?“, fragte Robert Briggs.

„Tiere, die Bisswunden“, erklärte Sean.

„Oh Gott!“, murmelte Cat.

Sie verließen gemeinsam die Pathologie und fuhren aus der Tiefgarage. Don hatte die Assistenzpathologin angewiesen, den Bericht über die Autopsie nach Washington zu senden.

Jetzt saß er neben Sean auf dem Beifahrersitz und schlug ungehalten bereits das dritte Restaurant vor, bis Sean endlich stoppte. Es war kurz vor zwölf und Don hatte Hunger.

Bless you, Don, war alles, was die anderen dachten. Sie hielten vor einer kleinen Pizzeria, die er als einen Geheimtipp in Denver verkaufte. Außer Don hatte keiner von ihnen richtig Appetit, Sean nahm aber einen italienischen Salat, während Don sich sein Saltimbocca schmecken ließ. Cat und Robert kämpften schluckweise mit ihrem Eistee. Sean aß die Hälfte seines Salats, der außergewöhnlich gut schmeckte – Don und seine kulinarischen Geheimtipps –, dann schob er ihn in Richtung Cat und Robert.

„Versuchen Sie es. Wir fahren von hier aus direkt zum letzten Fundort, bis zum Abend gibt es nichts mehr – besser, Sie haben etwas im Magen.“

Die beiden nahmen ihre Gabeln und stocherten zunächst im Salat herum, doch während des folgenden Gesprächs leerte sich der Teller recht schnell.

„Also, Don, was hast du?“, begann Sean.

„Tja, vor allem ein Nylonseil – ein wirklicher Anhaltspunkt, es ist ein spezielles Material, das zum Bergsteigen benutzt wird. Kein amerikanisches Produkt, aus Österreich; jeder Kletterprofi, und ich meine die richtigen Freaks im Klettern, benutzt das. Unser Mörder kennt sich aus mit dem Bergsteigen."

„Österreich?", fragte Cat.

„Ja, aber man kann das im Internet genauso schnell bestellen. Darum geht es nicht. Es geht darum, dass er ein Bergfreak ist."

„Was hältst du von den Verletzungen?", meinte Sean und nahm einen Schluck Cola light.

„Das fragst du mich? Nee, nee, du bist der Experte, leg schon los", sagte Don mir viel zu vollem Mund. „In Restaurants bist du doch immer am besten", fügte er hinzu, so dass sich Cat und Robert wunderten. Don und Sean hatten in einem kleinen Restaurant gegessen, damals, als es um die Sektenmorde gegangen war – ein Brainstorming über einer herrlichen Portion Muscheln, und Sean hatte dabei einen der wichtigsten Anhaltspunkte in dem Fall entdeckt.

„Na gut", erwiderte Sean und schien einen Moment nachzudenken, „irritierend sind die Brandwunden – Wut, Zorn, schrei nur. – Aber ich lasse dich am Leben, warum?"

Er starrte vor sich hin, war ganz woanders. Cat beobachtete Sean und sah etwas, das sie nie zuvor bei ihm gesehen hatte: *Er versetzt sich in den Mörder*, dachte sie betroffen.

„Ich bin nicht verantwortlich, wenn du stirbst, ich habe dich nicht getötet …", sagte er leise, fast zärtlich, dann wurde seine Stimme wieder hart: „Mehr ist da nicht, Don."

„Ist doch ein Anfang. Was hältst du von den Penetrationen?"

„Du meinst das Holzstück?"

Don nickte. „Bei allen drei Jungen; wir haben die Laborergebnisse zwar noch nicht vollständig vorliegen, doch wenn ich wetten müsste, dann sind es Äste. – Impotent?", fragte er dann.

„Vielleicht", kommentierte Sean.

„Also nein, eine Frau?"

„Die Statistik sagt nein, ich sage: möglich!" Sean hob die Hände.

„Ein Kind?"

„Nicht dein Ernst, oder?", erwiderte Sean.

Diesmal war es Don, der entschuldigend die Hände hob. Cat und Robert folgten der Diskussion fasziniert.

„Ich bin ein verletztes Kind, weiß, wie weh es tut verbrannt zu werden, ich werde missbraucht, weiß, wie es ist, in den Arsch gefickt zu werden ... raste aus; ein kleiner Junge, nur so ..." Don unterbrach sich und wartete auf Sean.

„Nein, kein Kind, ein Teenager, vielleicht ...", Sean hielt inne, „... auch nicht. Warum lässt er sie am Leben? Okay, er vermindert damit seine Schuld, aber ich glaube, er will erwischt werden. Dem ganzen endlich ein Ende setzen. Wenn du mich fragst, sind die drei Jungen nicht die ersten Opfer."

Don nickte langsam, als ob er das Gesagte überdächte.

„Okay, sehen wir uns den Fundort an. Auf geht's."

Cat und Robert schwiegen die ganze Zeit, das war alles viel zu schnell gegangen und sie kannten Don und Sean zu wenig, um zu verstehen, was zwischen ihnen nicht gesagt werden musste. Dennoch war es faszinierend, mit welcher Sicherheit die beiden Agenten geredet hatten.

Erst vier Stunden später kamen sie in der Stadt Gunnison an; sie hatten sich mit der Zeit ziemlich vertan und es war kurz nach sechzehn Uhr. Zu spät, um noch in den Nationalpark zu fahren; die Sonne stand schon zu tief und in einer halben Stunde würde es dämmern. Don hatte die Park Ranger von unterwegs angerufen, um den Termin auf den nächsten Morgen zu verlegen. Er sprach auch mit dem zuständigen Sheriff, der die Ermittlungen im Fall James Everett führte, sie wollten ihn um sechs Uhr im *Quality Inn* treffen, dem Hotel, das für sie gebucht war. Er hatte vorgeschlagen, sie abzuholen und in *Josef's Restaurant* essen zu gehen, einem der beiden Restaurants in Gunnison, die in der Nähe des Inns lagen – oder auch eines der zwei Restaurants von Gunnison überhaupt. Es war ein noch kleinerer Ort als Montrose; Gunnison bestand aus etwas über fünftausend Einwohnern, also eine Stadt, wo jeder nahezu jeden kannte und das Verschwinden und der Mord von James Everett das Ereignis des Jahrhunderts war. Sie rechneten damit, dass man bereits wusste, dass die Feds unterwegs waren.

Es hatte in Gunnison in den letzten zwanzig Jahren nicht einen einzigen Mordfall gegeben, Kleindelikte lagen in der allgemeinen Statistik proportional zum Rest der USA. Dementsprechend bestand das Sheriff's Department aus vier Leuten: dem Sheriff, einem Hilfssheriff und zwei Verwaltungskräften. Sean hoffte, dass der Sheriff ein verständiger Mann war und sich wohl bewusst, dass die Angelegenheit über seine Möglichkeiten hinausging. Doch er machte sich nicht allzu viele Sorgen, denn aus Erfahrung wusste er, dass die Menschen der amerikanischen Kleinstädte unterschätzt wurden – sie sorgten gewöhnlich dafür, dass verantwortliche und kluge Leute gewählt wurden, wenn es um das Amt des Sheriffs ging. Beim Bürgermeisteramt war das etwas anders, da ging es fast immer um Geld und Ansehen, doch wenn es ihre eigene Sicherheit betraf, hatten die meisten das richtige Gefühl. Oft waren es ruhige, erfahrene Männer, die ihre Pappenheimer in der Stadt kannten und mehr durch Prävention erreichten, als die teuren Programme in den Großstädten es sich je erträumen konnten.

Sheriff Richard Berkham war genau so ein Mann: freundlich, doch distanziert. Er trug Uniform, als er mit den auffällig gut gekleideten FBI-Agenten bei *Josef's* ankam. Klar hieß der Eigentümer, Koch und in ihrem Fall auch Kellner Josef. Das Restaurant war gut besetzt, obwohl es Dienstag war, doch Josef führte sie an einen Tisch, der ein wenig mehr Privatsphäre zuließ als die üblichen Vierertische. Sie waren mittlerweile alle etwas müde, waren früh aufgestanden und die Obduktion hatte Adrenalin gekostet, außerdem war Sean die ganze Zeit selbst gefahren und die Fahrt hatte ihn gelangweilt.

Nachdem sie Josefs Empfehlungen einfach folgten und auf ihre Getränke warteten, begann Sheriff Berkham zu erzählen, so als ob er es ihnen schuldig wäre. Er sprach über James Everett, den siebenjährigen Jungen, der nun fast vier Wochen vermisst gewesen und erst gestern gefunden worden war. Er stammte aus einer der, wenn man sie so nennen konnte, vielleicht bekannteren Familien in Gunnison, denn er war der Sohn des Pfarrers der *Christian Church of Colorado* am Ort. Seine Mutter: eine Hausfrau, die, wie es von ihr erwartet wurde, im Landfrauenverein tätig war. Religiös, seriös und untadelig. Laut Sheriff Berkham war auch James wie seine Erzeuger: lieb, zurückhaltend und außerdem ein guter Schüler. Er spielte Basketball in der Schulmannschaft und war Mitglied der christlichen Pfadfindergruppe, die sein Vater selbst ins Leben gerufen hatte.

Sean wurde ein wenig wacher, als er das hörte. „Sagen Sie, Sheriff, was macht so eine Pfadfindergruppe?“

„Nennen Sie mich ruhig Richard“, sagte dieser, bevor er ansetzte, die Frage zu beantworten: „Was man so macht bei den Pfadfindern – die Parks säubern, Kekse verkaufen und natürlich im Nationalpark wandern und klettern.“

„Klettern? Auf Berge?“

„Nein, die Kids sind mehr im Black Canyon unterwegs, es geht ums Abseilen, den Pionieren auf der Spur, die damals einen Übergang über den Fluss suchten.“

Sean runzelte die Stirn. Richard lachte, dann begann er, über den Black Canyon zu sprechen. „Der erste Europäer im Westen Colorados war der Spanier Juan Rivera im Jahre 1765. Er sah den Black Canyon als unpassierbar an, genau wie die Franziskaner Domínguez und Escalante bei ihrer Expedition im Jahre 1776. Captain John Gunnison überquerte im September 1853 den Fluss, der später nach ihm benannt wurde, zog dann aber weiter westwärts zum Uncompahgre River. Der erste schriftliche Bericht stammt von der Hayden-Expedition, die 1873 Gunnisons Reiseroute folgte – auch dieser erklärt den Canyon rundweg für unpassierbar. Im Jahre 1882 gab es einen erneuten Versuch, als die *Denver & Rio Grande Railroad* ihr Schienennetz nach Westen ausdehnen wollte. Der Landvermesser Byron Bryant wurde beauftragt, den Black Canyon zu erkunden. Nach 68 Tagen schwerer Arbeit erreichten er und seine Männer das andere Ende mit dem Ergebnis, dass eine Bahnlinie durch den Canyon wirtschaftlich nicht zu vertreten wäre.

Ende des 19. Jahrhunderts wollten die Farmer des benachbarten Tals Wasser vom Gunnison River umleiten, um ihre Felder zu bewässern. Zu diesem Zweck sollte ein Tunnel vom Black Canyon durch die Vernal Mesa gebohrt werden. Um die Rentabilität dieser Möglichkeit festzustellen, starteten im Jahre 1900 John Pelton aus Montrose, William Torrence von der *Montrose Electric Light and Power Company* und eine kleine Gruppe Freiwilliger von Cimarron aus in Booten zu einer Expedition des Canyons. Aus dem geplanten 5-Tage-Trip wurde eine einmonatige Odyssee. An einer unpassierbaren Engstelle, die heute ‚The Narrows' genannt wird und wo der Canyon 518 m tief, aber nur 12 m breit ist, gaben sie auf und verließen die Schlucht durch den nächstgelegenen Seitencanyon. Sie nannten den Ort ihres Scheiterns ‚Falls of Sorrow'. Ganz in der Nähe wurde Jonathan Braider gefunden."

Alle vier waren baff und Don stotterte: „Mann, sind Sie nebenberuflich Reiseleiter?“

Der Sheriff lachte wieder laut auf. „Nein“, er schüttelte theatralisch den Kopf, „doch ich halte immer mal wieder eine Heimatkundestunde in der Schule – nehme das sehr ernst.“

„Das merkt man“, meinte Sean und schmunzelte. „Gar keine so schlechte Idee, das den Sheriff machen zu lassen! Ich hätte vielleicht auch zugehört, wenn unser Sheriff die Stunde gehalten hätte.“

Richard zwinkerte und zeigte zustimmend mit dem Zeigefinger auf ihn.

„Sagen Sie, Richard“, warf Cat ein, „wenn die Kids sich dort abseilen, stellt die Schule die Gerätschaft, ich meine Ausrüstung, Seile, Sicherheitshelme und so?“

„Nein, das machen die Park Ranger, es sind auch immer einer oder zwei von ihnen dabei – das muss sein, schon allein versicherungstechnisch.“

Josef brachte ihr Essen: Ribeye-Steak. Er hatte wohl befunden, dass es das Beste war, was seine Speisekarte zu bieten hatte; dazu servierte er Folienkartoffeln und gegrilltes Gemüse in Portionen, die mindestens zwei ausgewachsenen Männer gereicht hätten. Sean und Don kannten das und begannen zu essen, während Cat und Robert immer noch entsetzt auf ihre Teller starrten.

„Wie viele Ranger begleiten die Kinder?“, fragte Robert und schnitt in die halbe Kuh, die vor ihm lag.

Der Sheriff sah ihn argwöhnisch an. „Wieso, Sie verdächtigen doch nicht einen unserer Ranger, oder?“

Sean spielte das sofort herunter. „Um Gottes Willen. Was Agent Briggs nur wissen wollte, ist, wer mit James unterwegs war, so dass wir ihn befragen können, ob etwa der Junge von einem Fremden geredet oder sonst irgendwas erzählt hat.“

Richard sah Sean lange an, dann nickte er. „Wir haben vier Ranger, die mit den Kindern wandern, alles hochanständige Leute, ich verbürge mich für sie."

„Wir werden sie morgen treffen. Geben Sie uns bitte die Namen, um sicherzustellen, dass wir auch mit den Richtigen reden."

„Klar, kein Problem", meinte der Sheriff und wandte sich wie schon die ganze Zeit an Sean. Don schwieg, er war es gewohnt, ignoriert zu werden, wenn Sean dabei war – durch seine Größe und sein Aussehen wurde er immer als der Leiter der Ermittlung angesehen; wer traute einem Zwerg wie ihm schon die Leitung zu? Kein Grund für Grundsatzdiskussionen, dafür schmeckte das Steak auch viel zu gut.

Später, nachdem Richard sich am *Quality Inn* von ihnen verabschiedet hatte, saß Sean mit Don in seinem Zimmer. Es war angenehm: zwar einfach, aber gemütlich mit einem Touch ländlicher Liebenswürdigkeit; Twin Beds, ein kleiner Marsriegel auf dem Kopfkissen – das fand man nur noch in Kleinstädten. Don hatte sich auf eines der Betten geworfen, sich aus der Minibar einen Wodka Tonic gemischt und schob sich gerade Seans Schokoriegel in den Mund.

„Warum ist Kampell hier?", nuschelte er, die Schokolade kauend, so plötzlich und unverblümt, wie es typisch war für Don.

Sean goß sich ein Glas Rotwein ein – immerhin ein kalifornischer – und versuchte nicht zusammenzuzucken, als er hörte, was Don sagte. *Fuck, die Glock an der Kniescheibe.* Er antwortete aber sehr ruhig: „Weil sie ein Star ist, genau wie Briggs."

„Aha."

„Aha dich selbst. Was willst du?"

„Och, nix, ich dachte nur", meinte Don in gelangweiltem Ton.

„Was dachtest du?“ Sean spürte, wie der Abzug der Glock gespannt wurde.

„So in natura ist sie scharf, nicht dumm und hat eine gesunde Frechheit – nicht schlecht, was sie in der Pathologie sagte mit dem Kotzen über meine Kommentare.“

„Und?“

„Ganz dein Typ.“

„Was weißt du schon über meinen Typ?“ *Kurz anhalten*, dachte Sean, *gleich knallt es und meine Kniescheibe ist Matsch.*

„Na ja, ich kenne immerhin Corey und habe den einen oder anderen Kommentar von dir gehört, wenn du dich mal mit mir in den gesellschaftlichen Dschungel einer Bar oder eines Clubs gewagt hast.“

„Don, cut the crap. Was willst du?“ Offensive, auch wenn es damit ein Schuss zwischen die Augen würde.

Don nahm einen tiefen Schluck von seinem Wodka Tonic und lächelte verschmitzt. „Nate, du hast keine Ahnung, wie gut ich dich kenne. Du bist ein beschissener Romantiker und wenn du glaubst, ich habe vergessen, wie du dieses Mädchen aus der Kirche in Camino Esperanto getragen und sie angesehen hast, dann bist du nicht nur ein beschissener Psychologe, sondern auch ein Idiot. Du hast Corey nie so angesehen. Glaubst du wirklich, ich weiß nicht, dass du mit Catherine geschlafen hast? Mann, ich bin dein Freund und habe von dir mehr gesehen, als dir lieb ist. Die ganze Engelsscheiße – schon vergessen? Ich habe dich in der geschlossenen Abteilung einer Psychiatrie besucht.“

Sean lehnte sich gehen die Streben seines Bettes. *Bäng, zwischen die Augen, wie erwartet.* Er nickte langsam und starrte geradeaus. „Ich bin verliebt, es stimmt.“

Don sagte nichts.

„Es ist falsch, ich weiß, aber es ist etwas, was ich wirklich will – *sie* ist, was ich will. Verstehst du das?“

Stille. Don und seine verbalen Ergüsse.

„Don?“

„Willst du Absolution? Nicht von mir!“

„Weißt du was, warum gehst du nicht auf dein Zimmer? Es ist spät und wir haben morgen einen langen Tag vor uns.“ Das Einzige, was Sean in dem Moment einfiel.

Don lachte hämisch. „Klar, das hättest du wohl gerne. Aber bevor ich das tue, mein Freund, lass dir was gesagt sein: Du vergisst, ich leite hier den Fall. Ich will wissen, womit ich es zu tun hab. Du und sie, das ist ersichtlich, und dann ist da noch Briggs, der auch ein wenig zu viel Aufmerksamkeit auf Ms. Kampell verschwendet.“

„Es wird die Ermittlungen nicht beeinträchtigen“, sagte Sean viel zu scharf.

„Nate, es wird die Ermittlungen beeinträchtigen und das weißt du. Willst du wissen, was ich denke?“

Sean zögerte, dann fragte er in patzigem Ton: „Was?“

Don setzte sich auf den Bettrand, leerte sein Glas und sah ihn an. „Leg sie flach und dann hak das Thema ab.“ Damit verließ er ohne ein weiteres Wort den Raum.

Sie hatten sich nach dem Frühstück umgezogen, die schwarzen Drillichhosen steckten in festen Wanderstiefeln, alle trugen die gleichen warmen grauen Sweatshirts und kurzen blauen Winterjacken mit den gelben Buchstaben des FBI auf dem Rücken. An den Gürteln hingen die Safariholster mit Glock und angehefteter FBI-Marke. Die wenigen Touristen, die mit ihnen das *Quality Inn* verließen, verrenkten sich den Hals, und sie beeilten sich, schnell in den Wagen zu kommen, bevor noch einer auf die Idee käme Photos zu machen.

Das Visitor Center am Gunnison Point lag weit außerhalb. Man hatte sie informiert, dass der letzte Fundort auf halbem Weg den Abhang hinunter in Richtung Black Canyon lag, und je tiefer sie kämen, umso kälter würde es werden. Sean war heute Morgen noch schweigsamer als normal; er hatte Briggs gebeten zu fahren, saß auf dem Beifahrersitz und starrte aus dem Fenster.

Don saß mit Cat hinten und sie einigten sich darüber, wie sie mit den Rangern den Fall besprechen konnten, ohne ihren Argwohn heraufzubeschwören. Nachdem der Sheriff gestern so empfindlich reagiert hatte, wollten sie es sich mit ihnen nicht verscherzen. Die Menschen hier waren Fremden gegenüber vorsichtig und wenn sie erst einmal zumachten, dann war es schwer, wieder den Zugang zu finden, egal, ob man nun vom FBI war – oder besser gesagt, gerade, wenn man vom FBI war. Sie hatten beim Frühstück vereinbart, dass Cat beim Abstieg eine entspannte Unterhaltung mit den Rangern anfangen sollte; als Frau, und leider war das immer noch so, galt sie als ungefährlicher. Da sie dazu noch äußerst attraktiv war, würden die Männer bestimmt mit ihr flirten und sie würde das ausnutzen, um an Informationen heranzukommen. Briggs sollte sich zurückhalten, Don eindeutig die Leitung der Gruppe zeigen und Sean wollte die Männer nur beobachten und zuhören.

Bei der Ankunft erwarteten die vier Ranger sie bereits. Sie saßen in ihrem weißen Ford Explorer, denn es war ein kalter Morgen, auch wenn der Himmel hier überirdisch blau erschien und die Sonne strahlte. Sie stiegen aus, in warmer Outdoorkleidung und mit Kletterseilen samt Karabinerhaken um den Oberkörper gewickelt. Don ging auf sie zu und schüttelte dem Mann, der aus der Gruppe vorgetreten war, die Hand. Der große Mann war der Vorgesetzte, ein kräftiger Naturbursche mit einer gesunden Gesichtsfarbe und eisblauen Augen, denen nichts zu entgehen schien. Er stellte sich als John Kaylor vor; dann erschien ein Lächeln auf seinem Gesicht, mit dem er Menschen einfach vereinnahmen konnte.

Er wirkt sympathisch, ehrlich und durch und durch gut, dachte Sean.

Das dunkle Haar wies keine Spur von grau auf, es war mittellang und mit einem Seitenscheitel geteilt; breite, trainierte Schultern und lange Beine; doch die Haltung war das Auffälligste an ihm, er stand, mit seinem Hut in der Hand, kerzengerade vor ihnen und war nur wenige Zentimeter kleiner als Sean. Kaylors Assistenten Jacob Harris, William Jackson und Daniel Mitchell waren alle Mitte/Ende zwanzig und damit um zehn, vielleicht fünfzehn Jahre jünger als Kaylor, doch das war schwer zu schätzen, denn die ständige frische Luft und das Wetter hier in den Bergen gerbte die Haut. Man gab sich der Reihe nach die Hand, und wie erwartet hielten die jüngeren Männer Cats Hand etwas länger.

„Wir müssen hinunter zum Black Canyon. Ich nehme an, Sie alle sind fit genug“, sagte Kaylor formell und blicke Don etwas zweifelnd an. „Dann dauert der Abstieg etwa eine Stunde. Das Problem wird der Aufstieg; wir sollten drei Stunden veranschlagen. Jetzt ist es neun. Das heißt, drei Stunden, bis etwa ein Uhr, können Sie sich dort umsehen, dann müssen wir zurück. Ab vier wird es um diese Jahreszeit schon ziemlich dunkel im Canyon.“

„Müssen wir steigen? Weil Sie die Seile und Ausrüstung dabei haben?“, fragte Cat.

Kaylor zeigte wieder sein unverwechselbares Lächeln, diesmal etwas amüsiert. „Nicht richtig steigen, junge Frau, nur ein kleines Stück wird es steil, am Fundort ist es besser, wenn wir angeseilt sind.“

Don holte den Forensik-Koffer aus dem Auto und nickte. Die Ranger sahen ihn überrascht an und Sean konnte ihre Gedanken förmlich hören: *Viel Glück beim Schleppen, Kleiner.*

Sean trat zu Don und nahm ihm den Koffer ab. Es waren immerhin um die dreizehn Kilo, die so ein Spurensicherungskoffer wog, und Sean war sich nicht sicher, wann Don das letzte Mal ein Fitnessstudio von innen gesehen hatte. „Robert, wir wechseln uns damit ab", sagte er knapp und folgte den Rangern, die bereits einen kleinen Weg eingeschlagen hatten, der stetig nach unten führte. Es war ein steiler Weg, der zum Teil aus grobem Geröll bestand, auf dem man immer wieder ins Rutschen kam; man musste schon verflucht trittsicher sein, um hier gesund runter zu kommen. Es herrschte Schweigen, außer bei Cat, die sich charmant mit zweien der jüngeren Ranger unterhielt.

Eigentlich ein herrlicher Morgen, wenn man nicht gerade auf dem Weg zu einem Leichenfundort war. Die Sonne schien warm, es war windstill im Canyon und der harzige Geruch von Krüppelkiefern stieg ihnen in die Nase.

„Sagen Sie, Mr. Kaylor, wie wurde der Junge eigentlich gefunden? Sie machen doch seit September keine Führungen mehr hier runter?", schnaufte Don.

Kaylor blickte über die Schulter, denn sie marschierten im Gänsemarsch hintereinander her. „Das stimmt, Agent Viggen, doch leider haben wir die Erfahrung gemacht, dass sich immer wieder Touristen alleine auf den Weg machen. Vor zwei Jahren haben wir einen Teenager mit gebrochenem Bein da unten gefunden, er lag dort bereits einen Tag. Seitdem macht einer von uns alle zwei Tage die Runde."

„Aha", raunzte Don etwas zu hart, „dann muss ich anders fragen. Wieso wurde James Everett dann erst nach sechs Wochen gefunden?"

Kaylor blieb stehen und drehte sich abrupt um, was die gesamte Gruppe zum Halten brachte. Seine Augen fixierten Don regelrecht und es hatte sich eine tiefe Falte auf seiner Stirn gebildet. „Das sehen Sie gleich, wenn wir unten sind, Sir. Sie müssen nicht glauben, dass wir nicht nach dem Jungen gesucht haben, besonders, als man die erste Leiche am nördlichen Ende des Canyons fand. James war nicht gerade in der Nähe des Weges, es war ein Zufall. An dem Tag ging ich mit Daniel und wir waren sehr früh unterwegs. Es lag Raureif auf dem Weg, Daniel fiel und rutschte ein Stück bergab, bis er sich an einem Gestrüpp abfing – da war der Junge dann, an einen Baum gebunden."

Plötzlich lagen Trauer und Schmerz in Kaylors Augen, auch wenn seine Worte voller Bitterkeit waren. Er drehte sich um und ging weiter. Sean und Briggs schwitzen trotz der nicht mehr als sechs Grad, der Koffer wurde immer schwerer.

Genau eine Stunde später hielten sie. Kaylor öffnete seinen Rucksack, zog eine Thermoskanne hervor und goss gesüßten Tee in einen Plastikbecher, den er weiterreichte und immer wieder nachfüllte. Daniel bereitete die Seile und das Geschirr vor. Zunächst stieg Kaylor vom Weg aus langsam den Abhang hinunter, der am oberen Rand steil und mit Büschen bewachsen war, etwa dreißig Meter weiter unten fing der Baumbestand an. Er war nicht angeseilt, hatte aber das eine Ende eines Seiles mit sich genommen. Das andere Ende befestigte Daniel um einen großen, stabilen Felsblock, der am Wegrand hervorstand. Als Kaylor unten angekommen war und das Seil an einem Baum sicherte, rief er herauf.

Harris und Jackson schnallten den FBI-Leuten Bauchgurte um und hakten den ersten am Seil ein. „Gehen Sie rückwärts und halten Sie das Seil mit beiden Händen", meinte Jackson. Dann gab er Don, der als Erster runter wollte, ein paar Handschuhe.

Die anderen folgten und Harris kam mit dem Koffer nach, während Jackson oben auf dem Weg blieb. Erst als sie unten waren, konnten sie das gelbe Absperrband sehen, das leicht vor sich hin flatterte. Der Sheriff hatte ihnen gestern erzählt, dass er selbst und seine Leute nicht abgestiegen waren; die Ranger hatten Photoaufnahmen gemacht, das Band gespannt und anschließend die Leiche hochgebracht.

Sean wurde jetzt auch klar warum: Der Fundort war ein lebensgefährlicher Abhang, James Everett hatte nicht gefunden werden sollen und wäre es wahrscheinlich nie, wenn nicht ein Ranger ausgerutscht wäre. Das Zweite, das ihm durch den Kopf schoss, war: wer immer das getan hatte, war ein exzellenter Bergsteiger, oder er hatte einen Komplizen zum Abseilen.

Don zog sich seinen Overall so vorsichtig wie möglich an, befestigte seinen Sicherungsgurt darüber. Kaylor hakte ein Seil ein.

„Don, ich komm mit, wir können das von zwei Seiten machen. Das Terrain ist zu schwierig, das schaffst du sonst nicht in der Zeit", sagte Sean ruhig und sachlich. Auch wenn ersichtlich war, dass es Don nicht behagte – er hasste es, wenn jemand an seinem Tatort mitarbeitete –, nickte er.

„Mr. Kaylor, wir brauchen noch ein kleineres Zugseil, damit wir eventuelle Beweisstücke in Beuteln hochziehen können." Sean hatte sich bereits umgezogen und schulterte einen kleinen Rucksack, genau wie Don. Darin war alles, was sie unbedingt brauchten. Keine Chance, den Koffer hier mitzunehmen, und an die Abnahme von Fußabdrücken war nicht zu denken, das konnten sie nur mit den Photoapparaten erledigen.

„Kampell, Briggs, wir fangen mit Photos an, sichern dann die Beweisstücke, tüten sie ein und schicken sie mit dem Zugseil hoch. Sie beschriften, und ich will das alles ordentlich dokumentiert im Koffer haben. Kampell, Sie arbeiten mit Sean, Briggs mit mir."

„Ja, Sir", antworteten die beiden und die Ranger zogen die Augenbrauen hoch angesichts der Förmlichkeiten zwischen den Agenten.

„Sagen Sie, Kaylor, hat jemand von Ihnen hier unten geraucht oder Kaugummi ausgespuckt oder vielleicht gepinkelt?"

Kaylor schüttelte energisch den Kopf. „Wir haben dort unten einiges zerstampft, um die Leiche hochzubekommen und das Sperrband zu befestigen, doch der Sheriff hatte uns strikte Anweisungen gegeben, so wenig wie möglich zu kontaminieren."

Don und Sean stiegen an unterschiedlichen Stellen ab. Sie hatten auf die Plastiküberzieher an den Schuhen verzichtet, das war zu rutschig; auch trugen sie noch die Lederhandschuhe, Beweismittel mussten dann mit dem Latextuch oder der Pinzette aufgenommen werden.

Obwohl sie zu zweit arbeiteten, dauerte es Stunden, bis sie jeden Zentimeter gesichtet, photographiert und alles eingetütet und nach oben geschickt hatten. Don war einmal abgerutscht, und wenn Harris ihn nicht sofort gesichert hätte, wäre er sehr wahrscheinlich am Grund des Canyons gelandet. Kampell und Briggs arbeiteten still und machten ihre Sache gut.

Einmal hatte Don Sean zu sich rüber gerufen. Ganz in der Nähe des Baumes, an den der Junge gebunden gewesen war, gab es eine Mulde. Dort hatte er einen dreißig Zentimeter langen Ast gefunden. Man musste sich nicht mit Forensik auskennen, um zu erkennen, dass die Flecke darauf von Blut und Kot stammten. Dort lagen auch Zigarettenstummel, was Sean erstaunte. Er fand es unglaublich, dass der Junge hier missbraucht und gequält worden war – das war Wahnsinn, denn er selbst, obwohl gut durchtrainiert, hätte hier keinen Schritt ohne Seil machen können.

Alles in allem hatte es sich gelohnt; sie hatten einiges gefunden und hofften, dass an den Zigarettenstummeln noch DNA nachweisbar war.

Es war halb eins, als sie sich an den Aufstieg machten. Die Ranger hatten ihnen den Koffer abgenommen, Sean und Don waren ziemlich erledigt vom Herumklettern und der gebückten Haltung. Um drei Uhr erreichten sie endlich das Besucherzentrum und Kaylor kochte Kaffee in dem kleinen Aufenthaltsraum, der zur Rangerstation gehörte.

Sie tranken dankbar den Instantkaffee und ließen sich von Kaylor und Daniel Mitchell noch einmal genau erzählen, was passiert war am Tag, als man James Everett gefunden hatte. Alles klang schlüssig.

„Sie alle kannten James?“, fragte Cat.

„Nein, nur ich und William“, widersprach Kaylor hart, doch es war nicht zu übersehen, wie betrübt er in seine Tasse blickte. „Wir kümmern uns um die Schulen, halten kleine Vorträge und arbeiten mit den Pfadfindergruppen. Jakob ist nicht aus Gunnison und Daniel hat James nie kennen gelernt – ich meine, als er noch lebte.“

Die beiden Ranger nickten, um das Gesagte zu bestätigen.

„Schulen?“, fragte Sean plötzlich. „Ich dachte, Gunnison hat nur eine Schule?“

„Ja, das stimmt, doch wir fahren die Orte um den Gunnison und den Grand Mesa National Forest ab und halten dort ebenfalls Vorträge. Es ist ein Teil unseres Jobs, die Kinder zu sensibilisieren für Natur und Umweltschutz.“

„Dann kennen Sie vielleicht auch Micki Mullen aus Montrose?“

„Den Jungen, der vor ein paar Tagen gefunden wurde?"

Cat nickte.

„Vielleicht ... Wir waren vier, vielleicht sechs Mal in Montrose, dort gibt es ein paar Grundschulen. Aber wissen Sie, hier in Gunnison kennen wir uns, man kennt die Kinder – in Montrose stehen wir vor einer Klasse mit zwanzig Schülern, da erinnert man sich nicht an jeden Einzelnen."

„Waren Sie auch in Gypsum?", fragte Sean viel zu offensichtlich und ärgerte sich sofort über den Schnellschuss.

Kaylor sah ihn durchdringend an, seine eisblauen Augen kalt wie Stahl. „Hören Sie, Agent Caver: es sind Gunnison, Montrose, Crawford, Delta, Parachute, Rifle, New Castle bis hoch nach Gypsum, alles Schulen, die William und ich einmal im Jahr abklappern, und das seit mehr als zehn Jahren. Niemals ist hier etwas Ähnliches vorgekommen, und wenn Sie auch nur einen Moment daran denken, dass wir etwas damit zu tun haben, dann sind Sie vollkommen verrückt. Wir machen das freiwillig, weil wir den Park und die Kinder lieben. William hat vier Kinder, davon Zwillinge im Alter der toten Jungen; meine Kinder sind fast erwachsen, es sind drei, meine Tochter ist am College. Alles anständige Menschen und ich bin stolz auf sie."

Er hielt einen Moment inne, dann löste er die fest aufeinandergepressten Lippen und fügte hinzu: „Ich glaube, es ist besser, Sie gehen jetzt. Wir müssen noch unsere Runde drehen und dafür sorgen, dass die Touristen langsam den Park verlassen."

Sean hielt Kaylors vernichtendem Blick ein paar Sekunden stand, nickte dann leicht und stand auf.

Als sie wieder im Wagen saßen, sagte Don: „Du warst zu direkt. Ich dachte, du wolltest nur observieren und den Mund halten?!"

Es herrschte seit gestern Nacht immer noch eine gewisse Spannung zwischen Don und Sean, doch Sean war zu müde, um sich provozieren zu lassen. „Stimmt, tut mir leid, ich hätte vorsichtiger vorgehen sollen. Hoffentlich kriegt sich Kaylor wieder ein, denn ich denke, wir müssen nochmals mit ihm sprechen."

Don nickte. Cat, die diesmal fuhr, meinte: „Es lag auf der Hand, die Frage zu stellen. Ich bezweifle, dass man so eine Frage vorsichtig stellen kann."

Als Don das hörte, wurde er wütend. Sean zuckte innerlich ein wenig zusammen. *Oh Gott, Cat, versuche ja nicht, mich zu verteidigen*, ging es Sean gerade noch durch den Kopf, aber Don schnauzte bereits los: „Ach, meinen Sie, Agent Kampell? Dann sag ich Ihnen mal was, hätten Sie Ihren Job gemacht, dann hätte Sean das gar nicht fragen müssen – das war nämlich Ihr Part! Einer Frau nimmt man solche Fragen nicht ganz so übel!"

Cat merkte, wie sie rot wurde, und blickte starr auf die Bergstraße. „Tut mir leid, Sir", presste sie heraus.

„Ach, halten Sie den Mund!", zischte Don, so dass Sean ihn hart von der Seite ansah. Don hob das Kinn und blickte ihn auffordernd an, doch Sean bekam die Kurve, schwieg und sah aus dem Fenster.

Sie arbeiteten noch etwa zwei Stunden gemeinsam in Dons Zimmer, da der kleine Konferenzraum des Hotels besetzt war. Don hatte sich abgeregt und benahm sich wieder normal. Die Beweisstücke hatten sie zum Flughafen bringen lassen, morgen Mittag ging der einzige Flug am Tag nach Denver, von da aus sollte das Paket direkt nach Washington ins Labor; mit etwas Glück hatten sie in einer Woche Ergebnisse.

Don ging zusammen mit Briggs am Abend wieder zu *Josef's*, Cat hatte sich entschuldigt und Sean verkniff sich das Abendessen, da er Don aus dem Weg gehen wollte. Sie brauchten Zeit und heute so viel Distanz wie nur möglich.

Als er in seinem Zimmer am Fenster stand, sah er plötzlich Cat, die in der Dunkelheit auf den erleuchteten Waldweg zuging. Sean öffnete das Fenster und pfiff, sie sah auf. „Warten Sie!“, rief er, schloss das Fenster, griff sich die Zigaretten vom Tisch und warf die Lederjacke über.

Sie wartete am Rande des Parkplatzes, bis er sie eingeholt hatte. „Spaziergang?“

Sie nickte.

„Kann ich mitkommen oder willst du allein sein?“

Sie sagte wieder nichts, lächelte und sie gingen schweigsam in das Waldstück hinein, das jetzt vom letzten Licht des Parkplatzes erleuchtet wurde. Das Laub raschelte unter ihren Füßen und vom Waldboden stieg ein würziger Geruch auf.

„Don ist sauer auf mich, nicht auf dich, du hast es nur abbekommen. Wir haben uns gestern Abend in die Wolle gekriegt.“

Sie zuckte die Schultern. „Er hat ja nicht ganz Unrecht, ich hätte das fragen sollen.“

„Bullshit. Er war nur angepisst, weil du versucht hast, mich zu verteidigen, das kann er nicht ab. Aber das vergeht, denn eigentlich liebt er mich, weißt du.“

Cat blieb stehen und sah ihn an. „Was ist das nur mit dir, dass dich Menschen so einfach lieben?“

Er konnte nicht anders, packte sie, zog sie an sich und küsste sie. Cat reagierte erst gar nicht, ließ alles geschehen, ergab sich, bevor ihr bewusst wurde, was gerade passierte. Aber sie konnte es nicht genießen, der Kuss war zu schnell vorüber. Er sah sie an und ließ sie los, nahm wieder den Schritt auf. „Entschuldige“, war alles, was er sagte.

„Nein, das tue ich nicht, dafür habe ich zu lange darauf gewartet.“ *Es ist irgendwie absurd*, dachte sie und hoffte, er würde sie wieder küssen, doch sie liefen langsam immer tiefer in das Waldstück.

„Cat, mir liegt etwas auf der Seele, etwas, das ich dich fragen muss.“

„Ja?“

Sean sah sie nicht an, blickte geradeaus. „Damals, als wir …“, er unterbrach sich kurz. „Wir hatten uns geschworen, mit niemandem darüber zu reden. Warum hast du mit der Staatsanwältin darüber gesprochen?“ Sein Tonfall war keineswegs vorwurfsvoll.

Sie blickte ihn wieder an, konnte sein Gesicht in der Dunkelheit kaum erkennen und blieb stehen. „Das habe ich nicht, Nate.“ In ihren Augen bildeten sich Tränen und sie schluckte. „Das musste ich nicht. Sie wussten es, weil ich schwanger war.“

Er starrte sie an und kräuselte die Stirn. „Wie bitte?“, fragte er schockiert.

„Ich war schwanger.“

Er sah sie prüfend und ungläubig an. „Das kann nicht sein!“

„Was?“, fragte sie bei seinen Worten entrüstet und wischte schnell über ihre Augen.

„Cat, es kann nicht sein, weil ich keine Kinder zeugen kann.“

„Was meinst du damit?“ Ihre Stimme klang aufgebracht.

„Ich bin steril. Ich kann dir den Befund zeigen.“

„Tja“, sagte sie jetzt zynisch, hatte sich wieder voll im Griff. „Dann ist das vielleicht genauso ein Wunder wie diese verdammten Engel.“

Er griff ihren Arm, viel zu fest.

„Du tust mir weh“, sagte sie und entwand sich seinem Griff.

„Du konntest nichts sehen, ich habe den Umhang um dich gelegt, wieso weißt du von den Engeln?“, fragte Sean, jetzt mehr denn je aufgeregt und verstört, denn so langsam sickerte es in seinen Verstand: Sie war schwanger gewesen.

Cat schüttelte den Kopf. „Du hast mich an dich gedrückt und den Umhang über meinen Kopf gelegt, doch erinnerst du dich an das Bild hinter uns an der Wand? Es war in Glas gefasst, darauf spiegelte sich alles so klar wider, als hätte ich es direkt angesehen. Ich habe alles gesehen, Nate, und darum musste ich dich finden. Wir müssen reden, denn bis heute wusste ich nicht, ob ich nur eine Halluzination hatte oder ob es wahr sein kann. Es hat mich gequält, nicht zu wissen, was wirklich passiert ist." Dann fuhr sie traurig fort: „Außerdem fand ich, du solltest wissen, dass ich schwanger war."

Er suchte nach Worten, sah zum Himmel, es wurde immer dunkler. Ihre Hand streichelte über seine Wange, dann drückte sie sich an ihn und er schloss sie in seine Arme.

Sie waren schweigend zum Hotel zurückgegangen, saßen jetzt in der kleinen Bar, die bis auf ein Pärchen an einem entfernten Tisch leer war. Vor ihnen stand jeweils ein Glas Chardonnay. Sean hätte sie am liebsten mit auf sein Zimmer genommen, um sie weiterhin zu halten, zu küssen; doch er befürchtete, dass Don irgendwann vor der Tür stehen würde, also hatten sie sich für die Bar entschieden.

„Mein Gott, du warst so jung … und dann auch noch schwanger?"

„Ja", sagte sie ruhig.

„Was ist passiert?"

„Monica sprach mit mir. Sie meinte, dass es niemand wissen muss, dass es meine Entscheidung ist. Ich wollte nicht, dass Mona oder mein Vater davon etwas erfahren, eigentlich wollte ich nichts anderes als mit dir sprechen, doch sie sagte mir, dass es vollkommen unmöglich sei, egal, was auch passiert ist. Sie meinte, ich würde dich nie wiedersehen. Darum habe ich der Abtreibung zugestimmt. Monica hat ihr Wort gehalten, meine Eltern wissen es bis heute nicht."

Er strich sich mit der Hand über den Mund. „Ich verstehe das nicht, Cat. Ich schwöre dir, ich bin steril – das FBI hat es festgestellt, als ich den Dienst antrat. Du weißt, wie die Untersuchungen sind, ich habe es schwarz auf weiß."

„Du glaubst mir nicht", sagte sie vorsichtig.

Er schüttelte den Kopf. „Nein, das ist es nicht. Nach dem, was wir in dieser Kirche erlebt haben, bin ich ja überhaupt erst fähig, an irgendetwas zu glauben – wenn das, was wir gesehen haben, möglich ist, dann sind noch ganz andere Sachen möglich. Es tut mir nur so leid, das ich nicht für dich da sein konnte. Ich weiß nicht, wie du das alles geschafft hast."

Cat sah ihn zärtlich an. „Am liebsten hätte ich das Kind behalten, doch es gab keine Möglichkeit. Und ja, ich habe dich so sehr vermisst ... Ich habe dich geliebt. Weißt du ... ich liebe dich immer noch", flüsterte sie leise und blickte auf ihr Glas.

Sean atmete tief durch, wägte einen Moment ab, ob er es sagen sollte, doch er musste einfach: „Ich liebe dich auch, immer noch."

Cat erwiderte seinen Blick, in ihren Augen lag Erstaunen und Erleichterung. Sie hätte ihn am liebsten sofort umarmt, doch er blickte alarmiert zur Tür. Don und Robert hatten die Bar betreten und kamen direkt auf sie zu. Robert schien nicht schlecht überrascht, die beiden so vertraut beieinander zu sehen.

Don zog eine Augenbraue hoch und kam näher. „Dürfen wir stören oder stören wir?", meinte er.

„Bitte, Agent Viggen, nehmen Sie Platz. Ich bin gerade damit fertig, die Wogen zu glätten", gab Sean diplomatisch zurück.

„Wogen?“

„Ja, die Wogen, die ein angehender Agent zu ertragen hat, wenn der Leiter einer Ermittlung die Contenance verliert.“

Don warf Sean einen scharfen Blick zu, dann wandte er sich an Cat: „Tut mir leid, Agent Kampell, Sie haben da was abbekommen, das für jemand anderen bestimmt war. Sie – und auch Sie, Robert – haben sich gut gehalten für einen Tag wie diesen.“

Über Cats Gesicht huschte ein kleines Lächeln, auch wenn sie einiges darum gegeben hätte, mit Sean allein zu sein – sie würden Zeit finden müssen, nach einmal allein miteinander zu reden.

„Kann derjenige, für den das ganze Unwetter bestimmt war, dich und Agent Briggs auf einen Drink einladen?“, fragte Sean und sah Don eindringlich an.

Endlich schüttelte der mit einem genervten Augenrollen den Kopf; er war versöhnt. „Den teuersten Cognac, den diese Bar zu bieten hat.“

KAPITEL FÜNF

Gunnison, Donnerstag, 22. November 2018

Robert Briggs fuhr den Cherokee, Cat saß neben ihm, sie waren auf ihrem Weg zu den Everetts. Don hatte die beiden angewiesen, mit den Eltern zu sprechen – eine undankbare Aufgabe, denn diese hatten bis vor Kurzem noch gehofft, ihren Sohn lebend wiederzusehen. Jetzt wo er tot war, sollte Cat bei der Befragung vor allem für die Mutter da sein.

Don und Sean wollten John Kaylor nochmals zu Hause aufsuchen und der Sheriff hatte sich bereit erklärt, die beiden zu fahren und zu begleiten. Vielleicht konnte er Kaylor wieder versöhnlich stimmen – sie mussten dringend mit ihm über die Nylonseile sprechen und wollten wissen, was er von den schwer zugänglichen Fundorten hielt.

„Du musst die Nächste rechts ab, es ist das Haus am Ende der Straße“, sagte Cat mit einem Blick auf das Navi in ihrem iPad.

Robert nickte und bog ab. „Sag mal, Cat, was ist eigentlich plötzlich mit dir und Caver los?“ Seine Frage klang vorwurfsvoll und es schwang ein eifersüchtiger Unterton mit. „Ich mein, seit wir hier mitarbeiten, ist er ja richtig anhänglich geworden.“

„Spinnst du oder was?“, gab Cat zurück, sah ihn aber nicht an, da sie spürte, wie ihr das Blut in die Wangen schoss.

„Na ja“, fuhr Robert fort, „erst verteidigst du ihn, dann tröstet er dich, weil der Boss dich angemacht hat, und das alles bei einem Gläschen Wein – sehr kuschelig.“

„Was soll das, Rob?!“, zischte sie scharf. „Ich bin heilfroh, dass Caver mich nicht mehr wie den letzten Dreck behandelt, und jetzt fängst du an, blöde Witze darüber zu machen?“ Sie war sauer.

Robert parkte vor der Kirche und drehte sich demonstrativ zu ihr um. „Ich bin nicht blind, Cat.“

„Weißt du, wie sich das gerade anhört?“

Er zog die Augenbrauen hoch und wartete.

„Es hört sich an, als ob du auf Caver eifersüchtig bist“, meinte sie schnippisch.

„Vielleicht“, gab Robert zurück, und sein Ton gefiel ihr ganz und gar nicht. *Viel zu ruhig*, dachte sie, riss die Tür auf und sprang aus dem Wagen. Er folgte ihr und sie gingen auf das Nebengebäude der Kirche zu, den Wohnsitz der Everetts.

Cat hielt Robert, der in großen Schritten an ihr vorbeigeeilt war, vor der Tür kurz auf. „Robert, wir sind Freunde, wir haben hier einen wichtigen Fall zu bearbeiten und sollten uns darauf konzentrieren. Du weißt doch genau, was Caver mir alles angetan hat in Quantico. Es scheint, dass er Frieden schließen will, und ich nehme das Angebot nur allzu gerne an. Ich habe genug davon, von meinem Ausbilder drangsaliert zu werden. Kannst du nicht verstehen, dass ich darüber heilfroh bin?“

Er senkte schuldbewusst den Kopf und nuschelte: „Klar. Es ist nur … mir gefällt nicht, wie er dich ansieht. Und ja, vielleicht hast du recht, ich bin eifersüchtig. Cat, ich mag dich, das weißt du doch.“

Cat nickte. „Ich mag dich auch. Aber wir müssen wirklich alles andere hier raus lassen, die Kinder sind jetzt das Wichtigste. Und unterschätze Caver nicht – er ist ein Meister darin, nicht zu zeigen, was er denkt. Wenn er mich wirklich so ‚offensichtlich‘ ansieht, wie du sagst, dann hat er bestimmt eine Agenda. Vielleicht will er mich nur verwirren, um zu sehen, wie ich reagiere – mal wieder testen." *Gott, hoffentlich nimmt er mir das ab*, dachte sie nur und wunderte sich, wie leicht ihr die Lügen über die Lippen kamen.

„Ja, da ist was dran. Tut mir leid, ich glaube, wenn es um dich geht, mache ich mich manchmal einfach zum Affen."

Cat setzte ein strahlendes Lächeln auf. „Na gut, komm schon, Partner." Dann drückte sie auf die Klingel des Wohnhauses.

Der Sheriff nickte zu einem Haus hin, das am Ortsrand von Gunnison lag, ein Holzhaus mit starken Bohlen, die zum Teil noch die Borke hatten, wunderschön umgeben von alten Bäumen mit handgezimmerten Gartenmöbeln davor, die jetzt vergessen im Laub standen.

„John hat es damals selbst gebaut, wir alle haben geholfen", meinte der Sheriff.

„Wie lange ist John Kaylor eigentlich schon in Gunnison? Ist er von hier?", fragte Don.

„Nein, er ist nicht von hier. Warten Sie mal ... Das ist etwa zwanzig Jahre her. Er kam ursprünglich aus Minnesota, aus irgendeinem Ort an der kanadischen Grenze, war als junger Mann bei den Holzfällern. Als seine Frau Elli dann schwanger wurde, hat er eine etwas stetigere Arbeit gesucht und sich auf den Job bei der Parkverwaltung beworben. Hat seine Prüfung zum Ranger gemacht und ist seither für unseren Nationalpark zuständig. Sehen Sie, ich habe gestern mit ihm gesprochen und er war außer sich wegen des Verdachts Ihres Kollegen. Ich kenne John und auch die anderen Ranger, alles grundanständige Leute. John und ich haben gemeinsam dieses Haus gebaut, unsere Kinder gingen zusammen zur Schule – wenn es sein müsste, würde ich für diesen Mann meine Hand ins Feuer legen."

Sean sagte nichts, sah den Sheriff an und senkte dann den Blick, als ob er sich ein wenig schämte für das, was er gestern gesagt hatte. Es wirkte – Richard Berkham nahm diese so typisch männliche Entschuldigung an.

Schon wesentlich freundlicher meinte er dann: „Kommen Sie, Sie müssen Elli kennenlernen. Sie ist die stillste, aber wunderbarste Frau, die ich kenne – außer meiner Frau natürlich." Dabei bildeten sich Lachfalten um seine Augen.

Die drei betraten das Haus. Don und Sean waren erstaunt, wie geräumig es war: Von außen wirkte der Holzbau wie ein Hütte, doch das Wohnzimmer mit dem offenen Kamin, den rustikalen Möbeln und der erhöhten Ebene, die in eine offene Küche und Essecke führte, war riesig.

John Kaylor erhob sich von einem alten, gemütlich wirkenden Ledersessel und legte die Zeitung zur Seite. Er trug heute Jeans und ein rotkariertes Baumwollhemd mit aufgerollten Ärmeln; es ließ ihn jünger wirken als die Uniform. Der Sheriff schlug John auf die Schulter, als er auf ihn zutrat, und sagte: „Ich glaube, Agent Caver hat dir was zu sagen, John." Dabei sah er Sean erwartungsvoll an.

Auch das noch, der Mann erwartete wirklich eine Entschuldigung. *Der Zweck heiligt die Mittel*, dachte Sean und sah Kaylor an, dessen Gesicht wie gemeißelt wirkte; nur die Augen verrieten, dass er immer noch einen Groll gegen Sean hegte.

„Ich glaub, ich muss mich entschuldigen für mein vorschnelles Gerede gestern. Tut mir leid, John. Wahrscheinlich steckte mir nur der Aufstieg aus Ihrem Canyon in den Knochen, nichts für ungut."

John Kaylors kluge Augen taxierten Sean, es war nicht zu erkennen, was er dachte, doch dann hielt er ihm die Hand hin und Sean schlug ein.

„Wir sind es hier nicht gewohnt, verdächtigt zu werden.“ Seine tiefe Stimme vibrierte, als er das sagte. „Aber ich denke, Sie machen nur Ihren Job, und es geht hier darum, diese Bestie zu finden. Ich verstehe das.“

Sean wunderte sich über den Mann. Er war normalerweise ein Naturtalent, wenn es darum ging, Menschen zu durchschauen; es dauerte nie lange, bis er ein gutes Gefühl dafür bekam, bei jemandem die Finger auf die richtigen Punkte zu legen, doch John Kaylor hatte etwas Undurchdringliches, einen Schutzpanzer, den er scheinbar immer trug.

„Kommen Sie, meine Frau hat Kuchen gebacken und macht gerade Tee.“ Er ging voran zu der erhöhten Ebene mit der Essecke. Der Tisch war für fünf Personen gedeckt – da hatte jemand mit einer Entschuldigung gerechnet.

Elli Kaylor kam auf sie zu, in den Händen einen Apfelkuchen. Sie stellte ihn auf dem Tisch ab und wandte sich den Agenten zu.

„Meine Frau Elli“, sagte John stolz, das erste Mal lag etwas Weiches in seinem Tonfall.

Elli schüttelte Don und dann Sean die Hand. Sie war ein schöne Frau, schien ein gutes Stück jünger zu sein als John, mit einem zierlichen, doch gut gebauten Körper; ihre Unterarme waren muskulös, wenn auch schlank. Das Gesicht war rund und weich mit schokoladenbraunen Augen, ihre Wangen leicht gerötet, doch ohne jegliches Make-up. Auch sie hatte das gesunde, natürliche Aussehen ihres Mannes. Das hellbraune Haar war zu einem kompliziert geflochtenen Knoten hochgesteckt. Ihr Griff war stark, aber sie sagte nichts, lächelte etwas verlegen und wies mit der Hand auf die Plätze, damit sie sich setzten.

Die Frau umgab eine seltsame Aura, etwas von Schüchternheit, Ängstlichkeit – für Seans Geschmack war sie etwas zu devot. Er bevorzugte Frauen, die dominant auftraten – wie Cat. *Scheiße*, er dachte schon wieder an Cat, vertrieb den Gedanken und konzentrierte sich darauf, diese Leute zu beobachten.

Don hatte eine entspannte Unterhaltung mit Kaylor und dem Sheriff begonnen, während sie den hervorragenden Kuchen aßen. Sean schwieg, sah immer wieder Elli an, die, sobald sie es bemerkte, die Augen senkte.

„John“, sagte Don plötzlich ernst, „wir wollten Sie nach dem Seil fragen.“

Kaylor nickte, erhob sich und öffnete den Deckel der Holztruhe, die hinter ihm stand, um ein aufgerolltes Bergsteigerseil herauszuheben.

„Ich habe damit gerechnet; es ist mir aufgefallen, als wir den Jungen bargen. Er war damit gefesselt.“

Sean entging nicht, wie Ellis Mundwinkel kurz zuckte, als John das sagte.

„Es ist speziell.“ Er hielt Don die Rolle hin. „Das ist meins. William, Jack und Danny haben das Gleiche, ich selbst habe sie für uns alle bestellt, weil es das Beste ist, was es momentan auf dem Markt gibt. Das macht uns wohl wieder zu Verdächtigen“, sagte er emotionslos, sah dabei aber Sean an.

Sean versuchte sich am gleichen ausdruckslosen Blick wie Kaylor und fragte: „Sie sind Bergsteiger, John?“

„Ja, ich steige; früher mit meiner Frau, heute mit meinen Kindern, hab so manchen Berg bezwungen – und nicht nur hier in den Staaten, ich war auch einmal im Himalaja. Ich liebe Berge, daher kenne ich mich damit aus. Ich habe das Seil genau wie einige andere unserer Ausrüstungsgegenstände im Internet bestellt …“

Don unterbrach ihn. „Bei einem österreichischen Hersteller, das wissen wir. Sagen Sie, John, sind Seile aus dem Bestand der Ranger verschwunden?“

John schüttelte den Kopf. „Nicht dass ich wüsste. Die sind teuer, wir achten darauf und an Touristen geben wir die nicht weiter. Ich habe die Seile von meinen Jungs gesehen, denn die gleiche Frage habe ich mir auch gestellt, als ich es sah. Alle haben ihre Seile und meins ist auch da, sie halten es in Ihren Händen."

„Möchten Sie noch Tee?", fragte Elli. Es war das erste Mal, dass sie etwas sagte. Sie verneinten und Elli verschwand in der Küche.

„John, der Fundort ...", Sean hielt einen Moment inne. „Ich bin recht fit, doch würde mir nie zutrauen, ein Kind dort runterzubringen, ohne selbst abzustürzen – wie gut muss man sein, um so etwas zu tun?"

„Verdammt gut. Ich könnte es, Agent Caver, wenn das Ihre nächste Frage sein sollte. Danny auch, er ist eine Bergziege, ein echtes Talent in den Bergen, selbst ohne Seilschaft. Meinem älteren Sohn würde ich es auch noch zutrauen, er ist mittlerweile ein leidenschaftlicher Free-Climber, gewohnt, ohne Sicherung zu gehen. Nein, Ihr Mörder ist ein Steiger, ein echter Profi, was das angeht. Aber ich kann Ihnen eines mit Sicherheit sagen: weder ich, noch Danny, noch mein Sohn haben damit etwas zu tun."

„Keiner sagt das, John", warf der Sheriff beschwichtigend ein.

„Gibt es hier in Gunnison noch jemanden, der so etwas könnte?", fragte Sean, ohne auf Kaylors letzte Worte einzugehen.

„Nein", war alles, was John sagte.

Sie bedankten sich bei John und Elli für die Bewirtung und verließen das Haus. Don bat Sheriff Berkham, sie zur Grundschule zu fahren – sie wollten mit James' Klassenlehrerin sprechen und mit einigen seiner Freunde, bevor sie sich gegen eins im Inn mit Briggs und Kampell trafen. Der Sheriff setzte sie ab; die beiden planten, den kurzen Weg zum Hotel zurückzulaufen, es waren eineinhalb Kilometer und es würde nicht länger als eine Viertelstunde dauern. Kein Grund Briggs anzurufen.

Nachdem der Sheriff weggefahren war, standen sie einen Moment vor der Grundschule. Die ineinander verschachtelten Gebäude mit dem mal rötlichen, mal weißen Anstrich wirkten friedlich – für eine Schule jedenfalls. Sean sah auf die Uhr; es war halb elf und sie hatten noch eine halbe Stunde bis zur Pause. Er zündete sich eine Zigarette an und sah sich um, ohne das Gelände zu betreten.

Es war wieder ein schöner Tag, die Sonne schien auf diesen ruhigen Ort, der so sicher wirkte. Das Einzige, was hier nicht passte, waren die zwei rauchenden FBI-Agenten in ihren dunklen Anzügen und ein Mörder, der leider nicht so offensichtlich rumstand, wie sie es gerade taten.

„Was denkst du wirklich über Kaylor?", fragte Don und trat die Kippe auf dem Bürgersteig aus.

„Potenziell kann er unser Mann sein, doch irgendwie zweifle ich daran. Mein Bauchgefühl sagt nein. Sag mal, hast du Elli, seine Frau, beobachtet?"

Don nickte. „War irgendwie nervös. Auf der anderen Seite: ich glaube kaum, dass jemals das FBI zum Frühstück bei ihr war."

„Lass uns gehen, wir sollten erst mit dem Direktor sprechen", warf Sean plötzlich ein.

„Sagst du mir noch, was du von Elli hältst?"

„Später, ich bin noch nicht ganz rund mit dem, was ich gesehen habe", meinte Sean und betrat das Schulgelände.

Der Direktor, ein dicklicher Mann Mitte vierzig, begrüßte sie, als ob er nur darauf gewartet hätte, dass sie vor seiner Tür standen. Er redete ununterbrochen, das meiste belanglos und völlig uninteressant. Don fiel es erst schwer ihn zu unterbrechen, doch als er den Mann dann angenervt in autoritärem Ton daran erinnerte, dass sie die Klassenlehrerin von James sehen wollten, ließ er sich zum Aufstehen bewegen. Spontan taten ihnen die Lehrer leid, die an so jemanden berichten mussten.

Der Direktor begleitete sie bis vor die Tür von Ms. Hillsons Klasse und klopfte. Ohne auf eine Antwort zu warten, trat er wichtig ein. Gerade wollte er das Wort ergreifen, als Sean eine Hand auf seinen Arm legte. „Danke für Ihre Hilfe. Vielleicht ist es besser, wenn wir das jetzt machen. Ich bin sicher, Sie haben viel zu tun. Nochmals danke."

Der Direktor blickte auf, verstand den Wink und verschwand ohne ein weiteres Wort durch die Tür. Sean nickte Don zu, der sofort wusste, dass Sean mit den Kindern reden wollte.

Er ging auch gleich auf die Lehrerin zu. „Miss Hillson, mein Name ist Sean Caver, mein Kollege Don Viggen, wir sind vom FBI", sagte er, so leise er konnte. Dann wandte er sich an die Klasse: „Guten Morgen, Kinder!"

Sofort kam ein „Guten Morgen" zurück, zwar durcheinander, doch herzlich.

„Mr. Caver, was können wir für Sie tun?", fragte die Lehrerin, eine ältere Frau mit gutmütigen Zügen, gekleidet wie ein ‚Fräulein Lehrerin', die das heiratsfähige Alter längst hinter sich gelassen hatte.

„Ich würde mich gerne kurz mit den Kindern unterhalten, über James."

Sie nickte, dann wandte sie sich an ihre Klasse. „Hört mal alle zu, die beiden Herren hier sind von der Polizei und würden euch gerne ein paar Fragen stellen … zu James." Der Name kam ganz sanft über ihre Lippen.

„Die haben ja gar keine Uniform", meinte ein brünetter Junge mit frechem Blick in der ersten Reihe.

Sean lächelte. „Nicht jeder Polizist hat eine Uniform, doch wir haben Ausweise und Marken." Er griff in die Tasche und zeigte seinen FBI-Ausweis, dann schob er sein Jackett zur Seite, damit sie die Marke sehen konnten, achtete aber darauf, dass die Glock verdeckt blieb. „Ich hoffe, ihr könnt mir einige Fragen beantworten." Er nahm den Stuhl der Lehrerin, nickte ihr fragend zu und stellte ihn in den Mittelgang vor die Klasse, setzte sich und schaute die Zwerge liebevoll an. „Ihr wisst, was mit James passiert ist, oder?"

Die meisten nickten, ein Mädchen rief: „Jemand hat Jamie totgemacht."

„Das stimmt. Wie heißt du?"

„Andrea", sagte die Kleine zögerlich.

„Ja, Andrea, jemand hat Jamie getötet – ein böser Mensch, darum müsst ihr auch sehr vorsichtig sein, wenn ein Fremder euch anspricht."

Miss Hillson fragte: „Was tun wir, wenn Fremde uns ansprechen?" Die Klasse rief im Chor: „Weglaufen!"

„Das ist sehr gut", lobte Sean. „Hat Jamie einem von euch von einem Fremden erzählt?"

Er sah sich um, kollektives Kopfschütteln. Der kleine Freche in der ersten Reihe meinte: „Du bist doch auch ein Fremder."

Sean konnte sich ein Grinsen nicht verkneifen. „Stimmt, doch ich bin ein Polizist, ich habe einen Ausweis und kann das beweisen. Ich bin hier, um dafür zu sorgen, dass keinem von euch was passiert, habt ihr mich verstanden?"

Alle nickten.

„Hat Jamie etwas Besonderes erzählt, bevor er verschwand?"

Ein Junge in der hinteren Reihe hob seine Hand.

„Ja, Richard", sagte Ms. Hillson.

„Jamie hat gesagt, dass er bald an den *Sorrow Falls* klettern wird." Er strahlte, war sichtlich stolz auf sich.

„*Sorrow Falls?*" Sean sah die Lehrerin fragend an.

„Er meint die *Falls of Sorrow*, eine ziemlich unzugängliche Stelle im Black Canyon." Sie schüttelte den Kopf. „Da kann keiner runter."

„Doch, hat er gesagt!", beharrte Richard.

„Okay. Aber das konnte Jamie doch nicht allein – hat er dir gesagt, mit wem er dahin wollte?"

Richard verzog den Mund und schüttelte den Kopf.

„Hat Jamie noch etwas gesagt?" Sean wandte sich wieder an alle.

„Er hat gesagt, dass ich eine blöde Kuh bin und mich an den Haaren gezogen", meinte ein dickliches Mädchen mit Brille und die Klasse brach in Gelächter aus. Ms. Hillson klatschte in die Hände und es wurde wieder still.

Sean beherrschte sich diesmal und blieb sehr ernst. „Nun, ich glaube, das hat er nicht so gemeint. – Danke für eure Hilfe! Wenn euch noch was einfällt, sagt es eurer Lehrerin, die ruft mich dann gleich an. In Ordnung?"

Wieder nickten die zwanzig Winzlinge eifrig.

„Können wir in der Pause noch mit Ihnen reden?", fragte Sean die Lehrerin und stellte den Stuhl wieder an seinen Platz hinter ihrem Pult.

„Ja, in etwa fünf Minuten. Warten Sie doch einfach vor dem Klassenraum."

„Auf Wiedersehen, Kinder." Don und Sean verließen den Raum, stellten sich ans Fenster im Flur und warteten auf das Pausenklingeln. Als die Glocke schrillte, stürmte die Meute wie ein wild gewordener Haufen aus dem Klassenzimmer.

Der kleine Frechdachs aus der ersten Reihe blieb vor Sean stehen und zog an seiner Jacke. Sean ging in die Hocke, um auf Augenhöhe mit dem Jungen zu sein.

„Es stimmt, was Richie sagt. Jamie hat mir den Haken gezeigt und gesagt, dass er eine ganze Ausrüstung bekommt", sagte der Kleine atemlos.

„Haken?“

„Na, die zum Bergsteigen, die man an die Seile klickt.“

„Du meinst einen Karabinerhaken?“

Der Junge nickte.

„Aber er hat nicht gesagt, mit wem er dort klettern will, oder?“

„Nein, er sagte, das ist ein Geheimnis. Aber er hat gesagt, dass er bald auf einen Berg steigt, der genauso heißt wie er.“

„Jamie?“

„Nee, wie sein Nachname.“

„Everett?“, entfuhr es Sean, dann wurde es ihm klar. „Du meinst Everest, Mount Everest?“

„Ja, das hat er gesagt.“ Dann lief der Frechdachs davon, noch bevor Sean ihn nach seinem Namen fragen konnte.

Ms. Hillson stand neben ihm, als er sich aufrichtete. „Wenn Sie wollen, können wir jetzt reden.“

„Wie heißt der Kleine, mit dem ich gerade gesprochen habe?“

„Das ist Malcom Jackson.“

„Der Sohn von William Jackson?“

„Ja, er geht in meine Klasse. Sein Zwillingsbruder ist in der Klasse von Ms. Goldberg. Aber, Agent Caver, Sie sollten ihm nicht zu viel Aufmerksamkeit schenken; Malcom ist ein guter Junge, aber vorlaut, mit viel zu viel Phantasie.“

Die Unterhaltung mit der Lehrerin brachte nichts Neues. Sean gab ihr seine Visitenkarte und dann gingen sie. Don und Sean schlenderten durch die Straßen von Gunnison in Richtung des Hotels, es ging auf Mittag zu. Briggs und Cat warteten bestimmt schon, dennoch schlugen sie einen gemütlichen Schritt an, waren in Gedanken versunken.

Sean ging nicht aus dem Kopf, was der kleine Jackson gesagt hatte: Der Mount Everest, wie kam er darauf? Hatte nicht John

Kaylor heute Morgen über den Himalaja gesprochen? Der Karabinerhaken, die *Falls of Sorrow*, das konnten sich die Kinder nicht ausgedacht haben. Irgendjemand hatte mit Jamie darüber gesprochen – ein Bergsteiger und höchstwahrscheinlich ein Mörder.

Sie fanden Cat und Robert sichtlich angeschlagen in der Lobby.

„Alles klar bei Ihnen?", fragte Don, als er in die blassen Gesichter schaute.

„Ja und nein. Wir waren bis eben bei den Everetts und ich muss sagen, ich habe noch nie so viel Verzweiflung gesehen wie bei diesen Menschen."

Sean blickte Cat an und sie nickte langsam.

„Irgendwas besonderes herausgefunden?" Don ließ sich von dem Gesagten nicht beeindrucken.

Cat sah ihn an. „Ja, eine Sache: können Sie sich erinnern, was Kaylor gestern sagte? Dass Jacob Harris und Daniel Mitchell den kleinen James nicht kannten?"

Sean setzte sich in den Sessel und hörte zu, Dons Miene wurde aufmerksam.

„Also, anscheinend kannte Daniel Mitchell den Jungen doch. Er hat aktiv in der Kirchengemeinde mitgearbeitet, zwar nicht mit den kleineren Kinder, doch er muss sich wohl sehr für die Jugendgruppe engagieren und hat dadurch James in der Kirche immer mal wieder gesehen. Everett meint, dass Daniel mindestens einmal im Monat mit den Jugendlichen in den Park geht und auch Karten für Popkonzerte besorgt. Entweder wusste Kaylor das nicht oder er hat gelogen, als er sagte, dass Daniel James nicht kannte."

„Dann nehmen wir uns als Nächstes mal Daniel vor. Aber erst was zu essen", sagte Don, stand auf und wandte sich in Richtung des Frühstücksaals des Hotels. „Hier gibt's hoffentlich was!"

„Nicht für mich. Ich glaube, Mrs Kaylors Apfelkuchen liegt mir bis heute Abend im Magen“, erwiderte Sean. „Ich geh eine Runde joggen.“

„Wie kann ein so großer Mann wie du von so wenig leben?“, kommentierte Don kopftschüttelnd. „Wie sieht's aus?“

Das war an die beiden anderen gerichtet, die Don zustimmten.

„Um halb drei treffen wir uns hier wieder“, beschloss Don und verschwand, gefolgt von Robert und Cat, in den Speisesaal.

Sean ging zum Umziehen auf sein Zimmer. Er hatte das dringende Bedürfnis, allein zu sein und nachzudenken.

John Kaylor und Daniel Mitchell, dachte Sean und trabte den gleichen Waldweg entlang, den er gestern mit Cat eingeschlagen hatte.

Was hatten sie eigentlich bisher erfahren?

Ihr Mörder war ein Bergsteiger, das traf auf Kaylor wie auch auf Daniel zu. Sean musste an Kaylors Audruck denken: Daniel, die Bergziege – komisches Wort, das er da benutzt hatte. James hatte vor seinem Verschwinden vom Mount Everest gesprochen und Kaylor hatte heute morgen angedeutet, im Himalaja gewesen zu sein. Dann das Nylonseil und dass Kaylor in allen Schulen gewesen war. Alles deutete momentan auf Kaylor hin. Er hatte für die beiden Tage, an denen James verschwunden beziehungsweise gestorben war, ein Alibi, das aber nicht unbedingt wasserdicht war, da nur Daniel Mitchell es bezeugen konnte. Beide waren im Park gewesen; sie hatten an den betreffenden Tagen nach Touristen gesucht, die sich nicht an der Station zurückgemeldet hatten. Von Daniel Mitchell wusste Sean, dass er gelogen hatte – er kannte James. Was, wenn die beiden Männer …?

Schön rund, dachte er und sprang über einen Baumstamm, der quer auf dem Weg lag.

Auf der anderen Seite: Kaylors Alibi, was die Morde an den beiden anderen Jungen betraf, war bombenfest. Micki war vor sechs Tagen verschwunden und einen Tag später gestorben; Kaylor war am dreizehnten den ganzen Tag mit Sheriff Berkham unterwegs gewesen, da es einer der Tage war, an denen sie gemeinsam die Grundschule in Crawford besuchten, Vorträge und Präventionsgespräche hielten. William Jackson war ebenfalls bei ihnen gewesen. Der kleine Jonathan Braider war im September gestorben, in der Zeit, als Kaylor noch jeden Tag Führungen im Park machte, unwahrscheinlich, dass er einen ganzen Tag hätte verschwinden können, ohne dass es auffiel, und bis nach Gypsum und zurück brauchte man mindestens einen Tag; es lag im Norden des Parks.

Das waren die Fakten. Blieben die Fragen: Wo war Daniel Mitchell an den fraglichen Tagen gewesen und warum hatte er gelogen?

Morgen würden sie nach Montrose fahren, sich dort den Fundort ansehen. Ihr Vorteil in Montrose war: zwischen dem Verschwinden des Jungen und seinem Auffinden lagen nur drei Tage; der letzte Tatort war sehr frisch.

Er hatte nicht gemerkt, dass er das Tempo angezogen hatte, lief weiter den zehn Kilometer langen Rundweg, während sich auf seinem Sweatshirt vom Schweiß dunkle Ränder bildeten.

Laborergebnisse waren erst in einer, vielleicht zwei Wochen zu erwarten, es kam darauf an, wie die Prioritäten dort momentan lagen und wie viel Druck McSimmens machte.

Wenn ich das alles mal vergesse und mir die Tat ansehe, was sagt mir das über den Mörder? Kleine Jungen, leichte Opfer, besonders, wenn sie ihren Mörder kannten. Kinder vertrauten schnell. Man bläute ihnen ein, vor Fremden wegzulaufen, doch ein bekanntes Gesicht suggerierte Vertrauen. Abgesehen davon machten die Taten nicht den Eindruck einer Kurzschlusshandlung, dafür waren die Fundorte zu eigenartig.

Also gut, sie haben dich gekannt, dir vertraut. Du erzählst ihnen, dass du sie mitnehmen willst zum Klettern, schenkst ihnen einen Karabinerhaken, vielleicht etwas anderes – ich muss das prüfen, die Everetts anrufen, vielleicht liegt dieser Haken noch in James' Zimmer. Es kann sogar sein, dass du dich mit ihnen verabredest. Sie steigen in dein Auto – du hast eines, denn es ist zu weit zum Nationalpark. Warum gibt es keine Zeugen, denen ein Wagen aufgefallen ist?

Was dann? Du fährst also mit den Kindern in den Park. Natürlich, du musst sie gar nicht schleppen oder tragen, du gehst mit ihnen an die Stellen, die du vorher ausgesucht hast, seilst dich mit den Kindern ab, es macht ihnen Spaß, ist aufregend, weil die Stellen schwierig sind. Dann seid ihr da. Vielleicht esst und trinkt ihr was – Don hatte bei der Obduktion von Micki Lebensmittelreste im Magen gefunden. Andererseits war Micki direkt nach dem Frühstück verschwunden – *na gut, vielleicht auch nicht.*

Was dann? Was tust du dann? Du machst ihnen Angst, sagst ihnen, sie sollen sich ausziehen. Die Kinder weinen, du schlägst sie, das zeigen die blauen Flecken, die trotz Leichenflecken bei Micki noch vorhanden sind. Du zwingst sie auf den Boden, auf den Bauch und dann nimmst du einen Ast und …

Sean schüttelte sich.

Warum ein Ast? Don hat zwar keine Flüssigkeiten bei Micki finden können, doch vielleicht hast du ein Kondom benutzt, danach den Ast, der auch die eventuellen Latexspuren vernichtet hat. Doch warum soviel Brutalität? Wenn du sie vorher missbraucht hast, ist deine sexuelle Begierde befriedigt, warum dann quälen? Du willst sie schreien hören, wimmern, sie sollen weinen, dann fesselst du sie an den Baum, zündest dir eine Zigarette an und verbrennst sie.

Wir haben bei James' Obduktion sechsunddreißig Brandwunden gezählt, am Brustkorb und den Genitalien. Don hat bei Micki, der am besten erhaltenen Leiche, zwanzig gefunden.

Es ist nicht so, dass dir das immer mehr Spaß macht. Deine Wut ist nicht mehr so stark wie bei James; Micki, dein letztes Opfer, wurde weniger verbrannt, vielleicht wurde er aber auch nur früher ohnmächtig. Wie viele Brandwunden hatte Jonathan Braider? Ich muss das prüfen.

Sean war nicht schlecht erstaunt, als er wieder auf dem Parkplatz des Hotels ankam und auf die Uhr blickte: halb zwei, eine Stunde, und er hatte nicht gemerkt, wie sie vorbeigegangen war.

Er war pitschnass und froh, jetzt duschen zu können, aber nicht wegen des Schweißes – eher um den Dreck abzuwaschen, über den er gerade nachgedacht hatte.

Um Viertel vor drei kam er im Anzug in die Lobby. Don sah demonstrativ auf seine Uhr.

„Ich habe noch kurz mit den Everetts gesprochen, nach dem Karabinerhaken gefragt, hat einen Moment gedauert, bis sie sich in seinem Zimmer umgesehen hatten. Nichts, leider", meinte Sean.

Als sie im Wagen saßen, fragte Cat: „Don, wie wollen Sie vorgehen mit Mitchell? Ist es nicht zu einschüchternd, wenn wir zu viert bei ihm vor der Tür stehen?"

„Genau das will ich, Agent Kampell, genau das." Mehr sagte Don nicht zur Erklärung.

Sean drehte sich auf dem Beifahrersitz nach hinten zu Cat und Robert. „Mitchell ist der Jüngste in Kaylors Truppe, sechsundzwanzig, er lebt im Haus seiner Eltern, nicht verheiratet. Er machte mir gestern einen etwas unsicheren, weichen Eindruck. Sehen Sie, ein Mann wie Kaylor macht dicht, wenn man ihn konfrontiert – jemanden wie Mitchell schüchtert man ein, dann fangen solche Leute an zu reden. Wir werden ihn hart rannehmen wegen seiner Lüge, dann lassen wir uns in allen Einzelheiten erklären, wo er sich befand und mit wem, als die anderen beiden Morde passierten."

„Wer wird die Befragung leiten?", fragte Robert sachlich.

„Cat", meinte Sean bestimmt. „Können Sie das, den bösen Bullen spielen, ich meine, eine richtige Bitch sein?"

Cat grinste. „Wenn es sein muss, Sir."

„Klatschen Sie ihn an die Wand, übertreiben Sie ruhig. Robert, Sie greifen ein, sind der nette FBI-Beamte, der nicht mit allen Methoden seiner Kollegin einverstanden ist. Don und ich sagen nichts, es sei denn, wir haben einen Geistesblitz und müssen eine Frage stellen. Wir bleiben in der Nähe der Zimmertür stehen, er soll den Eindruck bekommen, wir sorgen nur dafür, dass er nicht abhauen kann."

„Sir, darf ich fragen, warum Sie genau diese Vorgehensweise wählen?" Cat hatte das ausgesprochen, was Robert ebenfalls durch den Kopf ging. Abgesehen davon wunderten sich beide, wann Viggen und Caver das abgesprochen hatten.

„Nun", fuhr Sean fort, „ich habe mir die vier Männer gestern sehr genau angesehen. Jacob Harris ist etwa im gleichen Alter wie Mitchell, doch hat trotz der Situation immer wieder mit Ihnen, Kampell, geflirtet, während Daniel Mitchell sowohl verbal als auch körperlich immer auf Distanz geachtet hat. Ich denke, Frauen schüchtern ihn ein, denn er hatte kein Problem mit Briggs. Dazu kommt: Sie, Briggs, sind etwa gleich alt, er wird sich eher mit Ihnen identifizieren."

Sie hielten vor einem zweistöckigen Haus, das dringend gestrichen werden musste. Der Garten konnte man schon fast als verwahrlost bezeichnen.

Sean sah sich das Ganze an. „Ach, noch was: ich rechne damit, dass seine Eltern vielleicht zu Hause sind. Seine Mutter ist höchstwahrscheinlich eine ziemlich ... mhmm ... dominante Frau, lassen Sie sich nicht von ihr beeindrucken. Seien Sie höflich, aber förmlich, Briggs. Wenn sie darauf besteht, bei der Befragung anwesend zu sein, werden Sie ihr sagen, dass das nicht möglich ist. Wir brauchen ihn allein, er muss sich unwohl fühlen." Dann öffnete Sean die Tür.

Don drehte sich kurz um. „Verstanden, was wir hier spielen?"

Die Befragung dauerte über eine Stunde und Cat hätte schwören können, den Angstschweiß von Daniel Mitchell zu riechen. Es war, wie Sean gesagt hatte: eine schlampige Frau um die fünfzig öffnete die Tür. Sie trug einen schlabberigen Hausanzug, der fleckig war; ihr Gesicht war vielleicht einmal hübsch gewesen, doch jetzt war es aufgedunsen und man sah, dass Mrs Mitchell gerne einmal tiefer ins Glas schaute. Sie ließ sich nicht eine Sekunde aus dem Konzept bringen, als sie die vier Agenten vor ihrer Tür sah, und Briggs musste einige Zeit auf sie einreden, bevor man sie überhaupt ins Haus bat. Was sie vom Erdgeschoss sahen, war mit dem Garten vergleichbar: schlampig, überfüllte Aschenbecher, dreckiges Geschirr und eine Staubschicht, die nicht erst seit gestern dort lag. Nachdem Briggs die Alte endlich los war und sie wütend davonstapfte, bat Daniel sie in den ersten Stock, wo er zwei Zimmer hatte.

Als sie eintraten und sowohl Cat als auch Robert sich auf der Sitzecke niederließen, waren sie nicht schlecht erstaunt, denn dieses Zimmer passte nicht in das Haus: es war sauber, aufgeräumt und Sean hatte den Eindruck, dass alles penibel an seinem Platz stand. Daniel bot auch Don und Sean einen Platz an, doch sie schüttelten nur den Kopf. Sean verschränkte arrogant seine Arme vor der Brust und Don steckte die rechte Hand am Rücken in seinen Hosenbund, darauf bedacht, dass man einen guten Blick auf seine Waffe im Gürtelhalfter hatte. Cat und Robert machten ihre Sache ausgezeichnet; keine fünf Minuten, und der Junge begann sichtlich zu schwitzen, seine Augen glitten unruhig zwischen den beiden hin und her, dann wieder ein Blick zu Don und Sean. Als Sean anfing im Zimmer herumzugehen und sich alles näher zu betrachten, nahm er ein gerahmtes Photo in die Hand und stellte es absichtlich an eine andere Stelle. Daniel sprang sofort auf und platzierte es wieder im exakten Winkel auf die alte Stelle.

In der Einrichtung sah Sean nichts, was ihn offensichtlich hätte stutzen lassen – die Möbel waren gepflegt, aus einem Möbeldiscounter, Mittelklasse, aber mit Geschmack. Die Bilder, die an der Wand hingen, waren zum größten Teil gerahmte Photographien des Black Canyon. Es gab eine Stereoanlage und eine erstaunliche Sammlung von CDs. Auf dem Schreibtisch ein Desktop, daneben etliche Computerspiele. Über dem Schreibtisch eine Pinnwand mit Photos von Jugendlichen, es sah nach Schulausflügen aus, und Daniel immer inmitten der Teenager. Auf diesen Bildern sah er selbst nicht älter aus als die Achtzehnjährigen. Daneben hing ein einfaches kleines Holzkreuz.

Automatisch rieb sich Sean über die Narben in seinen Handinnenflächen – er hasste Kreuze, seit er wusste, was es bedeutete, an ein solches genagelt zu werden.

Cat wurde schärfer mit ihrer Befragung und bohrte aggressiv nach, warum er sie angelogen hatte. Daniel druckste herum, meinte, er hätte James ein paar Mal gesehen, aber noch nicht einmal mit ihm gesprochen, er wäre doch nur für die älteren Gruppen zuständig.

Es stellte sich heraus, dass Daniel als Mitglied der Christian Church in Gunnison ehrenamtliche Jugendarbeit verrichtete, doch es waren die Kids der Oberstufe. Sie unternahmen Wanderungen, Ausflüge und er erwähnte, dass sie Tanzabende und Konzerte veranstalteten.

Sean ging auf die halb geschlossene Tür des Schlafzimmers zu und blickte hinein. Wieder war Daniel sofort neben ihm und schloss die Tür. Sean sah ihn scharf an. „Haben Sie was zu verbergen?" Sein Ton war schneidend und Daniel zuckte zusammen.

„Das ist mein Schlafzimmer", stotterte er, als ob damit alles gesagt wäre.

„Kann ich einen Blick reinwerfen oder haben Sie Sorgen, dass ich dort Sachen von James oder Micki finde?"

Daniel war jetzt schneeweiß im Gesicht. „Sie sind verrückt geworden! Ich habe den Jungen nichts getan, ich ... ich bin doch kein Mörder!" Seine Stimme zitterte und er sprach sehr laut.

Sean sah ihn einen Moment durchdringend an. „Na, dann haben Sie ja nichts zu befürchten, wenn ich mich umsehe." Er stand jetzt ganz dicht vor Daniel und der ging einen Schritt zurück. Dann ergriff Daniel die Klinke und öffnete die Tür.

Sean ging hinein. Ein Doppelbett, wieder Photos von irgendwelchen Ausflügen an der Wand hinter dem Bett. Die Tür des Einbauschranks stand offen und er konnte Hemden auf Bügeln und perfekt zusammengelegte T-Shirts sehen. *Falls es jemals in meinem Schrank so aussieht, dann erschieß ich mich*, dachte Sean gerade, als sein Blick auf das Poster fiel, das an der Innenseite der Schranktür hing. Ein Werbeplakat von Davidoff. Es war eine der älteren Werbungen für *Cool Water*, das männliche Modell lag halb im Wasser, über von Gischt umschäumten Felsen. Sean kannte es, war sich sogar sicher, dass er aufgrund dieser Kampagne einmal vor langer Zeit *Cool Water* gekauft hatte. Er drehte sich um und verließ das Schlafzimmer. Daniel, der immer noch an der Tür stand, schloss sie und setzte sich wieder.

Als sie gingen, wussten sie eine ganze Menge mehr über Daniel. Er hatte ein Alibi für den Todestag von Jonathan Braider; erstaunlich war, dass er sofort gewusst hatte, wo er gewesen war, obwohl der Mord über zwei Monate zurücklag. Für James gab er Kaylor an, was sie bereits wussten, doch als es um den dreizehnten November ging, fiel ihm plötzlich nicht ein, was er an dem Tag gemacht hatte – er hatte frei gehabt, konnte sich aber nicht erinnern, wo er genau gewesen war. Eigenartig, denn das war nur etwas über eine Woche her. Er versprach, seinen Kalender zu checken und sie anzurufen.

Gegen halb fünf fuhren sie zurück. Don hing am Telefon mit dem Labor in Washington, während Sean die lokale Polizei in Montrose anrief und ihnen mitteilte, dass sie erst am späten Nachmittag dort ankommen würden. Cat und Robert unterhielten sich leise über Daniel und die Beobachtungen, die sie gemacht hatten, Cat machte sich dabei Notizen.

Wieder im Inn, vereinbarten sie, sich nach einer kurzen Pause in einer halben Stunde im kleinen Konferenzraum zu treffen. Als Cat und Robert dort ankamen, saß Don über Papieren, die auf dem Tisch lagen, und Sean stand in Jeans und Sweatshirt vor dem Whiteboard. Er hatte wieder die Photos der Kinder daran gehängt, die Schulphotos und darunter die vom Tatort. Handschriftlich hatte er darüber groß „John Kaylor" und „Daniel Mitchell" geschrieben, neben jedem der Namen genug Platz für weitere Notizen. Auf dem Tisch standen eine Thermoskanne mit Kaffee sowie einige Flaschen Wasser und Cola light mit Gläsern. Die Speisekarte eines Pizza-Lieferservices lag dabei – man hatte heute Abend eine Verkaufsveranstaltung im Speisesaal des Hotels und war erleichtert gewesen zu hören, dass die vier FBI-Agenten nicht im Hause essen wollten. Cat und Robert legten ihre Ordner und Notizblöcke auf den Tisch und setzten sich. Don sah auf, stellte ein Diktiergerät auf den Tisch und legte mehrere der kleinen CDs daneben, dann drückte er die Aufnahmetaste.

„Okay, fangen wir an. Ich möchte, dass Sie beide Ihre Notizen durchgehen und laut vorlesen, dann werden Sean und ich unsere Beobachtungen der letzten zwei Tage dazusteuern. Ich gebe ein Update der Laborergebnisse, die wir bisher haben, danach möchte ich eine erste Profilanalyse und wenn es dann nicht mitten in der Nacht ist, eine eventuelle Zuordnung der ersten Verdächtigen. – Ach, noch was, für euch Newcomer: wenn ihr sprecht, denkt bitte daran, nicht kryptisch zu reden."

Robert runzelte fragend die Stirn.

„Zeigt nicht auf ein Photo und sagt ‚der Junge', sondern redet von einem Namen. Das Aufnahmegerät ist die Basis für unseren späteren Bericht und in einer Woche haben wir keine Ahnung mehr von den Details, über die wir heute Abend sprechen", erklärte Sean und wandte sich dann an Don: „Ich hätte noch etwas, was ich für dringend halte. Erstens habe ich in Montrose bereits angerufen, dass wir später kommen, denn ich will mich unbedingt mit einigen der Jugendlichen aus Daniel Mitchells kirchlicher Gruppe unterhalten, solange wir hier sind. Zweitens, und das kann schwierig werden, sollten wir uns einen Durchsuchungsbefehl für Daniel Mitchells Räume besorgen."

„Auf welcher rechtlichen Grundlage?", fragte Don in neutralem Ton und schien im Gegensatz zu Cat und Robert nicht im Geringsten erstaunt.

„Gefahr im Verzug", meinte Sean lapidar.

„Bei Kindern, die bereits tot sind, aha?"

„Gefahr im Verzug, dass Beweismittel vernichtet werden", präzisierte er.

Don kratzte sich die Wange. „Dazu hat er heute Nacht genug Zeit."

„Schon, aber er ist ein Ranger, er weiß, dass man einen begründeten Verdacht braucht, um eine Durchsuchung zu erwirken. Aber ich denke, er kennt das Bundesrecht nicht und die Zugriffsausnahmen, die das FBI hat", erwiderte Sean. „Ich glaube nicht, dass er damit rechnet."

„Okay, schön. Warum gehst du nicht vor die Tür und rufst Sims an. Wenn, dann kann nur er einen Staatsanwalt finden, der sich dazu breitschlagen lässt. Er soll uns zurückrufen, wenn es glatt geht. Wir müssen morgen in aller Frühe mit dem Sheriff reden und ich denke, das wird heikel."

„Ich weiß, vertrau mir, ich habe da so eine Idee." Dann stand er auf und ging mit dem Handy am Ohr vor die Tür.

Don forderte Robert auf, mit dem Verlesen seiner Notizen zu beginnen. Als Sean wieder reinkam, war Briggs fast fertig, er hob nur kurz den Daumen. Dann hörten sie sich Cats Aufzeichnungen an. Gegen acht wurde Pizza bestellt und als die Dame vom Empfang mit der Lieferung an die Tür klopfte, drehte Sean das Whiteboard zur Wand, scannte den Tisch, ob Photos darauf lagen, drehte zwei um und öffnete die Tür.

Verdammt, dachte Robert, *daran hätte ich nie gedacht.*

Sie stellte die Pizzaboxen zu den Getränken und ging recht schnell wieder hinaus.

„Lasst uns weitermachen und dabei essen", schlug Don vor, nahm sich seine Pizza mit extra Sardellen und wandte sich an Sean: „Warum redest du nicht über Daniel Mitchell? Was glaubst du zu sehen? Immerhin willst *du* den Durchsuchungsbefehl."

Sean stand ebenfalls auf und schaute in die Pizzaschachteln, bis er seine gefunden hatte. Er blieb stehen, biss ein Stück ab und kaute. „Ein unsicherer junger Mann mit dominanter Mutter, ihr Haushalt ungepflegt, an der Grenze zum Schlampigen, seine zwei Zimmer penibel, sauber, ordentlich, perfektionistisch mit dem Hang zur Zwangsneurose. Ihr habt gesehen, wie er das Bild wieder in den exakten Winkel stellte, nachdem ich es absichtlich verschoben hatte. Er ist religiös, sowohl im Wohnzimmer als auch im Schlafzimmer ein Kruzifix, und ich glaube nicht, dass Mrs Mitchell jeden Sonntag in die Kirche rennt. Sozial engagiert, doch mit Jugendlichen, nicht mit Erwachsenen. Ich wette, dass Daniel nur selten mit seinen Ranger-Kollegen ein Bier trinken geht. Er ist lieber mit Teenagern zusammen, fühlt sich dort wohler." Sean machte eine kurze Pause und biss nochmals in die Pizza, nahm den Karton und setzte sich wieder. „Außerdem steht er auf Männer."

„Was?", fragte Cat erstaunt. „Wie kommen Sie darauf?"

„Zwei Sachen", meinte Sean und kaute, bis er den Mund nicht mehr so voll hatte. „Erstens hat er mich in sein Schlafzimmer gelassen."

Cat konnte sich ein „Ach" nicht verkneifen. „Sie sind so aggressiv aufgetreten, da hätte wohl jeder ..." Doch sie unterbrach sich. Don grinste ein bisschen, doch Sean ließ sich nicht ablenken.

„Ich schwöre Ihnen, SIE hätten ihm mit der Waffe drohen können und ich wette, er hätte Sie nicht reingelassen – spätestens dann wären ihm seine Rechte eingefallen. Lassen wir das mal im Raum stehen, so unter Psychologen. Zweitens hatte er an der Innenseite seines offenen Wandschranks ein Poster."

„Ein nackter Mann?", fragte Robert mit vollem Mund.

„Ja und nein – eine Davidoff-Werbung, eine Kampagne für *Cool Water*, kennen Sie die?" Er wartete nicht auf Antworten, fuhr fort: „Sehr ästhetischer männlicher Körper, viel Einsatz von Sex-Appeal zum Verkauf des Produkts. Ich muss zugeben, die Anzeige war damals sehr ansprechend, ich selbst habe mir das Rasierwasser aufgrund der Werbung gekauft."

Alle drei mussten sich ein Lachen verkneifen, ihre Gesichter sprachen Bände.

„Aber", betonte Sean und wiederholte sich, „aber bei mir hat die Werbung unterbewusst genau das ausgelöst, was man sich von einem heterosexuellen Mann erhofft. Ästhetischer Körper, der auf Frauen wirkt, wegen des Produktes, darum kaufte ich es. Er hingegen hängt sich das Poster ins Schlafzimmer, an die Innenseite einer Schranktür. Ich glaube nicht, dass wir bei ihm *Cool Water* finden, es geht nicht ums Produkt. Warum die Innenseite der Schranktür? Erstens geht es um Intimsphäre, vor dem Schrank wird er am meisten, abgesehen vom Bad, nackt stehen, bevor er sich ankleidet, und zweitens ist es ein kleiner, geheimer Platz. Er kann jemanden mit in sein Schlafzimmer nehmen, ohne dass es ersichtlich ist."

„Das könnte aber auch bedeuten, dass er latent schwul ist, nie ein Coming-out hatte, noch nicht einmal sich selbst gegenüber", unterbrach ihn Don.

„Kann sein, aber ich denke nicht, dass es so ist. Meiner Meinung nach steht er auf junge Männer. Was ich sehen konnte, war, dass selbst Robert nicht in sein Beuteschema fällt, und die beiden sind im gleichen Alter."

„Ist das nicht ein bisschen an den Haaren herbeigezogen?"

„Habt ihr euch seine Sammlung von Computerspielen angesehen? *For Christ's sake*, er ist fünfundzwanzig. Außerdem ist seine umfangreiche Musiksammlung von den Gruppen her eher etwas, das ich bei einem Neunzehnjährigen suchen würde."

„Ein Pädophiler?", fragte Robert.

„Das ist ein großes Wort", meinte Sean und musste sich sehr kontrollieren, damit er im gleichen Rhythmus weiterreden konnte, denn wenn er bei seinen Überlegungen zu Daniel Mitchell Pädophilie ins Spiel brachte, dann war er selbst ein Pädophiler. „Ich denke, wir können ihn nicht als Pädophilen bezeichnen, wenn er auf achtzehnjährige Jungs steht."

„Warum dann der Durchsuchungsbefehl?" Cat sah ihn erstaunt an.

„Weil ich glaube, dass er nicht realisiert, wie verdächtig er sich macht, indem er uns sein Alibi verschweigt. Mein Bauchgefühl sagt, Daniel Mitchell hat regelmäßige sexuelle Kontakte mit einem der Jugendlichen seiner christlichen Gemeinde; vielleicht liebt er einen der Jungen und wird sich eher erschießen lassen, als uns den Namen zu geben. Also, wenn Sims uns den Durchsuchungsbefehl besorgt, dann traben wir morgen mit dem Sheriff dort an, aber nur ich gehe mit Daniel in sein Schlafzimmer zur Durchsuchung. Ich hoffe, Schwulenpornographie zu finden, etwas, mit dem ich ihn unter Druck setzen kann. Dann bin ich plötzlich der Verständige und bekomme vielleicht einen Namen. Ich möchte das unterm Tisch halten; er wird zwar enormen Ärger mit seiner Mutter bekommen, doch für Gunnison soll er nach der Durchsuchung nur das arme Opfer des FBI sein – ich habe nicht vor, das Leben dieses Mannes zu ruinieren."

„Und dann?" Don blickt ihn plötzlich argwöhnisch an.

„Dann reden wir mit seinem Liebhaber – ich hoffe für Daniel, dass er das in Colorado gültige *age of consent* von siebzehn erreicht hat, dann sollte es kein Problem sein. Vielleicht kann Daniel ..." Doch er brach plötzlich ab. „Auf jeden Fall werde ich Daniel nahe legen, seinen Job als Jungendleiter aufzugeben."

Don sah Sean eine Sekunde missbilligend an, doch der hielt seinem Blick stand, während Don in ungläubigem Ton sagte: „Verstehe ich dich richtig? Wir erwirken einen Durchsuchungsbefehl ohne relevante Rechtsgrundlage, um den Kopf eines potenziell Verdächtigen aus der Schlinge zu ziehen?"

„Don, er ist nicht der Mörder, aber er ist ein schwuler Mann, Ranger in einer Kleinstadt wie Gunnison, der mit einem Jugendlichen aus der Kirchengemeinde Sex hat. Wenn wir es nicht so machen, finden wir bald noch eine Leiche: die eines schwulen Rangers, der gelyncht wurde."

Cat und Robert sahen sich verstohlen an.

„Wenn ich das gewusst hätte, dann hätte ich dem Durchsuchungsbefehl nie zugestimmt.“ Dons Stimme war entschlossen und förmlich.

„Ich weiß“, war alles, was Sean erwiderte.

Die Atmosphäre im Raum wurde immer angespannter.

„Sir, können wir eine Pause machen?“, fragte Cat schnell, denn sie spürte, dass es zwischen den beiden zur Eskalation kommen würde.

Don sah immer noch regungslos in Seans Gesicht, nickte. „Eine Viertelstunde, dann machen wir weiter.“

Sean war rausgegangen vor die Hoteltür, gedämpft hörte er vom Speisesaal vereinzelten Applaus. Er zündete sich eine Zigarette an, dann trat Don aus der Lobby.

„Bravo, die Ermittlungen nicht behindern, das waren doch deine Worte, oder?“, sagte er scharf und steckte sich auch eine an.

Sean schwieg und wartete auf den nächsten Worterguss, der bestimmt folgen würde.

Robert machte sich daran aufzustehen und ebenfalls den Raum zu verlassen, doch Cat hielt ihn zurück.

„Also, wenn du aufs Klo willst, okay, doch lass die beiden alleine, da kocht was und du willst nicht mittendrin sein, glaub mir.“

Robert sah sie an und verzog den Mund. „Wenn du mich fragst“, er setzte sich wieder, „dann ist Caver ein bisschen zu weit gegangen, meinst du nicht auch? Wäre ich Agent Viggen, dann hätte ich jetzt die Contenance verloren.“

Cat schüttelte den Kopf. „Nein, da ist mehr. Ich glaube, Caver hat schon eine sehr genaue Vorstellung von unserem Killer und Mitchell passt da nicht rein, er versucht nur Schadensbegrenzung.“

„Meinst du wirklich? Ich hoffe, du hast recht, das ist alles ziemlich gewagt von Caver, wenn auch brillant, das muss ich ihm lassen."

„Willst du jetzt alle Pädophilen der Vereinigten Staaten retten?"

Sean wandte sich abrupt zu ihm um.

„Don, ich hoffe, du realisierst, dass ich kurz davor bin, dich zu schlagen." Seine Worte waren leise und ruhig.

Don trat automatisch einen Schritt zurück. „Sag mir jetzt mal ehrlich: hat all das, was du momentan tust, nicht damit zu tun? Du weißt, was ich meine."

Sean schüttelte den Kopf. „Du meinst, damit zu tun, dass ich selbst ein potenzieller Pädophiler bin?" Dabei sah Sean ihm direkt ins Gesicht.

Don sagte nichts, zog an seiner Zigarette.

„Don, ich weiß es nicht, vielleicht. Es stimmt, auch wenn es damals eine Geschichte auf Leben und Tod war, es war der beste Sex meines Lebens."

Don blickte auf und sah Sean an, sein Mund angewidert verzogen.

„Tut mir leid, Don, das ist die Wahrheit. Aber wenn es dich beruhigt: ich hatte nie wieder in meinem Leben den Wunsch, mit einer so jungen Frau zu schlafen, mich machen keine Lolitas an, ich habe nie, außer beruflich, Kinderpornos gesehen, und das mit unglaublicher Abscheu. Ich denke, Kinder, und das Wort geht für mich weiter als nur Zehnjährige, sind etwas Heiliges. Heute Morgen vor der Klasse … all diese Zwerge lösen in mir ein ganz anderes Gefühl aus – das Gefühl, sie zu beschützen, ihnen Liebe zu geben, das Gefühl, wie es wohl wäre, selbst Vater zu sein."

Don sagte nichts, aber seine Züge wurden wieder etwas weicher.

„Darum tue ich das alles. Daniel mag sein, was immer er ist, doch er hat diese Kinder nicht umgebracht. Unser Mörder ist ein ganz anderer."

„Sean, wenn du nicht mein Freund wärst, dann würde ich dich jetzt aus der Soko rausschmeißen. Du gehst auf dünnem Eis, mach keinen Fehler."

Sean legte seine Hand auf Dons Schulter und ging wieder rein.

Sie sprachen noch weitere zwei Stunden über die Ermittlungen der letzten beiden Tage, wagten sich aber nach den Ausführungen nicht mehr an ein Täterprofil. Zu schwer lag Seans *Nichttäter*-Profil in aller Mägen, um weitere Spekulationen zu wagen.

Um Mitternacht hatten sie das Whiteboard gesäubert, die Papiere zusammengesammelt und waren auf ihre Zimmer gegangen. Es war bereits ein Uhr und Sean lag immer noch vollständig angezogen auf seinem Bett und starrte an die Decke. Er dachte darüber nach, was er Don gesagt hatte: dass er wünschte, selbst Vater zu sein. Es war ihm heute Morgen vor der Klasse das erste Mal in den Sinn gekommen. Wie wäre es, so einen kleinen vorlauten Zwerg um sich zu haben, ein Kind, das ihn Dad nannte? Dann blitzte ein Teufel dazwischen, der sagte: Ein Dad, der seinen Sohn an einen Mörder verliert? Wie lebten die Väter und Mütter damit? Heute war ihm das Gefühl das erste Mal bewusst geworden, ein Kind zu haben, könnte etwas Wundervolles sein.

Woran lag das? Daran, dass Cat ihm von dem Kind erzählt hatte? Sie war schwanger gewesen und wäre ihr Kind geboren worden, wäre es heute etwa sechs Jahre alt. Fast so alt wie Micki, Jamie und Jonathan.

Er schreckte richtig auf, als es leise an der Tür klopfte, warf die Beine über die Bettkante und schaute durch den Spion. Er öffnete die Tür und legte den Finger auf die Lippen. Cat nickte und machte ein Zeichen, nach unten zu gehen, drehte sich um und ging.

Nach fünf Minuten griff er die Lederjacke und ging leise auf den Flur, durch die leere Lobby hinaus. Er sah sie weit hinten am Parkplatz in der Nähe des Waldwegs stehen. Als er bei ihr ankam, gingen sie ein Stück den dunkeln Waldweg entlang, bevor sie stehen blieben.

„Cat", fing er sanft an, „wir dürfen uns nicht mehr so sehen, es beeinträchtigt die Ermittlungen."

„Ich weiß", sagte sie leise. „Robert hat mich heute angesprochen. Er ahnt etwas, er sagte, ihm gefällt nicht, wie du mich ansiehst. Er ist eifersüchtig. Ich glaube, ich konnte ihm das ausreden, doch wir sollten vermeiden allein zu sein, darum wollte ich dich jetzt sprechen."

Sean sah sie an, er lächelte traurig. „Ja, Don ist auch kurz davor mich rauszuschmeißen."

Cat griff nach seiner Hand. Er umschloss sie fest, dann beugte er sich zu ihr und küsste sie einfach nur zärtlich auf den Mund.

„Wenn das alles vorbei ist, wenn du ein Agent bist, Cat – ich möchte mit dir zusammen sein", sagte er vorsichtig.

Sie griff mit beiden Händen sein Gesicht. „Mit mir zusammen sein?", fragte sie sanft und sagte dann: „Das Einzige, was ich möchte in meinem Leben, ist, mit dir zusammen sein."

Sean zog sie fest an sich und küsste sie wieder, diesmal leidenschaftlich und fordernd. Sie mussten sich förmlich voneinander losreißen, sonst hätten sie sich hier am Waldrand ins Laub fallen lassen und sich in der Eiseskälte geliebt.

Er hielt sie an den Armen von sich weg, atmete immer noch schwer, wie ein Mann, der versucht, irgendwie wieder die Kontrolle über sich selbst zu gewinnen.

„Vier, maximal sechs Wochen – das schaffen wir, oder?"

Sie nickte. „Ja, das schaffen wir. Ich habe sechs Jahre gewartet, was sind da sechs Wochen?"

Sie wollte ihn wieder umarmen, doch er hielt sie ab.

„Nein, Liebes, ich weiß nicht, ob ich dich noch mal küssen kann ohne …" Er brach ab und lächelte wieder. „Lass uns das durchziehen. Wir gehen einen Schritt zurück. Kampell und Caver, das Spiel, in dem wir in Quantico so gut waren. Lass uns ruhig wieder etwas Kälte zur Schau stellen."

„Ja, ich verstehe." Sie trat noch einen Schritt zurück, so dass seine Hände ihre Arme nicht mehr berühren konnten.

„Cat, ich liebe dich, vergiss das nie. Egal, was Caver sagt – es ist Nate, der dich liebt, denk daran."

Sie sah wieder in sein Gesicht, dann nickte sie und ging. Er lehnte sich an einen Baum, schloss die Augen und fühlte etwas, das er das letzte Mal vor sechs Jahren in einem kleinen Raum voller Dunkelheit gefühlt hatte.

KAPITEL SECHS

Montrose, Freitag, 23. November 2018

Es war ein Desaster, der ganze Morgen schon. Sean war nicht vor drei eingeschlafen, zwar glücklich, aber als er sich nach vier Stunden um sieben aus dem Bett quälte, in aller Eile die Tasche packte, sich duschte, um endlich um 7:30 Uhr mit Don und den beiden anderen zu frühstücken, wurde jedes Glücksgefühl von Müdigkeit überrumpelt. Er versuchte erst gar nicht, Cat zu viel anzusehen, denn wenn er cool Caver spielen sollte, musste er sie meiden, und das tat er.

Das Desaster ging weiter, als der Sheriff sie zusammen mit John Kaylor vor Mitchells Haus traf. Robert Briggs musste sich zwischen Sean und Kaylor stellen, sonst hätte es eine Schlägerei gegeben.

Ja, ja der gute Junge – ich weiß doch selbst, dass er ein guter Junge ist, darum bin ich hier, du Arschloch, dachte Sean.

Kaylor schnaubte vor Wut, Sheriff Berkham spuckte vor Sean auf den Boden, aber wie hatte Don so treffend gesagt? *Das wird heikel.* Ja, das war es. Als er mit dem Durchsuchungsbefehl an einer keifenden und noch vom Vorabend schwer betrunkenen Mrs Mitchell vorbei die Treppe hochgejagt war, hatte er sich bereits gewünscht, zehntausend Kilometer von hier entfernt zu sein.

Jetzt stand er einem herzzerreißend flennenden Daniel gegenüber. Der Junge saß zusammengesunken auf dem Bett, die Schlafzimmertür war geschlossen, leise waren Cats und Dons

Stimmen nebenan zu hören. Sean hielt pornographische Schwulenmagazine in seinen Händen und Daniel schniefte.

„Dan, ich weiß, dass du kein Mörder bist."

Daniel sah kurz auf, wischte sich mit dem Handrücken den Rotz von der Nase.

„Doch ich brauche seinen Namen. Mit wem warst du zusammen am dreizehnten November? Wie heißt er? Ein Junge aus deiner Gruppe, nicht wahr?"

Wieder sah Daniel auf und nickte.

„Gut. Sag mir seinen Namen."

„Das kann ich nicht!" Dan schluchzte wie ein Kind.

Sean ging vor ihm in die Hocke und legte beide Hände auf Daniels Knie. „Ohne ihn sieht es schlecht aus, auch wenn ich weiß, dass du Jamie nichts getan hast. Die Agentin da draußen – sie glaubt das nicht, sie wird dich für den Rest deines Lebens einsperren, hörst du?"

Er sah den FBI-Mann an, nickte. „Ich liebe ihn und er mich."

Daniel ist so weit, dachte Sean bei diesen Worten. Er wartete.

„Derek ... Miller", kam es leise. „Wir waren die Nacht zusammen und den folgenden Tag, wir waren in einem Motel nicht weit von Denver", flüstert er.

„Okay, das ist gut. Ich wusste, dass du kein Mörder bist." Sean erhob sich, warf die Magazine wieder in den Wandschrank und schloss die Tür.

„Agent Caver ..."

Sean drehte sich um, er war bereits an der Tür.

„Derek ist erst fünfzehn."

Es traf Sean wie ein Schlag. Er sah ihn an, den jungen Mann, der selbst wie ein kleiner Junge auf dem Bett saß, ein Häufchen Elend. *Fünfzehn*, ging es Sean durch den Kopf. Unzucht mit Minderjährigen und Abhängigen – er war ein Gruppenleiter der christlichen Jugendgruppe. *Fünfzehn. Verdammt noch mal, Daniel,* dachte er.

Dann ging er auf ihn zu, ergriff seinen Arm und zog ihn hoch. „Daniel Mitchell, ich verhafte Sie wegen Unzucht mit einem Minderjährigen und Abhängigen.“ Sean leierte die Miranda-Warnung herunter: „Sie haben das Recht zu schweigen. Alles, was Sie sagen, kann und wird vor Gericht gegen Sie verwendet werden. Sie haben das Recht, zu jeder Vernehmung einen Rechtsanwalt hinzuzuziehen. Wenn Sie sich keinen Rechtsanwalt leisten können, wird Ihnen einer gestellt.“

„Aber Sie haben doch gesagt ...“

„Halten Sie den Mund, Daniel. Er ist fünfzehn, das macht Sie nach unseren Gesetzen zu einem pädophilen Sexualstraftäter.“

Weitere Desaster folgten. Don bekam sich schon nicht ein, als Sean Daniel dem Sheriff übergab; als er erfuhr, dass der nächste Zeuge, den sie aufsuchen mussten, ein fünfzehnjähriger Junge war, flippte er fast aus, was sich bei Don in eisernem Schweigen zeigte. Dann standen sie Derek gegenüber – der Sohn eines Farmers aus Gunnison: kariertes Hemd, kurzes, ordentliches Haar, weiche Züge – viel zu weich: dort war Opfer Nummer zwei.

Gunnison würde sich nie wieder von Daniel Mitchell und Derek Miller erholen. Eine Weltanschauung würde zerbrechen, und das nicht nur für Mr. Miller, Dereks Vater – auch noch ein zweites Mal für Pfarrer Everett.

„Ein fucking Desaster.“

Als sie Gunnison endlich verließen und Richtung Montrose fuhren, war Gunnison nichts weiter als das Trümmerfeld der Atombombe, die sie gezündet hatten, aber das Schlimmste war: Jamie Everetts Mörder waren immer noch auf freiem Fuß.

Um das eisige Schweigen zu durchbrechen, sagte Cat: „Immerhin haben wir einen Pädophilen aus dem Verkehr gezogen."

Sean, der fuhr, blickte kalt in den Rückspiegel und murmelte: „Versuchen Sie ja nicht, oberschlau zu sein. Halten Sie lieber Ihren Mund, Kampell."

Cat versuchte, an seine Worte zu denken: *Egal, was Caver sagt, Nate liebt dich* – damit konnte sie leben. Selbst Don blickte Sean erstaunt an und Robert machte große Augen in Richtung Cat. Als sie auf der Polizeistation von Montrose ankamen, war es Nachmittag, die Stimmung hatte den absoluten Tiefpunkt erreicht.

Die Detectives von Montrose waren ein ganz anderes Kaliber als Sheriff Berkham. Tiefe und offen zur Schau gestellte Abneigung schlug ihnen entgegen. Es schien, dass man schon von dem Vorfall in Gunnison Wind bekommen hatte. Hier würde niemand mit ihnen bei *Josef's* essen gehen. Sie warteten fast eine Stunde, dann stand Sean auf und ging vorbei an der blasierten Verwaltungsangestellten, die er mit leichter Gewalt zur Seite schieben musste, in das Büros von Detective Mayor. Der blickte empört von seinem Sandwich und der Zeitung auf.

„Detective Mayor, Special Agent Sean Caver, CASMIRC Washington, Leiter der BAU in Quantico. Meine Kollegen und ich sitzen mittlerweile seit vierzig", er blickte auf die Uhr, „nein, seit fünfzig Minuten dort draußen und warten auf Sie." Dabei lächelte Sean boshaft.

Der Detective putzte sich mit der Serviette die Salatsoßenreste aus seinem Oberlippenbart und sah ihn an. „Verspätete Mittagspause, das nehmen wir hier auf dem Land ernst. Gewerkschaft, wissen Sie?"

Sean starrte ihn an. Der Morgen war und blieb ein Desaster und Murphys Gesetz sagt nun einmal: wenn etwas schiefgehen kann, dann geht es auch schief. Er trat vor, holte aus und schlug mit der flachen Hand auf Mayors Schreibtisch. Die Reste seines Sandwichs machten einen Satz nach oben, im Gegensatz zu Mayor, der zurücksprang. „Detective, ich bin Pazifist, doch wissen Sie, ich bin reizbar“, sagte Sean in einem Ton, der daran nicht den geringsten Zweifel ließ. „Abgesehen davon hatte ich einen Scheißmorgen. Also entweder geben sie mir die neusten Berichte und die Adresse der Mullens sofort oder ich ziehe meine verdammte Glock aus dem Halfter“, er machte eine theatralische Pause, „und schieße Ihnen zwischen die Augen.“ Wieder lächelte Sean.

Mayor glotzte, als ob Godzilla gerade die Hauptstraße von Montrose entlanggelaufen wäre. Er schrieb schnell etwas auf ein Post-it und ergriff eine Akte, beides hielt er Sean hin.

„Danke“, sagte dieser. „Ach, Detective, wissen Sie, die Mullens haben gerade ihren siebenjährigen Jungen verloren – vielleicht wäre es gut, wenn Sie mitkommen; besser als nur mit Fremden zu reden.“

Mayor sah ihn an, erhob sich langsam, nahm einen Schlüssel von seinem Tisch und folgte Sean aus dem Büro.

Das finale Desaster, die Mullens. Als Cat dachte, dass die Everetts die verzweifeltsten Menschen der Welt wären, hatte sie die Mullens noch nicht gekannt. Der Mann, der einmal Jeremy Mullen gewesen war, öffnete Mayor die Tür. Ohne ein Wort ließ er sie offen und ging wieder ins Wohnzimmer zu der Couch, auf der ein Abbild einer Frau saß – einer Frau, die das nicht überleben würde. Sie wirkte apathisch, blass und so verletzlich, dass jede gesunde Seele sie sofort in die Arme nehmen wollte. Mayor setzte sich unaufgefordert, genau wie die vier Agents. Jeremy taxierte sie einen Moment, dann sagte er: „FBI“, blickte auf ihre Marken.

Don nickte. „Mr. Mullen, es tut uns …“ Weiter kam er nicht.

„Sparen Sie sich das, Sie haben keine Ahnung! Was wollen Sie wissen?“ Jeremy Mullen blickte entschlossen und verbittert.

Sean griff ein. „Alles, was Sie uns erzählen können, von Anfang an. Noch mal, ich weiß, bitte noch mal.“

Jeremy sah den großen Mann an, sah, dass er wütend war. *Gut* dachte er, *endlich ist noch einer wütend wegen Micki.* Dann begann er von vorne. Jedes Detail, die Agents mussten kaum ein Zwischenfrage stellen, er war aufs Detail bedacht. Als er endete, schwiegen sie eine Weile. Mayor wollte sich schon erheben, als Jeremy nochmals das Wort ergriff. „Wissen Sie, Agent, ich war beim Militär. Im Irak stationiert, vier Jahre, Kampfhubschrauber. Ich habe es überlebt, und wissen Sie, ich bin mental stabil geblieben.“ Er sah seine Frau an. „Aber ich bin mir nicht sicher, was uns das antun wird. Finden Sie dieses Schwein und sorgen Sie dafür, dass er die Nadel bekommt.“

Sean nickte nur. Dann folgten sie Mayor, der nicht einen Cent zugänglicher war; er stieg in seinen Wagen und fuhr ohne ein Wort davon. Als sie zum gebuchten Hotel kamen, waren ihre Zimmer nicht reserviert und das Hotel voll, obwohl es aussah, als ob sich kein einziger Gast dort befände. Sie gingen resigniert zum Auto zurück. Briggs rief bei der Auskunft an und konnte im Best Western in Delta Zimmer reservieren, nur eine halbe Stunde Fahrt von Montrose entfernt.

„Es ist fünf Uhr. Ich versuche, was zu essen zu bekommen. Macht, was ihr wollt. Wir treffen uns um sieben. Briggs, reservieren Sie einen Raum, wir müssen heute Abend ein Profil erstellen. Sean, du hast ja scheinbar einen Draht zu diesem Mayor, morgen soll er eine Besichtigung des Fundorts arrangieren, so gegen neun.“ Don stapfte mit seinen Sachen davon, die anderen folgten ihm.

Um Viertel nach sieben trottete der Letzte von ihnen zu Don in den Raum. Sie waren alle nicht nur sichtlich erschöpft, sie waren es momentan leid und hatten keine Eile, an ein Profil heranzugehen. Don sah seine Soko an, die müde über Ordnern saß, teilweise schrieb und hundert Jahre alt zu sein schien. *Gott*, er kannte das, es würde schwer sein, sie wieder zu motivieren, wenn sie einmal da angekommen waren. *Sean*, dachte er, *verdammt noch mal*, so viele Vorwürfe, und dann hatte er, wie so oft, mal wieder recht gehabt. Wie sollte er ihnen erklären, was er gerade per Telefon erfahren hatte? „Hört mal, ich habe gerade einen Anruf bekommen, wegen der Sache in Gunnison."

Die drei blicken ihn an. Seans Miene wurde hart, er ahnte, was kam.

„Derek Miller wurde in der Scheune seines Vaters gefunden; er hat sich heute Nachmittag erhängt."

Schweigen. Sean stand auf, fegte mit einem Ruck die Papiere vor ihm vom Tisch und verließ den Raum.

Cat stand auf, doch Don hielt sie zurück. „Warten Sie, Kampell, er braucht ein paar Minuten, er kommt wieder."

Sie beugte sich hinunter und hob die Papiere auf, dann setzte sie sich. Es dauerte eine halbe Stunde, in der sie nichts weiter taten, als kurz über die Ereignisse zu sprechen, dann legte ihnen Don die Laborberichte hin: eine Sackgasse, keine DNA-Spuren an den Zigaretten. Es wurde bestätigt, dass der Ast die Penetrationswaffe war, die Jamie verletzt hatte. Jonathans Brandwunden, fünfundfünfzig, das war bestätigt. Alles in allem nichts.

Dann kam Sean wieder in den Raum. „Tut mir leid", sagte er, oder besser, der Eisberg, der vor ihnen stand; es sah aus, als wären alle Gefühle aus ihm herausgeflossen.

Don informierte ihn kurz über die Ergebnisse. Als er Jonathans Brandwunden erwähnte, blitzte kurz etwas auf in Seans Gesicht.

„Es war ein harter Tag, nein, ein Scheißtag. Sean, wenn du denkst, dass es falsch wäre, jetzt mit einem Profil anzufangen, dann sag es nur. Ich verstehe es und wir können das verschieben."

„Nein."

Die Stimme ließ Cat erschaudern. Sie kannte die Tonlage, aus einer Zeit, die lange vorbei war. *Gott, er ist vollkommen mit den Nerven am Ende.*

„Lass uns anfangen. Wie willst du es machen?"

„Wenn du damit einverstanden bist, dann ohne Fakten, ohne Verdächtige", das sagte Don besonders vorsichtig, „einfach nur auf Opfer und Tatorte bezogen."

„Gut. Kampell, Briggs, wollen Sie vorher Kommentare abgeben?", fragte Sean fast lethargisch.

Robert schüttelte den Kopf, Cat merkte an: „Sir, vielleicht ist das heute nicht der richtige Tag, es war wirklich nicht einfach."

„Wenn Sie sich nicht in der Lage fühlen, können Sie gerne gehen."

„Sir, ich meine nicht mich."

„Ach", kam es zynisch von Caver, „Sie meinen mich?"

Don räusperte sich.

„Wissen Sie, Kampell, ich sag Ihnen jetzt mal was. Sie kennen mich nicht, wenn ich angepisst bin – dann bedrohe ich Detectives, und das zu Recht; dann versuche ich Vätern, deren Söhne getötet wurden, Respekt zu erweisen, und wenn ich höre, dass ein Fünfzehnjähriger sich aufgehängt hat, dann schmeiße ich auch mal einen Ordner vom Tisch. Das heißt nicht, dass ich Ihr mütterliches Mitgefühl brauche, das heißt nur, dass ich angepisst bin."

„Na dann", warf Don entschieden ein, „fang endlich an."

Sean setzte sich und was dann passierte, war das letzte Desaster dieses Tages – denn vor ihren Augen nahm plötzlich ein Kindermörder Gestalt an. Sie hörten nur zu, sahen, wie aus Sean Caver langsam aber sicher eine Bestie wurde.

„Ich bin einmal sehr verletzt worden", begann er, und Cat und Robert sahen Don irritiert an, doch der verzog keine Miene, wartete still.

„Mir wurde Schlimmes angetan, ich war ein Kind, ein Jugendlicher und die es taten, waren erbarmunslos, so wie ich es jetzt bin. Es ist genauso unerwartet passiert, wie es jetzt wieder passiert ist." Sean schien weit weg zu sein, seine Stimme, seine Mimik nicht er selbst.

Kurze Stille.

„Irgendetwas ist passiert, plötzlich, und die alte Wut, die so lange zurück lag, flammte wieder auf; ich ging los, suchte Orte, wo ich sie strafen konnte, meine Peiniger von damals. Ich fand sie, die Orte, dann fand ich die Jungen, einen nach dem anderen, bis meine Wut verraucht war. Ich nahm den ersten Jungen, kletterte mit ihm, dann tat ich es ... band ihn an den Baum, ich verbrannte ihn, ließ ihn zurück, wie er mich zurückließ. Alleine in der Kälte im Nirgendwo. Wer würde mich finden hier im Nirgendwo? Wer würde sie finden? Aber die Jungen haben die gleiche Chance wie ich, ich bin doch nur fair."

Dann sah Sean sie plötzlich wieder an und sagte in seinem alten Selbst: „Der erste Junge hatte über fünfzig Brandwunden, James sechsunddreißig, Micki etwas über zwanzig. Die Wut wird weniger, vielleicht ist sie mittlerweile verloschen. Unser Mörder ist eine gezeichnete Person – verbrannt, missbraucht –, die weiß, was es bedeutet, allein an einen Baum gebunden zu sein, irgendwo in der Wildnis. Er ist entkommen, er lebt mit all diesen Dämonen, nimmt Rache, das versöhnt ihn. Für lange Zeit war Ruhe, doch dann passierte wieder etwas und er musste sich von Neuem rächen." Er stand auf, trat an das Whiteboard, schrieb darauf:

DER TÄTER:
Ein Opfer
Motiviert durch Wut, nicht Sex
Ein Kind/Jugendlicher (damals)
Bergsteiger
Vielleicht impotent

Dann schrieb er mit großen Buchstaben:

WER BIN ICH NICHT:
Daniel Mitchell
John Kaylor
Ein Vater!

Er setzte sich wieder.

Don regte sich als Erster, er kannte das von Sean, während Cat und Robert immer noch wie gebannt auf das Whiteboard starrten. „Warum nicht Kaylor?

Sean schüttelte den Kopf. „Er ist nicht verängstigt genug."

„Du meinst, so wie Daniel?"

„Nein, der ist zu verängstigt, bei ihm geht es um was anderes."

„Kaylor, bleib bei Kaylor", ermahnte Don. Cat folgte fasziniert der Szene. Sie hatte sich oft vorgestellt, was professionelle Profiler taten, doch das war ein Theaterstück, dem sie einfach nur folgen wollte.

„Er ist anständig, hat Geheimnisse, doch ich glaube, er ist nicht gewalttätig. Auch wenn …", Sean hielt einen Moment inne, dachte nach, „… auch wenn seine Frau ängstlich ist. Warum?“, fragte er, wie zu sich selbst. „Er hat Alibis für zwei der Morde, dennoch ist er nicht weit entfernt von unserem Mörder. Kaylor versteckt etwas, er ist verbittert über etwas, er kann wütend werden. Ein Mann, der die Initiative ergreift. Wir müssen uns William Jackson ansehen, er ist die nächste Verbindung.“

Noch fünf Minuten, nachdem Sean seine Ausführungen beendet hatte, sprach keiner ein Wort.

Egal was sie taten in Montrose, sie liefen gegen Wände. Die Hilfssheriffs, die sie am nächsten Morgen zu Micki Mullens Fundort brachten, redeten kein Wort, sie machten sich auch nicht die Mühe, ihnen den Fundort genau zu zeigen, weigerten sich abzusteigen in den Canyon – zu steil, zu gefährlich, da müssten sie schon auf die Ranger aus Gunnison warten, waren ihre sarkastischen Kommentare. Don hatte so etwas schon erwartet und unterwegs an einem Heimwerkermarkt angehalten, dort Seile, Karabinerhaken und Haltegurte besorgt.

Sie stiegen alleine ab, fanden nach ewigem Suchen die Stelle mit dem gelben Absperrband, machten ihre Arbeit, ohne zu sprechen.

Cat und Robert kletterten genau wie Sean und Don am Fundort entlang; sie hatten das Terrain ringförmig um den Baum herum aufgeteilt, wobei Sean und Don dicht am Stamm arbeiteten. Sie murmelten sich manchmal etwas zu, doch die meiste Zeit der zwei Stunden war es still; Vögel waren zu hören, sogar das Geschrei eines Adlers ertönte manchmal über ihnen. Es war sonnig und noch kamen ein paar Strahlen im Canyon an, doch es waren keine fünf Grad, Gott sei Dank ging kein Wind.

Nach dem anstrengenden Aufstieg fanden sie ihren Wagen einsam auf der Bergstraße vor, das Auto der Police Patrol war verschwunden. Sean warf Robert die Wagenschlüssel zu, nachdem alles im Heck verstaut war; Briggs hoffte, den Weg zurück zu finden.

Cat und Robert blieben im Hotel. Sie sollten dort die Fundstücke beschriften, die Speicherkarten der Photoaufnahmen mit Kurzberichten versehen und dann irgendwie zum Flughafen bringen, vielleicht ging heute Abend noch eine Maschine nach Denver.

Dann gab Don ihnen das Diktiergerät. „Sie beide fangen mit dem Bericht an. Wenn wir uns heute Abend zusammensetzen, möchte ich eine ausgedruckte Kopie, um mir das anzusehen. Caver und ich fahren jetzt zu der Nachbarin, der Mutter von Mickis Freund, den er für die Schule abholen wollte. Treffpunkt um sieben hier im Konferenzraum."

Robert sah entsetzt auf das Diktiergerät. Wie sollten sie daraus einen Bericht schreiben, nach dem, was alles passiert war?

Don ging schon zum Wagen, als Sean neben Briggs trat. „Halten Sie sich beim Bericht an die Fakten, mutmaßen Sie nicht. Es ist nicht unsere Schuld, dass Derek tot ist. Da er fünfzehn war, konnte eine Befragung des Jungen nur im Beisein eines Elternteils stattfinden. Ich hatte auch nicht damit gerechnet, dass der Junge sich was antun würde – ich hätte eher damit gerechnet, dass Mitchell sich was antut. Vergessen Sie nicht, während einer Mordermittlung gibt es immer wieder Situationen, die selbst uns überfordern, doch derjenige, der den Bericht später liest, kann das nicht nachvollziehen. Bleiben Sie also neutral."

„Danke", meinte Robert. Caver verschwand und würdigte Cat keines Blickes, als er auf den Beifahrersitz stieg.

„Komm", sagte Cat, „lass uns erst einmal die Beweismittel ordnen und final beschriften. Einer von uns muss sich nachher zum Flughafen ein Taxi nehmen, wir können nicht damit rechnen, dass die Polizei uns einen Wagen schickt. Der andere fängt mit dem Bericht an."

„Cat, es tut mir leid, was ich in Gunnison gesagt habe über dich und Caver – ich bin echt ein Idiot. Es scheint, Caver ist wieder er selbst … na ja, so, wie er mit dir spricht.“

„Schon gut, ich hab doch gesagt, dass er spielt, und es scheint – um bei seinen Worten zu bleiben –, wenn er angepisst ist, bin ich nun mal sein Lieblingsziel.“

Sie klingelten. Es war ein Haus nicht unähnlich dem der Mullens, die nur fünf Minuten Fußweg von hier entfernt wohnten. Kleine Reihenhäuser, sauber, mit gepflegten Gärten und Kinderspielzeug auf dem Rasen. Ihnen öffnete eine hübsche rothaarige Frau Anfang dreißig: Roslyn Martin. *Ein Engel in Montrose*, dachte Sean, nachdem sie die beiden nicht nur angelächelt hatte, sondern sie hereinbat und einen Kaffee für sie kochte.

„Ich habe gehört, dass das FBI in der Stadt ist. Es ist gut, denn wir alle haben Angst um unsere Kinder.“ Sie hielt die feine Porzellantasse in ihrer Hand, trank einen Schluck.

„Mrs Martin, wir wissen, dass sie bereits mit der Polizei gesprochen haben, doch wir haben nichts von Ihrem Sohn gesehen“, sagte Don.

„Nathaniel? Nein, er wurde nicht befragt.“

„Ihr Sohn heißt Nathaniel?“, fragte Sean und lächelte sie an.

„Ja, wir nennen ihn Nate. Wissen Sie, dass Nathaniel eine Bedeutung hat?“

„Der, dem Gott es gab“, sagte Sean.

„Ja, das stimmt. Sie sind gläubig?“ Ihr Gesicht strahlte.

Sean nahm keine Stellung dazu, fragte stattdessen: „Hätten Sie etwas dagegen, wenn wir mit Nate reden? Sie werden natürlich dabei sein; ich verspreche, wir sind sehr vorsichtig mit ihm.“

Sie sah ihn einen Moment an, ihr Ausdruck war besorgt. „Ja, tun Sie das. Doch bitte: Micki war sein bester Freund und ich glaube, dass Nate erst jetzt langsam versteht, was passiert ist."

Sean nickte.

„Ich hole ihn", sagte Roslyn ernst und stand auf.

Nate war schmächtig, mit den gleichen hellroten Haaren wie seine Mutter, trug eine Brille. Er setzte sich neben Roslyn auf die Kante der Couch und steckte seine Hände unter die Oberschenkel.

„Hallo, Nate. Ich bin Sean und das ist Don, wir sind von der Polizei."

Nate schob seine Brille höher auf die Nase und versteckte seine Hand wieder unter seinem Oberschenkel. „Beim FBI."

„Ja, aber das FBI ist eine Bundespolizei, darum sind wir Polizisten."

Der Junge sah Sean prüfend an. *Er ist klug*, dachte Sean.

„Ich hatte mal einen Freund, der Nate hieß", sagte Don plötzlich; es erstaunte Sean, denn normalerweise hielt Don sich aus Zeugenbefragungen heraus, besonders bei Kindern.

„Was ist mit ihm passiert?", fragte der Kleine prompt.

„Nichts, eigentlich ist er immer noch mein Freund, mein bester Freund, weißt du?"

Sean grinste innerlich. „Ich denke, so, wie Micki dein bester Freund war."

Nate senkte den Blick und nickte wieder nur stumm.

„Weißt du, Don hier erzählt seinem Freund Nathaniel alle Geheimnisse und sein Freund ihm ebenfalls. Hat Micki dir Geheimnisse erzählt?" Sean blickte dem Jungen in die Augen; der hielt seinem Blick nicht stand und sah hilfesuchend seine Mutter an.

„Es ist gut, Schatz, Micki wäre dir nicht böse, wenn du von Geheimnissen redest. Ich denke, er wäre sogar froh, wenn du es jetzt tätest."

Diese Frau ist wunderbar, dachte Sean. *Sie liebt ihren Sohn nicht nur, sie versteht ihn auch.*

Nate druckste herum, dann fing er unsicher an zu erzählen: „Micki hat gesagt, dass ich es keinem Menschen sagen darf."

Alle warteten, sie wollten ihn nicht drängen.

„Er hat von einem Schatz geredet, dem Schatz im Black Canyon."

Roslyn sah ihren Sohn erstaunt an, suchte Seans Blick, der unmerklich den Kopf schüttelte. Sie verstand und schwieg.

„Er hat gesagt, dass der Geist ihm den Schatz zeigt, dass er dafür klettern muss, und wenn er ihn gefunden hat, dann teilt er ihn mit mir."

„Was hat er über den Geist gesagt, hat er ihn gesehen?"

„Nein, Geister kann man doch nicht sehen!", gab Nate empört zurück.

„Wie hat der Geist dann zu ihm geredet?"

„Na, durch das Elfenfeuer."

„Elfenfeuer?"

„Ja, das hat Micki gesagt und dann hat er mir den Karabinerhaken gezeigt, ein Geschenk, und er sagte, er bekommt eine Ausrüstung, um damit in den Black Canyon zu steigen."

Plötzlich wurde Nate sehr still und senkte schuldbewusst den Kopf.

„Was ist, Nate, stimmt was nicht?", fragte Sean.

Der Junge schüttelte den Kopf.

„Komm, erzähl es, für Micki."

„Vielleicht ist es meine Schuld", flüsterte Nate leise.

„Was meinst du?"

„Der Karabinerhaken ..." Dann sah er flehentlich seine Mutter an, die seinen Kopf streichelte und nickte. „Er hat mir so gut gefallen, weil ich doch auch klettern lernen will." Er verstummte wieder.

Don wollte ansetzen, doch Sean hielt ihn mit einer Handbewegung zurück.

Es dauerte eine Weile, bis Nate sagte: „Ich habe gefragt, ob er ihn mir schenkt." Nates Augen füllten sich mit Tränen. Seine Mutter nahm ihn in den Arm.

„Hat er?", fragte Sean leise und sah das wilde Nicken in der Umarmung.

„Nathaniel, hast du den Haken noch?"

Wieder das Nicken.

„Kannst du mir zeigen, wo er ist?"

Nate sah ihn an und stand auf. Sean hielt ihm die Hand hin und gemeinsam gingen sie in sein Kinderzimmer. Don und Roslyn folgten ihnen. Nate zog eine Kiste unter seinem Bett hervor und öffnete sie; darin lag alles, was ein siebenjähriger als seinen Schatz ansehen würde: Baseballkarten, Murmeln, ein Gameboy, Eintrittskarten von Sportveranstaltungen und ein großer Titankarabinerhaken. Nate wollte danach greifen, doch Sean zog sanft seine Hand zurück.

„Würdest du ihn mir für eine Weile überlassen? Ich verspreche, du bekommst ihn zurück."

Zögerlich sagte Nate: „Okay, aber du gibst ihn mir zurück."

„Ehrenwort." Dann griff Sean in die Innentasche seines Sakkos, holte einen Latexhandschuh heraus und nahm den Haken, schlug ihn darin ein und stopfte ihn in die Tasche.

„Ein Geist? Elfenfeuer?", sagte Don fast verzweifelt. Sean fuhr gerade auf den Parkplatz des Hotels, sein Magen knurrte. Es war schon vier und seit dem Frühstuck, das ebenfalls spärlich ausgefallen war, hatte er nichts mehr gegessen. Kein Wunder, dass auch Don knatschig wurde.

„Klar, ein Geist, Elfenfeuer, der Mount Everest und morgen haben wir Dungeons & Dragons. Wie würdest du denn einen kleinen Jungen beeindrucken?“, fragte Sean gereizt zurück.

„Tut mir leid, ich habe nicht deine Fantasie, außerdem habe ich Hunger. Meinst du, wir bekommen jetzt was im Hotel?“

Sie buchten an der Rezeption den kleinen Raum für den Abend. Don schnappte sich drei Muffins, die auf einer Bar neben einer Thermoskanne mit Kaffee lagen, und sie gingen auf ihre Zimmer, um sich ans Telefon zu hängen.

Cat und Robert saßen gemeinsam über einem Laptop, wieder in dem Raum vom Vorabend, der noch winziger war als der sogenannte Konferenzraum im *Quality Inn* in Gunnison. Sie arbeiteten an dem Bericht.

Don und Sean kamen zusammen herein, Don mit Getränken auf einem Tablett, Sean mit belegten Sandwichs, die sie vorher im Restaurant bestellt hatten. Sean fühlte sich etwas ausgeruhter. Er hatte bei ihrer Rückkehr mit Briggs gesprochen, damit Nathaniel Martins Aussage in den Bericht kam, während Don wieder das Labor traktiert hatte, um nach Neuigkeiten zu fragen. Dann war Sean für eine Stunde auf seinem Bett eingeschlafen, hatte sich danach umgezogen und für sieben die belegten Sandwichs und Getränke bestellt. Er hatte es sogar geschafft, seine beiden weißen Oberhemden abholen zu lassen für die Reinigung, denn er hatte nur noch ein frisches und würde morgen seinen Anzug wechseln. Wenn das so weiterging, dann hielt der auch nur noch drei Tage durch, bis er verschwitzt war. Sein Joggingzeug und die zwei Sweatshirts lagen ebenfalls im Wäschesack. Schon gestern war es heiß gewesen in dem kleinen Raum, darum zog er nur seine Jeans und ein T-Shirt an. *Scheiß auf das Tattoo*, dachte er, als er sich das graue Shirt überstreifte.

Sie stellten das Abendessen auf den Tisch.

„Wie weit sind Sie?", fragte Don, an Cat und Robert gewandt.

„Noch ein paar Minuten, Sir, dann ist der Bericht fertig."

„Mhmm", machte Don, „jede Minute wird McSimmens aus Washington anrufen, hätte mir geholfen, es vorher zu lesen."

Kaum hatten sie sich gesetzt und ein Sandwich ergriffen, klingelte das alte, dreieckige Konferenztelefon auf dem Tisch. Don nahm das Gespräch an.

„Guten Abend, McSimmens hier."

Robert konzentrierte sich und hörte zu, blickte dabei aber verstohlen auf Seans Unterarm, das Tattoo. *Vogelflügel oder so etwas, das passt so gar nicht zu Caver.*

„Hallo, John. Bei mir sind noch Sean, Kampell und Briggs."

„Hallo zusammen", antwortete McSimmens. „Ich hab noch keinen Bericht", stellte er vorwurfsvoll fest.

„Fast fertig, Sir", erwiderte Cat. Don und Sean zogen die Augenbrauen überrascht hoch; Don begann, heftig den Kopf zu schütteln, sagte aber nichts.

„Ah gut, passen Sie auf: mich interessiert der finale Schliff nicht, schicken Sie die Rohfassung, ich möchte das lesen, während wir reden. Also, äh … Kampell, richtig? Schicken Sie es jetzt."

Sean verzog das Gesicht, als ob ihm jemand auf den Fuß getreten hätte, in Cats Richtung.

„Ach, Sir, vielleicht sollten wir damit doch lieber warten."

„Nein, Unsinn, schicken Sie es, jetzt, verdammt noch mal."

Seans Gesicht war immer noch verzogen, diesmal, als ob er in eine Zitrone gebissen hätte, doch er nickte ihr zu.

Cat sank das Herz in die Hose, während Briggs, nicht ohne ein wenig zu stöhnen, McSimmens E-Mail-Adresse heraussuchte. Er lud die Datei und schickte sie ab. Don war aufgestanden, schlug demonstrativ beide Hände an den Kopf. Cat hob entschuldigend ihre Arme, zuckte mit den Schultern. Sean sah seinen Freund an, rollte die Augen und schüttelte den Kopf. Don setzte sich wieder; frustriert griff er nach einem Sandwich und biss einen großen Happen ab.

„Okay, ich hab's. Wir warten noch auf Gordon, er hat was im ViCAP gefunden und wird uns einiges dazu erzählen. Don, warum fasst du nicht zusammen, was bei euch passiert ist? Vor allem interessiert mich, warum ein fünfzehnjähriger Junge sich aufhängt. – Don?"

„Hab den Mund voll", erwiderte der schmatzend.

„Sean, dann mach du das."

Sean sah Don an, zeigte ihm den Mittelfinger und sagte: „Nicht mein Job, Sims. Don ist der Ermittlungsleiter, außerdem hat er ausgekaut."

Don zog einen Mundwinkel hoch in Richtung Sean, der von seinem Sandwich abbiss, dann begann Don zu berichten. Sims war still, sowohl Sean als auch Don wussten, dass er seine Konzentration eher auf den gesendeten Bericht richtete als auf Dons Worte. Nachdem Don fertig war, blieb es immer noch still.

„John?"

„Gleich, bin gleich fertig."

Sie warteten. Don verschränkte die Arme und blies demonstrativ Luft aus, Sean beobachtete Cat und Robert. Beide saßen hilflos da. Sean machte eine Bewegung mit den Augen, die so viel hieß wie „sterben ist schlimmer". Sims las den unkorrigierten Bericht zweier Rekruten, der die Ermittlungen einer emotional aus dem Ruder gelaufenen Soko darstellte und auch noch mit dem Selbstmord eines Opfers endete. Selbst Sean hätte mehrere Stunden gebraucht, um diesen Bericht einigermaßen politisch korrekt verfassen zu können.

„Okay“, kam endlich das erlösende Wort von Sims, „guter Bericht, Don, wie ich sehe, wurde die ganze Veranstaltung streng nach Vorschrift durchgezogen, mir gefallen die ersten Einschätzungen, Sean. Und Sie, Kampell, Briggs, haben den Bericht geschrieben?“

„Ja, Sir“, kam es kleinlaut von den beiden.

„Ich verstehe, warum man Sie mitgenommen hat. Geht unbearbeitet zu den Akten, danke.“

Dons Körper entspannte sich, als ob er gerade den Finger aus der Steckdose gezogen hätte; Sean sah die beiden an und hob kurz einen Daumen. Sie schluckten und verzogen die Lippen, aber ein Lächeln kam dabei nicht heraus.

„Also, die ganze Sache wird immer mysteriöser, Geister und Co. – Ist unser Mörder ein Mann?“, wechselte Sims abrupt das Thema.

„Anzunehmen, aber mit Sicherheit kann ich das noch nicht sagen“, erwiderte Sean sofort. „Ich kann nur sagen: der Täter stammt aus dem Umfeld Kaylors, er ist die Verbindung. Damit sage ich nicht, dass er was damit zu tun hat.“

„Also Jackson?“

„Weiß ich noch nicht, wir brauchen Background-Recherchen, kannst du uns da was besorgen?“

„Ja, klar, schickt ihr mir den Karabinerhaken?“

„Mit der ersten Maschine morgen. Ich hoffe, dass außer Mickis und Nathaniels Abdrücken auch Jamies darauf zu finden sind. Natürlich nicht die des Mörders, das wäre zu einfach, aber zweifellos hatte es unseren Täter wütend gemacht, dass Micki den Haken nicht mitbrachte am Morgen seines Verschwindens. Vielleicht sind die Blutergüsse an seinem Körper und seinem Gesicht nicht nur das Resultat einer frischen Leiche, vielleicht wurde er als Einziger geschlagen, wegen dieses Karabinerhakens.“

„Okay, ich kümmere mich darum, und auch um Hersteller, Marke, ihr wisst schon." Ein Hintergrundgeräusch war zu hören, die Tür, dann wechselte John McSimmens ein paar Worte mit einem anderen Mann.

„Hallo, Don, Sean. Gordon hier."

„Gordon", sagte Don, der mittlerweile sehr relaxt auf seinem Stuhl saß. „Wir haben hier noch Agent Catherine Kampell und Robert Briggs."

Kurz Stille. *Scheiße*, dachte Sean. Gordon würde sich an Cat erinnern.

Wenn, dann ließ er es sich nicht anmerken. „Agent Briggs, Agent Kampell, guten Abend, ich bin Agent Gordon Donnoghou."

„Guten Abend, Sir", kam es von ihnen.

„Also, ich habe Informationen für Sie: Wir haben eine Übereinstimmung im ViCAP. Das Erstaunliche ist, es handelt sich um einen alten Fall, zwanzig Jahre her und aus Europa, doch Fundort und Modus operandi sind exakt die Gleichen."

Sean rutschte in seinem Stuhl hoch, legte das Sandwich beiseite. „Gordon, bist du dir sicher? Du weißt, wie Cold Cases eingepflegt werden. Hast du Kontaktpersonen?"

„Klar, weiß ich das", kam es sehr überzeugt von Donnoghou. „Ich hab heute mit den Leuten vom BKA in Deutschland gesprochen. Sie sind sicher, dass die Akte eins zu eins übernommen wurde, und suchen momentan die damaligen Ermittler raus. Ich habe mit einem Peter Becker gesprochen, ein hochrangiger Detective – habe seinen Rang nicht so ganz verstanden, hörte sich an wie Hauptkomissionär ..."

„Hauptkommissar", warf Cat ein.

„Ja, das war's, Hauptkommissar Becker. Sein Englisch ist sehr gut und er ist bereit, in ein paar Tagen eine Videokonferenz mit euch zu machen. Er denkt, dass er bis dahin Details hat."

„Und du bist dir wirklich sicher?“, fragte Sean noch mal in einem Ton, der ein bisschen zu skeptisch war.

„Meine Güte, wie lange kennen wir uns jetzt?“

„Lange“, erwiderte Sean nur.

„Also, ich bin mir sicher, dass die Jungen – es waren drei – an einen Baum gefesselt gefunden wurden, alle drei sind an Unterkühlung gestorben, im Dezember des Jahres 1998. Alle drei mit Zigaretten verbrannt, ähnlich unseren Opfern, und es scheint, sie wurden missbraucht.“

„Was meinen Sie mit ‚es scheint‘?“, warf Robert ein.

„Das müsst ihr Becker fragen, das ViCAP ist da nicht ganz eindeutig. Es wurden keine Körperflüssigkeiten gefunden, aber Verletzungen am Anus sind registriert.“

„Gab es damals Verdächtige?“, fragte Cat leise, sie hatte sich von dem Schock mit dem Bericht immer noch nicht ganz erholt.

„Nicht wirklich, Kampell. Es wurden einige von den lokalen Touristenführern verdächtigt, Bergsteiger, denn die Fundorte waren sehr unzugänglich, aber man konnte nicht wirklich jemanden festnageln.“

„Kannst du uns vorab den ViCAP-Bericht rüberschicken, vor allem die Namen?“, fragte Sean; man merkte, es arbeitete in ihm.

„Ist schon in deiner Mailbox.“

„Danke, Gordon.“

„Kein Problem, und ihr da drüben haltet die Ohren steif. Ich habe von dem Jungen gehört, der sich erhängt hat. Tut mir leid, ich muss wieder. Mario lässt grüßen.“

Dann hörten sie, wie jemand aufstand.

„Gordon, super Arbeit, grüß Mario.“ Don lehnt sich in seinem Stuhl zurück und sah aus dem dunklen Fenster.

„Okay, Leute, so weit bin ich sehr zufrieden mit euch. Braucht ihr Hilfe?“

„Na ja, John, es wäre gut, wenn jemand mal diesem Detective Mayor in den Arsch treten würde, er macht uns das Leben unnötig schwer. Wir wollen noch einen Tag in Montrose bleiben und mit ein paar Leuten sprechen, vor allem mit der lokalen Polizei, doch die schweigen. FBI-Neurose, du verstehst.“

„Kein Problem, ich kümmere mich darum. Was plant ihr danach?“

„Zwei, drei Tage Gypsum – Jonathan Braider, unser erster Junge“, meinte Don. „Danach fliegen wir gemeinsam nach Washington, in Quantico erstellen wir dann das endgültige Profil.“

„Gut, dann sprechen wir uns wieder, wenn ihr dort seid.“

„John“, warf Sean schnell ein, „es gibt noch was, das du tun könntest.“

„Was?“

„Daniel Mitchell – kannst du ihn zu den Behörden nach Denver verlegen lassen? Er muss aus Gunnison raus, ich mach mir Sorgen.“

„Alles klar, Atticus Finch, aber du weißt schon: im Gegensatz zu Tom Robinson ist Daniel Mitchell schuldig.“

„Ja“, sagte Sean und dachte an den jungen Schwarzen aus dem Buch von Harper Lee. „Aber Daniel Mitchell ist selbst noch ein Kind und es bringt uns nicht weiter, wenn er sich in Gunnison auch noch aufhängt. Schau mal, ob du eventuell einen geistlichen oder religiösen Therapeuten für ihn findest“, setzte er hinzu.

„Sonst noch was?! Er hat einen Fünfzehnjährigen verführt!“

„Nein, ich glaube, bei Mitchells mentalem Zustand müssen wir die ‚Romeo-und-Julia-Klausel‘ anwenden.“ Es handelte sich dabei um eine Klausel, die ihren Weg in die Gerichtsbarkeit gefunden hatte, nachdem ein Siebzehnjähriger, der mit einer Fünfzehnjährigen oralen Verkehr gehabt hatte, aufgrund des Rechtsprinzips des *age of consent* zu zehn Jahren Haft verurteilt wurde. Dann hatte der Bundesgerichtshof den Jungen freigesprochen, da bewiesen wurde, dass der Geschlechtsverkehr zwischen den beiden Minderjährigen einvernehmlich stattgefunden hatte. Aus diesem Präzedenzfall entstand die sogenannte „Romeo-und-Julia-Klausel".

„Du bist und bleibst ein Psychologe, aber ich sehe zu, dass wir den Jungen verlegen können. Also danke, gute Ergebnisse so weit." Dann legte er auf.

Es herrschte für eine Weile Schweigen.

Don richtete sich als Erstes auf. „Na, ihr beiden", er sah Cat und Robert an, „ich dachte schon, meine Karriere geht den Bach runter, aber ihr scheint zu wissen, wie man Berichte schreibt. Solltet bei Gelegenheit eurem Ausbilder danken. Ich für meinen Teil habe genug für heute, bin aber für einen Drink in der Bar offen. Wer kommt mit?"

Alle stimmten Don zu. Sie sammelten ihre Akten zusammen, um sie erst auf die Zimmer zu bringen, als Don plötzlich an Cat gewandt fragte: „Ach, Cat, Sie sprechen Deutsch?"

Robert und Sean waren schon auf den Flur gegangen.

„Ja, auch Französisch."

„Das weiß ich, hab Ihre Akte gelesen – studiert in Paris an der V. Woher das Deutsch?"

„Eine Kommilitonin – wir haben die Wohnung geteilt; sie meinte, es wäre gut, wenn sie mir Deutsch beibrächte, solange ich ihr mit dem Studium helfe." Cat lächelte zurückhaltend.

„Warum haben Sie das nicht in Ihrem Lebenslauf erwähnt?"

„Sie haben meinen Lebenslauf so genau gelesen?", kam es von ihr, ohne nachzudenken.

Don sah sie erstaunt an. „Ich dachte, Sie erinnern sich an mich. Camino Esperanto?"

Cat sah verlegen auf den Tisch. „Ja, natürlich, Sir, ich erinnere mich an Sie, das hatte ich nur momentan vergessen."

Don nickte. „Gar nicht schlecht, das Wort ‚vergessen', warum behalten Sie das nicht bei, wenn es um Camino Esperanto und die Zeit davor geht."

Cat sah ihn an und spürte, wie ihr das Blut in die Wangen schoss. Don trat näher an sie heran. Der kleine, drahtige Mann sah zu ihr auf. „Kampell, Sie sind gut, ich glaube, Sie werden eine gute Agentin. Meinen Segen bekommen Sie jetzt schon; das heißt, Ihre Abschlussprüfung haben Sie, und damit eine tolle Zukunft."

„Danke, Sir", sagte sie eingeschüchtert, denn sein Tonfall war alles andere als freundlich.

„Aber ich sage Ihnen eins", und jetzt wurde er bedrohlich, „wenn Sie den Mann, den ich über alles schätze, aus der Bahn werfen, nach allem, was er durchgemacht hat, dann sorge ich dafür, dass Sie nicht einmal als billige Bedienung in einem Diner einen Job bekommen." Er wollte sich schon umwenden, doch Cat ergriff seine Schulter. Er schlug ihre Hand weg und drehte sich um.

„Was hat er durchgemacht, meinen Sie unsere Gefangenschaft?"

Don sah sie erstaunt an. „Nein. Hat er nie über seine erste Entführung gesprochen?"

Cat schüttelte den Kopf. „Nicht im Detail, nur über Tanja und warum sie starb."

Don sah sie lange an. „Tut mir leid, ich hätte nicht damit anfangen sollen." Er drehte sich wieder um.

„Sir, meinen Sie nicht, dass ich ein Recht habe, davon zu erfahren?"

Don drehte sich an der Tür wieder um. „Cathy, wenn er es Ihnen nie erzählt hat, dann ist es nicht an mir, darüber zu reden.

Dennoch, seien Sie vorsichtig mit ihm. Wenn Sie sich wirklich für ihn entscheiden, dann haben Sie eine große Verantwortung, denn er steht emotionell immer am Rande eines Abgrunds."

„Don, bitte, erzählen Sie mir mehr – denn wenn es stimmt, was Sie sagen, dann war ich bereits unvorsichtig", flüsterte sie.

Er schüttelte nur den Kopf. „Das dachte ich mir schon. Ich habe ihn seit Jahren nicht mehr so gesehen, seit damals war er nie mehr so emotional, aber auch nie mehr so brillant. Er wird unseren Mörder finden, koste es, was es wolle."

Cat stand plötzlich alleine im Raum, verängstigt, und fühlte sich sehr einsam.

Detective Mayor wurde kooperativer, aber nicht im Geringsten zugänglicher; er hatte eins auf den Deckel bekommen, das merkte man. Die Befragungen von Mayors Leuten brachten nichts, genau wie die Stunden, die sie in Mickis Schule verbrachten. Keiner der Kinder oder Lehrer hatte etwas gesehen oder gehört. Die Protokolle der Polizei waren sehr ausführlich und sorgsam geschrieben, man hatte auf der Strecke von Micki Mullens Zuhause bis zur Schule wirklich jeden Anwohner befragt. Mayor nahm die Ermittlungen ernst – das war wahrscheinlich auch sein Problem mit den Feds, er hatte alles erdenklich Mögliche getan und sah keinen Sinn darin, dass sich das FBI jetzt einmischte.

Das sagte er Sean auch unverblümt, denn seit er in Mayors Büro so ausgerastet war, hatte Sean das Privileg, auf der ‚Meist-Gehassten-Liste' des Detectives sehr weit oben zu stehen.

„Sehen Sie, ich weiß, dass Sie sehr genau waren mit Ihrer Suche und Befragung, aber mit Nathaniel Martin zu sprechen, kam Ihnen nicht in den Sinn?" Ein billiger Schlag unter Mayors Gürtellinie, aber Sean hatte recht: die Polizei hätte den Karabinerhaken nie entdeckt.

„Wir haben mit der Mutter gesprochen und Nate war verstört die letzten Tage. Wissen Sie, Special Agent, wir achten hier auf das Wohl unserer Kinder. Ich kann nur hoffen, dass Nate keinen seelischen Schaden von Ihrem Verhör zurückbehält." Mayor verzog spöttisch den Mund. *Verbales Ping-Pong*, dachte Sean und antwortete noch nicht einmal darauf.

Ein weiterer Tag in Montrose war zu Ende gegangen, sie alle hingen ihren eigenen Gedanken und Tätigkeiten nach. Cat war froh, alleine in ihrem Hotelzimmer zu sein; sie dachte ununterbrochen darüber nach, was Don gesagt hatte. Sie entschied sich für Zimmerservice, sie wollte heute keinen mehr sehen.

Da das Best Western Sundance direkt am Highway 50 lag, hatte Sean keine geeignete Laufstrecke gefunden und war stattdessen in den beheizten Pool gegangen, schwamm Bahn um Bahn, bis er das Gefühl hatte, müde zu werden. Danach zog er sich um und ging ins Restaurant, wo er an einem Tisch in der Cocktail Lounge Briggs fand, der die Speisekarte studierte. Sean setzte sich zu ihm, obwohl er eigentlich nicht reden wollte, doch Briggs ging es ähnlich, sie tauschten ein paar Sätze aus, aber konzentrierten sich die meiste Zeit auf ihre Suppe und den Caesar-Salat. Sean war aufgefallen, dass der Cherokee weg war; er vermutete, dass Don zu einem etwas besseren Restaurant gefahren war – durch und durch ein Snob.

Aber er irrte sich. Don war zu Roslyn Martin unterwegs. Er musste nochmals mit Nathaniel sprechen – ein Bauchgefühl hatte ihm keine Ruhe gelassen und er hoffte, doch noch ein paar Worte bezüglich dieses Geistes und des anderen Fantasiekrams aus dem Jungen herauszubekommen.

KAPITEL SIEBEN

Quantico, Mittwoch, 28. November 2018

Es war bereits sieben Uhr am Abend, als der FBI-eigene Jet Denver verließ. Sie hatten die Genehmigung erhalten, auf dem Militärflughafen der Base in Quantico zu landen, was ihnen eine Stunde zusätzliche Fahrt vom Ronald Reagon National Airport in Washington, D.C. ersparte. Briggs war eingeschlafen und Kampell blätterte die deutschen Protokolle durch, die Gordon geschickt hatte. Die paar Tage in Gypsum hatten nichts ergeben, außer dass sie eine genauere Vorstellung von Jonathan Braider bekamen. Der Neunjährige war ganz im Gegensatz zu Micki und James ein Früchtchen gewesen, seine Eltern die reinsten Proleten. Es schien, dass der Verlust ihres Sohnes nicht das Ende der Welt für sie bedeutete, sie konnten sich mit fünf weiteren Kindern trösten, die fast alle schon polizeilich aufgefallen waren. Jonathan, der kurz Jona genannt worden war, hatte die zweite Klasse besucht, war zweimal sitzen geblieben und gemäß der Klassenlehrerin ein Störer und Rowdy gewesen. Irgendwie trauerte nicht wirklich jemand dem Kind nach.

Sean saß neben Don und hatte die Augen geschlossen. Er döste vor sich hin, konnte nicht schlafen und blinzelte ab und an auf den Bildschirm von Dons Laptop. Der googelte etwas im Internet. Als Sean sah, womit Don sich beschäftigte, rutschte er in seinem Sitz etwas hoch und streckte sich. „Willst du den Job hinschmeißen und als Zauberer auftreten?“, fragte er.

Don reagierte nicht und las sich den Artikel durch – das Produktangebot einer Firma, die auf Zaubereieffekte spezialisiert war. Er scrollte bis zum Ende. Das angebotene Produkt hieß „Elfenfeuer“ und der Effekt war eine bläulich-grüne Flamme, die in der Handfläche bis zu zehn Sekunden brannte.

Sean drehte den Computer in seine Richtung und las den Artikel schnell durch. „Du glaubst …?“

„Yep, ich glaube, das Zeug heißt nicht nur ‚Elfenfeuer‘, es bezieht sich sogar auf ein Computerspiel, das nach einem Buch entwickelt wurde. Elfenfeuer in dem Spiel sind entweder Feuerkugeln, die als Waffe gegen einen Gegner geschleudert werden, oder das Feuer kann in eine Feuerklinge verwandelt werden.“

„Du verlierst mich, Don.“

„Ach ja, wie schön, endlich mal. Du selbst hast mich drauf gebracht, als du nach unserer Befragung des kleinen Nate sagtest: ‚Elfenfeuer, Geister, als Nächstes kommt Dungeons & Dragons.‘ Das hat in mir rumort, also bin ich den letzten Abend in Montrose noch mal zu den Martins gefahren. An dem Abend war der Vater da, Nate war leider bei seinen Großeltern, so fragte ich seinen Vater nach Computerspielen und er bestätigte mir, dass Nate oft zusammen mit Micki ein bestimmtes Spiel gespielt hat. Ein Fantasycomputerspiel. Als ich dann Elfenfeuer erwähnte, wusste er sofort, wovon ich sprach, und meinte: ‚Aber klar.‘ Ich war erstaunt, dass er sich damit so gut auskennt, aber das lag daran, dass er entweder mitgespielt hat oder dabei war. Das Spiel nennt sich ‚Der Schatz des Zynidas‘ und da es erst ab zwölf freigegeben ist, hat er darauf geachtet, dass die Jungen damit umgehen können. Er sagte, das Spiel sei nicht sonderlich brutal, aber sehr strategisch, im Allgemeinen wären Siebenjährige damit überfordert, doch Micki war wie Nate ein kluger Junge und wenn die beiden nicht weiterkamen, hat Mr. Martin geholfen.“

„Du meinst, unser Mörder kennt das Spiel und hat ihre Begeisterung dafür ausgenutzt?“

„Ja, und halt dich fest: In dem Spiel gibt es eine Sequenz, in der der Held einen Berg ersteigen muss; dafür braucht er einen magischen Haken.“

„Verflucht, der Karabinerhaken.“

„Genau.“

„Wir müssen prüfen, ob Jamie das Spiel kannte.“ Sean sah auf die Uhr und wollte nach dem Telefon greifen.

„Er kannte es“, gab Don zurück und grinste selbstzufrieden. „Ich habe bereits mit den Everetts gesprochen. Der Pfarrer sagte, dass im Gemeindehaus für die Jugendlichen ein Computer und auch Spiele zur Verfügung stehen, er hat das Spiel dort gefunden. Er ist sich sicher, dass Jamie dieses Spiel bestimmt einmal mit den älteren Kindern gespielt hat. Dann habe ich Sheriff Berkham angerufen; er war nicht unbedingt begeistert, von mir zu hören, doch hat sich mittlerweile abgeregt. Die Computerspiele, die bei Daniel Mitchell beschlagnahmt wurden, um zu prüfen, ob sie Kinderpornographie beinhalten, sind immer noch bei der Polizei. Er hat es gefunden – Daniel kannte das Spiel auch.“

Sean sah ihn an, kniff die Augen zusammen. „Und warum sagst du nichts davon?“

„Nun, wie ein lieber Kollege von mir immer sagt – ich war noch nicht so weit, das musste ich erst überdenken, bevor ich sprechen kann.“

„Weißt du, witzig finde ich das nicht“, gab Sean pampig zurück.

Don grinste befriedigt. „Ich auch nicht, wenn besagter Kollege den Spruch ablässt. Aber im Ernst, von Daniel habe ich heute erst erfahren und Berkham prüft noch, ob die Kaylor-Kinder und auch William Jacksons Kinder das Spiel haben. Er hat versprochen, mich morgen anzurufen.“

„Okay. Es fehlt eigentlich nur, dass besagter Berg in dem Spiel zufällig der Mount Everest ist?"

Don nickte wieder. „Ist er."

„Weißt du, was das bedeutet?" Don nickte bereits, doch Sean sprach weiter: „Unser Mörder kannte die Kinder wesentlich besser, als ich dachte. Auf jeden Fall wissen wir jetzt mit Sicherheit, dass er kein Fremder ist."

„Genau. Ich frage mich, ob Jona Braider wohl das Spiel kannte – der Haushalt sah nicht gerade danach aus, als ob man sich einen Computer leisten könnte", warf Don ein.

„Ach ja: seine drei älteren Brüder sind alle wegen Diebstahls angezeigt worden – würde mich nicht wundern, wenn ein PC im Haus ist. Nur, erfahren werden wir das nicht. Auf der anderen Seite: Jona war zwar erst neun, aber gefühlt wesentlich älter; na, sagen wir, er war gerissener als Neunjährige. Micki und James mögen begeistert und naiv genug gewesen sein, um Elfenfeuer und magischen Karabinerhaken auf den Leim zu gehen, doch Jona? Das bezweifle ich."

„Stimmt, darüber habe ich auch schon nachgedacht, aber so einen Jungen bekommt man mit Geld oder Geschenken in seine Hände. Dabei fällt mir noch was anderes ein: Warum sucht sich unser Mörder so unterschiedliche Kinder heraus, erst den Rowdy und dann zwei liebe, nette Jungs?"

Jetzt grinste Sean. „Darüber denke ich bereits nach, seit wir Gypsum verlassen haben, wollte aber noch nicht reden, bis ich fertig bin mit Denken."

Don verzog den Mund. „Du gehst mir manchmal so was von auf den Keks. Und bist du fertig mit Denken?"

Sean wurde wieder ernst. „Ich glaube, es ist Absicht. Du kennst meine Theorie: Rache nehmen für etwas, das unserem Mörder angetan wurde. Er würde sich Opfer suchen, die in das

Bild passen, in seine eigene Geschichte: drei Jungen, einer der Anführer, der Rowdy wie Jona, und die beiden anderen Mitläufer, Micki- und Jamie-Typen."

„Könnte Sinn machen. Na ja, morgen wissen wir mehr. Dieser Becker vom BKA in Deutschland hat sich gemeldet und wir haben eine Videokonferenz mit ihm, morgen um zehn. Dann werden wir uns mal dieses Ende ansehen, um zu verstehen, wie um Himmels willen Deutschland da rein passt."

„Don, ruf Denver an, lass prüfen, ob Daniel Mitchell Brandnarben am Oberkörper oder den Genitalien hat. Immerhin hat er das Computerspiel – ich will nur sichergehen." Sean schloss wieder die Augen und sank tiefer in seinen Sitz.

„Bevor du einschläfst – ich hoffe, ich kann bei dir in Stafford logieren, solange ich in Quantico bin."

„Bleibt mir was anderes übrig?", murmelte Sean.

„Nein", sagte Don energisch und tippte wieder auf seinem Laptop herum.

Es war kurz nach acht am anderen Morgen. Sean stand an der geschlossenen Terrassentür, mit einer Tasse Kaffee in der Hand; er war um Viertel vor sieben kurz vor Sonnenaufgang laufen gegangen – es gab nichts Schöneres, als in die aufgehende Sonne zu laufen. Obwohl sie gestern erst um elf in seinem Haus angekommen waren, hatten sie noch bis halb zwei zusammen gesessen und Wein getrunken, jedoch kein Wort über die Ermittlungen verloren und das Thema „Cat" bewusst gemieden. Don hatte wieder einmal seine neusten Eroberungsgeschichten vom Stapel gelassen und sie hatten viel gelacht. Trotz der wenigen Stunden Schlaf fühlte sich Sean großartig, wie fast immer nach dem Laufen und einer ausgiebigen Dusche. Er konnte hören, dass Don sich ebenfalls im Bad fertig machte. Um neun wollten sie rüber in die Base und heute verzichte er auf Anzug und Krawatte, er trug die Quantico-Einheitsuniform. Er sah auf das bunte Laub, das unter den Bäumen lag; sein Thermometer am Fenster zeigte acht Grad. Beim Laufen war sein Atem ein weißer Nebel gewesen und es würde bald den ersten Schneefall geben. Ein schwarzer Vogel flog von einem der kahlen Äste und pickte im Laubhaufen. Sean zuckte kurz, denn genau wie Kreuze riefen schwarze Vögel ein unangenehmes Gefühl in ihm hervor. Die Drossel, die sich in einen Engel mit schwarzen Flügeln verwandelte – den Engel, der sie, ihn und Cathy, verteidigt hatte. *Cathy*, dachte er, *Cat*. Sie hatte sich gut gehalten die letzten Tage, Briggs ebenfalls, damit hatten sie ihren Abschluss in der Tasche, selbst Sims hatte sie gelobt. Am zwanzigsten Dezember sollten sie vereidigt werden. *Vielleicht können wir die Weihnachtstage zusammen verbringen*, ging es ihm durch den Kopf. Dann war er wieder bei dem Abend in Montrose; sie hatten sich so leidenschaftlich geküsst, dass nur der Gedanke daran ihn wieder erregte. Er wandte sich vom Fenster ab und ging in die Küche.

Alle vier sahen erholter aus, Cat und Briggs waren genau wie Sean wieder in ihren Standard-Ausbildungsklamotten, die Ausweise hingen um den Hals, die Marke steckte am Hosenbund. Don trug seinen dunklen Anzug mit Krawatte und hatte seinen Ausweis an die Brusttasche des Sakkos geheftet. Sie saßen vor einem großen Bildschirm hinter dem ovalen Tisch und warteten, dass sich das BKA in die Videokonferenz einwählte. Man hatte vereinbart, sich erst einmal die Ausführungen von Kriminalhauptkommissar Becker anzuhören, obwohl sie alle bereits die Einträge im ViCAP gelesen hatten. Gordon hatte schon einen Teil der Berichte, die aus Deutschland in Washington eingetroffen waren, übersetzen lassen, doch es stand noch eine Menge aus. Nur Cat hatte sich noch in Gypsum durch alles gearbeitet. Ihr Deutsch war längst nicht so eingerostet, wie sie es erwartet hatte, und das Amtsdeutsch der Protokolle machte ihr keine Schwierigkeiten.

Don war dabei, sie kurz zu informieren, dass bei Daniel Mitchell keine Zigarettenverletzungen festgestellt worden waren, als der Bildschirm aufleuchtete und das gestochen scharfe Bild eines Mannes erschien. Er saß genau wie sie hinter einer Tischreihe, war jedoch alleine im Raum. Man sah ein weißes Oberhemd und eine grüne Krawatte, sein Ausweis klemmte an der Brusttasche. Er mochte etwa in Seans Alter sein, hatte kurzes blondes Haar, das an den Schläfen schon ziemlich zurückgewichen war, ein schlankes, nicht unattraktives Gesicht mit hellblauen Augen. Er lächelte ihnen entgegen und wirkte sympathisch.

„Guten Tag", sagte er im perfektem Englisch, das einen Oxford-Akzent nicht verleugnen konnte, „oder besser gesagt: Guten Morgen für Sie. Mein Name ist Peter Becker, Kriminalhauptkommissar beim BKA hier in Wiesbaden. Freut mich, Sie kennenzulernen."

„Guten Tag, Agent Becker – darf ich Sie Agent nennen? Wenn ich Ihre Jobbezeichnung auf Deutsch ausspreche, dann verknote ich mir die Zunge", gab Don zurück.

Becker lachte auf und nickte.

„Ich bin Don Viggen und leite die Ermittlung des FBI in diesem Fall, neben mir Agent Sean Caver, Leiter der BAU in Quantico und unser Profiler, daneben Agent Robert Briggs und Agent Catherine Kampell. Danke, dass Sie sich Zeit nehmen, mit uns zu sprechen, Herr Kollege. Agent Kampell spricht im Übrigen Deutsch, falls es mal zu Übersetzungsengpässen auf unserer oder Ihrer Seite kommt."

Becker nickte wieder und sagte dann etwas auf Deutsch, das Cat fließend beantwortete. Sean blickte sie kurz an. Sie sprach

Deutsch – das hatte er nicht gewusst, stand nicht im Lebenslauf.

„Lassen Sie uns das so informell wie möglich machen", schlug Don vor. „Haben Sie die ViCAP-Einträge zu unseren Fällen gesehen?"

„Ja", erwiderte Becker kurz.

„Warum geben Sie uns nicht einen kurzen Abriss über Ihre alten Fälle, wir haben schon eine Menge gelesen, doch noch sind nicht alle Protokolle, die wir von Ihnen erhalten haben, übersetzt worden. Bitte reden Sie einfach und wir unterbrechen, falls spontane Fragen aufkommen." Don schwieg und wartete.

„Gut", meinte Becker, „ich gebe Ihnen einen Abriss und konzentriere mich eher auf die Unterschiede zu Ihren Fällen, als die Gemeinsamkeiten aufzuzählen. Ich denke, wir wissen bereits alle, dass Ihr Coloradokiller eine achtzigprozentige Übereinstimmung vom System bekam." Er räusperte sich und schlug eine Mappe vor sich auf. „Dezember 1998 wurde der erste Junge, Leopold Seiler, zehn Jahre, in der Nähe des Wettersteinmassivs in einem Wald, der zur Wettersteinalm gehört, gefunden. Ganz im Süden Bayerns, die nächste größere Stadt ist Garmisch-Partenkirchen", ergänzte er, als er die etwas fragenden Gesichter der FBI-Leute sah. „Eine Woche später Stephan Meindel, sieben. Andreas Josners Leiche fanden wir erst im April 1999 nach der Schneeschmelze, er war ebenfalls sieben Jahre alt, auch im Dezember gestorben, kurz vor Weihnachten. Alle drei sind an Unterkühlung gestorben – zwar wurde Andreas Josners Körper schwer von Tieren angefressen, aber er starb definitiv an Unterkühlung. Die Stellen sind weitab von Wanderwegen, doch nicht so schwer zugänglich wie bei ihren Fällen. Daher musste unser Täter nicht unbedingt ein Bergsteiger sein, aber doch eine erfahrene Person, was Bergwanderungen angeht. Das Seil, mit dem die Körper an den Bäumen befestigt waren, stammte definitiv aus Fachgeschäften, das Beste, was man vor zwanzig Jahren kaufen konnte. Die Jungen wurden mit Zigaretten verbrannt, doch fanden wir nie Reste von Zigaretten oder Filtern an den Fundorten. Auch ist die Kleidung der Jungen genau wie die Schulsachen nie wieder aufgetaucht. Es gab damals drei verdächtige Bergführer, die in Hotels in der Nähe von Garmisch arbeiteten; zwei konnten zu je einem der Todeszeitpunkte kein Alibi erbringen, doch nachdem wir die dritte Leiche fanden, waren wir sicher, dass alle drei Morde die gleiche Handschrift trugen. Wir ließen sie gehen. Der dritte Mann, ein junger Italiener aus Bozen, hatte für keinen der Zeitpunkte ein Alibi – es dauerte fast vier Monate, bis er zugab, in der Zeit mit der Frau des Hotelbesitzers, für den er arbeitete, zusammen gewesen zu sein. Sie bestätigte das, daraufhin ging unser Mann nach Bozen zurück, denn er hatte keinen Job mehr. Der ermittelnde Beamte war ein Kommissar der Garmischer Polizei, Herbert Hohlbeck, ein guter Mann, der später zum LKA nach München ging. Er informierte bereits nach dem Fund der ersten Leiche das BKA."

Ihr Glücklichen, dachte Sean und Detective Mayor fiel ihm wieder ein; der hätte sich lieber den kleinen Finger abgebissen, als das FBI freiwillig zu verständigen.

Becker machte eine kurze Pause und trank einen Schluck Wasser. „Ich habe gestern mit ihm gesprochen", fuhr er fort. „Er ist mittlerweile sechzig und pensioniert, doch er wurde sehr hellhörig, als ich über den Fall sprach. Damals war es für diese Gegend eine schlimme Sache, nie zuvor waren dort Kinder getötet worden und der Fall wurde nie gelöst. Kommissar Hohlbeck sagt, er sei gerne bereit, sich mit Ihnen zu unterhalten, er meint, dass er sich gut erinnern könne und noch alle möglichen Aufzeichnungen habe, die vielleicht nicht in die Protokolle aufgenommen wurden. Das Problem ist: er spricht kein Englisch und ist mittlerweile nicht mehr so mobil. Wenn Sie mich fragen, wäre es das Beste, Ihr Profiler würde nach Deutschland kommen. Ich kann einen Übersetzer besorgen und Sie könnten Hohlbecks alte Unterlagen einsehen. Er lebt immer noch in Garmisch und ich selbst könnte Sie in München treffen und mit Ihnen kommen."

Don verzog keine Miene und sagte erst einmal nichts dazu.

„Agent Becker, das ist eine Überlegung wert, doch ich möchte Ihnen ein paar Fragen stellen; ich weiß nicht, ob Sie die beantworten können." Sean sah auf seinen Zettel, er hatte sich Stichpunkte gemacht.

„Klar, versuchen wir es. Legen Sie los."

„Können Sie mir etwas über die Charaktere der Jungen sagen?"

„Sie meinen, wie die Jungs so waren?"

„Ja, alles, was Sie wissen."

„Warten Sie mal", sagte Becker und schlug einen der Aktenordner auf, die auf dem Tisch lagen.

„Also, nach dem, was ich hier sehe, waren Andreas und Stephan, die Siebenjährigen, ganz normale Jungen, gute Schüler, gute Erziehung, leider steht hier nicht viel; doch der zehnjährige Leopold Seiler war damals bereits drei Mal beim Diebstahl aufgegriffen worden, gemäß der Zeugen wurde er als Raufbold bezeichnet, schlechtes Elternhaus."

Don lehnte sich zurück und verschränkte die Arme vor der Brust. Becker wollte wieder etwas sagen, doch Don unterbrach ihn: „Wir schicken Agent Caver nach Deutschland", sagte er bestimmt, „und Agent Kampell geht mit, ihr Deutsch ist ausgezeichnet, dann brauchen wir keine Externen zum Übersetzen."

Sean sah Don aus den Augenwinkeln an und Cat schluckte im selben Moment.

„Ausgezeichnet. Schicken Sie mir Ihre Flugdaten und ich werde die Logistik hier übernehmen; ich bin sowieso der Meinung, dass unsere beiden Behörden enger zusammenarbeiten sollten. Ich freue mich, wenn Sie kommen."

„Danke, Agent Becker, wir melden uns umgehend." Don klickte die Fernbedienung und die Konferenz war getrennt, der Bildschirm vor ihnen wurde dunkel.

Sean knurrte Don leise von der Seite an: „Du hättest das mit mir absprechen sollen, bevor du zusagst."

„Nein", sagte Don in normaler Lautstärke, „da ich der Ermittlungsleiter bin, entscheide ich; außerdem weißt du genau, dass es die richtige Entscheidung ist. Du selbst hast gestern den Zusammenhang zwischen den Charakteren der Opfer und dem Profil unseres Mörders angesprochen."

„Ich werde nur gerne vorher gefragt."

„Tja, ich auch", kommentierte Don nüchtern.

„Sir, könnten Sie uns bitte einen Überblick darüber geben, wovon Sie bezüglich des Profils sprachen?", fragte Cat.

Don stand auf, schlug Sean kurz auf den Rücken. „Das macht Sean, ich spreche mit McSimmens, damit er das Budget locker macht für die Reise. Heute ist Donnerstag, könnt ihr beiden Sonntag fliegen?"

Cat zuckte die Schulter und nickte, Sean brummte angenervt: „Ja."

KAPITEL ACHT

München, Montag, 3. Dezember 2018

Die beiden Agents waren auf den United-Flug von Washington International am Sonntag Nachmittag um Viertel nach fünf gebucht, die Maschine würde am anderen Morgen um halb acht auf dem Franz-Josef-Strauß-Flughafen in München landen. Es war ein Direktflug und McSimmens hatte sogar Business Class springen lassen – nicht ohne Hintergedanken, denn so bekamen sie mindestens sechs Stunden Schlaf während des achtstündigen Fluges und konnten danach mit Hauptkommissar Becker gleich weiter nach Garmisch-Partenkirchen fahren, um sich mit Hohlbeck zu treffen. Es war alles vom deutschen Ende aus organisiert und Becker hatte sich als überaus hilfsbereit gezeigt; er würde die beiden am Gate treffen und intern durch die Einreise und den Zoll bringen, was lange Wartezeiten und Diskussionen wegen ihrer Waffen vermied. Sie hatten den Alukoffer mit den Glocks und der Munition bei der Fluggesellschaft angemeldet und Sicherheitsbeamte hatten alles an Board gebracht und in den entsprechenden Stahlschrank in der Nähe des Cockpits eingeschlossen. Beide hatten je eine Reisetasche als Handgepäck mitgenommen, wenn sie mehr bräuchten, müssten sie sich das in Deutschland besorgen. Becker hatte zugesagt, sie mit warmer Outdoorkleidung vom BKA zu versorgen, so war ihnen ein großer Teil ihres Gepäcks erspart geblieben. Sean hatte seinen Laptop dabei und mittlerweile waren alle Akten darauf gezogen, selbst die deutschen Ermittlungsprotokolle. Doch sie hatten nicht vor, auf dem Flug zu arbeiten. Nachdem Seans Ärger über Dons vorschnelle Entscheidung verflogen war, freute er sich darauf, allein mit Cat unterwegs zu sein.

Die Maschine hatte Flughöhe erreicht und die Stewardess bot ihnen Champagner an – Business Class –, doch Sean lehnte für beide ab und nahm Wasser.

„Eigentlich schade", sagte Cat. „Meine Idealvorstellung von diesem Flug wäre, ein paar Gläser Champagner mit dir zu trinken und dann die acht Stunden mit wilden Umarmungen zu verbringen."

Sie saß am Fenster, Sean sah sie an und ließ ein „Ups" hören. „Gott bewahre", sagte er leise und beugte sich ein wenig näher zu ihr. „Erstens weiß die Crew, dass wir zwei Feds sind, wegen der Waffen vorne, und zweitens habe ich keine Lust, mich vor dem Kapitän zu rechtfertigen, warum ich während des Fluges über einen weiblichen Passagier herfalle."

Sie grinste. „Ach, schau an, herfallen?"

„Das passiert bestimmt, wenn du mich noch einmal so küsst wie in Montrose."

„Ich dachte, du hast mich geküsst", erwiderte sie mit gespielter Empörung.

Er lehnte sich zu ihr. „Na, vielleicht hatten wir beide was damit zu tun."

„Agent Caver, flirtest du mit mir?"

„Yep, das tue ich." Er sah sie lange an. Sie hatte recht, am liebsten würde er sie die nächsten acht Stunden ununterbrochen küssen. „Erzähl mir was von dir – dein Studium in Paris, warum du Deutsch sprichst, einfach alles."

„Okay", sagte sie, „erzählst du mir dann auch was von dir?"

„Klar."

„Alles?“

„Vielleicht“, kokettierte Sean, denn er wusste nicht, dass sie an etwas sehr Spezielles dachte: Sie wollte unbedingt herausfinden, wovon Don gesprochen hatte.

Sie redeten ununterbrochen, mal Cat, dann wieder Sean; alles bezog sich auf die Zeit nach ihrer Gefangenschaft bei den Desperates. Sie erzählte, wie es ihr ergangen war: die Zeit in Paris, dann zurück in den USA, bis hin zu der Idee, sich beim FBI zu bewerben. Sean sprach davon, wie er als Ausbilder angefangen hatte und Mitglied der BAU wurde, bis man ihn zum Leiter der Abteilung ernannte; über seine lange Freundschaft mit Don.

„Gab es Frauen in deinem Leben?“

Er nippte an seinem Wasser. „Nur eine nach uns. Corey ist meine Nachbarin in Stafford, sie ist schwer in Ordnung und wir verstanden uns ziemlich gut, dann wurde was Sexuelles daraus. Wir gingen miteinander ins Bett, doch für sie wurde es mehr. Ich beendete es in dem Moment. Wir sind Freunde, doch das Körperliche ist schon seit fast drei Jahren vorbei.“

Er sprach unglaublich offen, dachte Cat, doch hatte sie auch einen Stich im Magen gespürt, als er davon sprach, mit Corey geschlafen zu haben. Sie konnte nichts dagegen tun, sie war eifersüchtig auf eine Ex-Liebhaberin von ihm.

„Willst du nicht wissen, was in der Hinsicht bei mir passiert ist?“, fragte Cat.

Er schüttelte leicht den Kopf. „Nein, lieber nicht.“

Cat kräuselte die Stirn.

„So irrational wie es ist, allein der Gedanke, dass du mit einem anderen Mann zusammen warst, zerreißt mich. Erzähl es mir nicht.“

Er hat genauso auf mich gewartet wie ich auf ihn, dachte Cat und ein warmes Gefühl überkam sie.

„Sean“, fing sie vorsichtig an; er war gerade so offen. *Vorsichtig*, hatte Don gesagt und sie versuchte es; er sah sie die ganze Zeit an und lächelte. „Kannst du mir was erzählen über das erste Mal, als die Desperates dich gefangen hielten?“

Das Lächeln verschwand abrupt aus seinem Gesicht und Cat sah, dass er blass wurde; dann wandte er den Kopf ab und drückte sich tiefer in seinen Sitz, sah starr vor sich hin.

Sie biss sich auf die Unterlippe. „Sean, tut mir leid, ich hätte das nicht fragen sollen.“

Er erwiderte nichts, schwieg. Cat blickte durch ihr Fenster in den dunklen Himmel.

„Darum geht es nicht“, hörte sie nach einer Weile seine leisen Worte; sie drehte sich zu ihm, er sah sie wieder an. „Es ist nur so schwer. Weißt du noch, wie du reagiert hast, als ich dir von Tanja erzählte? Einen Tag und eine Nacht hast du nicht mit mir geredet, meine Berührungen nicht ertragen, weißt du noch? Das hat mir damals verdammt viel Angst gemacht, denn du warst mein einziger Halt in dieser Zelle.“

„Ich habe das damals nicht verstanden, ich war zu unerfahren. Ich weiß erst heute, was dich diese Entscheidung gekostet hat“, kam ihre Antwort viel zu schnell.

„Du weißt es?“ Es lag etwas Ironie in seinen Worten und Cat wurde heiß. „Ich glaube nicht.“ Wieder schien er nachzudenken, sie schwieg. „Aber vielleicht hast du recht. Ich möchte mit dir zusammen sein, weil ich dich liebe; du hast einen Anspruch darauf zu wissen, wer und was ich bin. Du solltest Zeit haben, darüber nachzudenken, denn es könnte sein, dass du uns dann in einem anderen Licht siehst.“

Jetzt ergriff Cat seine Hand, die auf seinem Oberschenkel lag, und Sean ließ es geschehen. „Darin bin ich mir sicher, ohne nachzudenken – ich will dich, keinen anderen Mann.“

Er erwiderte den Druck ihrer Hand. „Mit der Zeit kann ich vielleicht darüber reden, doch bevor wir uns wirklich aufeinander einlassen, gibt es etwas, das du wissen musst ..."

Sie unterbrach ihn: „Du musst nichts sagen, es ist egal, das wird nichts an meinen Gefühlen ändern."

Er lächelte sanft. „Das ist gut. Dennoch erzähle ich dir zwei wichtige Sachen." Sean holte tief Luft. „Nachdem ich den Desperates das erste Mal entkommen konnte, war ich lange in einem Krankenhaus. Ich fühlte mich für Tanjas Tod verantwortlich, ich kam damit nicht klar und habe versucht mich umzubringen."

Cat sah ihn erschrocken an, doch sie schwieg.

„Durch einen Zufall fanden mich die Ärzte und ich blieb am Leben, doch danach war ich sechs Monate in einer geschlossenen psychiatrischen Klinik. Ich verdanke es einer Therapeutin, dass ich wieder ein Mensch wurde und einigermaßen normal leben kann. Die Ironie an der Sache ist: auch am Tod der Therapeutin bin ich nicht ganz unschuldig." Er blickte wieder geradeaus.

„Die Desperates haben dir viel genommen. Aber ohne sie säße ich jetzt nicht hier neben dir. Vielleicht sollten wir es lieber so sehen."

Jetzt lag wieder das sanfte Lächeln auf seinem Gesicht; er umfasste ihren Nacken und zog sie zu sich, dann legte er kurz seinen Mund auf ihre Lippen. „Ich glaube, ich habe eine sehr kluge Frau an meiner Seite."

Sie legten sich die Decken über und ließen die Sitze nach unten gleiten; mit etwas Glück bekamen sie noch vier Stunden Schlaf.

Für den Rest der Nacht ließ er Cats Hand nicht mehr los.

Sie traten gemeinsam mit Hauptkommissar Becker aus der Ankunftshalle. Der Schnee lag knöchelhoch und Sean sah kritisch auf seine und Cats Halbschuhe.

„Keine Sorge, ich stehe genau vor der Tür, dort drüben“, meinte Becker, der seinen Blick gesehen hatte. „Einen Vorteil muss es ja haben, bei der Polizei zu sein, und wenn es nur das Parken im absoluten Halteverbot ist.“ Er lachte. Peter Becker war noch sympathischer als bei der Videokonferenz und sein Englisch wirklich ausgezeichnet. „Im Wagen habe ich entsprechende Kleidung für Sie, wir halten auf der Fahrt nach Garmisch und Sie können sich umziehen, wenn es Ihnen nichts ausmacht, mit einer Jacke herumzulaufen, auf der hinten ‚Polizei‘ steht.“

„Mal was anderes“, erwiderte Cat belustigt.

„Ich habe gestern mit den Kollegen in Garmisch gesprochen, man erwartet uns und da für morgen wieder heftiger Schneefall angesagt wird, schlagen sie vor, dass wir uns einen der damaligen Tatorte heute ansehen. Es ist unzugängliches Gebiet, darum kann es sein, dass bei einem weiteren Schneeeinbruch die Bergstraße gesperrt wird. Ich hoffe, das ist okay für Sie, oder sind Sie sehr müde vom Flug?“

Sean setzte sich auf den Beifahrersitz des BMW X5 – der Geländewagen würde sie leicht durch die verschneiten Berge bringen. „Nein, das geht in Ordnung, wir konnten auf dem Flug schlafen“, meinte er.

Cat klappte unterdessen auf dem Rücksitz den Laptop auf und sah sich die Photos der Fundorte in Deutschland an.

Becker fädelte sich auf die Fahrspur ein und gab Gas. „Wir sollten in eineinhalb, spätestens zwei Stunden dort sein. – Ach ja, bevor ich es vergesse: es war etwas problematisch, ein Hotel in Garmisch zu bekommen, dementsprechend mussten wir nehmen, was frei war. Etwas teuer, aber dafür erstklassig – ich hoffe, das sprengt nicht das Budget des FBI.“

Sean sah Becker an und grinste. „Nach der frustrierenden Ermittlung in Colorado können wir uns ruhig etwas gönnen.

Sagen Sie, Agent Becker“, fuhr er fort, doch Becker unterbrach ihn.

„Nennen Sie mich Peter.“

„Gerne, Peter, wenn Sie mich Sean nennen und meine Kollegin Catherine.“

„Cat“, kam es vom Rücksitz.

Becker nickte, nahm den Blick aber nicht von der Straße. „Natürlich, aber ich hab Sie unterbrochen.“

„Ich wundere mich, warum das BKA so kooperativ ist, immerhin liegen Ihre Fälle bereits zwanzig Jahre zurück“, nahm Sean seinen Gedanken wieder auf.

Jetzt lachte Becker. „Das bleibt aber unter uns. Wir versuchen bereits seit zwei Jahren, ein paar unserer besten Fallanalytiker nach Quantico zu bringen, um einige Wochen Ihre Seminare zu belegen, doch bisher bekamen wir keine Zusage. Sie scheinen in Quantico ziemlich beschäftigt zu sein und die Warteliste ist lang. Jedenfalls hat mein Chef sich über Sie erkundigt und dabei rausgefunden, dass Sie auch als Ausbilder tätig sind. Na ja, verstehen Sie mich nicht falsch, aber er hofft, auf diesem Wege, nennen wir es so, die Beziehungen zu verbessern.“

„Verstehe“, meinte Sean. „Ich schau mal, was ich machen kann.“

„Danke. Für mich ist es auch eine angenehme Abwechslung, ein paar Tage mit Ihnen zusammenzuarbeiten. Mal raus aus der Routine.“

Sie hatten den äußeren Ring Münchens hinter sich gelassen und fuhren auf die A95. Der Verkehr war flüssig und die Straßen gut geräumt, so dass sie zügig vorankamen.

„Erzählen Sie mir von Ihren Ermittlungen in Colorado.“

„Das kann meine Kollegin machen, wenn Sie nichts dagegen haben, ich möchte mir in der Zwischenzeit nochmals die übersetzten Ermittlungsakten ansehen.“

Cat reichte Sean den Laptop nach vorn und rutschte ein Stück vor, zwischen die Vordersitze; dann begann sie, über ihre Woche in Colorado zu sprechen, wobei sie sich strikt an die offiziellen Berichte hielt und den Selbstmord von Derek Miller ausließ. Sean las die Protokolle noch einmal genau durch, um sich mit den verschiedenen Fundorten vertraut zu machen; er wollte eine genaue Vorstellung davon bekommen, bevor er sie selbst sah.

Die Morde an den deutschen Jungen waren so lange her, dass sich der ehemalige Fundort ganz sicher stark verändert hatte. Es ging darum, ein Gefühl für den Ort zu bekommen, nicht mehr und nicht weniger. Sean musste sicher sein, dass es sich um ihren Mörder handelte; zwar waren die Übereinstimmungen der Verletzungen und auch die Vorgehensweise fast identisch, doch es bestand immer noch die Möglichkeit, dass der Täter in Deutschland nichts mit ihren Fällen zu tun hatte. Der Ort eines Verbrechens hingegen sprach eine ganz eigene Sprache. Serienkiller wählten Tatorte, nur in ganz seltenen Fällen handelt es sich bei dem Ort, an dem eine Leiche abgelegt wurde, um einen zufälligen Platz. Nach dem, was er im Nationalpark gesehen hatte, zeigten die Orte ein eindeutiges Muster, und wenn er dieses Muster hier in Deutschland wieder sehen konnte, gab es keinen Zweifel mehr. Cat war gerade mit ihren Ausführungen am Ende, als Becker blinkte und rechts auf eine Raststätte zufuhr.

„Es ist zwar etwas ungewöhnlich, doch wir sollten uns jetzt hier umziehen, dann können wir direkt zur Bergstraße hinauf und müssen nicht noch einen Umweg zur Polizeiinspektion in Garmisch machen."

Sie stiegen aus; Becker drückte ihnen je eine Reisetasche in die Hand und nahm seine eigene, um in der Toilette zu verschwinden. *Die Deutschen sind verdammt gut organisiert*, dachte Sean, als er in dunkelblauer Drillichhose, hoch geschnürten, warmen Springerstiefeln und dem blauen Winterhemd mit der Aufschrift „Polizei“ wieder im Waschraum erschien. Alles passte wie angegossen, irgendjemand hatte sich genau nach seiner Größe erkundigt. Er hatte sein Holster mit der Glock am Gürtel festgemacht und zog sich die gefütterte Jacke über. Becker wartete bereits im selben Outfit, ein breites Grinsen lag auf seinem Gesicht, als Sean seine Papiere aus dem Sakko kramte und alles in den Innentaschen der Jacke verstaute, bevor er die Anzugsjacke sorgfältig in die Tasche legte. Ein Mann, der sich gerade die Hände wusch, staunte nicht schlecht, als die beiden deutschen Polizisten ein paar Worte in Englisch austauschten und die Toilette verließen. Cat wartete bereits am Wagen, sie hatte sich die Haare zu einem Pferdeschwanz zusammengebunden und trug die gleiche Kleidung wie Becker und Sean.

„Frau Kollegin, so gut wie Ihnen unsere Uniform steht, sollten Sie hier beim BKA anfangen“, meine Becker charmant. Sean verspürte fast so etwas wie Stolz, als er das hörte, denn Becker hatte recht: sie sah selbst in dieser sehr männlichen Kleidung ausgesprochen reizvoll aus.

Sie hatten Garmisch erreicht und verließen es bereits wieder in Richtung Elmau; die Straße stieg immer mehr an und die winterliche Landschaft war faszinierend. Die Sonne war herausgekommen und schien auf den glitzernden weißen Schnee. Sean zog seine Sonnenbrille aus der Jacke und setzte sie auf.

„Sean, sieh nur“, sagte Cat plötzlich und zeigte aus dem linken Seitenfenster.

„Das ist Schloss Elmau“, erklärte Becker. Sie sahen sich das prachtvolle Gebäude mit dem einzelnen spitzen Turm im Vorüberfahren an. Das Dach schimmerte grünlich an den Stellen, wo der Schnee nicht liegen geblieben war.

„Es ist nicht mehr weit, etwa zwanzig Minuten. Dort treffen wir die Kollegen, sie sagten, dass wir eine halbe Stunde zu Fuß gehen müssen, um den Fundort am Wettersteinmassiv zu erreichen. Ob wir es bis oben schaffen, müssen wir vor Ort entscheiden, es ist ein bisschen Kletterei und es hängt davon ab, wie hoch der Schnee ist. Ich selbst war auch noch nie dort oben, darum kann ich euch nicht sagen, was uns erwartet."

Die letzten Kilometer fuhren sie auf einer festgefahrenen Schneedecke, hier war die Straße nicht geräumt, doch der BMW fräste sich seinen Weg bis zur bewirtschafteten Wettersteinalm. Dort parkte ein Geländewagen der Polizei. Sie stiegen aus dem warmen Wagen und ihnen schlug die Kälte entgegen, die Luft war frisch und hier oben leuchtete der Himmel in einem fantastischen Blau. Sean nahm die Sonnenbrille ab und blinzelte über die weiße Waldlandschaft; das Gebirgsmassiv wirkte bedrohlich.

Er kaute gedankenverloren auf dem Bügel seiner Brille, als sich die Tür des Hofes öffnete und zwei Polizisten auf sie zukamen, zwei Männer mit offenen, freundlichen Gesichtern und klugen Augen. Sean musste unwillkürlich an John Kaylor, den Ranger aus Gunnison, denken. Sie begrüßten sich, die beiden Beamten sprachen ein sehr bayerisch gefärbtes Englisch, doch ihre offene Art nahm Sean wie auch Cat für sie ein. Beide griffen nach einigen Ausrüstungsgegenständen in ihrem Wagen und sie machten sich sofort auf den Weg. Die Wanderung durch den Schnee gestaltete sich schwieriger als gedacht und trotz der Kälte schwitzte Sean nach ein paar Minuten am ganzen Körper. Der Schnee lag auf dem ausgetretenen Wanderweg etwa knöchelhoch, doch als sie sich dann an einem gewissen Punkt in den Wald schlagen mussten, reichte er bereits bis an die Knie und es war anstrengend, sich einen Weg zu bahnen. Die beiden Polizisten gingen vor und traten eine Schneise in den Schnee, Becker dahinter, gefolgt von Sean, der Cat hinter sich geschoben hatte. Als sie endlich die Wand des Gesteinmassivs erreichten, zeigte der Jüngere der beiden Beamten mit dem linken Arm nach oben auf eine Art Plateau, das mit nicht mehr als sechs, sieben Bäumen bewachsen war.

„Wir können da schon hochkraxeln", sagte er auf bayerisch zu Becker, „angenehm wird's ned, wia Sie woin."

Cat übersetzte so gut wie möglich, auch wenn sie der Dialekt etwas irritierte. Sean sah sich die Stelle genau an, ging den Weg zehn Meter zurück, um das Plateau besser sehen zu können. Dann schwieg er lange, sah sich nur um. Nadelbäume, genau wie in Gunnison. Selbst im Sommer oder Herbst konnte man das Plateau nur erreichen, wenn man sehr trittsicher war, nicht unbedingt ein Bergsteiger, doch sehr fit. Er selbst würde sich einen Aufstieg ohne Seil nicht zutrauen, schon gar nicht bei dem Schnee. Er ging wieder zu den anderen.

„Haben Sie ein Fernglas?", fragte er und Becker übersetzte.

Der Ältere der beiden gab ihm ein großes Glas. Sean sah hindurch und das Plateau rückte näher. „Welcher Baum war es?"

„Es müsste der Große dort in der Mitte sein", sagte Cat.

Er stellte das Fernglas scharf und sah sich den Baum näher an, wieder ging er ein paar Schritte zurück. *Das gleiche Schema. Du warst hier, diesmal jedoch kein Abstieg, hier bist du mit dem Jungen aufgestiegen. Leopold Seiler, der Zehnjährige, ein pfiffiges Kerlchen, das selbst schon ziemlich viel Unsinn angestellt hatte in seinen jungen Jahren. Klar, du suchst eine Stelle, die er nicht so schnell verlassen kann, wenn er Panik kriegt. Der Junge ist frühreif und kennt sich schon verdammt gut aus, wurde dreimal beim Diebstahl erwischt; wenn du nicht vorsichtig bist, merkt er, dass etwas nicht stimmt, und versucht abzuhauen, darum das Plateau. Genau wie Jonathan Braider – kriminelle Familie, etwas asozial, und du hast ihn an die unzugänglichste Stelle gebracht, die du in der Nähe von Gypsum finden konntest, ein Plateau. Hier der Aufstieg, in Colorado ein Abstieg, beides mit Seilen.*

„Wollen Sie da hoch, Sean?", fragte Becker, der zu ihm getreten war.

Er schüttelte den Kopf. „Nicht nötig, euer Täter ist unser Täter!"

Becker fragte nicht sofort, wie Sean darauf gekommen war, denn er spürte, dass er momentan nicht viel mehr aus dem FBI-Profiler herausbekommen würde, und wollte auf eine bessere Gelegenheit warten. Die Gruppe drehte um und machte sich wieder auf den Weg zum Hof.

„Kemmts, gema eini, d'Maria macht uns an Tee", sagte einer der Polizisten und sie betraten ziemlich abgekämpft die Stube des Hofs. Eine alte, aber rüstige Frau stand am Kachelofen und legte Holz nach.

„Seid's wieder do." Ihre Stimme klang rau und hart, doch jugendlich. Wenn man die drahtige Frau mit den vielen Falten und dem grauen Haar, das zu einem ordentlichen Knoten geflochten war, nicht sah, hätte man meinen können, die Stimme käme von einer Vierzigjährigen. Sean ging auf sie zu, hielt ihr die Hand hin und stellte sich vor. Cat übersetzte. Maria musterte Sean lange, bevor sie einschlug.

„Vom FBI seid's", sagte sie dann an Cat gewandt. „Jetzt kommt's her wegn dem Leopold, des san doch Gschichten von damals, scho gar nimma wor."

Cat übersetzte für Sean und er sah die alte Frau eindringlich an. „Waren Sie damals schon hier?", fragte er, sie sah Cat an.

„Ja, i bin scho mei ganz Lebn da herobn."

Wenn Cat nicht mitkam, half Becker aus, der den Dialekt besser verstand.

„Können Sie uns erzählen, wie es war?"

Maria stellte fünf große Tassen auf den Tisch, um den alle Platz genommen hatten, und goss Tee aus einer Kanne. Der Raum füllte sich mit frischem Pfefferminzgeruch.

„Ja“, meinte sie und setzte sich zu ihnen. „I woas no ganz gnau, wia's den Buam gfundn ham, hierher ham's ihn gbracht, nachdem's ihn abgschnittn ham vom Baum. Dort“, sie zeigte zu der großen Holzbank, die neben dem Kachelofen stand, „ham's ihn hinglegt. Mei, d'Bua war so kloa.“

„Haben Sie damals etwas beobachtet? Jemanden, der hier gewandert ist oder geklettert, bevor man Leopold fand?“

Wieder traf Sean ein Blick der alten Frau, der ihn hellwach werden ließ.

„Nix hob i gsehn, des hab i den Gendarmen gsagt, damals.“ Sie stand auf und stellte die Teekanne wieder auf den Ofen.

Sean nahm seine Tasse und blies in den heißen Tee, dann nippte er und beobachtete die Frau; sie war irgendwie nervös. – *Du weißt etwas*, dachte er.

„Kannten Sie Leopold?“, fragte er beiläufig. Cat sah ihn genau an, wusste, dass er irgendeiner für sie nicht sichtbaren Spur folgte.

„Jo, der Bua kam aus Elmau, war oft hier, d'Lisl, mei Dochter, hot ihm gholfen mit der Schui.“

„Lisl, Ihre Tochter, sie lebt nicht mehr hier?“

„Naa, die is scho vor Jahrn weg, nachdems geheirat hot.“

„Wohin?“, fragte Sean und ärgerte sich sofort, denn das war zu direkt für eine Frau wie Maria.

„Wieso woin's des wissen?“

„Tut mir leid, Berufskrankheit, aber sie ist schon lange fort?“

„Jo, scho bevor des mit dem Leopold passiert is, hat's,

den Herrn Lehrer geheirat“, kam es mit ein wenig Hohn von ihr, „und is nach Garmisch, dann sand's später nach Berlin.“

„Dann sehen Sie Ihre Tochter nicht sehr oft?“ *Besser*, dachte Sean, *sei vorsichtig mit ihr.*

Die Alte schüttelte den Kopf. „Naa“, war alles, was sie sagte.

Später, dachte Sean, *nicht jetzt fragen, ich muss Maria wiedersehen und mehr über Lisl erfahren, doch nicht jetzt.*

Er wandte sich an Becker: „Ich glaube, es wird Zeit für uns, denkst du nicht auch?“

Becker hatte alles still mitangehört und nickte Sean zu.

Fünf Minuten später hatten sie sich bei den beiden Polizisten bedankt, saßen wieder im Auto und fuhren in Richtung Garmisch. Es war bereits zwei Uhr und Peter Becker hatte mit dem pensionierten Kripobeamten Herbert Hohlbeck einen Termin für drei Uhr vereinbart. Hohlbeck wohnte seit seiner Pensionierung wieder in Garmisch.

„Wir schaffen es nicht, noch etwas zu essen, bevor wir zu Hohlbeck fahren – haltet ihr bis zum Abend durch?“, fragte Becker.

Sean nickte und Cat verdrehte auf dem Rücksitz die Augen, denn ihr Magen hing bereits durch, da sie ihr Frühstück im Flieger verschlafen hatte.

Um Viertel vor drei öffnete ihnen der ehemalige Kripobeamte die Tür. Er stand schwer auf einen Krückstock gestützt, seine massige Gestalt verriet, dass er ein sehr großer, gut gebauter Mann gewesen war, bevor er an Rheuma erkrankte. Sein graues Haar wies immer noch Spuren von schwarz auf, trotz des Übergewichts hatte er gut ausgebildete Wangenknochen; er war einmal ein attraktiver Mann gewesen. Mit seinen immer noch klaren, jungen Augen musterte er jeden von ihnen genau.

„Kommt rein, ich habe schon auf euch gewartet“, sagte er an Becker gewandt und führte sie durch den Flur in ein Wohnzimmer mit Esstisch. Der Tisch war reichlich gedeckt mit Wurst und Käse, frischem Brot und heißem Kaffee. Cats Magen machte einen Hüpfer vor Freude.

„Ihr ward auf der Wettersteinalm und habt euch Leopolds Fundort angesehen, bestimmt habt ihr nichts zu Mittag gehabt. Greift zu, eine Brotzeit passt immer, selbst um drei Uhr nachmittags."

Becker übersetzte. Sie setzten sich und langten hungrig zu, dabei fing Hohlbeck unaufgefordert an zu erzählen. Becker und Cat mussten ihn immer wieder bremsen, um das Gesagte für Sean zu übersetzen, der nach dem Essen einfach nur schweigend auf dem Stuhl saß und zuhörte. Hohlbeck kramte ein Päckchen Zigaretten aus der Hosentasche und hielt sie seinen Gästen hin. Sean und Cat nahmen dankend an und Hohlbeck stand beschwerlich vom Tisch auf, um einen Aschenbecher zu holen. Dabei redete er unermüdlich weiter.

Sean war bereits bei seiner zweiten Zigarette, als Hohlbeck zum Schluss kam. Er verstand, dass der ehemalige Polizist immer noch besessen war von diesem, seinem ungelösten Fall, er spürte die Euphorie, die Hohlbeck beim Reden überkam, merkte, wie froh Hohlbeck war, dass der Fall endlich wieder aufgegriffen wurde. Plötzlich wandte der Alte sich an Sean und fragte nach den Ermittlungen in den Staaten.

Sean nickte, zog an seiner Zigarette. „Bevor wir Ihnen die neusten Entwicklungen mitteilen: haben Sie etwas dagegen, wenn ich erst ein paar Fragen an Sie habe?"

„Nein, natürlich nicht, wenn ich sie beantworten kann, gerne."

„Lisl, die Tochter von Maria oben auf dem Hof, war sie irgendwie involviert in den Fall?"

Becker sah Sean erstaunt an, er hatte mit allem gerechnet, doch nicht mit dieser Frage. Cat wunderte sich keine Sekunde.

„Die Lisl?", fragte Hohlbeck, ein Zucken in seinem Mundwinkel, doch dann antwortete er schnell: „Nicht wirklich, die hat damals in

Garmisch gelebt, war mit dem jungen Lehrer verheiratet, sind dann beide weggegangen, nach Berlin, glaube ich. Jedenfalls, die Maria und die Lisl haben sich schon damals nicht mehr verstanden."

„Können Sie sich an den Namen des Lehrers erinnern?"

„Er hieß Kohler. Ja, er hat damals mitgeholfen, die Kinder zu suchen, aber das haben alle vom Dorf gemacht." Hohlbeck schüttelte schwach den Kopf, als dächte er an die alten Zeiten. „Wissen Sie, als der Leopold verschwand, haben alle in Krün mitgesucht. Wir dachten, er hätte sich im Schnee verlaufen oder wieder mal irgendeinen Unsinn angestellt."

„Wieso Krün? Ich dachte, er kam aus Elmau?", fragte Cat.

Der alte Mann nickte. „Eigentlich wohnte er mit seiner Familie in Krün, dort ging er auch zur Schule – vor Jahren gab es noch eine Grundschule in Krün, heute gehen die Kinder nach Seehausen. Jedenfalls wohnte er, als er verschwand, bei seiner Großmutter in Elmau, gibt dort nur ein paar Häuser, das Schlosshotel und die Alm. Die Johanna Seiler hat ihn zu sich genommen, nachdem man ihn wieder beim Klauen erwischt hatte, sie dachte, dass sein älterer Bruder keinen guten Einfluss auf ihn hat."

Sean drückte die Zigarette im Aschenbecher aus. „Lebt seine Familie noch hier?"

„Der Vater ist vor ein paar Jahren gestorben, hat sich regelrecht zu Tode gesoffen, die Mutter ist dann zur Tochter nach München gezogen. Seine jüngeren Brüder sind weg von hier, wohin, weiß ich nicht. Doch der Maximilian, der lebt noch in Krün. Ist wohl der Einzige, der halbwegs anständig wurde, hat eine Autoreparaturwerkstatt dort."

„Vielleicht sollten wir ihm einen Besuch abstatten", meinte Becker.

„Viel Glück", erwiderte Hohlbeck ironisch. „Auch wenn ich sage, dass er anständig geworden ist, so ist er nicht gerade ein angenehmer Zeitgenosse. Wenn Sie wirklich zu ihm wollen, dann sollte ich mitkommen. Hab den Jungen damals wegen Autodiebstahl rangekriegt, daher hat er immer noch ein wenig Respekt vor mir."

„Wie alt war Maximilian, als Leopold verschwand?"

Hohlbeck strich sich übers Kinn. „Ich glaube, neunzehn, ja, er war neun Jahre älter als Leo."

„Würde es Ihnen was ausmachen, uns morgen zu begleiten? Ich möchte gerne mit dem Bruder reden", meinte Sean.

„Kein Problem. Morgen früh – morgens ist mein Bein am besten, dann fällt es mir nicht so schwer bei dem Schnee."

„Sagen Sie, Herbert", setzte Becker an und benutzte den Vornamen des ehemaligen Polizisten, „Sie sagten etwas von alten Akten, privaten Aufzeichnungen, die Sie noch haben."

Hohlbeck lächelte. „Ja, Kollege, die habe ich. Sie werden sich wundern; kommen Sie mit." Er stand auf und sie folgten ihm hinaus in den Flur. Er öffnete eine Tür und sie betraten ein Arbeitszimmer. Cat traute ihren Augen nicht, als sie die Wand neben dem Schreibtisch betrachtete. Es sah aus wie im Ermittlungsraum einer Soko: Bilder der toten Jungen, Notizen mit Querverweisen, Namen, Auszüge aus Protokollen.

„Mein Gott", fand Sean als Erster wieder Worte, nachdem er sich alles näher angesehen hatte, „die Fälle haben Sie nie losgelassen."

„Nein, das haben sie nicht", antwortete Hohlbeck leise. „Ich war damals vierzig und hatte mich bereits beim LKA in München beworben, als es passierte. Sechs Monate war ich an den Fällen dran, habe meine ganze Zeit darauf verwendet, doch wir kamen dem Täter nie wirklich nahe. Als ich dann zum LKA ging, begleiteten die Fälle mich immer noch und in meiner Freizeit habe ich versucht, Spuren zu finden. Was sie dort sehen, ist das Resultat von langen Jahren der Suche. Ich glaube, mein Leben könnte ruhiger werden, wenn man die Morde endlich aufklären würde, darum war ich auch so froh zu hören, dass Sie kommen.“

Er ging an den Schreibtisch, griff einen Stapel gehefteter Papiere und reichte sie Cat. „Das sind meine persönlichen Notizen, ich habe sie abgetippt und so übersichtlich wie möglich zusammengefasst. Das sind alles Dinge, die nicht in den offiziellen Ermittlungsakten stehen – leider auf Deutsch, doch ich denke, Sie verstehen unsere Sprache gut genug, um damit klarzukommen.“

Er führte sie wieder in den Flur. „Holen Sie mich morgen um neun ab und wir fahren zu Max. Jetzt müssen Sie mich entschuldigen, es wird Zeit, dass ich mich ein wenig hinlege – das Bein, wissen Sie?“

Es schien Cat, als ob sie Garmisch wieder verließen, als Becker gegen fünf in Richtung Hotel fuhr; es war eine schmale Straße, die quer durch einen Winterwald führte. Als sie den See erreichten und das Hotel Rießersee vor ihnen lag, war sie begeistert. Das Hotel war ein Schmuckstück am Ufer des gefrorenen Sees.

Sean bekam von alldem nichts mit, er hatte die Augen hinter seiner Sonnenbrille geschlossen und war eingedöst. Erst als Becker den Wagen auf dem Parkplatz abstellte, wachte er auf, streckte müde seine Beine und sah sich um. Sie checkten ein; für Becker und Sean hatte man zwei Doppelzimmer reserviert und Cat bekam die Suite mit Ausblick auf den See. Sie mussten nehmen, was angeboten wurde – nicht dass es Grund gab zur Beschwerde, doch das Hotel war voll und so, wie es lag, kostete es seinen Preis.

Sie verabredeten sich für acht Uhr zum Abendessen im hoteleigenen Restaurant. Becker hatte mit Wiesbaden zu sprechen,

Sean wollte Don anrufen und Cat einfach nur eine Stunde schlafen, der Jetlag hatte sie eingeholt und die vier Stunden Schlaf letzte Nacht forderten ihren Tribut.

Als um halb acht der Wecker seines Handys losging, wurde Sean nur schwer wach. Er lag neben seinem Laptop auf dem Bett, immer noch in den Drillichhosen und dem blauen Polizeihemd; die Stiefel hatte er im Flur des Raums ausgezogen. Er gähnte genüsslich, raffte sich auf und stapfte ins Bad, um zu duschen.

Um fünf nach acht betrat er das Restaurant und wurde an den Tisch gebracht; Cat saß bereits dort, von Becker keine Spur. Sean trug Jeans und einen grauen Cashmerepullover mit V-Ausschnitt, Cat hatte sich ebenfalls leger, aber chic angezogen, außerdem hatte sie Make-up aufgelegt, so dass ihr Gesicht im Kerzenlicht besonders aufregend aussah. Sean näherte sich und legte zur Begrüßung eine Hand auf ihre Schulter, dann setzte er sich ihr gegenüber.

„Hast du etwas geschlafen?“, fragte er.

„Ja, jetzt geht es mir besser, war müde zum Umfallen“, antwortete sie.

„Du siehst bezaubernd aus“, sagte Sean leise.

Sie lächelte ihn an, dann sah Sean, dass Becker auf ihren Tisch zukam.

„Tut mir leid, ich habe mich mit meiner Frau ein bisschen verquatscht, dann wollten noch die Kinder mit mir reden ... na, wie es so ist.“ Er setzte sich zu ihnen.

Sean überließ Becker die Bestellung, suchte aber eine gute Flasche Rotwein für alle aus. Sie unterhielten sich über Beckers Familie, ihr Leben in den Staaten, beim FBI, und genossen ein vorzügliches Essen. Die Küche war genauso gut wie das ganze Hotel. Keiner von ihnen war in der Laune, über den Fall zu sprechen oder über das, was sie heute gesehen oder gehört hatten. Selbst Sean versuchte, alles aus seinen Gedanken zu drängen, obwohl ihn immer wieder ein eigenartiges Gefühl überkam – etwas, das ihm irgendwie auf der Zunge lag und nicht herauskommen wollte; etwas, das eine klare Verbindung zwischen den Morden in Deutschland und ihren Fällen in Colorado darstellte. Er kannte die Situation – früher oder später kam er immer darauf. Sie gingen um halb zehn noch auf einen Drink in die kleine, gemütliche Bar, setzten sich in die Sessel vor dem Kamin. Sean trank einen doppelten Espresso, genau wie Becker, und Cat bestellte ein weiteres Glas Rotwein. Sie plauderten in unbeschwertem Ton, wollten einfach den Fall für ein paar Stunden vergessen und die ungezwungene Atmosphäre genießen. Beckers natürliche Art gab den beiden FBI-Agenten das Gefühl, ihn schon ewig zu kennen. Dennoch verabschiedete sich Sean um zehn und ging auf sein Zimmer, Cat und Becker folgten eine Viertelstunde später.

Als Cat in ihrer Suite saß, war sie wieder hellwach und dachte an Sean. Sollte sie einfach zu seinem Zimmer gehen? Sie unternahm drei Anläufe, aber setzte sich wieder auf die Couch, öffnete dann die Minibar und nahm unentschlossen die kleine Flasche Rotwein heraus. Wenn sie schon die Nacht nicht schlafen konnte, dann half ihr der Wein wenigstens, ein bisschen Ruhe zu finden, denn der Gedanke, dass Sean nur ein Stockwerk unter ihr schlief, machte sie verrückt.

Sie nippte an dem Weinglas, stand auf und blickte auf den See, der im Mondschein wie verzaubert aussah. Es war wundervoll hier, dachte sie gerade, als ein Geräusch an der Tür sie aus den Gedanken riss. Ihr Herz klopfte schneller. *Sean?*

Sie eilte an die Tür und öffnete, ohne durch den Spion zu sehen. Sean stand an den Türpfosten gelehnt und sah sie an. Ohne ein Wort griff sie seine Hand und zog ihn ins Zimmer, konnte gerade noch die Tür schließen, als er sie in seine Arme zog, um sie zu küssen.

Endlich!, war alles, was ihr durch den Kopf ging.

Ihre Umarmungen wurden immer leidenschaftlicher, er drückte sie gegen die Wand im Flur, sein großer Körper hart an ihren gepresst. Ungeduldig löste er die Spange ihres Pferdeschwanzes und fuhr mit beiden Händen durch ihr Haar, ohne dass sich sein Mund nur eine Sekunde von ihrem löste. Cat griff den Saum seines Pullovers und zerrte ihn förmlich über seinen Kopf, dann sah sie ihn an.

„Ich habe dich nie richtig gesehen, nur wenn wir damals in dem Badezimmer waren“, sagte Cat schwer atmend und hielt ihn vor sich auf Abstand. Sie genoss es, ihn nun anzusehen, sein Gesicht, die Augen halb geschlossen mit einem ungeduldigen, fordernden Blick.

„Mein Gott, deine Augen haben die Farbe von flüssigem Gold, genau wie damals.“

Er legte sanft seinen Daumen auf ihre Lippen und strich darüber, dann nahm er ihr Kinn und zog sie wieder zu sich. Während sie wieder seine Lippen spürte, wie sie langsam an ihrem Hals heruntерglitten, hörte sie ihn leise sagen: „Rede nicht von damals. Ich will dich, jetzt.“

Er schob sie mit sich in ihr Schlafzimmer, warf sich rücklings aufs Bett und zog sie auf sich. Cat konnte nicht genug bekommen von seinen Berührungen, seinen sanften Händen auf ihrem Körper. Sie setzte sich rittlings auf ihn, zog das T-Shirt aus und öffnete ihren BH. Auch Sean setzte sich auf und zog sie eng heran, atmete unregelmäßig, während er sie mit seinen Lippen liebkoste. Sie drückte ihn wieder aufs Bett und sah ihn an.

„Was?“, fragte er ungeduldig.

„Diesmal überlässt du mir die Führung. Vertraust du mir?“, flüsterte sie. Sean lächelte und nickte nur leicht. Cat stand auf und entkleidete sich ganz, kramte in ihrer Tasche und zog ein Päckchen hervor, dann legte sie sich neben ihn. Sean kräuselte die Stirn und blickte auf das Päckchen.

„Da du die unangenehme Eigenschaft hast, sehr fruchtbar zu sein, wenn es um mich geht, sollten wir lieber vorsorgen“, grinste sie und hielt ihm das Päckchen Kondome vors Gesicht. Dann beugte sie sich zu ihm, begann seinen Oberkörper mit ihre Zunge zu erforschen. Sean legte sich zurück und genoss sie in vollen Zügen. Sie öffnet den Reißverschluss seiner Jeans, ihre Zunge umspielte immer noch die Haut unterhalb seines Bauchnabels. Als sie die Hand in seine Jeans schob und seinen Schwanz umfasste, stöhnte er laut auf. Cat streifte die Jeans und auch die Boxershorts von seinen Hüften, er trat die Kleidungsstücke mit den Füßen vom Bett, während sie ihn sehr genau betrachtete.

Sie strich mit ihren warmem Händen seine Oberschenkel hinauf, beugte sich vor, umspielte ihn mit ihrer Zunge. Dann legte sie ihre Lippen um seine harte Eichel und nahm ihn langsam ganz in ihren Mund.

Sean atmete heftig aus, es klang fast wie ein Knurren. „Cat“, keuchte er, „du machst mich wahnsinnig, das halte ich nicht lange aus.“

Sie löste sich von ihm und lächelte, ihre Zähne bissen auf die Unterlippe, als sie das Kondom nahm und spielerisch über seinen steif aufgerichteten Schwanz rollte. Cat setzte sich auf ihn, rieb sich an seinem Geschlecht und stöhnte lustvoll. Er setzte sich auf und umfasste fest ihren Po, drückte sie noch fester an sich, spürte die feuchte Hitze. Dann nahm er seinen Schwanz in die Hand. Cat hob leicht die Hüften, langsam drang er nur mit seiner Eichel in sie ein, Cat lehnte sich zurück, ergriff fordernd seine Schultern und in einer plötzlichen, fließenden Bewegung ließ sie sich ganz auf ihn hinunter. Sie verloren sich in grenzenloser Lust, als er tief in sie eindrang.

Sean fühlte sich wie jemand, der lange verirrt herumgelaufen war, um endlich wieder nach Hause zu kommen. Er überließ Cat den Rhythmus, kam ihren Bewegungen entgegen. Sie atmete laut, stöhnte seinen Namen und als er die Zuckungen ihres Orgasmus spürte, ließ er vollkommen los. Drückte ihre Hüfte ein letztes Mal hart gegen sich und dann schien jede Faser seines Körpers zu explodieren, so, wie er es bisher nur einmal in seinem Leben gefühlt hatte – mit ihr, damals vor sechs Jahren.

Er lag auf dem Rücken und hatte die Augen geschlossen, doch schlief nicht – er wollte nicht, es fühlte sich zu gut an; Cats Gesicht auf seiner Schulter, ihre Lippen streiften immer wieder seinen Hals. Die Wärme ihres Körpers, wie sie halb auf ihm lag, ihr Oberschenkel über seine Beine geschlungen. Sie hatte ihre Hand mit seinen Fingern verschränkt und strich sanft mit einer Fingerspitze über die Narbe auf dem Handrücken.

„Du hast mir nie erzählt, wie das passiert ist … du hast Narben an beiden Händen und an den Füßen."

Er seufzte kaum hörbar auf, drehte sich vorsichtig auf die Seite, um sie anzusehen. „Nicht jetzt, Liebes." Er strich ihr eine blonde Strähne aus dem Gesicht.

„Die Desperates?"

„Ja."

Sie beugte sich vor und küsste seinen Mund.

„Cat, ich liebe dich." Es klang zu ernst, wie er es sagte, fast ein wenig verzweifelt, als ob sie jeden Moment vor seinen Augen für immer verschwinden würde. Cat fuhr mit ihrem Zeigefinger seine Augenbraue nach, strich über seinen Wangenknochen und er schloss automatisch die Augen, merkte, wie wahnsinnig müde er wurde.

„Ich weiß", sagte sie sanft, „ich liebe dich auch. Schlaf ein wenig. Wenn du aufwachst, bin ich hier."

Sie lag neben ihm, auf den Ellenbogen gestützt, und sah seinen tiefen, gleichmäßigen Atemzügen zu, seine Hand immer noch in ihrer, bis er im Schlaf losließ. Cat stand leise auf, streifte sich seinen Pullover über, der ihr bis zu den Oberschenkeln reichte, und ging ins Nebenzimmer. Sie zündete sich ein Zigarette an, stellte sich wieder an das Fenster mit Blick auf den See und öffnete es. Sie zog genüsslich an ihrer Zigarette und blies den Rauch in die kalte Luft, die ihr entgegenschlug.

KAPITEL NEUN

Garmisch, Dienstag, 4. Dezember 2018

Sie hatte sich wieder an ihn gekuschelt und war irgendwann eingeschlafen. Cat schreckte erst um acht Uhr aus einem tiefen Schlaf. Sean lag an ihrem Rücken, seine Arme um sie geschlungen, und schien immer noch nicht wach zu sein. Sie streichelte sanft über das Federtattoo auf seinem Unterarm und hörte ein wohliges Grunzen.

„Wir müssen los, es ist schon viel zu spät", sagte sie leise und drehte sich in seinem Arm um.

Er öffnete die Augen und blinzelte sie an. „Wie spät ist es?", fragte er verschlafen.

„Schon acht."

„Scheiße", rief er nur und er sprang aus dem Bett, schneller, als Cat reagieren konnte, zog sich Boxershorts und Jeans an, suchte nach dem Pullover, den sie neben ihrer Bettseite hatte fallen lassen. Nachdem er die Schuhe anhatte, kam er wieder zum Bett. Cat hatte ihm amüsiert zugesehen. Er beugte sich zu ihr und drückte einen flüchtigen Kuss auf ihren Mund, blieb noch kurz vor ihrem Bett stehen, sah sie an. „Agent Kampell, es war mir ein außerordentliches Vergnügen letzte Nacht", meinte er und lächelte verschmitzt. „Um Viertel vor neun am Auto, komm nicht zu spät."

Cat setzte sich auf. „Nein, Sir, natürlich nicht."

Er warf ihr noch einen Handkuss zu und ging aus dem Schlafzimmer. Sie legte sich noch einmal kurz auf das Kissen und roch daran – es roch nach ihm, nach Nate.

Becker saß startbereit im Auto, als beide fast gleichzeitig aus der Lobby traten.

„Hab schon gedacht, ich müsste alleine los. Kommt ihr klar mit der Zeitverschiebung?"

Sean schnallte sich an. „Geht schon, doch ich muss zugeben, ich war gestern ziemlich kaputt." Cat grinste in sich hinein und checkte die E-Mails auf seinem Laptop.

„Ich habe heute Morgen nochmals mit den Kollegen des LKA Berlin gesprochen, sie prüfen, ob sie eine Adresse von Hans Kohler und seiner Frau finden."

Sean sah auf. Becker war wirklich gut, er hatte intuitiv erfasst, dass Sean sich daran festgebissen hatte. „Danke", sagte er nur.

„Willst du mir erzählen, was du denkst?", fragte Becker.

„Um Himmels willen", antwortete Cat auf Deutsch vom Rücksitz, „nur nicht, wahrscheinlich hat er das alles noch nicht richtig durchdacht und dann sagt er kein Wort, vergiss es einfach."

Sean drehte sich verwundert um und zog die Stirn in Falten. Becker lachte auf, schaltete den Scheibenwischer an und fuhr los.

Sie brauchten bei Hohlbeck keine zwei Minuten – der alte Mann schien um zwanzig Jahre verjüngt, als er auf den Beifahrersitz kletterte. Sean hatte sich zu Cat nach hinten gesetzt.

„Gehen wir es an", meinte Hohlbeck und zog einen alten, viel genutzten Notizblock mit schwarzem Ledereinband aus der Manteltasche. Der Schnee fiel erst langsam, dann heftiger gegen die Frontscheibe. Heute war der Himmel grau und entsprach genau der Wettervorhersage, es würde den ganzen Tag schneien. Auf der Scheibe bildeten sich bereits leichte weiße Schlieren, als sie wieder auf die Bergstraße nach Krün fuhren.

„Maximilian Seiler", fing Hohlbeck an, mit einer Energie, als wäre er selbst wieder Mitglied einer Sonderkomission. „1991 das erste Mal wegen Ladendiebstahls verhaftet, damals zwölf", las er aus seinen Notizen. „1998 kurz vor dem Verschwinden seines Bruders Autodiebstahl; er hatte Glück, der Richter hat ihm eine Jugendstrafe aufgebrummt, Sozialdienst. Er hat mit fünfundzwanzig geheiratet, eine Tochter, sie ist jetzt dreizehn; lebt in geordneten Verhältnissen, gut gehende Autowerkstatt in Krün. Was man so hört, neigt er zu Aggressivität, wenn er getrunken hat, ist aber sonst ein Kirchgänger und ordentlicher Bürger."

„Woher wissen Sie das alles?", fragte Cat überrascht.

„Ich habe Ihnen doch schon gesagt, dass mich der Fall nie losließ. Ich behalte alle im Auge." Hohlbeck lachte glucksend auf. „Die Marotte eines alten Mannes", fügte er hinzu.

„Wissen Sie, wie das Verhältnis zwischen Maximilian und seinem kleinen Bruder war?" Sean hatte sich vorgebeugt.

„Affenliebe", meinte Hohlbeck und Becker suchte verzweifelt nach einer Übersetzung ins Englische.

Cat half aus und Sean meinte nachdenklich: „Aha", als er verstand.

„Ja", sagte Hohlbeck, „der Tod seines Bruders hat dem Jungen sehr zu schaffen gemacht. Manchmal denke ich, dass dieses Ereignis Max zu einem anständigen Menschen machte. Wer weiß, auf welche schiefe Bahn er geraten wäre, wenn das damals nicht passiert wäre."

Becker hielt vor einem großen Bauernhaus, der Hof war u-förmig, eine große offene Garage mit Hebebühne. Es standen mehrere Autos im Hof und über dem grauen Betonanbau prangte ein Schild: „Karosseriebau Seiler, Autoreparaturen".

Außer Hohlbeck, der in Zivil mit dickem Wintermantel gekleidet war, trugen die drei wieder die Einsatzuniform der Polizei.

Vor einem alten Passat standen zwei Männer und blickten auf, als die Polizisten aus dem Wagen stiegen. Der jüngere Mann trug Jeans und eine Lederjacke, der andere einen blauen, ölverschmierten Overall. Hohlbeck humpelte energisch auf die Männer zu und der Jüngere verabschiedete sich gerade, als sie vor ihnen standen.

„Hallo Max", sagte Hohlbeck, ohne dem Mann im Overall die Hand zu schütteln. Der bullige Kerl sah ihn mit zusammengekniffenen Augen an und verschränkte die Arme vor der Brust. Sein dunkles, lockiges Haar war grau an den Schläfen, das Gesicht kantig, aber um die Augen aufgedunsen. Etwas Verschlagenes lag in seinem Blick.

„Kommissar", erwiderte er arrogant.

Becker stellte sich und die beiden FBI-Agenten vor und erklärte, dass sie Fragen zu Leopolds Verschwinden hätten. Seiler steckte die Hände in die Hosentaschen und zog die Augenbrauen hoch.

„Seid's ihr narrisch, wegen dem Leopold, FBI, was soll das?"

Cat erklärte die Situation, ohne jedoch zu viel von ihren Ermittlungen preiszugeben. Sean verstand nicht, was sie sagte, konnte aber ahnen, worum es ging. Er konzentrierte sich auf Seiler und ihm entging nicht der kurze Anflug von Trauer, der über sein Gesicht huschte, als Cat Leopolds Namen wiederholte. Maximilian führte sie in die Garage; am hinteren Ende stand ein Plastiktisch mit Stühlen, auf dem noch halbvolle Kaffeetassen standen, ein kleiner Heizlüfter brummte in der Ecke.

„Sebastian, geh mal raus und kümmer dich um den Passat vom Huber", rief Seiler dem jungen Mann zu, der in der Grube unter dem Auto hantierte. Ohne zu zögern kletterte der heraus und ließ sie allein.

„Also, was wollen Sie?"

Hohlbeck führte das Gespräch und Cat übersetzte leise für Sean. Becker beobachtete Seiler dabei ganz genau.

„Du warst doch damals dabei, als sie Leo auf dem Plateau fanden, oder?"

Seilers Ausdruck verdüsterte sich wieder, er senkte den Blick und nuschelte etwas wie „ja".

„Komm, mach schon, erzähl!" Hohlbeck wurde ungeduldig und sein Ton übertrieben scharf. Seiler sah auf – es stimmte, er hatte immer noch Respekt vor dem ehemaligen Kommissar, denn seine Augen wurden für Sekunden die eines Neunzehnjährigen, den man beim Klauen erwischt hatte.

„Nachdem der Leo zwei Tage weg war und die Polizei ihn nicht finden konnte, haben die Leut im Dorf Suchtrupps zusammengestellt, wir waren zu viert unterwegs mit dem Lehrer. Damals hatten wir genauso einen Winter wie heuer, alles verschneit. Lehrer Kohler, ich, der Mirco vom Rambacher und der Pächter vom Elmauer Schloss. Wir sind auf die Wettersteinalm zur Maria, weil Leo oft da oben war. Die Polizei hatte den Wald schon abgesucht, doch ich wusste, dass der Leo ganz verrückt war aufs Klettern, darum sind wir weiter hoch Richtung Wettersteinwand."

„Und dann?"

„Der Pächter hat ihn dann gesehen, er hatte ein Fernglas dabei. Der Kohler und ich sind hoch aufs Plateau. Der Lehrer und ich waren damals öfters zusammen steigen und der Anstieg aufs Plateau war sehr vereist. – Da ham wir ihn dann gefunden." Seiler hatte den letzten Satz sehr leise gesagt und sein Blick hing wieder an einem der braunen Kaffeeringe auf dem Tisch.

„Lehrer Kohler ging Bergsteigen?", fragte Sean und Cat wollte gerade übersetzen, doch Max kam ihr zuvor.

„Verstehe schon, bin ja net blöd", sagte er und beantwortete Seans Frage in einem recht passablen Englisch.

„Ja, er ist oft mit ein paar von uns in die Berge, für einen Lehrer war er ganz in Ordnung."

„War Hans Kohler nicht mit der Lisl, Marias Tochter, verheiratet?“, meinte Cat und blieb im Englischen.

Seiler spannte sich plötzlich an, sein Blick wurde hart und er polterte auf Deutsch zurück: „Was hot die denn damit zu tun? – Is noch was“, schob er schnell hinterher, „ich hab Arbeit und keine Zeit mehr.“ Er stand auf.

Hohlbeck wollte schon etwas sagen, doch Sean kam ihm zuvor: „Nein, das ist alles, danke.“

Sie verließen gerade die Garage, als Max ihnen etwas hinterherrief: „Hohlbeck, wenns ihr was rauskriegt, sagt ihr mir Bescheid!“

Hohlbeck hob seinen Stock, ohne sich umzudrehen.

„Herr Hohlbeck, dieser Mirco, der beim Fund der Leiche dabei war, wissen Sie, ob er noch hier lebt?“, wandte Sean sich an ihn, nachdem sie wieder im BMW saßen.

„Mirco Rambacher – ja, er ist der Filialleiter der Sparkasse hier in Krün.“

„Ich würde gerne mit ihm sprechen.“

„Wir können jetzt gleich hinfahren, er nimmt sich bestimmt Zeit für uns.“

Becker ließ sich erklären, wie er zur Sparkasse fahren musste, und es dauerte keine zwei Minuten, bis sie auf den Parkplatz der Filiale einbogen.

Sean blickte gedankenverloren aus dem Fenster und sah den Mann, der vor dem Eingang stand, nur für eine Sekunde. Doch das genügte, um alles Blut aus seinem Gesicht weichen zu lassen. Sein Herz begann zu rasen. Er blinzelte kurz und sah wieder zum Gebäude, doch die Gestalt war verschwunden.

„Hast du den Mann dort gerade gesehen?“, sagte er leise zu Cat und zeigte auf die Eingangstür. Sie blickte in die Richtung und sah ihn dann an.

„Nein. Ist alles okay mit dir? Du siehst aus, als hättest du ein Gespenst gesehen."

Sean versuchte sich zu beruhigen, wahrscheinlich hatte er sich das nur eingebildet. Das konnte nicht sein. Er rieb mit der Hand über sein Gesicht und spürte den Schweißfilm, der sich gebildet hatte.

„Was ist denn los?", fragte Cat besorgt.

Sean überprüfte die Umgebung immer noch, sah ihn aber nicht mehr. *Verdammt*, schoss es ihm durch den Kopf, *fang jetzt ja nicht wieder an mit den alten Ängsten, das war Einbildung.*

Cat griff ihn leicht am Arm. „Sean?"

Er sah sie unruhig an. „Schon gut, es ist nichts." Sie sah seinen gehetzten Gesichtsausdruck, er war immer noch blass. Becker und Hohlbeck kletterten bereits aus dem Wagen und Sean öffnete die Tür, um ihnen zu folgen.

Mirco Rambacher war zwar etwas erstaunt, die Polizisten zu sehen, führte sie dennoch in sein Büro und bot ihnen Kaffee an. Becker stellte Mirco die gleichen Fragen wie schon Seiler und der Filialdirektor antwortete ohne Argwohn. Er erzählte, dass er damals fünfzehn gewesen war und noch heute froh, nicht mit auf das Plateau geklettert zu sein. Das Wenige, was er von unten hatte sehen können, hatte gereicht, es nie zu vergessen.

„Waren Sie ein Freund von Leo?"

Rambacher verneinte. „Leo war fünf Jahre jünger als ich, wir hingen mit seinem älteren Bruder rum, dem Maxi."

„Wir?"

„Der Rudolph Wiesner, Maximilian Seiler und ich waren mal dicke Freunde für ein paar Jahre, doch als Leo verschwand, war das schon lange vorbei – der Maxi fing an, Dummheiten zu machen, und Rudi und ich wollten das nicht. Ich weiß noch, dass meine Eltern heilfroh waren, als wir uns nicht mehr sahen."

„Ist denn Maximilian Seiler nicht älter als Sie?“, fragte Sean, der sich langsam wieder gefangen hatte und endlich der Unterhaltung folgen konnte.

„Ja, er war vier Jahre älter, Rudi und ich waren acht, er war schon zwölf, war ein bisschen wie ein großer Bruder für uns. Für uns war das prima, wir sind viel in die Berge mit ihm. Aber als ich zehn wurde, schickten mich meine Eltern nach Garmisch aufs Gymnasium, ab da habe ich den Maxi kaum mehr gesehen.“

„Und die Lisl?“, fragte Sean, einfach nur, um Rambachers Reaktion zu sehen.

Der hatte sich besser im Griff als Seiler, doch er zögerte einen Moment zu lang, bevor er mit einem etwas zu beiläufigen Ton antwortete: „Ja, die Lisl war auch oft mit uns unterwegs, doch soweit ich weiß hatte sie dann auch nichts mehr mit dem Max zu tun. Das war ja auch in der Zeit, als der Max mit dem Klauen anfing. Warum fragen Sie nach Lisl?“

„Warum nicht?“, erwiderte Sean schnell und setzte Rambacher damit unter Druck.

„Ich mein ja nur, es geht doch um den Leopold, oder?“

Der Banker hatte seine Kontrolle verloren und spielte mit seiner Kaffeetasse herum. Sean stellte noch ein paar Routinefragen, nach Freunden von Leo, Fremden, die er erwähnt hatte, und dergleichen. Mirco Rambacher konnte ihnen nicht allzu viel sagen, wurde jedoch wieder ruhiger, als er die Fragen beantwortete.

Sie hatten Hohlbeck nach Hause gebracht, sich in einer Bäckerei ein paar belegte Brötchen besorgt und waren zur Polizeiinspektion nach Garmisch gefahren. Cat musste lächeln, als sie das typisch bayerische Haus mit dem Spitzdach und den Holzläden an den Fenstern sah. Auch wenn es noch ländlicher wirkte als das kleine Sheriff’s Office in Montrose, so waren die deutschen

Kollegen von ganz anderem Kaliber. Man begrüßte sie überaus freundlich und der Leiter der Behörde stellte ihnen sogar für ein paar Stunden sein Büro zur Verfügung. Scheinbar gab es in Deutschland nicht den Standesdünkel, der in den Staaten immer wieder die Zusammenarbeit des FBI mit den lokalen Beamten erschwerte. Becker saß gemeinsam mit Cat über den Papieren, die Hohlbeck ihnen gestern aus seiner Privatsammlung gegeben hatte, und beide lasen die Notizen.

Sean arbeitete am Laptop, er versuchte Stichpunkte zu machen über alles, was sie in den letzten zwei Tagen von den Zeugen gehört hatten, dabei blieb sein Augenmerk auf dem Nichtgesagten. Er hatte sich ein Tabelle angelegt, in der horizontal die Namen von Maximilian Seiler, Maria Laner und Mirco Rambacher standen. Vertikal schrieb er als Erstes den Namen „Leopold Seiler". Dann trug er die Emotionen ein, die er bei den Zeugen gesehen zu haben glaubte: Maximilian liebte seinen Bruder und trauerte immer noch; Maria hatte Mitleid gehabt, als man die Leiche des Jungen in ihr Haus brachte, und Rambacher war als Jugendlicher am Fundort schockiert gewesen.

Dann versuchte er es mit den Reaktionen auf Lehrer Kohler und Lisl. Für Kohler kam heraus: Sympathie, das hatte er bei Max Seiler und auch bei Mirco Rambacher gesehen; Maria hingegen sprach nicht begeistert von ihrem Schwiegersohn, dem „Herrn" Lehrer. Lisl hob er sich bis zum Schluss auf und tippte schnell, um erst einmal ohne seine eigene Interpretation das Gefühl zu definieren. „Angst" stand dort exakt drei Mal. Max, Maria und Mirco hatten Angst gezeigt, wurden nervös, sogar ein wenig aggressiv, als es um Lisl ging.

„Peter", wandte er sich an Becker, „kannst du es noch mal bei deinen Kollegen in Berlin versuchen? Wir müssen mit Kohler und seiner Frau sprechen."

Becker sah ihn an. „Rückst du jetzt mit der Sprache raus? Irgendwas geht doch in deinem Kopf vor, was mit Lisl zu tun hat."

Sean musste unwillkürlich grinsen. Becker hörte sich schon an wie Don, dabei kannten sie sich erst zwei Tage. „Es stimmt etwas nicht, wenn es um Lisl geht. Ist dir aufgefallen, wie alle reagiert haben, als wir nach der Frau des Lehrers fragten?"

„Es kommt schon mal vor, dass eine Mutter keinen Kontakt mehr mit der Tochter hat", meinte Becker ohne Argwohn.

„Darum geht es nicht", erwiderte Cat. „Sean meint die Reaktionen, also Gestik, Mimik, Tonfall, Emotionen, weißt du?"

„Ich bin kein Profiler und würde mir nicht unbedingt zutrauen, so etwas zu interpretieren."

„Alle haben Angst", brachte Sean es auf den Punkt.

„Angst?", fragte Becker ungläubig.

„Selbst ihre Mutter und Rambacher, der wirklich eine Randfigur ist."

„Du meinst, sie könnte was damit zu tun haben? Aber soweit ich mich an die Protokolle erinnere, kannte sie zwar Leopold, doch weder Stephan Meindel noch Andreas Josner."

„Aber ihr Mann, der Lehrer – alle drei waren in der Grundschule in Krün, selbst Stephan Meindel, bevor seine Eltern nach Garmisch zogen, wo auch die Kohlers wohnten. Was dazu kommt: Lisls Mann war Bergsteiger, das passt in unser Profil."

„Aber er hat bombenfeste Alibis für zwei der Morde", warf Cat ein.

„Das stimmt", sagte Sean resigniert. „Trotzdem – wir müssen mit den Kohlers reden. Außerdem würde ich gerne heute noch zu den Eltern von Stephan Meindel – du sagtest, sie wohnen noch hier?"

„Ja, ich rufe gleich an und versuche dann, Berlin zu erreichen", erwiderte Peter und griff bereits zu seinem Telefon.

Es war halb sechs, als sie im Wohnzimmer des Reihenhauses auf der Couch Platz nahmen. Sean kam sich etwas albern vor, wie er in Socken dort saß, doch Frau Meindel hatte darauf bestanden, dass sie ihre Stiefel im Flur auszogen. So etwas kannte er aus dem asiatischen Kulturkreis, doch in den Staaten höchstens vom Flughafen.

Das Ehepaar Meindel ging auf die sechzig zu, beide sahen verhärmt aus, das Haus strahlte vor Reinlichkeit. In dem recht geschmacklos eingerichteten Wohnzimmer – eine dunkle Schrankwand, hellbraunes Sofa; außer den absurden Landschaftsbildern in Öl, wie man sie eigentlich nur aus Mittelklassehotels kannte, fehlte jeglicher Farbtupfer. Das Einzige, was sofort ins Auge stach, war die Photosammlung über einem Sideboard. Photos von einem Kind in jedem Alter: als Säugling, mit etwa zwei, Einschulungsbilder und ein großes von einem etwa siebenjährigen Jungen, das in einem professionellen Studio gemacht worden war. Damit hörte es auf. Es war ersichtlich, dass die Meindels mit dem Tod ihres Sohnes alles verloren hatten.

„Wir haben das Kind erst bekommen, als ich schon dreißig war, eigentlich hatten wir es aufgegeben, es schien, als könnte ich keine Kinder haben", sagte Frau Meindel in einem Tonfall, der jeden Psychologen alarmiert hätte.

Sean blickte sie neutral an und wartete.

„Und es sollte wohl auch nicht sein", fuhr sie fort.

„Miriam, bitte", warf ihr Mann ein.

„Bitte stellen Sie Ihre Fragen", sagte er dann und behielt seine Frau im Auge.

„Kannte Ste–"

Sean unterbrach Cat sofort. „Entschuldige", sagte er, „wenn du nichts dagegen hast, würde ich gerne die Fragen stellen. Bitte übersetze so wörtlich wie möglich."

Cat verstand nicht gleich, warum er darauf bestand, doch sie nickte.

„War das Kind mit Leopold Seiler und Andreas Josner befreundet?“, fragte er dann.

Jetzt wurde Cat klar, was er tat. Ihr war zwar aufgefallen, dass Frau Meindel von „dem Kind“, anstatt von „ihrem Kind“ oder „Stephan“ gesprochen hatte, doch sie hatte im ersten Moment dem ganzen keine große Bedeutung beigemessen. Frau Meindel hatte es nie geschafft, über den Tod ihres Sohnes hinwegzukommen, und benutzte Abstraktion, um mit ihrem Schmerz umzugehen. Indem sie zu ihrem Sohn Stephan abstrahierend eingestellt war, versuchte sie, sich ihm als einzigartigem Ganzem zu entledigen und das Interesse auf das Subjekt zurückfließen zu lassen, was in ihrem Falle „das Kind“ darstellte. Wahrscheinlich hatte sie sich nie psychologische Hilfe geholt und nutzte diese Technik, um nicht durchzudrehen. Würden sie jetzt zu konkret werden, Stephans Namen zu oft gebrauchen, käme es bei ihr zu einer Vermischung von Denken und Fühlen und das konnte zu einer nervlichen Krise führen. Sean wollte scheinbar vorsichtig sein.

„Andreas ja, sie gingen in Krün in die gleiche Klasse. Von Leopold weiß ich nur, dass er bei den Ferienspielen mit dabei war.“

„Ferienspiele?“

„Ja, der ehemalige Klassenlehrer organisierte in den Ferien eine Art Jugendfreizeit für die Grundschüler und selbst nachdem wir nach Garmisch gezogen waren, nahmen wir daran teil.“ Auch Herr Meindel umschiffte die kritischen Wörter.

„Sie meinen Hans Kohler?“, stellte Cat klar.

„Ja, so hieß er, ein sehr engagierter Mann.“

„Was muss ich mir unter Ferienspielen vorstellen?“

„Nun, er führte mit den Kindern Wanderungen durch, stieg sogar in die Berge, natürlich nur einfache Passagen. Aber am meisten liebten die Kinder die Schnitzeljagd."

„Die was?", fragte Cat, denn sie wusste nicht, was eine Schnitzeljagd war, und Sean sah sie an, denn er wartete auf die Übersetzung.

„Das ist eine Art Schatzsuche", erklärte Becker. „Ein Schatz wird versteckt und dann werden Hinweise ausgelegt, manchmal Markierungen oder auch Rätsel, die zu lösen sind. Wer ihn zuerst findet, darf ihn behalten. Meist werden Kleinigkeiten oder Süßigkeiten versteckt."

Sean wurde hellhörig. Ein versteckter Schatz, wieder passte das ins Profil. „Hat das Kind oft davon gesprochen?"

Frau Meindel lächelte leicht. „Oh ja, sehr oft, er liebte es", kam es traurig von ihr.

Sean hatte alles gehört, worauf er gehofft hatte. Es gab keinen Grund, die Frau weiter zu quälen, darum bedankte er sich und sie gingen.

Herr Meindel begleitete sie zum Wagen, dort wandte er sich an Cat. „Danke, dass Sie nicht direkt von meinem Sohn gesprochen haben. Sie hält es nicht aus, wenn man von Stephan spricht."

Sean blickte Cat auffordernd an, die sofort übersetzte.

„Sag ihm, dass sie dringend in psychologische Behandlung muss. Auch wenn es lange her ist, kann es immer noch zu einem Schub führen, und dann könnte sie selbstmordgefährdet sein."

Herr Meindel hörte zu und nickte: „Das haben wir bereits hinter uns, aber ich konnte sie in all den Jahren nicht dazu bewegen, eine Therapie zu machen. Solange an diesem Thema nicht zu sehr gerüttelt wird, ist alles gut; wir haben uns damit arrangiert."

Cat erklärte Becker während der Fahrt zum Hotel, was mit Frau Meindel los war, und berichtete ihm auch gleich von dem Computerspiel, das höchstwahrscheinlich als Köder für die Kinder in Colorado gedient hatte. Darum war die Sache mit der Schnitzeljagd und der Schatzsuche in den deutschen Fällen so wichtig.

Sean hatte sich auf den Rücksitz gesetzt und schwieg. In seinem Kopf herrschte Durcheinander, das es zu sortieren galt. Er musste unbedingt laufen. Hoffentlich gab es eine einigermaßen beleuchtete Strecke in der Nähe des Hotels, denn er wusste nicht, wie er sonst wieder klar denken sollte. Es waren nicht nur die Informationen zu ihrem Fall, die ihn verwirrten – er konnte den Horror einfach nicht vergessen, der ihn heute Morgen vor der Bank überfallen hatte.

Sie verabschiedeten sich an der Rezeption. Cat wollte die Sauna im Hotel ausprobieren, Becker hatte private Telefonate zu führen und Sean erkundigte sich nach einer Joggingstrecke. Um halb neun planten sie, wieder gemeinsam im Restaurant zu essen.

Keine fünfzehn Minuten später lief Sean auf der beleuchteten Loipe am See. Man hatte ihn gebeten, nicht in die Spur zu treten, doch zwischen den beiden Loipen war genug Platz, um angenehm zu joggen. Der Schnee war geräumt und fest unter seinen Füßen, die kalte Luft ideal, um abzuschalten, es ging ihm gleich besser. Es war Viertel nach sieben und er hatte vor, den See einige Male zu umrunden, um ein paar Kilometer zu schaffen. Danach hätte er noch genügend Zeit, ausgiebig zu duschen und eventuell Don auf den neuesten Stand zu bringen.

Als er das andere Ende des Sees umrundet hatte, führte der Weg in den Wald hinein. Hier waren keine Lampen aufgestellt, doch es war nur eine kurze Strecke, bis er die Lichter des Hotels wieder sehen konnte. Außer dem angenehmen Knirschen unter seinen Füßen und dem Geräusch von fallendem Schnee, der vereinzelt von den Ästen der üppigen Tannen rutschte, war es vollkommen still. Er glaubte, den Schnee förmlich riechen zu können, sein Atem waberte als weißer Nebel vor seinem Gesicht und Sean überkam eine tiefe Ruhe. Darum sah er den Mann auch nicht, der einige Meter vor ihm im Halbdunkeln neben der Loipe stand. Kurz bevor Sean die Stelle erreichte, trat er auf die Spur.

Sean erschrak so sehr, dass er ins Stolpern kam und ausrutschte. Er fiel in die Schneewehe neben der Loipe und der Ast einer Tanne schlug ihm ins Gesicht. Mit der Hand rieb er sich über sein linkes Auge und blinzelte. Er spürte, dass seine Wange brannte, der Ast hatte sie leicht aufgeschrammt und es blutete ein wenig.

„Verdammt noch mal, was soll das?!", fluchte er auf Englisch und versuchte den Mann zu erkennen, der immer noch regungslos auf der Spur wartete. Als er aufstand und näher trat, hätte es ihm die Beine fast wieder weggerissen – er trat automatisch wieder ein paar Schritte weg von ihm. Seine Zähne bissen so fest aufeinander, dass die Wangenmuskeln leicht zitterten. Seans Magen drehte sich um. Er bekam Todesangst.

Er war es – der Mann, den er als Gab Warell kennengelernt hatte, den er bereits heute Morgen vor der Bank gesehen hatte. Es war keine Halluzination gewesen. Gab Warell, in seiner menschlichen Gestalt, wie damals im Büro des FBI-Hauptquartiers; er sah genauso aus. Es war nicht die Angst vor dem Menschen, die Sean kaum atmen ließ; der war so groß wie er selbst, hatte keine furchterregenden Züge, im Gegenteil. Es war die Angst vor dem, was Warell wirklich war – die blau-weiß leuchtende Lichtgestalt mit dem Schwert, die ihn und Catherine schon einmal hatte töten wollen, in einer einsamen Kirche in Camino Esperanto. Der Erzengel Gabriel.

Er kam auf Sean zu. Der Fluchtinstinkt setzte ein und Sean bewegte sich, glitt aber aus und landete vor der dunklen Gestalt auf dem Hintern. Er stützte sich mit einer Hand ab, kam nicht hoch und hielt seinen rechten Arm in Gabriels Richtung, als ob er ihn mit der Bewegung aufhalten könnte. Augen voller Verachtung blickten auf ihn herab.

„Wenn du mich töten willst, dann tu es endlich! Worauf wartest du?“, krächzte Sean, denn seine Stimme gehorchte ihm nicht mehr.

„Einst sprach der Herr zu mir: Zieh gegen die Bastarde und die Verworfenen und die Hurenkinder und vertilge die Söhne der Wächter unter den Menschen.“

Es war ein Dröhnen in Seans Kopf, jedes Wort schmerzte und seine Nase fing an zu laufen. Er wischte mit der Hand darüber und sah, dass sie blutete.

„Wie gerne würde ich dich vom Antlitz der Erde hinwegtilgen, Sohn des Camio. Du Bastard eines Gefallenen solltest nicht die gleiche Luft atmen wie all die Menschenkinder. Doch der Herr hat Nachsicht gezeigt, du wolltest dein Leben geben für diese Frau, deshalb verschonte er dich.“

„Was?“, stöhnte Sean. „Ich verstehe dich nicht.“ Er konnte kaum noch sprechen, sein Kopf schien kurz vor dem Explodieren und das Nasenbluten war so heftig, dass es langsam sein Sweatshirt durchtränkte.

„Du hast seine Gnade empfangen, doch wenn du sie mit deinem Blut verdirbst, seid ihr beide verdammt. Dann werde ich euch vernichten.“

„Cat, du meinst sie damit?“ Vor Schmerz traten ihm Tränen in die Augen und er griff sich mit beiden Händen an den Kopf, weil er glaubte, ihn nicht mehr aufrecht halten zu können.

„Die Frau, mit der du eingehst, sie darf nie dein Blut austragen, niemals.“

Sean schloss die Augen und fiel auf den Rücken in den Schnee. Sein Hinterkopf schlug schmerzhaft auf, doch der Druck ließ so urplötzlich nach, wie er gekommen war. Es war wieder totenstill in dem Waldstück. Er öffnete zögerlich die Augen – Gabriel war verschwunden.

Er raffte sich vorsichtig auf, sah sich um. Vor ihm lag das Waldstück im matten Licht. Dort, wo noch vor Sekunden die Gestalt gestanden hatte, waren noch nicht einmal frische Fußabdrücke zu sehen.

Sean griff ein Handvoll Schnee und rieb sich über das Gesicht, trocknete es mit dem Ärmel seines Sweatshirts. Das Nasenbluten hatte auf seiner Brust einen großen Blutfleck hinterlassen, ohne den er sich seinen eigenen Wahnsinn eingestanden hätte, doch er musste es akzeptieren – der Engel war keine Halluzination gewesen. Langsam stand er auf und schleppte sich am Ufer entlang zum Hotel zurück. Der mittlerweile heftig fallende Schnee schmolz auf seinem heißen Gesicht, doch er konnte nichts spüren als die Angst, die ihn von innen her zu zerfressen drohte.

Cat und Becker plauderten über einem Glas Wein im Hotelrestaurant und warteten auf Sean.

Ein Kellner kam zu ihren Tisch. „Frau Kampell, ich habe eine Nachricht für Sie." Er hielt ihr einen Briefumschlag hin, den sie erstaunt entgegennahm und öffnete. Er enthielt einen in Englisch handschriftlich beschriebenen Briefbogen des Hotels:

Cat, hab mich umentschieden, ich bestelle mir Zimmerservice und lege mich früh schlafen. Bitte iss mit Becker, du kannst ihn in alle Details unserer Ermittlung einweihen, ich traue ihm. Sei so gut und plane den morgigen Tag, so dass Becker eventuelle Vorbereitungen treffen kann. Wir sehen uns morgen um neun in der Lobby. Sean

Sie las die Zeilen noch einmal und schluckte etwas, denn eine Welle von Enttäuschung überkam sie. Trotzdem lächelte sie Becker an. „Es scheint, der Jetlag hat meinen Boss endgültig außer Gefecht gesetzt. Er kommt nicht zum Essen, du musst mit mir vorliebnehmen."

Becker hob charmant sein Weinglas. „Mit dem größten Vergnügen."

Sie setzte wieder ein gekünsteltes Lächeln auf, versuchte Herr ihrer Gefühle zu werden. Schon den ganzen Tag hatte sie sich darauf gefreut, die Nacht wieder mit ihm zu verbringen. Sie verstand nicht, was los war. Seit heute Morgen war er komisch gewesen, anders. Ob er es bedauerte, mit ihr geschlafen zu haben?

Sie griff ihr Glas und stieß mit Becker an. „Peter, es gibt einige Details unserer Ermittlungen, die wir dir noch nicht mitgeteilt haben. Sean hat mir grünes Licht gegeben, er meint, du seist jemand, dem man vertrauen kann. Ich bin froh darüber, denn unsere Zusammenarbeit ist wirklich grandios. Außerdem bittet er uns, den morgigen Tag zu planen." Cat sprach weiter und war froh, sich ablenken zu können.

KAPITEL ZEHN

Garmisch, Mittwoch, 5. Dezember 2018

Als Cat ihn um neun in der Lobby traf, sah Sean entsetzlich aus, als hätte er die ganze Nacht nicht geschlafen – was tatsächlich so war, doch das wusste sie nicht. Sie hatte mit sich gerungen, zu seinem Zimmer zu gehen, doch war dann nach einem wirklich netten Abend mit Peter Becker um halb zwölf ins Bett gegangen. Sean hatte dunkle Augenringe und einen ziemlich großen, verschorften Kratzer auf seiner linken Wange. Sie hob die Hand, hätte fast seine Wange berührt und fragte: „Was hast du da?"

Als er ihre Hand schnell wegschob, dachte sie bereits: *Das war etwas schroff*, doch als sie sein „Nichts" hörte, versetzte es ihr einen Stich im Magen. Seine Stimme war rau und kalt. Er hätte auch sagen können: „Fass mich nicht an", das hätte den gleichen Effekt gehabt. Zum Glück kam in dem Moment Peter Becker auf sie zu, sonst hätte sie ihn hier und jetzt zur Rede gestellt.

„Morgen! Oh, beim Rasieren geschnitten?", fragte Becker fröhlich.

„Nein, beim Joggen gestürzt", murmelte Sean.

„Danke nochmals, dass du mir deine reizende Kollegin alleine zum Essen überlassen hast", fuhr Becker fort, der nichts von der Stimmung zwischen Sean und Cat mitbekam. „Da wir freie Hand hatten, haben wir den Tag heute geplant. Bevor ich es vergesse: ich habe vor einer halben Stunde mit Berlin gesprochen, sie haben eine Registrierung der Kohlers im Wedding. Sie waren 1999 dort gemeldet und, soweit ich erfahren habe, beide als Nachhilfelehrer tätig. Dann Anfang 2000 eine Abmeldung im Einwohnermeldeamt – und jetzt haltet euch fest: es gibt deutschlandweit keine Anmeldung mehr von ihnen.“ Er schnippte mit den Fingern. „Sie haben sich in Luft aufgelöst.“

„Shit“, fluchte Sean halbherzig.

„Daraufhin, liebe Kollegin, habe ich unseren Plan noch einmal kurzfristig verworfen. Wir fahren heute Morgen als Erstes nach Wallgau. Ihr wisst ja, dass die Grundschule in Krün vor einigen Jahren dichtgemacht hat – eine der damaligen Lehrerinnen ist jetzt an der Schule in Wallgau. Sie kannte Hans Kohler ziemlich gut, und auch seine Frau.“

„Hast du was dagegen, wenn ich fahre?“, fragte Sean. Er wollte momentan jedes Gespräch mit Cat vermeiden. Er konnte das gerade nicht, aber wusste, dass sie bereits jetzt verwirrt war über seine Distanz. Er fühlte sich einfach nur schlecht und musste sich beschäftigen. Wie sollte sie es verstehen, wenn er nach ihrer gemeinsamen Nacht und all seinen Worten einen Schlussstrich zog?

Peter gab ihm den Schlüssel und öffnete galant die Beifahrertür für Cat, doch die schüttelte den Kopf und ging nach hinten. Becker musste Sean kaum den Weg zeigen; er wusste, wie er nach Krün kam, und Wallgau lag nur zwei Kilometer weiter nördlich. Peter erzählte von Sophie Grundler, der Lehrerin in Krün, die gemeinsam mit Kohler vor zwanzig Jahren die Grundschule geleitet hatte. Es hatte nur drei Klassen gegeben in Krün und Kohler, sie und eine weitere Lehrerin, die mittlerweile verstorben war, hatten den Unterricht gehalten. Frau Grundler war etwa vierzig gewesen, als sie Hans Kohler kennengelernt hatte, und vor einem Jahr in Pension gegangen. Immer noch war sie als Aushilfslehrerin tätig, doch heute erwartete sie die Agenten und war zu Hause. Becker hatte Sean am Morgen kurz auf dem Zimmer angerufen und ihn vorgewarnt, dass sie den Tag fast ausschließlich in geschlossenen Räumen verbringen würden, so waren alle drei in Zivil. Sean hatte dennoch die Springerstiefel unter seinen Anzug angezogen, auch wenn es ein wenig komisch aussah – aber besser als Halbschuhe bei dem Schnee.

Es hatte die ganze Nacht durchgeschneit und immer wieder mussten sie langsamer werden, weil ein Räumfahrzeug vor ihnen her fuhr. Der Schnee schien die Landschaft langsam erdrücken zu wollen, doch Sean war sich nicht sicher, ob das der Realität entsprach. Die Sonne schien wieder hell über einem blauen Himmel, doch seine Seele fühlte sich ebenfalls erdrückt vom Schnee. Er wollte nach Hause, zurück in die Staaten, nach Stafford, wo die Schneedecke in milden Wintern nur selten mehr als Puderzuckerkonsistenz erreichte. Schnee hatte für immer und ewig seinen Reiz verloren.

Sophie Grundler lebte in einer Dreizimmerwohnung eines Sechsfamilienhauses – Beamtenwohnungen, fast ausschließlich Lehrer in Wallgau und Mittenwald. Dennoch war es kein Betonbunker, das Gebäude war geschmackvoll – es passte in das kleine Städtchen. Eine flotte, agile Frau empfing sie, ihr Haar blond gefärbt und mittellang, auf der Nase eine Nickelbrille, die ihr außergewöhnlich gut stand. Sean musste unwillkürlich an Bob Dylan denken. *Den kennst du bestimmt, nicht wahr, Sophie.* Die Einrichtung bestätigte seinen Eindruck: unkonventionell, farbenfroh, leicht asiatisch und dennoch warm und einladend.

Sie setzte sich an den runden Holztisch, auf dem eine brennende Duftlampe stand, es roch leicht nach einer Mischung aus Patschuli und Jasmin, doch genauso unaufdringlich wie Sophie selbst war.

„Trinken Sie einen Tee mit mir?", fragte sie und machte klar, dass sie sowieso einen Tee trank, ob nun mit ihnen oder nicht.

Sean konnte sich ein „Sure, thanks" nicht verkneifen.

„Pleasure", erwiderte sie kokett.

Tolle Frau, dachte Sean. Sie war einmal das gewesen, was man einen „Kracher" nannte, und noch heute war diese aufregende Anziehungskraft in ihr zu spüren.

Becker stellte wie immer alle vor, nachdem sie vor zarten japanischen Teetassen Platz genommen hatten. Es schien Sophie nicht im Geringsten zu überraschen, Leute vom FBI in ihrer Wohnung zu haben. Sean erklärte, warum sie da waren.

„Hans Kohler", meinte sie nachdenklich und fuhr in einem exzellenten Englisch fort: „Er war ein ganz faszinierender Mann." Dann lachte sie. „Ich muss zugeben, ich hätte damals gerne etwas mit ihm gehabt. Er war zweiundzwanzig, sah gut aus und war unglaublich engagiert mit den Schülern." Sie nippte an ihrer Teetasse. „Leider war er total verliebt in seine Frau." Sie lachte wieder. „Ich war damals schon vierzig und Elisabeth erst achtzehn, das kann man kaum ausstechen", meinte sie.

Sean sah sie schockiert an. „Elisabeth?", fragte er.

„Ja, klar", erwiderte sie lächelnd. „Seine Frau Elisabeth."

„Elisabeth Laner?"

„Ja doch!"

„Ich dachte, sie hieß Lisl?"

„Wir sind in Bayern, Agent Caver – natürlich Lisl, von Elisabeth."

Cat sah Sean an. „Nein", sagte sie, „das kann nicht sein!"

Sean schaute auf die Uhr. In Virginia war es mitten in der Nacht, dennoch griff er sein Handy aus der Sakkotasche und drückte die Kurzwahl. Es klingelte und er blickte entschuldigend in die Runde. „Sorry", meinte er nur und hoffte, Don würde rangehen, obwohl es drei Uhr Morgens in den Staaten war. Aber nichts.

„Hab ich gerade was verpasst?“, fragte Sophie an Becker gewandt, als Sean erneut auf seinem Handy herumtippte.

„So viel wie ich“, antwortete der auf Deutsch.

„Elli Kaylor“, erklärte Cat. „Es kann ein Zufall sein, doch die Frau unseres Hauptverdächtigen in Colorado heißt Elli – Elisabeth.“

Sean hörte wieder das Freizeichen, dieses Mal hatte er Robert Briggs angewählt. Er wartete etwa zehn Sekunden.

„Hallo.“ Die Stimme klang verschlafen.

„Robert, Caver hier, sind Sie bei sich?“

„Moment.“ Er hörte ein Rascheln, Briggs setzte sich im Bett auf. „Sir, sind Sie es?“

„Briggs, hören Sie zu. Elisabeth Kaylor, finden Sie alles über diese Frau heraus. Verstanden?“

„Ähm, ja, Sir, jetzt?“, kam es prompt von Robert.

„Ja, jetzt“, entgegnete Sean.

„Es ist drei Uhr nachts“, versuchte Robert es, doch besann sich eines Besseren, „aber ich mache das gleich. Soll ich Sie zurückrufen, wenn ich was habe, Sean?“

Sean lächelte jetzt. „Ja, genau das sollen Sie. Nicht wieder einschlafen, Briggs.“ Dann legte er auf.

„Ziemlich aufregend“, sagte Sophie zu Sean. „Kann ich irgendwie helfen?“

„Das können Sie“, meinte Cat. „Erzählen Sie uns alles über Hans und Elisabeth Kohler, jede Kleinigkeit ist wichtig.“

Sophie schien einen Moment nachzudenken. Sie zog den freien Stuhl zu sich und legte die Beine hoch, dann stützte sie ihr Kinn in die rechte Hand. „Elisabeth Kohler war eigenartig. Ein sehr scheues Mädchen, sagte nie viel, obwohl sie mit einem Mann verheiratet war, der so viel zu sagen hatte. Sie waren wie ... wie soll ich das sagen ...", meinte sie, dachte nach, „... wie Feuer und Wasser. Verstehen Sie, was ich meine? Sie passten so gar nicht zueinander. Dennoch, Hans liebte sie innig." Wieder war sie in den Erinnerungen verloren.

„Sophie – ich darf Sie doch so nennen?", fragte Sean. „Erzählen Sie einfach, es ist egal, ob wir Sie verstehen, reden Sie einfach über damals."

„Es war am zweiten Adventsonntag des Jahres 1998", begann sie. „Als ich die geschmückte Aula unserer Grundschule in Krün betrat, wurde mir warm ums Herz. Alles war perfekt, es duftete nach Tannenzweigen, die Kerzen brannten auf den Tischen, die Hans und ich dort aufgestellt hatten. Unsere Kinder und die meisten ihrer Eltern saßen bereits dort. Der Vorhang unseres Krippenspiels war immer noch verschlossen. Hans nickte mir zu, ein Lächeln auf seinem unwiderstehlichen Gesicht, und ich zog an dem Seil, das den schweren Vorhang öffnete. Unsere Kinder spielten: die Geburtszene, die heiligen drei Könige – sie waren wunderbar und Hans stand neben mir, während wir stolz den Dialogen folgten. An irgendeinem Punkt legte er mir den Arm um die Schulter und sah mir zufrieden ins Gesicht. Ich glaube nicht, dass er damals das Gleiche dachte wie ich – ich war berührt, etwas wallte in mir auf, etwas Erotisches. Ich hatte diesen jungen Mann schon lange ins Herz geschlossen; die Art, wie er mit den Kindern umging, ließ mich für ihn erglühen. Aber er war verheiratet: Lisl, achtzehn und eine Schönheit. Ich war damals vierzig und leider noch nicht klug genug, um zu wissen, dass Alter keine Rolle spielt. So hielt ich mich mit meinen Annäherungen zurück, auch wenn ich wusste, dass er mich mochte und vielleicht ein bisschen mehr. Wir standen also dort und betrachteten unsere Kinder, als plötzlich eine Stimme hinter uns fordernd seinen Namen rief.

Elisabeth Kohler, seine Frau, die so gut wie nie in Erscheinung trat, wenn es um die Schulkinder ging. Hans zuckte zusammen und riss seine Hand von meiner Schulter, was ich damals als Kompliment verstand. Ich blickte sie an. Ihr Gesicht war eine wütende Maske; meine Güte, sie hatte Hass in ihren Augen. Es war lächerlich, doch Hans ging sofort zu ihr und verließ ohne ein Wort die Adventsfeier. Als ich ihn montags in der Schule fragte, was denn passiert wäre, sah er mich traurig an. ‚Die Elisabeth', sagte er nur, ‚sie ist etwas Besonderes. Sie braucht mich, ich bin ihr Mann und darum verstehe ich, dass ich für sie da sein muss.'

Ja, meiner Meinung nach war Hans Kohler nicht glücklich mit seiner Frau. Sie beide waren, meine Güte, wie soll ich das sagen? Opfer eines großen Dramas."

„Opfer?", frage Sean. Sophie nickte und lächelte ihn an. Diese Frau war fantastisch.

„Waren Sie mit ihm zusammen, Sophie?", frage Sean und Cat wie auch Becker wunderten sich über seine intime Frage.

Wieder lächelte Sophie. „Nein, leider nie, obwohl ich denke, es wäre gut für ihn gewesen. Elisabeth war nicht gut für ihn." Damit endete sie.

Als sie sich von Sophie Grundler verabschiedeten, war sie formell, nur Sean umarmte sie, drückte ihn fest an sich und gab ihm einen Kuss auf die Wange. Was sie in sein Ohr flüsterte, hörten Cat und Peter nicht: „Darf ich Ihnen eine Lebensweisheit mit auf den Weg geben, Sean? Machen Sie nie den Fehler, sich vorschreiben zu lassen, wen sie lieben und wen nicht. Ich glaube, das war Hans' Unglück."

Sie saßen wieder im Auto. Becker scherzte: „Oho, ich glaube, Sophie Grundler ist ja richtig auf dich abgefahren."

Sean erwiderte nichts, er fühlte sich seit dem Besuch so viel besser, als hätte diese Frau ihm die Augen geöffnet. Wieso hatte sie das eigentlich gesagt? Es war egal – er durfte sich nicht einschüchtern lassen, er würde für Cat kämpfen, keiner nahm sie ihm noch einmal weg. Abrupt drehte er sich zu Cat um und lächelte sie an. Sie erwiderte zögerlich seinen Blick, doch schaffte es zurückzulächeln. „Sorry", formte er mit den Lippen, ohne dass ein Wort zu hören war.

Cat atmete erleichtert aus.

Plötzlich klingelte Seans Handy. „Caver."

„Briggs", kam es, mittlerweile hellwach, am anderen Ende.

„Es ist jetzt vier und ich konnte nicht viel erreichen, weil alle schlafen", es klang es ein wenig vorwurfsvoll, „doch immerhin habe ich die Datenbank. Es gibt kaum Einträge von Kaylor, doch ich konnte herausfinden, dass er nicht in Minnesota geboren wurde. Es scheint, dass er aus Kanada eingewandert ist. Wir müssen abwarten, bis die kanadischen Behörden wach sind. Doch ich habe im Netz gestöbert. Sean, wissen Sie, der Name Kaylor – er hat einen deutschen Ursprung."

„Wie bitte?", frage Sean perplex.

„John ist das englische Synonym für Hans und Kaylor kommt vom deutschen Stamm Köhler – oder Kohler." Dann wurde es still am anderen Ende.

Sean schwieg einen Moment. „Robert, woher wissen Sie das?"

„Das ist echt einfach. Ich wusste wirklich nicht, was ich tun sollte, nachdem Sie angerufen hatten. Als alles getan war, was um diese Uhrzeit möglich ist, habe ich einfach im Netz gesurft. Da gibt es Seiten, die Namen und ihre Ursprünge verfolgen. War nur so eine Idee, auf jeden Fall habe ich Kaylor eingegeben und der deutsche Ursprung ist Köhler – das war damals eine Berufbezeichnung, kam von den Leuten, die Holzkohle herstellen."

„Noch mal, ich verstehe es noch nicht ganz.“

„Der Name Kaylor ist eine, sagen wir mal, fast direkte Übersetzung von Kohler und John bedeutet Hans. Erzählen Sie mir jetzt, was bei Ihnen in München abgeht?“

Jetzt war das Gesagte bei Sean angekommen und er begriff sofort die Tragweite dessen, was Robert herausgefunden hatte.

„Erstens sind wir nicht in München und zweitens haben wir keine Zeit dafür. Briggs, rufen Sie Don an, egal wie früh es gerade ist. Falls er sauer sein sollte, sagen Sie ihm, dass ich Sie gezwungen habe. Er muss die Akten von Einwanderern aus Kanada in die USA überprüfen – Kaylor, Kohler, beides – und die kanadischen Akten von Einwanderungen aus Deutschland. Verstanden?“

„Ich denk schon“, meinte Robert.

„Sagen Sie ihm auch, dass er Kaylor in Gunnison im Auge behalten muss, ebenso seine Frau Elli. Wenn sich dort etwas ändert, muss er zuschlagen, sie festsetzen. Briggs, das ist wichtig.“

„Ja, Sir, mach ich“, kam es etwas enttäuscht von Briggs.

Sean besann sich. „Das war eine brillante Idee von Ihnen, Robert.“

„Danke, Sir. Ach, grüßen Sie bitte Cat von mir.“ Dann legte er auf.

„Sean?“, fragte Cat.

„Moment“, sagte er und wandte sich an Becker, der den Wagen bereits wieder durch Krün lenkte, um die Adresse von Andreas Josners Familie zu suchen. Sie hatten beschlossen, die Eltern des dritten Jungen aufzusuchen.

„Peter, kannst du Informationen über Immigrationen in die USA oder Kanada bekommen, die zwanzig Jahre zurückliegen?’

„Klar doch. Glaubst du, dass Kohler ausgewandert ist?“

„Ich glaube, John Kaylor ist Hans Kohler.“

Sie sprachen mit den Josners. Bei ihnen hatte die Zeit viele Wunden geheilt, drei weitere Kinder waren nach Andreas geboren und sie füllten die Lücke ihres Verlusts. Es waren die gleichen Aussagen, die Ferienspiele und auch, dass Stephan ein Freund gewesen war, doch es brachte nichts Neues. Danach fuhr Becker sie zum Hotel, er selbst wollte zur Polizeiinspektion, um der Auswanderungsgeschichte nachzugehen. Für den Nachmittag verabredeten sie sich wieder in Cats Suite, wollten die neuen Erkenntnisse durchsprechen.

Sean zog Cat schweigend in ihr Stockwerk, hielt immer noch ihre Hand, als sie endlich das Zimmer betraten. Er nahm sie in seine Arme und küsste sie lange und zärtlich. Dann setzte er sich mit ihr auf die Couch im Wohnzimmer ihrer Suite.

„Ich liebe dich und werde dich nie wieder hergeben", sagte er nach einer Ewigkeit. Cat fiel ein Stein vom Herzen, doch er blickte sie immer noch ernst an. „Hör mich an, Liebes", meinte er dann und legte seine Hand an ihre Wange. „Als ich gestern Abend joggen war, ist etwas passiert. Plötzlich stand ein Mann vor mir. Ich rutschte aus, so sehr erschrak ich. Gestern Morgen an der Bank hatte ich schon das Gefühl gehabt, ihn zu sehen, doch da hielt ich es noch für ein Versehen, eine Täuschung, weißt du? Doch am Abend war er da – es war der weiße Engel aus der Kirche, ich bin mir sicher, es war Gabriel."

Cat sah ihn an, als ob er verrückt geworden wäre.

„Er sagte, wenn ich dich mit meinem Blut verderbe, sind wir beide verdammt und er wird uns vernichten."

„Was ...", kam endlich eine Reaktion von Cat, deren Verwirrung stetig zunahm – erst Seans Reaktion heute Morgen und jetzt sprach er von einem Erzengel, der ihm erschienen war. Wäre sie damals nicht selbst in Camino Esperanto gewesen, hätte sie

Sean spätestens jetzt einweisen lassen. „Was meinst du?", stotterte sie.

„Ich denke, er will nicht, dass wir zusammen sind." Seine Worte hatten Kraft und waren voller Überzeugung. „Er droht mir."

„Sean, ich versteh das nicht." Sie schüttelte den Kopf. „Was genau hat er gesagt?"

Sean griff ihre Schultern und sah ihr in die Augen. „Wie gerne würde ich dich vom Antlitz der Erde hinwegtilgen, Sohn des Camio. Du Bastard eines Gefallenen solltest nicht die gleiche Luft atmen wie all die Menschenkinder. Doch der Herr hat Nachsicht gezeigt, du wolltest dein Leben geben für diese Frau, deshalb verschonte er dich." Sean schluckte hart, dann fuhr er fort. „Du hast seine Gnade empfangen, doch wenn du sie mit deinem Blut verdirbst, seid ihr beide verdammt, dann werde ich euch vernichten. Die Frau, mit der du eingehst, sie darf nie dein Blut austragen, niemals."

Er dachte an die Kopfschmerzen und das Nasenbluten, bei den Worten fühlte er den Schmerz wieder aufwallen.

„Meine Güte, Sean", war alles, was sie erwidern konnte.

Er sah sie wieder durchdringend an. „Ich verstehe es nicht ganz, doch er will mich von dir fernhalten."

Cat war immer noch verwirrt, löste sich dann aber aus seinem Griff und stand auf. „Warte mal." Sie ging ins Schlafzimmer, griff in die Nachttischschublade und nahm eines der Bücher heraus. Mit der Bibel in der Hand setzte sie sich wieder neben ihn.

„‚Die Frau, mit der du eingehst', das habe ich schon mal irgendwo gelesen." Sie blätterte. „Hier: erstes Buch Moses, Kapitel sechs, Vers vier." Sie las vor: „Es waren auch zu den Zeiten Tyrannen auf Erden; denn da die Kinder Gottes zu den Töchtern der Menschen eingingen und sie ihnen Kinder gebaren, wurden daraus Gewaltige in der Welt und berühmte Männer."

Sean erinnerte sich plötzlich – auch er hatte das schon einmal gelesen, nachdem er sich nach seiner Therapie mit gefallenen Engeln beschäftigt hatte. „Du meinst ...?“, wollte er gerade fragen, doch Cat antwortete bereits.

„Ich meine, wörtlich übersetzt heißt es nichts anderes als: Die Frau, mit der du schläfst, darf nie ein Kind von dir bekommen.“

„Du glaubst wirklich, solange du nicht schwanger wirst, lassen sie uns in Ruhe?“ Es steckte eine Menge Unglauben in seinen Worten.

Cat zuckte mit den Schultern und hob abwehrend die Hände. „Vorausgesetzt, du bist ein Sohn eines gefallenen Engels, und das, Sean, ist mir persönlich eine Nummer zu groß.“

Sean rieb sich mit einer Hand über die Augen. „Also gut.“ Er griff nach ihren Händen und hielt sie in seinem Schoß. „Es scheint, ich bin der Sohn eines gefallenen Engels und einer ganz normalen Menschenfrau.“ Dann verbesserte er sich: „Na ja, nicht ganz normal, sie war eine Nonne.“

„Langsam“, sagte sie. „Ich verstehe nicht. Ich dachte ...“

„Warte, es wird Zeit, dass du alles weißt.“ Seine Stimme klang müde, er hielt ihre Hände in seinen und begann, die ganze Geschichte zu erzählen: die Kreuzigung, sein Fasttod und die Rettung durch den schwarzgeflügelten Engel, die Engelssprache, die er verstand und sprach. Der Brief seines Adoptivvaters, die Träume und der Vogel, der ihn nie wirklich alleine ließ. Dann schwieg er wieder, hatte Angst, dass sie ihn für verrückt erklären würde, doch Cat fragte ganz ruhig: „Glaubst du, das ist der Grund, warum ich damals schwanger wurde, obwohl du steril bist?“

Er nickte. „Ja“, sagte er leise. „Ich weiß nicht, warum das alles passiert, doch es scheint, dass du die Frau bist, mit der ich irgendwie zusammenpasse. Cat, ich bin nicht schlecht. Ich weiß nicht, was zwischen meiner wahren Mutter und diesem schwarzen Engel vorgefallen ist, doch ich bin kein schlechter Mensch …", er zögerte kurz, „… kein schlechtes Wesen. Als Sean Caver konnte ich nicht in Nate Caims Leben stöbern, darum habe ich nie versucht, meine wirkliche Mutter zu treffen oder herauszufinden, was damals passiert ist. Vielleicht wird es Zeit, dass ich das tue, wenn wir in die Staaten zurückkehren."

„Moment mal – du glaubst wirklich, du bist das Kind eines Engels?"

„Eines gefallenen Engels", korrigierte er sie nüchtern.

Cat sah ihn an. „Nate, ich habe alles in Camino Esperanto gesehen; ich weiß, ich war schwanger, obwohl du keine Kinder zeugen kannst, doch das überschreitet immer noch meinen Horizont."

Sean lächelte sanft. „Ich weiß, meinen auch."

Er war aufgestanden und ans Fenster gegangen, blickte auf den gefrorenen See.

„Woher weiß du, dass du die Engelssprache verstehst? Sprechen sie mit dir in dieser Sprache?"

„Nein, Gabriel spricht ganz normal mit mir, wenn man mal davon absieht, dass seine Stimme mir höllische Schmerzen bereitet und ich Nasenbluten bekomme. Der Anführer der Sekte, der damalige Meister – du hast ihn nie gesehen, da er bereits verhaftet war – er sprach mit mir in dieser Sprache. Das FBI musste einen Experten einfliegen, um herauszubekommen, was gesagt wurde. Ich verstand von Anfang an jedes Wort, obwohl ich die Sprache niemals zuvor gehört hatte. Glaub mir, ich könnte jetzt sofort unser Gespräch in der Sprache fortführen."

„Und was noch?", fragte Cat vorsichtig.

„Ich müsste tot sein. Damals, als ich gekreuzigt wurde, stach der Meister mit einem Speer tief in meine Leber, ich habe das dunkle Blut gesehen. Wenn man da nicht innerhalb von zwanzig

Minuten auf einem OP-Tisch liegt, dann stirbt man. Ich wurde reanimiert und selbst die Sanitäter gingen davon aus, dass meine Leber stark punktiert war, doch als man mich operierte: nichts, das Organ war unversehrt. Erinnerst du dich an den Vogel? Cat, er verwandelte sich in einen Engel und sein Gesicht war fast identisch mit meinem. Er berührte mich an den Füßen – ich glaube, er heilte meine Wunden in dem Moment. Ich habe noch niemals mit jemanden darüber gesprochen", sagte er leise, „noch nicht einmal mit der Therapeutin, die mir ein zweites Leben schenkte."

Cat stand auf und ging zu ihm, sie schob ihre Arme um seine Hüften, legte die Hände auf seinen Bauch und schmiegte ihren Kopf an seinen Rücken. Seine Arme waren immer noch vor dem Brustkorb verschränkt.

„Ich habe immer gedacht, verrückt zu sein, krank, geistig krank. Ich hatte mehr Angst als Lebenswillen, darum wollte ich auch sterben – ein Grund mehr, warum ich versuchte, mich umzubringen."

Sie umfasste ihn fester, die Worte vibrierten, da ihr Kopf zwischen seinen Schultern lag und die Stimme tief aus seinem Körper zu hören war. Sie löste sich, drehte ihn um und sah sanft in sein Gesicht. „Nate, du bist nicht allein, wir sind zusammen und egal was passiert, wir stehen das gemeinsam durch. Ich glaube dir, doch für mich bist du nicht der Sohn eines Gefallenen, für mich bist du der Mann, den ich liebe."

Seine Augen waren feucht, als er sie ansah. Er nickte nur, sagte nichts.

„Heute Morgen, deine Distanz – du hast darüber nachgedacht, dich von mir zu trennen?"

Er nickte wieder.

„Was hat deine Meinung geändert, wieso hast du mir alles erzählt?"

Eine Träne lief seine Wange herunter. Cat wischte vorsichtig mit einem Finger darüber.

„Etwas, das Sophie Grundler sagte, als wir gingen. Sie meinte, ich solle mir nicht vorschreiben lassen, wen ich liebe und wen nicht; sie sagte, das war Hans Kohlers Unglück."

Cat zog die Augenbrauen zusammen. „Aber wie wusste sie ... ich meine, wie kam sie darauf?"

Sean verzog den Mund und murmelte: „Keine Ahnung, wenn es überhaupt Worte waren, die von Sophie kamen ... Vielleicht hat der schwarze Engel damit zu tun, mein Vater." Er wunderte sich, wie leicht ihm das über die Lippen kam: *mein Vater*.

Cat umarmte ihn und hielt ihn fest. „Ist auch egal. Ich sollte dieser Frau Blumen schicken für das, was sie gesagt hat."

Sean sah sie wieder an und grinste gequält.

„Gut, dann bin ich mit dem Sohn eines gefallenen Engels liiert. Solange wir offen über alles sprechen, finden wir schon eine Lösung. Und wenn der Fall abgeschlossen ist und wir zurück in den Staaten, werden wir uns gemeinsam um deine Vergangenheit kümmern. Es gibt nur einen Menschen, der Licht in all das bringen kann: deine leibliche Mutter."

Sean nickte, Cat lächelte ihn aufmunternd an.

„Und in der Zwischenzeit haben wir Safe Sex – wenn es das ist, was sie wollen, bitte."

Jetzt musste Sean den Kopf schütteln. „Hast du eigentlich vor nichts Angst?"

„Doch, Sean", erwiderte sie schnell, „die Vorstellung, dich noch einmal zu verlieren, macht mir Angst."

Am späten Nachmittag hatten sie sich zu dritt in Cats Suite verzogen, in den separaten Wohnraum. Die Akten und Computer waren über den Couchtisch und Boden verteilt. Sie hatten nochmals alle Photos von innen ans Fenster geklebt. Das Reinigungspersonal würde sie dafür verfluchen, denn der Klebefilm war nur schwer wieder abzubekommen. Der Zimmerservice brachte bereits die dritte Thermoskanne mit Kaffee und Cat nahm sie an der Tür entgegen. Sean lief unruhig vor dem Fenster hin und her, während Peter wieder in den Aufzeichnungen von Hohlbeck blätterte.

„Kaylor scheint unser Mann zu sein, doch wie hat er es geschafft, die Alibis beizubringen? Und eine weitere Frage ist, warum?“, dachte Sean laut.

Cat goss ihre Tassen voll. „Lass uns alle seine Alibis nochmals durchgehen“, meinte sie, „und das ‚Warum‘ werden wir wohl auch erst beantworten können, wenn wir ein Geständnis haben.“

„Wisst ihr, ich habe eine so genaue Vorstellung von unserem Mörder, doch irgendwie will es mir nicht in den Kopf, dass es Kaylor ist“, murmelte Sean gedankenverloren.

Peter sah von den Papieren auf. „Hast du dich noch nie bei einem Profil geirrt?“

Sean schüttelte den Kopf. „Nein, nicht wenn es in meinem Kopf steht. Vorher schon, aber ich bin zu weit mit dem Mörder gekommen – Kaylor ist einfach nicht der Mann, der so viel Angst hat, und das ist es, was den Mörder antreibt. Die Angst, sie wird zu unkontrollierter Wut und dann tötet er. Aber warum nach so langer Zeit? Mir fehlt der Auslöser für die Colorado-Morde. Was hier vor zwanzig Jahren geschehen ist, ist eine Sache, doch es muss einen Grund geben, dass die alte Geschichte wieder hochkam. Robert hat in Kanada und Minnesota recherchiert – es gab keine Morde, die irgendwie in unser Profil passen. Wieso schlägt er nach zwanzig Jahren wieder zu?“

Seans Handy klingelte, es war Don. Sie sprachen eine Weile, dann legte er auf. „Don hat Informationen für uns. Ich rufe auf dem Festnetz an, dann können wir auf Lautsprecher stellen.“

Kurz darauf hörten sie Dons Stimme, es hallte zwar, doch er war gut verständlich. „Wir haben alle Unterlagen zusammen, auch wenn die Kaylors ihren Weg gut kaschiert haben. Für das Jahr 2000, als die Abmeldung in Berlin erfolgte, habe ich zusammen mit Ihren Kollegen in Wiesbaden alle ausgehenden Flüge von Berlin checken lassen. Nichts. Dann haben wir uns Frankfurt vorgenommen und bingo! Wir haben Hans und Elisabeth Kohler in einer Maschine der British Airways nach London gefunden. Zwei Tage später dann ein Weiterflug nach Toronto. Dort sind sie erst einmal mit einem Touristenvisum eingereist. Es scheint, sie haben ein paar Monate in privaten Haushalten als Lehrer gearbeitet, bis sie Mitte 2000, zunächst ebenfalls mit Touristenvisum, in die USA weiterzogen. Ende 2000 tauchten sie in Minnesota das erste Mal unter den Namen John and Elisabeth Kaylor auf. Er gab sich als Holzfäller aus und behauptete, in Kanada in dem Beruf gearbeitet zu haben. Jetzt haltet euch fest, denn der Rest der Story ist fast nicht zu glauben: Kaylor fing im örtlichen Sägewerk in Hoyt Lake an. Erst mal arbeitete er dort sechs Monate schwarz. Dann plötzlich begann sein Chef, ein gewisser Gilles Griffin, dem nicht nur das Unternehmen gehörte, sondern der zufällig auch der Bürgermeister von Hoyt Lake war, sich für die Kaylors einzusetzen. Innerhalb der nächsten zehn Monate wurde Kaylor der Vorarbeiter der Fabrik und bekam endlich die Greencard."

Don hielt kurz inne und Sean schüttelte den Kopf. „Nicht dein Ernst – wir sprechen vom Jahr 2001, meine Güte, damals war es schwerer, als Ausländer eine Greencard zu bekommen, als heutzutage."

„Genau, aber Kaylor hat seine Karten gut ausgespielt: Kaum hatten er und sein Frau ihre Greencards in der Hand, verschwanden sie über Nacht aus Hoyt Lake. Ich habe selbst mit Griffin gesprochen – keiner, noch nicht einmal die guten Freunde, wussten, was mit den Kaylors passiert war."

„Lass mich raten", warf Cat ein. „Im Jahr 2002 tauchten Kaylor und seine schwangere Frau in Gunnison auf und er bewarb sich auf die Stelle eines Parkrangers."

„Sehr scharfsinnig, Agent Kampell. Ja, und seither sind sie dort."

„Was hast du in die Wege geleitet wegen der Kaylors?"

„Ich wollte den örtlichen Sheriff nicht involvieren, als Freund von Kaylor könnte er ihn warnen. Ich habe vor ein paar Stunden zwei Agents aus Denver nach Gunnison geschickt. Sie werden ihn observieren, bis Mario und Gordon dort eintreffen. Wir lassen ihn nicht mehr aus den Augen."

„Gut", sagte Sean. „Pass auf, Kaylor ist wesentlich intelligenter, als wir dachten – mir scheint, dass die ganze Flucht aus Deutschland genau geplant war. Nur jemand sehr Geschicktes schafft es, innerhalb kürzester Zeit die Greencard zu bekommen."

„Keine Sorge, die Agents sind als Parkkontrolleure getarnt und werden mehr oder weniger die ganze Zeit mit Kaylor unterwegs sein. Sie berichten direkt an mich und rufen an, wenn sie da sind. Seid ihr weitergekommen?"

Peter ergriff das Wort: „Wir haben hier eine Menge Zeugenaussagen, die bestätigen, dass Kaylor mit jedem Opfer zu tun hatte. Er war mit den Jungen entweder auf Jugendfreizeiten unterwegs oder hat sie selbst unterrichtet; auch seine Frau kannte eines der Opfer. Wenn es um Kohler geht, sind die meisten Reaktionen sehr positiv, als Lehrer war er wohl gut. Seine Frau wird eher fragwürdig gesehen, sie war damals sehr jung und wird als ängstliche, scheue Frau beschrieben."

„Was passt, wenn er unser Mann ist und sie davon weiß, dann hat sie Angst vor ihm. Sean, passt das nicht zu deinen Beobachtungen von Elli?", fragte Don.

„Ich weiß nicht, Don, mir fehlt da noch was. Es stimmt, sie wirkte ängstlich und scheu, doch warum sollte sie ihren Mann decken? Bei der Odysee, die sie von Deutschland bis endgültig nach Gunnison hinter sich gebracht haben, hätte sie fliehen können. Wenn sie weiß, dass er ein Mörder ist, warum deckt sie ihn?“

„Du bist der Experte, finde es raus. Ich muss los. Hört zu, ich melde mich morgen gegen 14:00 Uhr eurer Zeit, dann weiß ich mehr darüber, was in Gunnison los ist. Macht weiter, sprecht noch mal mit den Leuten, die mehr von Kaylor und seiner Frau wissen.“

„Okay, Don, bis morgen.“

Peter trennte die Telefonverbindung.

„Was meint ihr, sollen wir was essen? Ich habe heute vor lauter Hektik noch nicht einmal was zu Mittag bekommen“, meinte Peter und sah Sean an, der immer noch gedankenverloren auf das Telefon starrte.

„Gute Idee“, erwiderte Cat. „Sean?“

„Was?“, fragte er, er hatte nicht mitbekommen, worüber sie sprachen.

„Essen, lass uns runter ins Restaurant, es ist bereits acht und wir haben geschlagene drei Stunden hier rumdiskutiert. Hast du keinen Hunger?“

Er nickte. „Doch, hab ich. Meinst du, wir können das alles hier liegen und stehen lassen?“

„Glaub schon. Wir hängen das ‚Bitte nicht stören‘-Schild an die Tür und wenn wir nicht zu müde sind, können wir nachher weitermachen. Andernfalls treffen wir uns nach dem Frühstück wieder in deiner Suite, Cat“, antwortete Peter.

Sie gingen gemeinsam ins Restaurant. Sean hing still seinen Gedanken nach, Peter und Cat redeten noch eine Weile leise über den Fall. Das Essen war wieder hervorragend, doch keiner von ihnen konnte es genießen wie am ersten Abend. Die Stimmung war gedrückt, obwohl sie so viele Schritte weiter waren. Als sie wieder vor dem Kamin in der kleinen Bar saßen, war es bereits halb elf. Sie tranken Espresso, Sean und Peter hatten sich einen Cognac dazu bestellt.

„Ich muss unbedingt noch einmal mit Maria Laner sprechen, sie scheint mir eine Schlüsselperson zu sein“, dachte Sean laut. „Kein Kontakt zu der Tochter, sie wohnt in der Nähe des Fundorts und lehnte Kohler ab, hat ihn als ‚Herrn Lehrer‘ bezeichnet. Denkst du, wir kommen morgen da hoch, trotz des Schnees?“

Becker schwenkte sein Glas in der Hand und blickte in die bernsteinfarbene Flüssigkeit. „Selbst wenn die Bergstraße gesperrt ist – ich denke, der Wagen schafft das. Warum versuchen wir es nicht? Ich schlage vor, am Nachmittag, dann hat die Mittagssonne vielleicht die Straßen ein bisschen aufgetaut. Wenn du willst, können wir direkt nach unserem Gespräch mit Agent Viggen los.“

Sean machte ein zufriedenes Gesicht und nickte.

„Wir sollten aber vor fünf wieder zurück, dann zieht es an und ich habe keine Lust, die Straße herunterzurutschen.“

Sean hielt ihm das Glas hin und sie stießen an.

Cat beobachtete die beiden Männer. Sie war erstaunt, wie vertraut sie miteinander umgingen. Auch sie mochte Peter Becker sehr gern, doch Sean schien ihm den Status eines Freundes einzuräumen.

„Nichts für ungut, aber ich rede lieber noch kurz mit meiner Frau, bevor sie im Bett ist, und lege mich dann selbst hin. War ein verwirrender Tag … Schlaft gut, bis morgen.“ Damit stand Peter Becker auf und verließ die Bar.

Sean und Cat blieben noch einen Moment.

„Du magst ihn sehr“, bemerkte sie.

Er trank aus seinem Glas und sah sie an. „Er ist ein guter Mann. Ja, ich mag ihn sehr."

„Du glaubst immer noch nicht, dass Kaylor unser Mörder ist, nicht wahr?", fragte sie dann.

Sean lachte gequält auf und atmete hörbar aus. „Nein, doch ich bekomme die Puzzleteile nicht zusammen."

„Lass uns schlafen gehen. Morgen sieht die Welt wieder anders aus."

Er nickte ihr zu und sie verließen die Bar; er folgte ihr ganz selbstverständlich zur Suite. Sie hätte auch nichts anderes zugelassen, sie wollte heute Nacht nicht ohne ihn verbringen.

Sean verschwand im Badezimmer, während Cat in das Schlafzimmer ging. Sie streifte ihren Pullover ab und zog ihre Jeans aus, als ihr Blick auf das Bett fiel. Es war aufgedeckt, das hatte der Service gemacht, während sie noch im Wohnraum arbeiteten. Das breite Bettlaken strahlte weiß, die beiden Kissen waren aufgeschlagen und auf einem lag eine lange schwarze Feder. Ihr stockte der Atem, erst konnte sie keine Worte finden, dann endlich rief sie Sean.

Er kam sofort, denn er hatte den alarmierten Ton ihrer Stimme gehört. Barfuß und nur noch mit seiner Jeans bekleidet, sah er sie besorgt an, während sie mit ausgestreckter Hand auf das Kissen zeigte. Nach einer Schrecksekunde ging er zum Bett, griff nach der langen schwarzen Feder und drehte sie langsam zwischen seinen Fingern. Eigentlich hatte er erwartet, beunruhigt zu sein, doch stattdessen überkam ihn ein vertrautes Gefühl, als er über den Federkiel strich.

„Sean, was ist das?", durchbrach Cats Stimme die Stille.

„Bleib hier, es ist nur eine Feder, mach dir keine Sorgen", sagte er ganz ruhig und sie schien zu spüren, dass er jedes Wort meinte, wie er es sagte.

Er ging ins Wohnzimmer und sah sofort die Schrift an der Wand. Die Lithographie war abgehängt worden und in roten Buchstaben standen Worte an der Wand über der Couch:

Auge um Auge, Zahn um Zahn, Hand um Hand, Fuß um Fuß, Brand um Brand, Beule um Beule. 2. Mose 21,24

Gott sandte Mose seine Worte bei der Bergpredigt, ich war dabei. Sohn, wer ist das Opfer, wer der Täter, kannst du es sehen, verstehen, warum getötet werden musste?

Sean sah auf die Worte und hielt die Feder in seiner Hand, dann schüttelte er den Kopf und murmelte: *„Ihr habt gehört, dass da gesagt ist: Auge um Auge und Zahn um Zahn. Ich aber sage euch, dass ihr nicht widerstreben sollt dem Übel, sondern, so dir jemand einen Streich gibt auf deinen rechten Backen, dem biete den anderen auch dar.“*

„Sean?“ Cat berührte ihn vorsichtig an der Schulter. Er zuckte zusammen, da er sie nicht hatte kommen hören. Sie blickte ihn an. „Was hast du gerade gesagt?“

Er sah sie verständnislos an. Dann wurde es ihm klar: Die rote Schrift an der Wand war in der Engelssprache geschrieben und er hatte in dieser gesprochen. Er drehte sich zu ihr um, sah in ihre Augen und sie zuckte zusammen.

„Deine Augen sind pechschwarz, Sean, was ist los?“

„Nichts, Liebes, alles ist gut.“

„Nein, ist es nicht. Was steht da und was hast du gesagt?“ Ihre Worte waren unnachgiebig.

„Es ist ein Bibelzitat aus dem altem Testament: ‚Auge um Auge, Zahn um Zahn‘, du kennst es.“

„Übersetze mir das ganz genau“, erwiderte sie hart, und er tat, was sie verlangte.

Cat sah ihn an und griff nach seiner Hand. „Und was hast du gesagt?“

Er zögerte, aber wiederholte seine Worte auf Englisch.

Sie schwieg eine Weile, dann sah sie ihn wieder an. „Nate, er will dich nur in Versuchung führen. Er spürt, dass du dem Mörder nahe bist, und appelliert an dein Mitleid für ihn.“ Sie hielt kurz inne und sagte dann in dem gleichen harten Tonfall: „Doch du bist stärker.“

„Bin ich das?“, fragte er unsicher.

„Ja! Komm, wir gehen schlafen, und morgen überlegen wir uns, wie wir diese Schweinerei“, sie nickte in Richtung der Wand, „wieder abbekommen.“

Sean musste lächeln. „Beschützt du mich gerade?“

„Ja, da tue ich“, antworte Cat und zog ihn bei der Hand ins Schlafzimmer. Er ließ die Feder fallen, folgte ihr und schloss die Tür hinter sich.

Der dunkle Vogel saß auf einem der kahlen, mit Schnee überzogenen Äste und beobachtete, wie die beiden Gestalten das Licht löschten und in das Nebenzimmer gingen. Seine schwarzen, glänzenden Augen folgten ihren Bewegungen. Erst als auch in diesem Raum das Licht erlosch, schob er seinen Kopf unter das Gefieder.

KAPITEL ELF

Garmisch, Donnerstag, 6. Dezember 2018

Sean lag schon eine Weile wach. Cat hatte sich eng an ihn geschmiegt und atmete immer noch tief und gleichmäßig. Ein trübes, graues Morgenlicht drang durch die Fenster. Er beobachtete die trägen Schneeflocken, die ohne einen Windhauch am Fenster vorbeischwebten. Das Display des Weckers zeigte acht Uhr – sie hatten Zeit, denn vor zehn wollte Peter Becker nicht kommen. Sean versuchte seine Gedanken in diese Richtung zu lenken, wollte darüber nachdenken, was sie für den Vormittag planen konnten, doch er schweifte immer wieder ab. Sein Denken kreiste um die Worte „Auge um Auge". Wollte der schwarze Engel wirklich Mitleid für den Mörder erwecken? Was wurde gerächt, indem man die Kinder tötete? Schwarzer Engel – warum nannte er ihn nicht beim Namen? *Camio. Mein Vater*, dachte er und schüttelte sich unwillkürlich. Cat murrte verschlafen neben ihm und er betrachtete sie, als sie mit den Augen blinzelte.

Wieso habe ich gestern so sicher mit Jesus' Worten geantwortet? Woher, verdammt noch mal, kenne ich eigentlich das Bibelzitat? Es war ihm einfach in den Kopf gekommen und er hatte gewusst, dass es sich um eine Passage des Neuen Testaments handelte: Matthäus, die Jesus-Antithesen der Bergpredigt. Selbst bei seinen Recherchen über gefallene Engel hatte er nie im Neuen Testament gelesen. Die Bibel seiner leiblichen Mutter, der einzige persönliche Gegenstand, den er noch aus seinem Leben als

Nathaniel Caim besaß, stand in einem Bücherregal in Stafford. Gemeinsam mit ein paar Papieren und dem Brief seines Adoptivvaters – dieser hatte ihm nach seinem Tod alles zukommen lassen und in dem Brief erklärt, wie es zur Adoption gekommen war und dass seine Mutter als Nonne in einem Kloster lebte, sein leiblicher Vater unbekannt. Wieder überlief ein Schauer seinen Körper.

„Guten Morgen", kam es verschlafen von Cat. Sean drehte sich zu ihr und gab ihr einen Kuss auf die Stirn.

Sie streckte die Arme genüsslich von sich, doch dann fiel ihr wieder die gestrige Nacht ein. „Oh nein, wir müssen uns um das Geschmiere im Nebenzimmer kümmern! Wie sollen wir das der Hotelleitung und Peter erklären?"

Sean setzte sich langsam auf und schwang die Beine aus dem Bett, zog sich die Shorts an. „Auf keinen Fall darf Peter etwas davon erfahren." Er stand auf und auch Cat erhob sich aus dem Bett und warf sich den Frotteebademantel über. Sean ging zur Tür ins Nebenzimmer und öffnete sie.

„Ich wette, wenn wir dafür bezahlen, streichen sie die Wand noch heute. Wir sagen einfach, dass wir zu viel getrunken haben, und dann erledigt die Hotelverwaltung das bestimmt", meinte Cat und folgte Sean ins Wohnzimmer der Suite.

„Oder auch nicht", gab er resigniert zurück und blickte auf die makellose Wand über der Couch. Die Lithographie hing wieder an ihrem Platz und von der roten Schrift war nichts mehr zu sehen. Sein Blick glitt auf den Boden und er bückte sich, um die Feder aufzuheben, die er gestern dort hatte fallen lassen.

„Mein Gott", sagte Cat und starrte auf die Wand. Sie ging resolut zu ihm, nahm die Feder aus seiner Hand, öffnete das Fenster und warf sie in das Schneetreiben. „Ich lasse mir keine Angst machen, weder von einem Erzengel, der dich bedroht, noch von deinem …", sie zögerte eine Sekunde, bevor sie es aussprach, „angeblichen Vater." Dann lächelte sie unsicher.

„Tut mir leid, Cat, ich habe mir meine Familie nicht aussuchen können", gab er kleinlaut zurück.

„Ich dachte, ich wäre jetzt deine Familie!"

„Das stimmt", erwiderte er dankbar.

Sie ging in Richtung Bad. „Komm, wir machen uns fertig und sehen im Frühstücksraum nach Peter." An der Tür drehte sie sich kurz um. „Ach, weißt du, ich habe gehört, dass Schwiegereltern immer ein gewisses Konfliktpotential bergen."

„Schwiegereltern?", fragte Sean amüsiert.

„Ja, mein zukünftiger Schwiegervater scheint jedenfalls etwas extravagant."

„Zukünftiger Schwiegervater?"

„Klar, über kurz oder lang wirst du mir sowieso einen Heiratsantrag machen, also gewöhne ich mich besser gleich an deine verschrobene Familie."

Sean folgte ihr zur Tür und sah auf sie hinunter. „Heiratsantrag? Gut, dass ich das auch erfahre."

„Ach, stell dich nicht so an, irgendwann fragst du, das weiß ich. Komm jetzt, ich will duschen und brauche dann einen starken Kaffee."

Sean schüttelte den Kopf, doch musste trotz allem grinsen.

Während Cat duschte, zog Sean sich an und ging auf sein Zimmer, um sich dort fertigzumachen. Um neun Uhr kam er in den Frühstücksraum und sah Peter Becker bereits an einem der Tische. Keine fünf Minuten später erschien Cat und ging gleich zum Frühstücksbüffet.

„Hattest du eine gute Nacht?", fragte Becker, als Sean an den Tisch trat. „Du siehst jedenfalls wesentlich erholter aus als gestern."

„Ja, es hat gut getan, ein wenig auszuschlafen." Sean bestellte Kaffee für sich und Cat, sie kam mit zwei Tellern und stellte einen wie selbstverständlich vor Sean.

„Danke", sagte er erstaunt.

„So bin ich nun mal. Morgen, Peter."

Becker lächelte und nickte ihr zu. „Ich habe um acht bei dir auf dem Zimmer angerufen, aber du warst wohl unter der Dusche", nahm er, an Sean gewandt, das Wort wieder auf.

Sean warf Cat einen verstohlenen Blick zu.

„Mirco Rambacher hat mich heute in aller Herrgottsfrüh angerufen", fuhr Peter fort. „Er bittet uns, nochmals zu ihm zu kommen."

„Wieso?"

„Hat er nicht gesagt. Er meinte, es gäbe da etwas, das wir wissen sollten. Ich habe ihm gesagt, dass wir so gegen zehn bei ihm sind, ist das in Ordnung für euch?"

„Klar." Sean sah auf die Uhr. Es war kurz nach neun, das schafften sie leicht.

Um halb zehn hatten sie ihre dicken Jacken geholt und waren in Richtung Krün unterwegs. Sean hatte darauf verzichtet, einen Anzug anzuziehen, nachdem er Peters recht lässige Kleidung beim Frühstück gesehen hatte. Alle drei trugen Jeans und Pullover, darunter die Springerstiefel. Sie sahen aus wie ganz normale Touristen, wären da nicht die dicken Jacken mit der Aufschrift „Polizei" gewesen. Um fünf nach zehn betraten sie die Sparkasse und wurden, wie schon zwei Tage zuvor, direkt zu Rambachers Büro gebracht.

Er wartete bereits und begrüßte sie nervös. „Bitte setzen Sie sich, kann ich Ihnen etwas anbieten?"

Sie verneinten, wollten nur, dass er zur Sache kam.

„Wenn es Ihnen recht ist, würde ich gerne Deutsch reden. Was ich Ihnen zu sagen habe, ist nur schwer in einer anderen Sprache auszudrücken", sagte Rambacher in seinem flüssigen Englisch.

„Natürlich, meine Kollegin kann für mich übersetzen", erwiderte Sean und wunderte sich ein wenig, denn dieser Mann sprach genauso gutes Englisch wie Peter Becker.

„Ich weiß nicht, ob Ihnen das bei den Mordfällen weiterhilft, doch ich habe die letzten zwei Tage ununterbrochen darüber nachdenken müssen und es wird Zeit, dass jemand erfährt, was passiert ist", begann Rambacher zögerlich. Er rang die Hände; was immer er zu sagen hatte, es würde nicht gerade einfach über seine Lippen kommen. „Ich habe Ihnen doch erzählt, dass der Maximilian Seiler, der Rudolph Wiesner und ich damals Freunde waren; das war sieben Jahre bevor Leopold verschwand." Er hielt inne, holte tief Luft und fuhr fort: „Aber es waren nicht nur wir drei, Lisl Laner war auch mit von der Partie. Rudi und ich waren gerade acht geworden, Maxi und Lisl waren zwölf, fast dreizehn. Wir haben immer alles zusammen gemacht, wirklich gute Freunde, verstehen Sie? Wir waren immer mit den Fahrrädern unterwegs, haben in den Wäldern Hütten gebaut und Obst bei den Bauern geklaut – was man so macht in dem Alter. Der Max war irgendwie unser Anführer, er war schon so erwachsen und wir haben zu ihm aufgeschaut. Rudi und ich waren ja noch Kinder, doch der Max führte damals ein ganz anderes Leben. Wissen Sie, sein Vater war Trinker und schlug die Familie. Oft kam Max mit einem blauen Auge an oder hatte richtige Striemen auf dem Rücken, sagte aber nie einen Ton. Einmal kam ich dazu, als Lisl ihn im Arm hielt. Er weinte, sein Alter hatte ihn richtig hart rangekommen, doch als ich erschien, lief er weg. Lisl meinte nur, ich sollte ihn in Ruhe lassen."

Wieder suchte Rambacher nach Worten und auf seiner Oberlippe bildeten sich Schweißtropfen, die er mit einem weißen Stofftaschentuch abwischte.

„Max, wie gesagt, war uns allen weit voraus. Auch wenn er selbst erst zwölf war, würde ich jetzt sagen, dass er sich schon wie ein Fünfzehn-, Sechzehnjähriger benahm. Außerdem war er launisch, konnte jähzornig werden."

Rambacher schwieg und wartete, bis Cat seine Worte ins Englische übersetzt hatte.

„Es war im Oktober, ein Herbstnachmittag, nachts wurde es bereits ziemlich kalt in diesem Jahr. Wir trafen uns in Elmau und ließen unsere Räder dort, wollten klettern gehen im Wald nahe der Wettersteinalm, erst auf das Plateau, dann weiter in die Wand. Max hatte Seile mitgebracht und wir waren bereits alle vier auf dem Plateau angekommen."

„Dem Plateau, auf dem man Leopold später fand?", fragte Sean.

Rambacher nickte. „Ja, wir saßen unter den Bäumen und Max holte eine Schachtel Zigaretten heraus, die er seinem Alten geklaut hatte. Er zündete eine an und reichte sie weiter. Rudi und ich zogen und husteten ziemlich." Ein kurzes Lächeln umspielte Rambachers Gesicht, doch dann wurde er wieder ernst. „Lisl wollte die Zigarette nicht, fing an, mit Max zu schimpfen, weil er die Zigaretten geklaut hatte. Sie sagte, wenn der alte Seiler das rausfände, würde er ihn wieder grün und blau schlagen; sie war richtig böse auf ihn. Der Max schrie sie an, dass sie den Mund halten sollte, dass sie das nichts anginge. Ein Wort gab das andere und als Max sie eine alte Schlampe nannte, gab sie ihm eine Ohrfeige."

Rambacher wischte wieder mit dem Tuch über den Mund.

„Max' Gesicht verzerrte sich vor Wut. Lisl wollte aufspringen und weglaufen, doch er hielt sie an ihrem Kleid fest. Das zerriss und sie fiel hin. Sie schrie und weinte, schlug mit den Fäusten nach Max, doch das machte ihn immer wütender. Rudi und ich verstanden gar nicht, was los war, und versuchten Max zu beruhigen, doch der hielt Lisl am Boden fest und brüllte, wir sollten uns da raushalten. Ich schwöre Ihnen, ich habe das damals gar nicht richtig verstanden – ich meine, was dann passierte. Der Max hockte auf der Lisl und schlug ihr ins Gesicht, riss dann den Rest ihres Kleides runter und griff nach ihrer Brust."

Wieder musste er eine kurze Pause einlegen, seine Augen wurden wässrig, er schluckte hart.

„Was ist dann passiert, hat er das Mädchen vergewaltigt?", fragte Sean mit ruhiger Stimme.

Rambacher nickte, seine Halsmuskeln spannten sich an und die Adern traten hervor. „Sie hat uns die ganze Zeit angesehen, mich und den Rudi. Keinen Mucks hat sie mehr gemacht, uns nur angesehen." Er schüttelte den Kopf und putzte sich die Nase.

„Sie haben ihr nicht geholfen?", schoss es aus Becker, dem das pure Entsetzen im Gesicht stand. Cat übersetzte schnell und Sean sah Becker durchdringend an.

„Wir waren doch Kinder, verstanden gar nicht, was da passierte ... Wir dachten, dass ..."

Doch Sean unterbrach ihn: „Schon gut, Sie waren acht Jahre alt. Es ist schwer, etwas zu unternehmen, wenn man so klein ist. Sagen Sie uns, was dann passierte."

Rambachers Gesicht hellte sich ein wenig auf. Becker schüttelte angewidert den Kopf, aber schwieg.

„Die Lisl lag dann da, ganz still, und der Max zog sich die Hosen wieder hoch. Dann sagte er zu uns, dass wir jetzt dran wären. Wir hatten nur noch Angst und schüttelten die Köpfe, sagen konnte keiner von uns beiden was. Max schrie, wir sollten nicht solche Feiglinge sein, sollten endlich über die Schlampe drüberrutschen. Ich schwöre Ihnen, ich habe damals noch nicht einmal verstanden, was er damit meinte. Als wir uns nicht bewegten, stand er auf und kam auf uns zu, stieß mich und den Rudi gegen Schultern und Brust, dann sagte er: ‚Verpisst euch, ihr Memmen.' Wir gingen dann zum Rand des Plateaus, wo das Seil immer noch gespannt hing, und kletterten runter. Mein Gott, die Lisl sah uns die ganze Zeit an, so als könnte sie es nicht fassen, dass wir sie mit ihm alleine ließen. Ich habe mir mein Leben lang dafür Vorwürfe gemacht."

„Warum haben Sie keine Erwachsenen geholt? Lisls Mutter wohnte doch ganz in der Nähe?", fragte Sean.

Rambacher wechselte jetzt wieder ins Englische. „Wir sind dann erst einmal weggerannt und bevor wir uns versahen, waren wir schon auf dem Parkplatz von Schloss Elmau. Ich sagte zu Rudi: ‚Lass uns den Verwalter holen, damit er zur Lisl gehen kann.' Doch Rudi meinte nur, das ginge nicht, wenn sein Vater davon erführe, schlüge er ihn tot. Dann schnappte er sein Fahrrad und haute ab, auf dem Waldweg nach Krün. Ich bekam es mit der Angst und bin dann einfach hinterher."

„Wissen Sie, was danach zwischen Max und Lisl vorgefallen ist?" Sean sprach ungewöhnlich ruhig, ohne irgendwelche Vorwürfe, und Becker fragte sich, wie er es schaffte, sich so zu beherrschen. Er selbst hätte Rambacher am liebsten eins in die Fresse gehauen.

„Nein, nicht wirklich. Die Lisl kam die nächste Woche nicht zur Schule. Als ich die Lehrerin am zweiten Tag nach ihr fragte, sagte sie, Lisl sei krank und wäre wohl erst in einer Woche wieder da. Ab diesem Tag waren wir für den Max Luft, er sprach nicht mit uns und sah uns nicht an – aber wir waren ganz froh darüber. Die Lisl kam eine Woche später wieder zur Schule, war ganz verändert, still und ängstlich. Wenn wir ihr durch Zufall mal begegneten, auf dem Schulweg oder Pausenhof, drehte sie sich sofort um und verschwand." Wieder schüttelte Rambacher seinen massigen Kopf. „Ich habe nie wieder mit Lisl gesprochen."

„Sagen Sie, Herr Rambacher, wissen Sie, wie Elisabeth den Lehrer Kohler kennenlernte?", wollte Cat wissen.

Er bekam sich langsam wieder in den Griff, schien froh zu sein, dass keiner der Polizisten ihm Vorwürfe machte, und nickte eifrig. „Der Lehrer Kohler kam etwa vier Jahre später an die Schule. Ich war bereits in Garmisch auf dem Gymnasium, doch meine Schwester war in seiner Grundschule. Lisl war mittlerweile sechzehn und arbeitete im Schlosshotel in Elmau, soweit ich weiß, war sie Zimmermädchen und bediente im Restaurant. Der Sohn des Verwalters von Elmau, Tobias, war auch in Garmisch auf der Schule und wir kannten uns. Er sagte, dass der Lehrer oft zum Schloss käme, und machte Witze darüber, dass es wohl etwas mit der Lisl zu tun hätte. Lisl war wirklich ein schönes Mädchen, aber keiner von den Jungs konnte bei ihr landen. Jedenfalls heiratete sie zwei Jahre später den Kohler und zog mit ihm nach Garmisch."

„Was hat Maria Laner dazu gesagt?"

„Meine Güte, die Lanerhexe – so nannten wir sie als Kinder. Die war nie gut zu ihrer Tochter. Wir trauten uns noch nicht einmal auf den Hof, mussten uns immer heimlich mit Lisl treffen, als wir noch befreundet waren. Habe gehört, dass es einen riesigen Streit gab zwischen dem Kohler und der Laner und dass er die Lisl eines Abends einfach mitgenommen hat. Die Alte war noch nicht einmal auf ihrer Hochzeit. Fragen Sie mich nicht warum, ich weiß nur, dass es so war."

Sean räusperte sich. „Was denken Sie, was wir jetzt tun sollen?"

Becker war wieder erstaunt und wartete auf Rambachers Reaktion.

Der sah den FBI-Agenten entsetzt an. „Was meinen Sie damit?"

„Sie haben uns erzählt, dass ein zwölfjähriges Mädchen vergewaltigt wurde. Was sollen wir also tun?"

„Herr Gott", Rambacher wurde laut, „ja, von einem zwölfjährigen Jungen und zwei achtjährige Buben konnten ihr nicht helfen. Hören Sie, ich habe das erzählt, um Ihnen zu helfen – was sollen diese Fragen jetzt? Im Übrigen ist das doch alles verjährt, oder?"

Sean sah ihn mit versteinertem Gesicht an. „Ja, Sie haben recht, es ist verjährt. Doch ich persönlich glaube, dass Sie uns das nicht erzählt haben, um zu helfen – Sie wollten nur Ihr Gewissen erleichtern."

„Das ist eine Unverschämtheit! Ich glaube, Sie gehen jetzt besser."

Becker stand auf, Cat und Sean folgten ihm. An der Tür drehte sich Becker nochmals um. „Rambacher, meine Absolution bekommen Sie nicht, egal, wie jung Sie waren."

„Verschwinden Sie", erwiderte er kleinlaut.

Es schneite wieder heftiger und sie setzten sich ins Auto, doch Becker startete den Motor nicht.

„Hast du was dagegen, wenn ich mir eine Zigarette anzünde?", fragte Sean.

Becker schüttelte den Kopf. „Wenn ich nicht vor zehn Jahren aufgehört hätte, täte mir eine Zigarette jetzt richtig gut. Was haltet ihr von der Geschichte, sollen wir Maximilian Seiler einen Besuch abstatten?"

Sean ließ das Beifahrerfenster ein wenig runter, so dass nicht allzu viele Schneeflocken ins Innere wehten. Er zog an seiner Zigarette und blies den Rauch durch das Fenster. „Nein, das bringt nichts. So schlimm diese Geschichte ist, jetzt kennen wir das Motiv unseres Mörders."

„Du denkst, Lisl hat es irgendwann Kohler erzählt und der hat Rache genommen?", fragte Peter.

„Auge um Auge", murmelte Sean. Cat rutschte zwischen die Vordersitze und legte ihre Hand auf seine Schulter. Becker sah die beiden verwundert an.

„Vielleicht", sagte Sean dann bestimmter. „Ich denke, wir rufen jetzt Don an. Es ist zwar erst halb zwölf, aber ich möchte ihn über Rambachers Geschichte informieren und dringend wissen, was in Gunnison los ist. Lasst uns erst mal zum Hotel zurückfahren. Danach statten wir Maria Laner einen Besuch ab. Wenn jemand Licht in alles bringen kann, dann sie."

Peter fuhr los und bereits nach zwanzig Minuten saßen sie wieder in Cats Suite und hatten Don endlich in der Leitung. Er war aufgeregt und sprach mit verschiedenen Leuten, bevor er sich ihnen zuwandte. Sean fasste Rambachers Geschichte kurz zusammen, Don schwieg und hörte zu.

„Jetzt wissen wir warum – er rächt seine Frau ..." Weiter kam Don nicht, schon wurde er wieder von jemandem unterbrochen. „Entschuldigt, hier ist die Hölle los."

„Was ist los bei dir?"

„Großer Mist, ganz großer Mist. Meine Leute aus Denver konnten Kaylor gestern nicht auftreiben, Mario und Gordon kamen am späten Abend und fanden sein Haus leer. Wir dachten, die Vögel wären ausgeflogen, selbst Sheriff Berkham hatte keine Ahnung, warum die Kaylors nicht da sind. Heute Morgen konnte ich endlich die Tochter erreichen – sie ist auf dem College in Miami. Sie sagte, dass ihr Vater vorgestern völlig aufgelöst bei ihr angerufen und nach seiner Frau gefragt hätte. Elli Kaylor ist vor zwei Tagen aus Gunnison verschwunden, die Tochter meinte, dass ihr Vater furchtbar besorgt war. Sie gab mir die Handynummern ihrer Brüder, die beiden sind auf einem Internat in Denver, gerade eben haben sie die Geschichte bestätigt. Auch dort hat Kaylor angerufen und nach Elli gefragt. Alle drei Kinder wissen nicht, wo ihre Mutter ist, und seit gestern Morgen ist auch John Kaylor verschwunden. Die Tochter ist auf dem Weg nach Gunnison und ich habe gerade eine bundesweite Fahndung für die Kaylors rausgegeben."

„Wir kommen mit der nächsten Maschine zurück nach Washington", sagte Sean schnell.

„Nein, das bringt nichts, Sean. Ihr müsst mir Kaylor für die Morde in Deutschland festnageln. Wenn wir ihn kriegen und aufgrund seiner Alibis nicht für Colorado verurteilen können, so kann er wenigstens für die Morde in Deutschland angeklagt werden. Macht weiter. – Warte mal kurz."

Wieder eine Pause, die drei sahen sich fragend an.

„Sean, hör zu, wir haben gerade eine Flugbestätigung bekommen. Elli Kaylor ist vorgestern mit einer Maschine von Denver nach New York geflogen, wir prüfen nun die Anschlussflüge in New York. Es scheint, sie will vor ihrem Mann fliehen – wir müssen sie finden, bevor John es tut. Ich glaube mittlerweile, dass sie in Lebensgefahr schwebt."

„Okay, Don, wir sprechen jetzt noch mal mit ihrer Mutter, danach melden wir uns wieder."

„Gut. Wenn sich was Neues ergibt, rufe ich dich an. Viel Glück."

„Jetzt kommt Bewegung in die Sache", sagte Becker aufgeregt. „Aber warum flieht sie gerade jetzt vor ihrem Mann? Ganz verstehen tue ich das nicht."

„Es macht nur Sinn, wenn sie irgendwie erfahren hat, dass wir Kaylor mit Deutschland in Verbindung gebracht haben", warf Cat ein.

Sean tigerte wieder vor dem Fenster hin und her. Plötzlich blieb er stehen und wählte eine Nummer auf dem Festnetz. Es klingelte, er rief wieder in den Staaten an.

„Briggs“, meldete sich Robert.

„Robert, wir sind es, Cat und ich.“

„Sean, habt ihr schon gehört was los ist, ich bin …“

Sean schnitt ihm das Wort ab. „Wir wissen Bescheid, haben gerade mit Don gesprochen.“

„Oh, okay. Was kann ich für euch tun?“

„Sag mal, hast du die Nummer von dem Sägewerkbesitzer in Hoyt Lake, diesem Griffin?“, fragte Sean ungeduldig.

„Dem ehemaligen Bürgermeister, der den Kaylors mit der Greencard geholfen hat?“

„Ja.“

„Moment.“ Sie konnten hören, wie Robert auf einer Tastatur herumtippte. „Habt ihr was zu schreiben?“, fragte Robert.

Sean zeigte auf den Block, Cat reichte ihn rüber und er notierte: *001 218 555 0187.*

„Danke, Robert.“

Sean wollte schon auflegen, als Robert hastig fragte: „Hey, verratet ihr mir, was ihr von ihm wollt?“

„Du glaubst doch nicht im Ernst, dass ich etwas sage, wenn ich nur eine Ahnung habe“, meinte Sean lachend, dann fuhr er fort: „Wir glauben, er könnte die Kaylors gewarnt haben, dass wir ihre Vergangenheit durchstöbern.“

„Mensch, das kann hinkommen, das würde auch erklären, warum Elli Kaylor jetzt plötzlich verschwunden ist.“

„Alles klar, Briggs, ich melde mich.“

Jetzt ging auch Peter Becker und Cat ein Licht auf. Wenn Sean richtig lag, würde es die plötzliche Flucht erklären.

„Wie bist du auf ihn gekommen?“, fragte Cat.

„Überleg doch mal: sie haben nach zehn Monaten die Greencard bekommen – ein Prozess, der vor achtzehn Jahren meistens eine Ewigkeit dauerte. Doch nicht bei ihnen – sie hatten einen politischen Mann im Hintergrund, der sich für sie verbürgte und alles in die Wege leitete."

Sie nickte.

„Das macht Sinn", meinte Peter Becker. „Aber warum hat Griffin das getan? Er kannte die beiden nicht besonders gut. Okay, John Kaylor war fleißig und wurde schnell Vorarbeiter, doch wenn ihr Amis keine Heiligen seid, dann sehe ich keinen Grund, warum Griffin so altruistisch sein sollte."

Sean grinste, als Cat ihm antwortete: „Weil Elisabeth Kaylor eine junge und unglaublich attraktive Frau war und ihn in Naturalien bezahlte."

„Genau das denke ich", bestätigte Sean. „Hört zu, ich werde diesen Griffin jetzt anrufen, ziemlich dick auftragen, von wegen Leiter der BAU Quantico, Cat als Leiterin des NCAVC vorstellen und dich, Peter, werde ich zum Leiter von Interpol Europa befördern. Ich will, dass dem Mann die Knie weich werden. Er muss uns freiwillig bestätigen, dass er was mit Elli hatte. Ich möchte von ihm hören, dass er den Kontakt mit ihr immer gehalten hat und sie letzte Woche anrief, nachdem Don mit ihm gesprochen hat. Außerdem will ich ihn fragen, ob Elli Brandnarben von Zigaretten auf ihrem Körper hat."

„Oh shit", stöhnte Peter und nickte ihm zu.

„Alles klar, seid ihr so weit?" Dann wählte Sean Griffins Nummer. Sie hatten Griffin direkt am Apparat und er hörte sich nach einem gestandenen Mann Anfang sechzig an. Das hatte sich Sean schon gedacht, Elli war damals einundzwanzig oder zweiundzwanzig gewesen und Griffin irgendwo Mitte vierzig, ein gefährliches Alter für jeden Mann. Er stellte sie mit viel Tamtam vor und Griffins Stimme wurde kleinlauter. Dann begann Sean mit direkten Fragen nach Elli und John und ihrem Verhältnis zueinander.

Er ließ Griffin Zeit, seinen Bullshit zu erzählen, von wegen nette Leute und man muss sich gegenseitig helfen, doch dann änderte Sean schlagartig den Ton und begann, Griffin verdammt hart unter Druck zu setzen. Doch der war kein Mann, der sich leicht beeindrucken ließ. Er wollte Sean schon abwürgen, als dieser wieder sanfter wurde. Er versicherte Griffin, dass er verstehe und es doch besser wäre, wenn sie drei jetzt gleich einen Flug nach Saint Paul buchten und innerhalb der nächsten sechzehn Stunden bei ihm wären. Außerdem wäre es gut, wenn Griffins Frau bei der Befragung dabei wäre – innerlich betete Sean, dass sie noch lebte.

Dann war es erst einmal still am anderen Ende. Zögerlich kam ein „Okay, was wollen Sie wissen?“ Griffin verstand politische Spiele und war offensichtlich lange genug mit derselben Frau verheiratet, um jetzt im hohen Alter keine Auseinandersetzungen und teuren Scheidungen mehr zu riskieren.

Er bestätigte alle Vermutungen. Er war Ellis Liebhaber gewesen, stellte es als Liebe dar und nicht als das, was es wirklich gewesen war: nämlich Prostitution für eine Greencard.

Cat öffnete den Mund und deutete mit dem Finger darauf, was nichts anderes hieß als „ich kotze gleich“. Sean nickte, doch fragte freundlich weiter. Ja, er hatte über die letzten dreizehn Jahre Kontakt mit ihr gepflegt, zwar nur telefonisch, da ihr Mann davon nichts wissen durfte; doch ja, sie waren Freunde. Auch gab er zu, dass er sie angerufen hatte, nachdem er von Agent Don Viggen vom CASMIRC kontaktiert worden war.

Sean dachte kurz nach, dann fragte er: „Mr. Griffin, ist Elli bei Ihnen?“

„Sind Sie verrückt? Nein, meine Frau würde ausflippen, sie hat damals etwas geahnt und es hat Jahre gedauert, bis wir wieder ein gutes Verhältnis hatten."

„Aber?", hakte Sean nach.

„Aber ich habe ihr Geld geschickt …" Griffin druckste ein wenig herum, doch Sean wartete. „Fünftausend Dollar, mit Online-Anweisung, gleich nach unserem letzten Gespräch."

„Nur noch eins. Sagen Sie, hat Elli Kaylor Narben an ihrem Körper?"

„Also, das ist wirklich privat!", antwortete Griffin erbost.

„Ich kann auch Ihre Frau fragen", gab Sean kühl zurück.

„Na, ja, an ihrer Brust und im Intimbereich. Sie sagte, es wären alte Brandwunden aus ihrer Kindheit; dass sie als Kind einmal auf eine Produktionsanlage gefallen wäre, etwas mit Platinenlötung, ich habe das auch nicht so genau verstanden."

Nein, dachte Sean, *das wolltest du auch nicht, du wolltest sie nur ficken, es war dir scheißegal, wer sie mit Zigaretten verbrannt hatte.*

„Danke, Mr. Griffin, Sie haben uns sehr geholfen."

„Warten Sie. Wird man mich nochmals belästigen in der Sache?"

„Nein, das glaube ich nicht. Danke, Sie haben Ihre Pflicht getan." Damit legte Sean auf. Dann knurrte er: „Dem reiß ich den Arsch auf! Cat, erinnere mich daran, dass ich unbedingt Mr. und Mrs. Griffin im Zeugenstand haben möchte, falls es je zur Verhandlung kommt. So ein verdammtes Arschloch!"

„Also, Elli Kaylor hat den Bürgermeister bedient, damit sie Greencards bekamen – wusste ihr Mann davon?", fragte Peter.

Sean schüttelte den Kopf. „Wenn er es gewusst hätte, dann gäbe es ein Arschloch weniger auf der Welt."

„Gut – sie treibt es mit ihm, die Greencards kommen und man verschwindet aus Minnesota. In Gunnison angekommen wendet sie sich wieder an Griffin, hält den Kontakt. Warum, der Mann muss ihr doch zuwider gewesen sein?"

„Nicht unbedingt", warf Cat ein. „Sieh mal, sie weiß, dass ihr Mann ein Mörder ist – ihr so verfallen, dass er für sie tötet. Sie hat keine Familie, ihr Verhältnis zur Mutter ist gestört, sie will weg aus Garmisch und landet plötzlich in Kanada, dann in den Staaten. Sie brauchen Papiere und als sie endlich in Gunnison sind, alle Spuren verwischt sind, ist sie schwanger. Sie hat eine Rückversicherung gesucht. Griffin ist der richtige Mann, sie hält Kontakt und weiß, wenn es hart auf hart kommt, kann er ihr helfen, und er wird es tun, denn sonst erpresst sie ihn."

Sean warf Cat einen Blick zu und nickte, er war stolz auf sie, denn sie war jedem seiner eigenen Gedanken gefolgt.

„Meine Güte, ihr seid gut", sagte Peter. „Was jetzt?"

„Wir fahren zu Maria Laner", antwortete Cat und zwinkerte Peter Becker zu.

Der BMW kämpfte sich die Bergstraße hoch, das Schneetreiben nahm nicht ab und der Streudienst hatte in Elmau aufgegeben. Wenn alle Stricke rissen, mussten sie es bis hierher zurückschaffen und würden sich bis zum nächsten Morgen im Schlosshotel Elmau einquartieren. Sean hatte Cat gebeten, bei Herbert Hohlbeck anzurufen und die Alibis von Hans Kohler nochmals im Detail zu erfragen. Er war nie ein Verdächtiger gewesen, doch Hohlbeck war fanatisch gewesen in den Mordfällen und hatte vielleicht auf eigene Faust etwas herausgefunden.

Peter Becker fuhr, so gut er konnte, doch die Bergstraße schien sie regelrecht davon abhalten zu wollen, auf die Alm zu kommen – immer wieder drehten die Reifen durch, obwohl er den All-Rad-Antrieb bereits eingeschaltet hatte.

Cat befragte Hohlbeck und bekam somit wenig von der Rutschpartie mit, die der BMW hinter sich bringen musste, um endlich im kniehohen Schnee vor der Alm zu halten. Herbert Hohlbeck konnte nur bestätigen, dass der Lehrer Kohler nie ein Verdächtiger gewesen war – im Gegenteil, er hatte Hohlbeck damals bei den Befragungen geholfen und war seinen Worten zufolge entrüsteter gewesen als irgendein anderer Bewohner von Krün.

Es war halb vier, als sie ankamen, und es schien bereits zu dämmern. Peter wendete den Wagen im Schnee, damit der Neuschnee sie nicht vollkommen festsetzte – keiner von ihnen hatte Lust, bei Maria Laner zu übernachten.

Sie stapften durch den Schnee – nur direkt vor der Haustür war gefegt worden und ihre Jeans waren sofort nass bis an die Knie. Peter klopfte mehrmals, bis sich die Tür endlich öffnete.

„Was wollt ihr denn schon wieder?", sagte Maria Laner feindselig und machte keine Anstalten, sie hereinzubitten, doch Peter schob sie beiseite und ging in die geheizte Stube; Cat und Sean folgten ihm. Maria schloss die Tür und kam hinter ihnen her.

„Hab euch net rein gbeten."

„Nein, aber es ist kalt und wir müssen reden", sagte Becker.

Sie setzten sich unaufgefordert an den Tisch; Becker fing an, Fragen zu stellen – erst vorsichtig, doch die Alte war so stur, dass er begann, sie mit Rambachers Geschichte zu konfrontieren.

Maria Laner wand sich, suchte Ausreden und wenn sie gar nicht weiter kam, sagte sie: „I wos nix, verschwinds!"

Becker war kurz davor zu explodieren. Diese verdammte Alte wusste, dass ihre Tochter vergewaltigt worden war, sie hatte wahrscheinlich das kleine Mädchen gesehen, als es zurückkam; der Himmel wusste, was die Frau dann getan hatte. Er wollte aufstehen, denn Maria stand immer noch am Ofen und zog ihre schmalen, verbitterten Lippen höhnisch nach unten.

Doch Sean ergriff seine Schulter, drückte ihn sanft wieder auf die Bank. Cat beobachtete sein Eingreifen besorgt, denn in den letzten Minuten waren seine Augen immer dunkler geworden, keine Pupille war mehr zu erkennen. Er stand auf und ging auf die kleine Frau zu, legte dann seine Hände auf ihre Schultern und beugte sich weit herunter; es schien, als flüsterte er etwas in ihr Ohr.

Was soll das, dachte sie, *Maria Laner versteht kein Englisch.*

Doch plötzlich schlug Maria nach seinen Händen und stolperte steif ein paar Schritte zurück, fast hätte sie den glühend heißen Ofen berührt, ließ sich aber auf die Bank daneben fallen.

Sean kam an den Tisch zurück, sie bekreuzigte sich immer wieder auf der Bank.

„I sog ja ois, aber halt's mia den Teifi vom Leib!" Sie nickte in Richtung Sean, der sich seelenruhig wieder neben Peter gesetzt hatte.

Peter taxierte Cat, die nur mit den Schultern zuckte. Er musste sich räuspern, doch dann fragte er: „Also, was ist passiert, als Elisabeth zwölf war?"

Sie starrte Sean an, doch dann senkte sie den Blick und begann leise: „Des Madel is ned guad, sie hot scho mit aif ihr Geschichtn ghabt, is allawei mit de Buam unterwegs gwesn. I hob sie gewornt, doch die hot nie auf mi ghört. Dann kam's, nakert, geheult hat's, ja, fei sahs aus. Blut hat's gehabt zwischen d'Boa, verbrannt hat er's, d'Hund, s'war miattn in der Nocht. I hab's abgschrubbt, mei Salbn aufgtragn und dann hab i's verdroschn, die kloa Hur." Sie verstummte und spuckte auf den Küchenboden. „Drei Wochn ham mia gewoart, dann endlich is ihr Gschicht wieder kema."

Cat hatte sich nahe zu Sean gebeugt und wollte übersetzen, doch er legte einen Finger auf seinen Mund, so dass sie verstummte.

„D'Salb hob i ihr gem, zum essn, wia allawei, doch gred hots nimma mit mia. Wann i sie was gfrogt hab, hot's nix gwusst, genau wia wie ian Fodder, der Unglücksmensch."

Maria Laner bekreuzigte sich wieder. Cat sah zu Sean hin, um zu klären, ob er verstand, doch er nickte nur kurz.

„Als's dann sechzen war, ging's nach Elmau, dort hat's gearbeitet, Goid vadient, und mia hat's ebs abgebn. Guat, hob i dacht, d'Bua vom Verwalter, d'Tobias, der mog sie, vielleicht kanns was Bessres wern. Wos macht des Menschenkind? An Lehrer bringt's hoam! D'Tobias war ganz narrisch mit ihr, doch der Lehrer, arm wi a Kirchenmaus, hat's ja sei miasa. Dann hot er sie ghoit, kaum dass's achtzehn war, angschrien hat er mi, i wär a Rabenmutter, hot er gsagt, und dann sand's fort." Sie schüttelte den Kopf, die Gestik sah traurig aus, doch was wusste man schon von dieser Frau?

„Hob sie nie wiedr gsehn, hot mi no ned amal zur Hochzeit eingladen. Ja, ja, der Verwalter kam und woit mi hoin, doch wann des Madl net selbst kimmt, was soll i denn mit so oam Wisch, a Einladungkortn, wia se jeder kriagt. Naa, hob i gesogt, i muss d'Küh auf d'Alm bringa. Dann is er wieder geforn. Da wusst i nur, dass's in Elmau is, um dem Leopold zu hoifen mit d'Schul, doch besucht hat's mi ned. Und dann war's weg, für immer."

Sean nickte Peter zu. „Ich glaube, es wird Zeit zu gehen und diese Frau allein zu lassen, wie sie es verdient."

Cat stand auf. „Hast du sie verstanden? Ich hatte meine Probleme und denke, Peter muss noch einiges klarstellen – ihr Dialekt ist furchtbar."

„Ihre Körpersprache hat mir viel erzählt", antworte Sean kurz und war bereits aus der Küche, ohne nur einen Blick zurück auf Maria Laner zu werfen. Keiner von ihnen hatte sich wirklich verabschiedet oder ihr die Hand gegeben. Die alte Frau schloss schnell die Tür hinter ihnen und war wieder mit ihren persönlichen Dämonen allein.

Becker startete den Wagen und sah besorgt auf die neue Schneeschicht, die sich auf der Frontscheibe und den Spurrillen gebildet hatte. „Ich hoffe, wir kommen durch bis Elmau, glaube kaum, dass wir es bis Garmisch schaffen."

Mittlerweile war es dunkel und der Wind hatte aufgefrischt, der Schnee wehte jetzt fordernd gegen ihre Scheiben. Langsam versuchte er den Feldweg zu finden, der auf die Landstraße führte. Alle schauten angespannt aus dem Fenster, als sie endlich auf die Straße bogen, doch auch hier hatte der Schnee um weitere zehn Zentimeter zugenommen und der BMW scherte immer wieder aus. Die Strecke, die sie vor Tagen in zehn Minuten hinter sich gebracht hatten, dauerte bereits eine halbe Stunde, und die Lichter von Elmau waren immer noch nicht zu sehen.

Plötzlich bremste Peter stark ab und sie schlingerten über die Straße, fast hätten sie die Holzabsperrung, die vor ihnen stand, gerammt.

„Verflucht, der Pächter von Elmau hat die Straße gesperrt. Das bedeutet zwar, dass wir keinen Kilometer mehr vom Schloss entfernt sind, aber auch, dass wir heute nicht mehr nach Garmisch kommen. Wir müssen in Elmau bleiben; hoffe nur, die haben Zimmer, oder sagen wir besser, Betten für uns."

Nach einer Viertelstunde fuhr Becker auf das hell erleuchtete Schloss zu, die Zufahrtsstraße war geräumt, genau wie der Parkplatz, auf dem etliche Fahrzeuge standen. Das Schloss sah herrlich aus im Schneetreiben, die festlich geschmückten Panoramafenster des Restaurants wirkten einladend. Ohne Gepäck betraten sie die Lobby des Hotels.

Eine freundlich lächelnde Rezeptionistin begrüßte sie und entschuldigte sich sofort, denn es gab nicht ein einziges Zimmer mehr. Doch da sie die Polizeijacken sah, rief sie ihren Chef, der keine zwei Minuten später eintraf. Er schüttelte ihnen die Hand und nachdem Peter Becker sie vorgestellt hatte, sprach er in fließendem Englisch mit ihnen. „Es tut mir furchtbar leid, wir haben nicht ein einziges Zimmer, alles ist ausgebucht für die Nikolaustage. Aber ich könnte Ihnen für heute Nacht ein Gesindezimmer anbieten, leider ein Dreibettzimmer mit Bad im Flur, aber es ist warm und Sie können schlafen."

Cat lächelte ihn an. „Das ist wunderbar, Herr …?"

„Oh, verzeihen Sie. Mein Name ist Tobias Kanzler, ich bin der Pächter des Schlosses und Besitzer des Hotels, es freut mich sehr." Dann sah er Cat eindringlich an, nahm ihre Hand und hauchte einen Kuss darauf. Sean schluckte und wusste nicht, ob er lachen oder dem Kerl einen Tritt geben sollte.

„Wissen Sie was. Ich lasse Sie jetzt auf das Zimmer bringen, meine Angestellte wird Ihnen Waschzeug und Handtücher besorgen und dann wäre es mir eine Ehre, Sie in unser Restaurant einzuladen. Wenn Sie mit mir speisen möchten?" Dabei ließ er Cat nicht eine Sekunde aus den Augen und hielt immer noch ihre Hand.

„Gerne", sagte Cat, „es ist uns ein Vergnügen. Wir sind sehr froh, bei dem Schnee nicht im Auto übernachten zu müssen."

Ein junges Mädchen mit Dirndl und Schürze brachte sie in den dritten Stock. Das Zimmer war wunderbar, es hatte ein Doppelbett und ein separates Bett an der gegenüberliegenden Wand. Es war gemütlich mit alten, schwärzlichen Balken an der Decke und Fenstern aus runden Butzenscheiben.

Ein richtiges Schloss, dachte Cat.

Die Wände waren beige gestrichen und mit alten Ölbildern, Jagdszenen, dekoriert. Der Raum roch angenehm nach Holz und Geschichte. Das Mädchen entfernte sich kurz und kam dann mit drei kleinen Taschen zurück, die eigentlich für Gäste vorgesehen waren, die etwas Wichtiges wie Zahnbürste, Rasierer und Shampoo vergessen hatten. Dann zeigte sie ihnen das Bad, es lag auf der anderen Seite des Flurs: geräumig, mit Dusche, Badewanne, Waschbecken und einer Toilette.

„Bitte schließen Sie ab, weitere drei Leute vom Personal nutzen das Bad. Nehmen Sie Ihre Handtücher und Toilettensachen einfach wieder mit aufs Zimmer, das ist hier so üblich." Nachdem sie wieder auf dem Zimmer waren, wandte sich das Mädchen noch einmal an sie: „Herr Kanzler erwartet Sie um sieben Uhr dreißig im Restaurant. Natürlich können Sie vorher in der Bar einen Aperitif zu sich nehmen." Damit verschwand sie.

„Wenn ihr nichts dagegen habt, gehe ich zuerst ins Bad, muss dringend duschen", sagte Peter und sah Cat etwas länger an, um sicher zu sein, dass die Frau unter ihnen damit einverstanden war. Cat und Sean nickten zustimmend und er verließ den Raum.

„Was hast du zu ihr gesagt?", fragte Cat, sobald Peter aus der Tür war.

Sean sah sie an. „Das willst du nicht wissen", erwiderte er knapp, zog die Stiefel aus und legte sich auf das Doppelbett.

„Ach ja", erwiderte Cat empört, „fangen wir schon wieder so an? Agent Caver, du sagst mir sofort, was du gesagt hast, oder ich …"

„Oder du was?", fragte er gelassen.

Sie stand von dem Einzelbett auf, trat an ihn heran und blickte ihn mit in die Hüften gestützten Händen an. „Oder", wiederholte sie langsam, „ich mache dir mehr Stress, als ein Erzengel es überhaupt könnte."

Sean lachte. „Langsam, ich ergebe mich!" Er richtete sich auf. „Ich sagte ihr, dass ich weiß, was sie ihrer Tochter alles angetan hat, und dass ihre Seele bereits am Rande der Hölle vegetiert, dass jedoch, wenn sie jetzt redet, vielleicht etwas für sie getan werden kann."

Cat sah ihn an. „In welcher Sprache hast du mit ihr geredet?", fragte sie jetzt ernst.

„Ich nehme an in Deutsch", erwiderte er in perfektem Deutsch.

„Das du seit wann sprichst?", fragte sie ebenfalls auf Deutsch.

„Seit heute Nachmittag, glaube ich – habe es vorher nie versucht."

Mit angespanntem Blick setzte sie sich neben ihn und seufzte resigniert. „Okay …"

Sean legte den Arm um sie. „Tut mir leid, Liebes, ich wusste es selbst nicht, bis ich es tat."

Sie nickte. „Nate, ich fange an, mich daran zu gewöhnen, doch es wäre gut, wenn du mich vielleicht etwas vorwarnst. Zwinkere mir zu oder so was, einverstanden?"

„Ich versuche es", antwortete er wieder auf Englisch. „Aber in letzter Zeit häuft es sich, ich hab das noch nicht ganz unter Kontrolle, verstehst du?"

Cat nickte, gab ihm einen Klaps auf den Oberschenkel. „Alles klar, Clark Kent, wenn du heute Nacht mit mir um den Schlossturm fliegen willst, freu ich mich drauf."

Sean lachte laut auf.

In dem Moment kam Peter Becker wieder ins Zimmer. „Oh, ihr amüsiert euch ohne mich?"

Sean hatte den Arm von Cats Schulter genommen und stand auf. „Da hier das Prinzip ‚Ladies first' herrscht, bin ich jetzt mit Duschen dran." Er griff die Waschtasche, sein Handtuch und verschwand auf dem Flur.

„Reizend", kommentierte Cat auf Deutsch.

„Also, habt ihr beiden die Bettordnung ausgeknobelt?“, fragte Peter und schien ebenfalls wieder bester Laune zu sein.

„Klar“, meinte Cat, „Sean und ich im Doppelbett, du dort im Einzel.“

„Oh!“

„Ja, ganz rational – er ist mein Boss und wird sich benehmen, und euch beiden Mädels traue ich in einem Doppelbett nicht über den Weg. Alles klar?“

„Was immer Sie befehlen, Ma'am“, erwiderte Peter und warf sich auf sein Bett. „Weißt du, Cat, ich habe lange nicht mehr so gerne an einem Fall gearbeitet, ihr beide seid eine wahre Inspiration.“

„Danke, das Kompliment gebe ich gerne zurück. Ich wünschte, du könntest mit uns in die Staaten kommen, so jemanden wie dich brauchen wir.“

Während Cat duschte, telefonierte Sean wieder mit Don. Sie hatten Ellis Spur noch immer nicht gefunden, zwar festgestellt, dass John Kaylor ihr nach New York gefolgt war, doch auch seine Fährte verlor sich dort.

„Ich weiß wirklich nicht mehr, wo ich noch suchen soll“, gab Don zu.

„Sag mal, hast du schon Toronto versucht? Sie kann einfach mit einem Bus zu den Niagara Falls gefahren sein und dort die Grenze passiert haben. Sie kennt sich aus in Kanada; vielleicht ist sie mit Touristenvisum eingereist? Such nach Elisabeth Kohler.“

„Meinst du?“, fragte Don müde.

„Keine Ahnung, versuch es einfach.“

Als Cat aus dem Bad kam, stiegen sie wieder in ihre Stiefel, die mittlerweile, genau wie die Jeans, trocken waren, und gingen hinunter in die Bar. Alle bestellten Cognac, um sich innerlich aufzuwärmen und Maria Laner zu vergessen. Als die Bedienung sie nach der Zimmernummer fragte, herrschte betretenes Schweigen, doch der Barkeeper reagierte schnell: „Entschuldigung, Sie sind die Gäste von Herrn Kanzler und damit natürlich eingeladen, bestellen Sie, was immer Sie mögen."

Es war kurz vor halb acht und sie hatten ihren Cognac kaum ausgetrunken, als Tobias Kanzler die Bar betrat. Er lächelte über das ganze Gesicht und bat sie ins Restaurant, führte sie an den einzigen freien Tisch und entschuldigte sich kurz, um die Gäste an den anderen Tischen zu begrüßen. Währenddessen servierte der Ober eine Flasche exzellenten Weißweins und reichte die Speisekarte. Es dauerte eine Viertelstunde, bis auch Kanzler bei ihnen Platz nahm.

„Tut mir leid, die Pflicht." Dabei ließ er seinen Blick über das voll besetzte Restaurant schweifen.

„Natürlich", sagte Sean, hob die Speisekarte etwas an und meinte: „Vielleicht können Sie etwas empfehlen? Meine Kollegin ist es leid, alles übersetzen zu müssen."

Kanzler lächelte und blickte Cat verschwörerisch an. „Aber gerne, begeben Sie sich in meine Hände."

Er gab eine Bestellung auf: frische Escargots aus dem Elsass, hausgemachte Pasta mit Trüffeln als Zwischengang und Rehrücken mit glasierten Maronen, Himbeerkompott, Kartoffelknödeln und Weißkohlgemüse auf Champagnercreme.

Allein beim Zuhören lief Sean das Wasser im Munde zusammen, denn auch wenn er weiterhin stur Englisch mit allen sprach, verstand er jedes Wort, das Tobias Kanzler auf Deutsch an seinen Ober richtete.

Kanzler führte hier nicht nur ein außergewöhnlich gutes Restaurant, Cat war überzeugt, dass auch das Hotel zu den führenden Häusern in Bayern zählte.

Während sie die Köstlichkeiten genossen, plauderten sie über Allgemeines. Kanzler war ein gebildeter Mann, hatte fünf Jahre in Paris studiert und die Haute Cuisine kennengelernt. Als er erfuhr, dass Cat an der V studiert hatte, verfiel er ins Französische. Peter hob die Augenbrauen in Richtung Sean, doch der verzog keine Miene. Sein Schulfranzösisch war so gut wie nicht mehr vorhanden, doch momentan verstand er jedes Wort und hätte einfach in die Konversation eingreifen können, wenn er gewollt hätte. Das war bereits das zweite Mal, dass seine so verfluchte Abstammung ihm auch Vorteile brachte.

Cat genoss es, sich mit Tobias zu unterhalten, und als man die Pasta servierte, entschuldigten sie sich bei Peter und Sean für den französischen Ausbruch und kehrten ins Englische zurück.

Die Portionen des Restaurants, das einen Michelin-Stern besaß, waren entsprechend klein, aber so ausgezeichnet, dass alles andere erst einmal in den Hintergrund trat. Kein Wunder, dass Elmau ausgebucht war.

Als man den Rehrücken servierte und die frischen Rotweinkelche mit einem traditionellen *Brunello di Montalcino* füllte, schien der Abend perfekt. Kanzler verstand sein Handwerk, vereinnahmte die Kriminalbeamten erst einmal für sich, bevor er anfing, Fragen zum Fall Leopold Seiler zu stellen.

„Sie waren bei Maria Laner?“, kam es beiläufig von ihm.

Peter antwortet als Erster; genüsslich kauend sagte er: „Ja, wir haben sie zu ihrer Tochter befragt. Sie wissen natürlich, dass wir im alten Fall Leopold Seiler ermitteln.“

„Natürlich weiß ich das“, erwiderte Kanzler. „Garmisch und Umgebung ist ein Dorf und wenn das FBI ermittelt, weiß das jeder. Doch ich muss gestehen, ich hätte nie erwartet, dass das FBI solch unglaublich charmante Mitarbeiter wie Sie, Agent Kampell, beschäftigt.“

Sean dachte wieder kurz darüber nach, ob er Kanzler den Hals oder lieber das Schienbein brechen sollte, doch trank stattdessen einen Schluck Rotwein.

„Das ist reizend von Ihnen“, meinte Cat und stieß mit Kanzler an. „Sie kannten Lisl Laner. Ich habe gehört, Sie war ein schönes Mädchen. Können Sie sich erinnern?“

Okay, Cat, danke, ging es Sean durch den Kopf. *Ich kann ihn noch eine Weile am Leben lassen.*

„Lisl ...“, sagte Kanzler. „Das ist lange her, aber Sie haben recht, Agent Kampell, Lisl war eine Schönheit und ich kann nicht bestreiten, dass ich von ihr angetan war. Nun ja, ich war jung.“

„Nennen Sie mich doch Catherine“, meinte sie kokett.

Er nickte und hob sein Glas erneut. „Wenn Sie mich Tobias nennen. Das gilt natürlich auch für die beiden Herren.“

„Peter“, antwortet Becker, amüsiert angesichts der Charade.

„Sean“, brummte dieser nur, so dass Cat ihn strafend ansah.

„Tobias, hast du Lisl Laner näher gekannt?“, rettete sie die Situation, bevor Sean etwas sagen konnte.

„Gekannt – nein, nicht wirklich. Sie war ein sehr scheues Mädchen und, na ja, wie soll ich es ausdrücken? Nicht sehr zugänglich für das andere Geschlecht, wenn du weißt, was ich meine.“

Sean stellte sich vor, wie es wohl wäre, sein Rotweinglas über Kanzlers Kopf zu entleeren – er flirtete so unverhohlen mit Cat, dass selbst Peter die Augen rollte, wenn Kanzler nicht hinsah.

„Also, du und sie, damals, da war nichts?“, fragte Cat unverblümt.

„Um Gottes Willen, Catherine, nein – sie war eine Angestellte meines Vaters, uns trennten Welten. Auf jeden Fall tauchte dann der Lehrer hier auf, er war vielleicht zweiundzwanzig oder etwas älter; er machte ihr den Hof.“

„Hans Kohler?“, frage Peter.

„Ja, so hieß er. Ein intelligenter Mann, mein Vater mochte ihn sehr", erwiderte Tobias etwas zu arrogant.

Klar, und du rotznasiger Fünfzehnjähriger hast das damals genau erkannt, dachte Cat und sah beiläufig Sean an. Der hatte sich unter Kontrolle, aber seine Augen sagten, dass er genauso gut auf Tobias' Teller hätte kotzen können.

„Nun ja, mein Vater war ein großzügiger Mann. Sie war kaum achtzehn, doch er ließ sie gehen mit dem Lehrer, und als sie heirateten, waren wir sogar bei ihrer Hochtzeit."

„Ihr Vater war auch dabei, als man Leopold Seiler fand. Können Sie sich erinnern, wie Lisl damals reagierte? Sie gab Leopold doch Nachhilfe", warf Sean etwas zu förmlich ein.

Tobias lächelte noch immer Cat an und drehte sich nur kurz in Seans Richtung. „Leider weiß ich das nicht, ich war während dieser Zeit bereits in einem Internat in der Schweiz. Mein Vater erzählte mir von dem Tag, aber Lisl erwähnte er dabei nie. Ich weiß zwar, dass sie Leopold Nachhilfe gab, hier in Elmau, doch mehr kann ich Ihnen leider nicht sagen. Gibt es denn eigentlich neue Anhaltspunkte? Es ist sehr außergewöhnlich, dass das FBI in Deutschland ermittelt."

„Wann hast du Lisl das letzte Mal gesehen?", fragte Cat, ohne seine Frage zu beantworten, sah ihn jedoch mit einem Blick an, dass Sean fast über den Tisch gesprungen wäre.

„Bei ihrer Hochzeit, Catherine. Wir fuhren zu Maria Laner, um sie abzuholen; Lisl hatte meinen Vater darum gebeten. Doch die Alte war weder angezogen für ein Fest, noch bereit mitzukommen – ganz im Gegenteil, sie trieb ihr Vieh gerade hoch zur Alm. Nun, wir fuhren dann nach Garmisch. Die beiden feierten in einem kleinen Gasthof, sehr einfach, du verstehst."

„Wer war noch dabei?", fragte Sean so scharf, dass selbst Peter aufsah.

Tobias ließ sich dadurch nicht aus dem Konzept bringen. „Meine Güte, es waren vielleicht zwei handvoll Leute: mein Vater und ich, Lisl, Hans, natürlich der Pfarrer, der sie traute; dann war da noch Agnes Seiler, die Schwester von Leopold, und der kleine Leo, das war drei Monate, bevor er verschwand, im Oktober. Noch eine Freundin aus Garmisch und ihr Mann, erinnere mich leider nicht mehr an den Namen – ach ja, und ein gewisser Herbert, wie war noch der Nachname? Soweit ich mich entsinne ein Polizist."

„Herbert?", fragte Sean ungläubig. „Meinst du Herbert Hohlbeck?"

„Ja", erwiderte Tobias erstaunt, „so hieß er, Herbert Hohlbeck. Ich glaube, er war bei der Polizei in Garmisch und kannte Lisl."

Alle drei sahen sich an, keiner verlor ein Wort, bis Peter aufstand, sein Handy aus der Tasche zog und sich entschuldigte. Er verließ das Restaurant, um in der Lobby zu telefonieren.

Auch Tobias Kanzler verabschiedete sich, da man ihn im Büro brauchte. Cat bedankte sich für das vorzügliche Essen; Kanzler küsste wieder ihre Hand und sagte ihr explizit, dass er hoffte, sie später noch auf einen Espresso in der Bar zu treffen.

„Arrogantes Arschloch", knurrte Sean, kaum dass Kanzler verschwunden war.

Cat schüttelte den Kopf und verzog den Mund. „Und?", fragte sie, als Peter wieder an den Tisch kam.

„Lasst uns den Rest vom Rotwein nehmen und in die Kaminbar gehen, dort können wir ein wenig ungestörter reden."

Sie setzten sich in die roten Ledersessel, direkt vor das Feuer. Es war halb zehn und die Bar noch leer, da die meisten Gäste immer noch am Essen waren.

„Dieser verfluchte Hohlbeck", begann Peter. „Ich habe es dreimal bei ihm versucht und durchklingeln lassen, ist nicht rangegangen. Warum zum Teufel hat er uns davon nichts erzählt? Wenn Lisl ihn auf ihre Hochzeit eingeladen hat, dann kannte er sie wesentlich besser, als er uns glauben machen wollte. Warum nur?“

Sean zuckte leicht die Schultern.

„Jeder, der mit diesem Fall zu tun hat, verschweigt entweder etwas oder lügt“, kam es sauer von Peter.

Sie nippten an ihrem Rotwein, als Seans Handy klingelte. Er nahm das Gespräch entgegen und hörte eine ganze Weile still zu. „Ich wünschte, das könnten wir, aber wir sitzen fest, eingeschneit – vor morgen früh ist da nichts zu machen. Hast du das BKA darauf angesetzt?“

Wieder Stille. „Okay, Don, wenn die deutschen Kollegen sich melden, sag ihnen, sie sollen bei Peter Becker anrufen, damit wir wissen, was los ist. – Ja, bis dann.“

Peter und Cat sahen ihn erwartungsvoll an.

„Don konnte Elisabeth Kaylors Route finden, sie ist wirklich von New York mit einem Bus zu den Falls und von dort nach Toronto. Sie ist heute Morgen mit der Maschine aus Toronto in Frankfurt angekommen, dort verliert sich erst einmal ihre Spur.“

„Was sagst du?“, fragte Cat entsetzt.

„Sie ist hier und John Kaylor ist ihr gefolgt, er hat einen Direktflug von Toronto nach München genommen. Er folgt ihr und nimmt an, dass sie nach München will. Er ist heute Morgen um zehn Uhr dort gelandet. Don hat deine Kollegen vom BKA auf ihn angesetzt, es läuft bereits eine Fahndung. Sie rufen dich direkt an, wenn es etwas Neues gibt.“

Peter nickte. „Aber eins verstehe ich nicht: Wenn sie vor ihm flieht, warum kommt sie dann nach Deutschland zurück? Sie kann sich doch denken, dass er sie hier sucht.“

„Du hast recht, es macht keinen Sinn – es sei denn, sie sucht Schutz bei jemandem", meinte Sean nachdenklich.

„Aber bestimmt nicht bei ihrer Mutter, nach dem, was die Alte ihr angetan hat."

„Hohlbeck", sagte Cat plötzlich sehr überzeugt.

Sean sah sie an. „Kann sein."

Cat fuhr fort: „Nehmen wir mal an, er war ein Freund von ihr, und er war Polizist. Sie weiß, dass er damals bei den Kindermorden ermittelte, er kennt die alte Geschichte. Sie traut den amerikanischen Behörden nicht, vielleicht, weil der Sheriff von Gunnison ein guter Freund ihres Mannes ist. Als Don und du sie kennenlernten, war sie nervös, hatte Angst. Durch diesen Griffin weiß sie, dass wir in den alten Fällen ermitteln, ihr ist klar, dass wir über kurz oder lang herausfinden, wer sie sind. Ihr Mann hat damals für sie getötet und es in Colorado nochmals getan, er ist wahnsinnig und wird wieder töten. Sie muss sich jemandem anvertrauen, denn sie ist die Einzige, die John Kaylor wirklich belasten kann. Sie glaubt wahrscheinlich, dass er sie auch töten wird, darum leiht sie sich das Geld von Griffin und verschwindet, verwischt ihre Spuren, um nach Garmisch zu kommen; sie will mit Hohlbeck reden."

Peter zog wieder sein Handy hervor und probierte es erneut bei Hohlbeck – ohne Erfolg.

„Ob sie bei ihm ist? Vielleicht geht er deshalb nicht ans Telefon", sagte Cat und sah Sean an, der, in Gedanken versunken, nicht reagierte. „Sean?"

Er blickte auf, schüttelte leicht den Kopf. „Irgendetwas stimmt an der Geschichte immer noch nicht. Peter, schick einen Streifenwagen zu Hohlbeck. In Garmisch sind die Straßen bestimmt noch befahrbar, zu ihm kommen sie durch, oder?"

„Ja, ich denke schon. Glaubst du auch, dass sie bei ihm ist?"

„Ehrlich gesagt, nein, aber mir gefällt nicht, dass er nicht ans Telefon geht."

Peter sprach kurz mit den Beamten in Garmisch, dann informierte er sie: „In Garmisch herrscht auch Chaos, sie haben aufgehört, heute Nacht noch zu räumen, doch zwei der Kollegen versuchen es mit dem Geländewagen. Sie melden sich, wenn sie bei ihm sind."

Es war bereits halb elf und so langsam füllten sich die Tische in der Bar. Die Hotelgäste genossen die behagliche Atmosphäre und der Geräuschpegel trug vereinzeltes Gelächter zu ihnen herüber. Sie warteten schweigend vor ihren fast leeren Gläser. Eigentlich müsste der Streifenwagen bereits bei Hohlbeck sein – es schien, dass selbst in Garmisch das Schneetreiben alles lahmlegte.

Tobias Kanzler war nochmals kurz zu ihnen gekommen, musste sich aber entschuldigen, da er heute Abend keine Zeit mehr hatte. Er machte sich Sorgen um die Lebensmittellieferung, die er für den Morgen erwartete, und bereitete Alternativen vor, falls der Schnee das Hotel für mehrere Tage von der Außenwelt abschnitt.

Um elf Uhr klingelte endlich Peter Beckers Handy. Cat und Sean konnten hören, dass die Stimme am anderen Ende sehr aufgeregt klang, verstanden jedoch nicht, was gesagt wurde. Peter hörte angespannt zu und als er blass wurde, war klar: es war etwas passiert.

„Hohlbeck ist tot", berichtete er, nachdem er das Telefonat beendet hatte. „Die Beamten haben ihn in seinem Haus gefunden, er wurde mit einem Messer erstochen. Es gab kein gewaltsames Eindringen ins Haus und sie haben zwei benutzte Teetassen in seiner Küche gefunden. Außerdem ist sein Auto verschwunden – er muss wohl immer noch einen alten Geländewagen in der Garage gehabt haben. Ob sie heute Nacht noch die Spurensicherung aus München her bekommen, wissen sie nicht, eins ist aber klar: bei dem Schnee kann keiner nach dem Wagen suchen. Wir müssen bis morgen warten."

„Haben sie irgendwelche offensichtlichen Spuren gefunden?"

„Ja, ein paar Stiefelabdrücke. Der Mörder muss in die Blutlache getreten sein und hat sie auf dem Teppich hinterlassen, von der Größe her sind es Abdrücke von Männerstiefeln."

„Dann ist unsere Theorie richtig. Lisl war bei Hohlbeck, hat sich dann sein Auto geliehen, wahrscheinlich war sie mit dem Zug von Frankfurt nach Garmisch gekommen und am frühen Abend bei ihm. Dann kam Kaylor. Ich hoffe nur, sie war schon weg, als er Hohlbeck ermordete", meinte Cat.

„Es gibt wirklich keine Chance für uns, heute noch nach Garmisch zu kommen?", fragte Sean, ohne Cats Anmerkungen zu kommentieren.

Peter schüttelte den Kopf. „Obwohl Kanzler wahrscheinlich ein Raupenfahrzeug hat, ist es zu weit bis Garmisch, knappe zwanzig Kilometer. Du glaubst, die beiden kommen bei dem Wetter auch nicht aus Garmisch raus?"

Sean rieb sich mit der Hand müde über die Augen. „Ich hoffe, dass sie genauso festsitzen wie wir."

„Denkst du, Kaylor hat sie mitgenommen? Vielleicht ist sie auch schon tot."

Sean stand plötzlich auf. „Tut mir leid, ich kann momentan überhaupt nicht mehr denken. Ich gehe eine Runde Luft schnappen und versuche, etwas klarer zu werden."

„Hast du was dagegen, wenn ich mitkomme?", fragte Cat.

„Sei mir nicht böse, aber ich möchte alleine sein für eine Weile. Bleibt ihr hier, ich bin spätestens in einer halben Stunde wieder da. Ruf doch bitte Don an und informiere ihn, was passiert ist. Wenn ihr dann nicht zu müde seid, können wir alles noch einmal durchgehen."

Cat nickte und Sean ging auf das Zimmer, um seine Jacke zu holen.

„Wird er immer so komisch, wenn er nicht weiterkommt?", fragte Peter, als Sean weg war.

„Nein, ganz im Gegenteil, er wird komisch, wenn er kurz davor steht, alles zu verstehen. Ich bestelle mir einen doppelten Espresso, möchtest du auch?" Cat war aufgestanden und ging zur Bar.

Maximilian Seiler beugte sich unter die Motorhaube und prüfte ein letztes Mal den Verschluss des Ölfilters. Jetzt war er froh, den Wagen noch fertig gemacht zu haben, auch wenn es bereits spät war. Morgen konnte Weidner ihn abholen und würde ihm dankbar sein, dass er die Schneeketten aufgezogen hatte. So konnte der Metzger mit dem Brabus wenigsten seine Lieferung nach Elmau bekommen; in einem Kühlwagen war kein Durchkommen auf den Straßen. Zufrieden löste Max die Stange und ließ gerade die Motorhaube mit einem Klicken einrasten, als er kalten Stahl an seiner Schläfe spürte. Er wusste sofort, was es war: Jemand hielt ihm eine Waffe an den Kopf – jemand, der sich lautlos an ihn herangeschlichen hatte. Er wagte nicht, sich zu rühren, blieb stocksteif stehen.

„Hallo Max", hörte er eine Stimme. Er drehte sich langsam um und Schweiß bildete sich auf seiner Stirn, denn er erkannte sofort, wer vor ihm stand, jetzt ein paar Schritte entfernt, mit der Pistole auf sein Herz gerichtet.

„Du? Was willst du von mir?" Angst ließ seine Stimme brechen.

„Dass du den Mund hältst und tust, was ich sage", kam es barsch zurück. „Leg dich auf den Bauch und falte deine Hände hinter dem Rücken."

„Willst du mich umbringen?“

„Wenn du den Mund nicht hältst, dann schieße ich dir erst ins eine Kniegelenk, dann in das andere, aber keine Angst, so schnell bringe ich dich nicht um. Aber es wird sehr wehtun, also leg dich lieber hin.“

Zögerlich legte Seiler sich auf den ölverschmierten Beton seiner Garage und verschränkte die Hände hinter seinem Rücken. Er spürte, wie ihm ein Knie in den Rücken gedrückt wurde und sich etwas um seine Handgelenke legte und zuzog. Der Kabelbinder ratschte und schnürte ihm die Handgelenke so fest ein, dass er kaum seine verkeilten Finger lösen konnte. Mit einem festen Griff zog ihn die Gestalt an den Schultern hoch.

„Du hättest ihr das niemals antun dürfen“, sagte die Stimme viel zu ruhig und stieß ihn in Richtung der Beifahrertür des Geländewagens.

„Ihr?“, fragte er entsetzt.

Er wurde auf den Beifahrersitz geschubst und die Gestalt legte den Sitzgurt an, er konnte sich kaum rühren. Dann fesselte man auch seine Füße mit einem Kabelbinder.

„Dem kleinen zwölfjährigen Mädchen“, kam die Antwort.

Max Seiler wurde klar, dass er noch heute Nacht sterben würde, wenn nicht ein Wunder geschah. Er hörte, wie sich die Flügeltür seiner Garage öffnete; die Gestalt stieg auf den Fahrersitz, drehte den Zündschlüssel, der noch immer steckte, und startete den Geländewagen. Die Schneeketten klirrten auf dem Betonboden, bis sie knirschend in den hohen Schnee griffen. Der Wagen wendete und fuhr vom Hof.

Sean tigerte um den beleuchteten Parkplatz des Schlosses. Der Schnee fiel immer noch in dicken Flocken, doch der eiskalte

Wind hatte nachgelassen. Er hatte jedes Zeitgefühl verloren und wusste nicht, wie lange er hier draußen schon herumrannte.

Seine Gedanken drehten sich um Kreis. *Ich muss ganz von vorne anfangen*, dachte er und stapfte weiter durch den Schnee. Obwohl jemand den Parkplatz recht gut geräumt hatte, war seine Jeans, dort wo sie in den Springerstiefeln steckte, bereits wieder nass und die Flocken legten sich auf sein Gesicht, so dass seine Haut vor Kälte brannte.

Hans Kohler kommt als Dorfschullehrer nach Krün. Er ist ein guter Lehrer und liebt seine Schüler, er organisiert Ferienspiele und lebt ein bescheidenes, unauffälliges Leben. Dann begegnet ihm Lisl das erste Mal in Elmau, sie bedient im Restaurant und er verliebt sich sofort in sie. Auch vor zwanzig Jahren war ein Restaurant wie das in Elmau bestimmt zu teuer für einen Dorfschullehrer, doch Hans kommt regelmäßig wieder, um Lisl zu sehen – zwei Jahre lang, bis sie endlich achtzehn ist. Er macht ihr einen Heiratsantrag. Haben sie sich vorher heimlich getroffen, waren sie intim miteinander? Nein, denn dann hätte Hans schon viel früher ihre Brandnarben gesehen, dann wären schon viel früher Kinder gestorben. Die beiden heiraten, in der Hochzeitsnacht sieht Hans, was man seiner schönen Frau einmal angetan hat, vielleicht weint sie, erzählt ihm alles. Alles? Nein nicht alles, denn sonst wäre Maximilian Seiler gestorben, Mirco Rambacher und der andere Junge, der dabei war – sie sind mittlerweile Teenager, fünfzehn, und Seiler ist neunzehn. Hans Kohler erfährt nie die Namen der eigentlichen Täter. Wahrscheinlich war deine Hochzeitsnacht eine der traurigsten Nächte, die du je erlebt hast – wer weiß, wie lange es gedauert hat, bis deine Frau überhaupt jemals Intimität zulassen konnte. Denn es dauert gut drei Jahre, bis sie schwanger wird, in Minnesota, kurz bevor ihr nach Gunnison geht.

Es hat dich zuerst wahnsinnig gemacht. Ich weiß, wie es ist, die Frau, die man so sehr liebt, nicht berühren zu können – das kann einen wahnsinnig machen. Unwillkürlich erschauderte Sean.

Du musst etwas tun für sie, denn deine Liebe ist einfach zu groß. Du suchst dir die Jungen, du tötest – und sie? Ich weiß genau, du hast es für sie getan. War sie entsetzt, als sie es erfuhr, oder fühlte sie, dass du sie nur rächen wolltest? Leopold Seiler – sie mag den kleinen Jungen, dennoch: sein Tod hat Maximilian Seiler zutiefst getroffen. Zufall oder eine Ahnung, Hans?

Hohlbeck, wie passt er da rein? Er kennt Lisl gut genug, um auf eurer Hochzeit eingeladen zu sein – woher? Lisl hatte nie etwas mit der Polizei zu tun, ihre Mutter hat die Vergewaltigung nie zur Anzeige gebracht. Kannte Hohlbeck Maria Laner?

Sean zuckte zusammen, als eine kleine Schneelawine vom Dach des Schlosses rutschte und hinter ihm im Hof aufschlug.

Mein Gott, durchfuhr es Sean, *Hohlbeck kennt nicht Lisl, er ist mit Hans Kohler befreundet. Klar, Hans kennt Max und Hohlbeck hat mit dem wilden Teenager zu tun. Er spricht mit dem Lehrer des Jungen. Hans lädt Hohlbeck zur Hochzeit ein. Vielleicht ist Hans nach seiner Hochzeit so verzweifelt, dass er mit dem Polizisten spricht, vielleicht erzählt er von der Vergewaltigung und dann erfährt er, dass, selbst wenn es zur Anzeige kommt, es alles Kinder waren und den Jungen nicht viel passieren würde. Zwar wissen beide nicht, dass es sich um Max handelt, doch Hans wird klar, dass seine Geliebte niemals zu ihrem Recht kommen kann. Er handelt. Nachdem Hans und Lisl für immer verschwinden, geht Hohlbeck ein Licht auf und er kann die Kindermorde nie vergessen, denn er ahnt, dass Hans Kohler etwas damit zu tun hat; er kann es nur nicht beweisen. Zwanzig Jahre später haben Lisl alias Elli und Hans alias John drei Kinder, sie sind glücklich in Gunnison, ein guter Job, Freunde, ihr Haus. Ihre Kinder sind intelligent und besuchen gute Schulen. Warum plötzlich wieder?*

Shit. Sean blieb stehen und merkte, dass er völlig in Gedanken in eine hohe Schneewehe getreten war. Er sprang auf den Weg zurück und klopfte sich den Schnee von den Knien. *Ich muss rein, sonst hole ich mir noch Frostbeulen hier draußen*. Doch dann schossen ihm wieder die Worte durch den Kopf: *Warum plötzlich wieder?*

Er nahm sein Handy aus der Jackentasche und wählte Dons Nummer.

„Viggen", meldete sich Don alles andere als freundlich.

„Don, ich bin's."

„Scheiße. Cat hat mich gerade aufgeklärt, was bei euch läuft. Die Sache wird immer undurchsichtiger und ihr seid eingeschneit."

„Ja, wir können nicht wirklich etwas tun, außer denken."

„Schieß los. Du hast was, oder?"

„Ja, eine Ahnung. Don, sind Mario und Gordon noch in Gunnison?"

„Ja, soweit ich weiß, sind sie in Kaylors Haus, mittlerweile sind alle drei Kinder auch dort, sie bleiben bei ihnen, bis wir Näheres wissen."

„Super, also hör zu …" Sean begann zu erklären, es dauerte eine Weile, bis er all seine Gedankengänge weitergegeben hatte, doch Don verstand verdammt schnell, worauf er hinaus wollte.

„Mach ich sofort. Ich weiß nicht genau, wie spät es bei euch ist, doch tut mir den Gefallen, bleibt auf jeden Fall wach. Ich rufe dich sofort an, wenn Mario etwas rausgefunden hat."

Sean steckte sein Handy wieder in die Jacke und fischte seine Zigaretten heraus, um sich eine anzustecken.

Wie spät war es eigentlich? Er sah auf die Armbanduhr: Mitternacht. *Meine Güte*, er lief seit einer Stunde hier draußen herum, merkte erst, als er an seiner Zigarette zog, wie steif seine Finger waren. Mit zügigen Schritten ging er zum Hoteleingang zurück.

Der Geländewagen parkte vor einem der besseren Häuser in Krün. Max spürte ein Handy am Ohr und den Druck des Pistolenlaufs zwischen den Beinen.

„Ein falsches Wort und ich kastriere dich mit einem Schuss. Du weißt, was du zu sagen hast?"

Max Seiler nickte nur. Der Kragen seines blauen Arbeitsoveralls war dunkel vom Schweiß, der seinen Hals hinablief.

„Rambacher", ertönte eine Stimme aus dem Handy, das ein wenig neben Seilers Ohr gehalten wurde.

„Mirco, ich bin's, der Max Seiler."

„Was willst DU denn?", würgte Rambacher ihn sofort ab.

„Ich muss dich sprechen – jetzt, sofort, es ist wichtig."

„Du spinnst! Es ist halb elf und schneit wie der Teufel! Was willst du überhaupt?"

„Es geht um die Sache mit Lisl." Max Seiler stöhnte auf bei den Worten und die Mündung der Waffe wurde härter an seinen Schritt gedrückt.

„Warte, ich muss mal kurz raus." Man konnte hören, dass Rambacher mit einer Frau sprach, die fragte, was los sei, er meinte nur: „Geschäftlich", und dann Schritte.

„Spinnst du, mich hier zu Hause anzurufen!? Es tut mir leid, Max, aber ich musste den Leuten vom FBI die Wahrheit sagen. Ich habe ihnen erklärt, dass wir noch Kinder waren. Eigentlich hätte ich nicht damit gerechnet, dass sie dich überhaupt befragen."

Der Hörer wurde zugehalten und etwas in Seilers Ohr geflüstert.

„Max, bist du noch da?", fragte Rambacher ungeduldig.

„Du kommst jetzt sofort raus! Mein Wagen parkt vor deinem Haus. Falls du nicht kommst, erzähle ich den FBI-Leuten, dass du die Lisl auch vergewaltigt hast. Wir müssen reden – jetzt!", raunte Seiler in das Handy.

„Du hast sie doch nicht alle, was willst du denn?"

„Nur reden, Mirco, bitte!"

„Scheiße, also gut, ich komm. Warte einen Moment, ich muss meiner Frau irgendwas sagen, sonst steht die auch gleich an der Tür. Gib mir fünf Minuten."

Die Gestalt nickte zufrieden und klappte das Handy zu.

Sean betrat die Bar und sah, dass Cat und Peter immer noch vor dem Kamin saßen. Die Hitze brannte jetzt auf seinen Wangen und er zog die Jacke aus, bevor er eintrat. Er bestellt drei Espressi an der Bar und ging dann auf den Tisch zu.

Cat sah ihn an, als er sich in den Sessel fallen ließ und die schneeverkrustete Jeans aus den Springerstiefeln zog. Er war nass bis an die Knie.

„Warst du die ganze Zeit draußen?", fragte sie besorgt.

„Ja, und ich habe meinen Kopf richtig durchgekühlt", antwortete Sean und klopfte immer noch die Schneekruste ab, die langsam eine kleine Wasserlache unter seinen Stiefeln bildete.

Der Ober kam mit den Espressi und blickte etwas pikiert auf die Pfütze, die Sean auf dem Holzboden hinterließ.

„Ich hole Ihnen besser ein Tuch", meinte er knapp und verschwand, um innerhalb einer Minute wieder mit einem übergroßen Putzlappen zu erscheinen. Er wischte die Pfütze so gut wie möglich auf und ließ das Tuch unter Seans Stiefeln.

„Danke", kam es irritiert von Sean.

„Gerne, haben die Herrschaften alles?"

Peter nickte und wartete, bis er verschwunden war. „Und? Hattest du außer einem kühlen Kopf sonst noch irgendwelche Geistesblitze?"

Sean rührte den Zucker in seiner Tasse um. „Ja, ich denke, mich hat mehr als nur ein Blitz getroffen." Er trank seinen Espresso.

„Passt auf, mein größtes Problem war das Motiv für die Colorado-Morde. Ich habe eine Vermutung und Don prüft das gerade. Wenn es sich als richtig erweist, dann macht vieles Sinn."

Peter und Cat sahen ihn an und warteten.

„Ich glaube, dass Hohlbeck kein Freund von Lisl war, er war Hans Kohlers Freund und ich bin mir fast sicher, dass Kohler ihm von Lisls Vergewaltigung erzählt hat."

Sean holte aus und ging seine Gedanken mit ihnen durch. Gerade als er ihnen erklärte, dass er sich ziemlich sicher sei, dass Hans Kohler nie die Namen der Jungen erfahren hatte, klingelte sein Handy in der Jacke, die tropfend über dem Clubsessel hing.

„Sean, ich bin's, Mario. Don meinte, ich sollte dich direkt anrufen."

„Hast du was?"

„Ja. Du hattest recht, sie hat zwar etwas rumgedruckst, doch plötzlich brach sie in Tränen aus – es dauerte keine zehn Minuten, dann hat sie alles erzählt …."

Sean nickte und sein Mund verzog sich zu einem kleinen Lächeln. „Danke, Mario. Kümmere dich um das Mädchen. – Ich hab das Motiv für die Colorado-Morde", sagte er, nachdem die Verbindung getrennt war. „John Kaylors Tochter wurde im August vergewaltigt. Sie ist damals nicht zur Polizei oder ins Krankenhaus, sondern sofort nach Gunnison gefahren. Ihr Vater war im Park und sie hat sich ihrer Mutter anvertraut. Elli Kaylor hat darauf bestanden, dass die Tochter schweigt, nicht zur Polizei geht. Ein befreundeter Arzt in Gunnison hat sie dann untersucht und ihr die Pille danach gegeben; die Frauen haben ihm gesagt, dass der Freund ihrer Tochter angetrunken war und gewalttätig wurde, dass man jedoch keine Anzeige erstatten wolle. Es scheint, der Arzt hat das geschluckt. Die Tochter hat ausgesagt, dass sich ihre Mutter rührend um sie gekümmert hätte. Sie konnte zu Semesterbeginn schon ans College zurück, hat dann jedoch nach Miami gewechselt, um nicht permanent daran erinnert zu werden."

„Mein Gott", sagte Peter, „wieder eine Vergewaltigung, und dann seine Tochter. Also hat Elli es ihm gesagt."

Sean nickte. „Es scheint so. Als dann der erste Junge verschwand, dachte sie sich noch nichts dabei, doch als man die erste Leiche fand, wurde es ihr klar. John Kaylor rächte seine Tochter, auf die gleiche Weise wie damals seine Frau."

„Nur mit dem Unterschied", warf Cat ein, „dass Elli Kaylor diesmal erkannte, dass ihr Mann vollkommen krank ist. Er ermordete wieder kleine Jungen, dabei wurde ihre Tochter von einem erwachsenen Mann vergewaltigt. Sie hat erkannt, dass er nie mit der Vergangenheit abgeschlossen hat."

Sean sah sie an. „Ganz genau, und ich denke, dass sie ihm in ihrer Verzweiflung sogar die Namen ihrer damaligen Peiniger gab, nur, um ihn davon abzuhalten, weiter zu morden. Dann jedoch wurde ihr bewusst, was sie damit angerichtet hat."

„Was meinst du damit?", fragte Peter verwirrt.

„Ich glaube, Elli Kaylor ist nicht vor John geflohen, sie ist nach Deutschland zurück, um Hohlbeck zu warnen und von ihm zu erfahren, wo sich Max Seiler, Mirco Rambacher und Rudolph Wiesner befinden. Sie will sie warnen, vor John, dem ehemaligen Lehrer Hans Kohler."

Peter setzte sich abrupt auf, denn plötzlich wurde ihm die Tragweite des Gesagten klar. „Du meinst, er will alle umbringen?"

Sean nickte. „Genau wie er Hohlbeck umbrachte, nachdem der ihm sagte, wo er Seiler und die anderen finden kann."

„Und wo ist Elli oder Lisl?"

„Keine Ahnung, doch du solltest jetzt unbedingt Seiler und Rambacher anrufen – und finde raus, wo dieser Wiesner jetzt lebt. Ich suche Kanzler. Wir müssen nach Krün zu Seiler, die zehn Kilometer schaffen wir doch mit dem Raupenfahrzeug?"

Peter nickte, während er bereits die Telefonnummer der Polizei in Garmisch tippte, um Seiler und Rambacher zu erreichen.

„Komm, Cat, ich brauche deinen Charme bei Kanzler. Wir treffen uns danach mit Peter in der Lobby."

Sie standen auf und Peter hielt zur Bestätigung seinen Daumen in die Luft.

Rambacher hatte sich eine Daunenjacke übergeworfen und schlüpfte in seine Schnürstiefel, ohne sie zu schließen – die Unterhaltung mit diesem Spinner würde nicht länger als fünf Minuten dauern; er war auf keinen Fall bereit, auf irgendetwas einzugehen, egal, womit er drohte. Seiner Frau hatte er gesagt, dass es Probleme in der Sparkasse gab und er für eine Weile in seinem Arbeitszimmer telefonieren müsste. Sie hatte nur genickt und schaute weiter fern, eine dieser geistlosen Realityshows.

Rambacher schlich leise durch die Haustür, ging den Weg zum Tor und sah den Geländewagen in einiger Entfernung geparkt. Seiler saß auf dem Fahrersitz und die Seitenscheibe auf der Beifahrerseite war halb heruntergelassen.

„Was willst du!?", fluchte Rambacher, aber öffnete die Tür und setzte sich neben ihn.

„Was ist denn mit dir?", fragte er und sah, wie verrenkt Seiler dort saß, auf seinen Händen – doch es war bereits zu spät, er spürte den kalten Stahl an seinem Kopf.

„Ein Mucks", raunte die Stimme hinter ihm, „und du bist tot. Beide Hände hinter den Kopf."

„Was zum Teufel …", sagte Rambacher in seinem gebieterischen Direktorenton, verstummte jedoch sofort, als der Griff der Pistole hart auf seinen Kopf traf. Jemand ergriff seine Hände und befestigte beide hinter ihm an der Kopfstütze. Dann zerrte man Seiler vom Fahrersitz zur Hecktür, er hüpfte, wurde dann auf die Rückbank gestoßen. Der Wagen startete und verließ Krün auf der B2 in Richtung Garmisch.

„Tut mir furchtbar leid, aber ich kann euch nicht mein einziges Kettenfahrzeug überlassen. Wenn heute Nacht hier etwas mit einem meiner Gäste passiert, dann bin ich vollkommen hilflos."

„Aber du verstehst, dass es hier um Menschenleben geht?", warf Sean mittlerweile sauer ein. Sie diskutierten schon seit zehn Minuten.

„Genau das meine ich. Stellt euch mal vor, einer meiner Gäste bekommt eine akute Blinddarmentzündung heute Nacht, wie soll ich den denn irgendwo hinbringen?"

Sean lachte. „Glaub mir, ich bin Arzt, mit einer akuten Blinddarmentzündung bringst du niemanden zwanzig Kilometer durch den Schnee nach Garmisch. Wir nehmen das verdammte Fahrzeug, ob es dir gefällt oder nicht, konfisziert vom BKA." Damit beendete Sean die Diskussion.

Tobias Kanzler stand auf und ging um seinen Schreibtisch herum. „Also gut, doch ich fahre euch und wenn ich euch abgesetzt habe, fahre ich zurück. – Verdammte Scheiße!", fluchte er im Nachsatz auf Deutsch.

„Ja, verdammte Scheiße", wiederholte Sean in akzentfreiem Deutsch und Kanzler zuckte merklich zusammen. Cat konnte sich ein Schmunzeln nicht verkneifen.

Dennoch ergriff Kanzler das Wort wieder auf Englisch: „Also, ich ziehe mich um, bin spätestens in fünfzehn Minuten in der Lobby. Ich bringe euch Mützen mit, es zieht verdammt auf dem Karren und zu viert wird es schön eng."

„Danke“, warf Sean ein und meinte sarkastisch: „Cat sitzt auch bei dir vorne.“ Sie sah ihn scharf an, doch er zuckte nur mit den Schultern und verließ das Büro.

Cat ging nach oben und holte ihre und Peters Jacken. Sean hatte sich inzwischen ihre beiden Glocks und Beckers Heckler & Koch aus dem Tresor der Hotellobby geben lassen, wo sie die Waffen am frühen Abend deponiert hatten.

Peter wartete ungeduldig auf sie. „Haltet euch fest: ich habe Seilers Frau erreicht. Sie sagte, er wäre noch in der Garage, ist dann rüber, um ihn zu holen. Als sie wieder ans Telefon kam, war sie ganz aufgeregt, sagte, die Garage stünde offen und wäre vollkommen eingeschneit, Max wäre verschwunden und mit ihm der Wagen eines Kunden. Dafür steht ein ziemlich alter Geländewagen auf der Straße vorm Hof, sie kennt das Auto nicht. Wenn ihr mich fragt, ist es Hohlbecks Wagen; Kaylor ist nun mit Seiler und dem neuen Wagen unterwegs. Frau Seiler sagt, es sei ein sehr schneetüchtiges Auto, das eines hiesigen Geschäftsmannes, mit All-Rad und allem Pipapo. Seiler hat wohl auch Schneeketten aufgezogen.“

„Verdammt, da sind wir zu spät. Was ist mit Rambacher?“, fragte Sean.

„Das Gleiche. Seine Frau meint, er sei im Arbeitszimmer und will ihn holen, doch er ist verschwunden, mit ihm seine Stiefel und Daunenjacke, doch sein Auto steht in der Garage, sie kann es sich nicht erklären. Meinte, er hätte einen Anruf erhalten, sagte etwas von Schwierigkeiten in der Sparkasse und dass er im Arbeitszimmer telefonieren müsste. Das alles ist etwas mehr als eine Stunde her.“

„Was ist mit diesem Wiesner, dem dritten Jungen?“, warf Cat ein.

„Laut der Polizei in Garmisch ist der bereits vor Jahren nach München gezogen, sie prüfen das gerade und versuchen ihn noch heute Abend zu erreichen. Die rufen uns wieder an."

In dem Moment kam Tobias Kanzler. Er trug einen Schneeoverall und Moonboots, hielt jedem von ihnen dicke Wollmützen hin und Cat ein paar zusätzliche Handschuhe.

„Können wir? Je schneller desto besser, ich brauche mindestens drei Stunden für den Weg nach Krün und zurück", sagte er in einem sehr unwilligen Ton.

KAPITEL ZWÖLF

Elmau, Donnerstag, 6. Dezember 2018

„Nein, keine drei Stunden – wir fahren nicht nach Krün“, erwiderte Sean auf Deutsch und Peter sah ihn an, als ob er vom Glauben abfallen wolle.

„Seit wann …“

„Nicht so wichtig, später. Wir brauchen nicht nach Krün, dafür ist es zu spät. Wohin will Kaylor jetzt?“ Sean sah in Cats Gesicht.

„Zu Maria, sie ist die Letzte, die er bestrafen muss.“

„Ja, wir fahren zur Wettersteinalm, das ist sein Ziel. Ich hoffe nur, dass er nicht schon dort ist. Lasst uns gehen.“

Peter sah Cat immer noch fragend an, aber sie folgten Tobias zu dem Raupenfahrzeug. Es war vorne mit einer Schneeschaufel ausgerüstet und wurde wahrscheinlich benutzt, um die Zufahrtsstraße zum Schloss zu räumen. Peter und Sean kletterten nach hinten auf die Notsitze, Cat saß vorne neben Tobias und als er das Ungetüm startete, dröhnten ihnen die Ohren. Der Dieselmotor machte einen Höllenlärm und als Kanzler anfuhr, wurde ihnen klar, dass die Seitenscheiben des Gefährts aus Plastik bestanden und der Wind eisig ins unbeheizte Innere zog. Es war kurz vor eins, als sie mit zehn Stundenkilometern nach links in Richtung Westen abbogen, um wieder auf die Bergstraße zu gelangen, die sie am frühen Abend heruntergekommen waren. Der Schnee lag fast einen Meter hoch und nur ein Ortskundiger konnte die ehemalige Straße erkennen, ohne Tobias würden sie niemals oben ankommen.

Trotz des andauernden Schneefalls konnten sie eine frische Fahrspur erkennen. Sie waren auf dem richtigen Weg; es war noch nicht lange her, seit John Kaylor diesen Weg genommen hatte. Was sie unterwegs nicht sahen, war die Gestalt mit Schneeschuhen, die durch den fallenden Schnee den Waldweg entlang hetzte, den kürzesten Weg zur Alm. Natürlich war ihnen der geparkte Audi mit Schneeketten auf dem Parkplatz des Schlosses nicht aufgefallen. Auch hatten sie nicht mitbekommen, wie jemand sich Schneeschuhe aus dem Kofferraum anlegte, Seil und Rucksack überwarf und dick vermummt direkt über die tiefverschneiten Wiesen zum Waldweg rannte. Jemand, der genau wusste, wohin er gehen musste, jemand, der alles hier so gut kannte wie seine Westentasche.

Als der Brabus trotz Schneeketten schlingernd vor dem Bauernhaus zum Stehen kam, konnte man den Lichtschein aus der Küche erkennen.

Seit Rambacher wieder zu sich gekommen war, stöhnte er ununterbrochen vor sich hin. Ein dünnes blutiges Rinnsal zog sich über sein Gesicht, doch die Kopfwunde war nicht lebensgefährlich. Max Seiler saß wie erstarrt auf dem Rücksitz. Er hatte versucht, seine Fesseln zu lösen und dieses Monster vor sich zu erwürgen, doch nachdem er gehört hatte, was mit Rudi Wiesner geschehen war, saß er nur noch starr und steif, konnte keinen vernünftigen Gedanken mehr fassen. Er registrierte kaum, wie die Gestalt den Wagen verließ und auf die Tür zuging, doch plötzlich öffnete sich die Haustür des Bauernhauses, so dass er durch die angefrorene Scheibe des Seitenfensters alles mitansehen konnte.

Maria Laner, die verwirrt den Mund öffnete und etwas sagte, dann hörte er den Schuss, die alte Laner riss die Augen auf und fiel, Blut, das aus ihrer Brust rann, er hätte schwören können, den Geruch des Schießpulvers wahrzunehmen, den metallischen Gestank frischen Blutes, doch es war nur seine Einbildung, die Türen und Fenster des Wagens waren fest verschlossen.

Max lehnte seine Stirn gegen die kalte Scheibe und hoffte, genauso schnell zu sterben wie die Alte.

Die Gestalt war kurz im Haus verschwunden, dann mit einem Jagdgewehr über der Schulter und einem Paar Schneeschuhe in der Hand wieder herausgekommen. Die hintere Autotür wurde aufgerissen. „Raus“, kam es gebieterisch.

Sie kamen an die Stelle, an der die Bergstraße in den Schachenweg direkt hoch zur Alm überging. Man konnte anhand der Schneespuren sehen, wie das Fahrzeug, das vor ihnen hier abgebogen war, mehrere Anläufe gebrauchte hatte, um die Kurve zu meistern. Die Raupe hingegen bahnte sich mühelos ihren Weg durch die aufgewühlte Schneedecke. Sie mussten zugeben, dass Kanzler das Fahrzeug gut im Griff hatte. Außer dem grellen Scheinwerfer, der vom Dach der Raupe auf den Weg leuchtete, war alles dunkel. Flocken fielen gegen die Frontscheibe und nur die schwer mit Schnee beladenen, dichten Tannen zeigten ihnen, wie breit der Weg war.

„Was ist denn da los?!“, schrie Kanzler nach hinten, um den Motorenlärm zu übertönen, und zeigte auf die geöffnete Tür von Marias Haus. Davor stand ein Geländewagen.

Er fuhr neben den Wagen und drehte den Zündschlüssel, wollte schon die Tür öffnen, hielt dann abrupt inne und flüsterte: „Mein Gott.“ Sean, Cat und Peter sahen durch die Frontscheibe auf das Blut und die reglose Gestalt von Maria Laner. Sean griff

Tobias hart an der Schulter, als der Hotelier Anstalten machte auszusteigen.

„Warte“, sagte er schnell. „Bleib im Wagen, wir müssen vorsichtig hinaus, sonst zertreten wir die Spuren. Tobias, ruf bei der Polizei an und melde einen weiteren Mord. Egal wie stark der Schneefall ist, wir brauchen hier einen Hubschrauber und vor allem Sanitäter, falls die anderen beiden noch leben.“

Tobias sah blass zu Cat und nahm sein Handy.

„Cat, Peter, wir gehen raus, vorsichtig um den Wagen, tretet nicht in die Fußspuren, bevor wir uns darüber einig sind, was hier passiert ist. Mit ihr hat es keine Eile, Maria Laner ist tot.“

Die drei verließen das Raupenfahrzeug. Kanzler hatte jemanden erreicht und sprach lautstark in sein Handy, gestikulierte wild mit den Händen, als ob er damit die Sache beschleunigen könnte. Die drei gingen im großen Bogen durch den kniehohen Schnee und sahen sich aus ein paar Metern Entfernung den Tatort an.

„Was siehst du, Cat?“, fragte Sean, er sprach wieder Deutsch.

Cat sah konzentriert auf die Spuren, die sowohl vom Licht der Haustür als auch von den immer noch brennenden Scheinwerfern des Geländewagens beleuchtet wurden.

„Nachdem der Wagen hier angekommen war, ist der Fahrer zur Tür. Ich kann aber seine Spuren nicht richtig sehen, sie gehen hin und zurück, sind zu sehr von den großen Spuren verwischt. Was ist das?“, fragte sie und deutete auf die großen, ovalen Gitterspuren, die die tieferen Fußabdrücke fast gänzlich zerdrückt hatten.

„Schneeschuhe!“, kam es prompt von Peter.

„Okay. Kaylor steigt aus dem Wagen, Maria hat aber den Motor gehört, kommt an die Tür, er schießt, geht hinein, dort drinnen sind Wasserflecken, kommt mit Schneeschuhen wieder heraus!?“

„Mach weiter“, sagte Sean ungeduldig.

Cat wischte sich ein paar Flocken aus dem Gesicht. „Er öffnet die Hecktür, zieht Rambacher oder Seiler heraus – mein Gott, sie leben noch! –, dort Abdrücke von Knien, sie fallen, doch dann folgen Fußspuren. Das Gleiche an der Beifahrertür.“

„Ich gehe jetzt zu Maria.“ Sean trat in die Spuren an der Hecktür, die Cat beschrieben hatte und beugte sich zu Maria Laner, fühlte kurz ihren Puls, sah zu Becker und schüttelte den Kopf. Auch er war herangetreten, bückte sich jedoch, um etwas aufzuheben. Er hielt einen weißen Kabelbinder in der Hand und zeigte ihn Sean.

„Sie waren gefesselt, jetzt sind die Beine frei.“

„Er will zum Plateau!“, rief Cat, die ein paar Meter vom Wagen in Richtung Wald gegangen war. „Hier sind Spuren von mindestens zwei Menschen und Schneeschuhspuren, er treibt sie vor sich her den Berg hoch.“

Tobias Kanzler war hinter Becker getreten und blickte auf Maria Laner hinunter. Er stöhnte auf, betrachtete das blutige Loch in ihrer Brust.

„Alles klar?“, fragte Sean und befürchtete schon, dass Kanzler gleich umfiel, so weiß, wie er im Gesicht war.

Er nickte, fand nur langsam seine Sprache wieder. „Mein Gott, man hat Maria umgebracht.“

„Hast du jemanden erreicht?“, fragte Peter ungerührt.

Geistesabwesend, immer noch starr den Blick auf Maria gerichtet, sagte Kanzler: „Ja die Polizei in Garmisch. Sie versuchen, die Bergwacht mit Raupen und dem Rettungshubschrauber herzubringen, doch sind sich nicht sicher, ob der überhaupt starten kann.“

„Hast du zufällig Schneeschuhe in der Raupe?“, fragte Peter.

„Nein.“

„Wenigstens eine Taschenlampe?"

Kanzler nickte. „Sogar zwei, wieso?"

„Wir müssen ihnen folgen – noch leben Seiler und Rambacher, hoffe ich wenigstens", warf Sean ein.

Cat war mittlerweile wieder zurückgekommen. „Vielleicht hat die Laner Schneeschuhe im Haus."

„Dafür ist keine Zeit, er hat zu viel Vorsprung. Wir folgen ihnen, wenn wir in der Spur gehen, sind wir etwas schneller." Sean zog Kanzler mit zur Raupe, um die Taschenlampen zu holen, dann winkte er Peter und Cat.

Er wollte schon in die Spur treten, als Tobias ihn am Arm zurückhielt. „Moment. Bis zum Wald kann ich euch mit der Raupe bringen. Solange sie nicht ins Unterholz gehen, können wir der Spur folgen."

Sean klopfte ihm auf die Schulter. „Nicht schlecht für einen Kneipenwirt." Schon sprang er auf den Beifahrersitz, Peter und Cat quetschten sich auf die Rückbank.

Trotz seines Schocks wegen der Toten sah Tobias Sean pikiert an, das Wort „Kneipenwirt" hatte ihn sichtlich getroffen. Er wollte gerade die Raupe starten, als Peters Handy klingelte.

„Ja, was? Gut, ich habe verstanden. Hören Sie, Tobias Kanzler hat Sie gerade angerufen, wir sind bei ihm. Kann der Hubschrauber starten?" Er wartete und hörte zu, fluchte lautstark: „Dann kriegen Sie dieses Arschloch von Pilot dazu, wir haben hier zwei Geiseln, die vielleicht noch leben; er muss starten!" Er hörte noch ein paar Sekunden zu, verzog wütend das Gesicht und sagte sauer: „Ja, verstehe, tun Sie Ihr Möglichstes." Dann legte er auf. „Rudolph Wiesner wurde tot in seiner Wohnung in München gefunden. Der Pilot weigert sich, bei dem Wetter zu fliegen, sie versuchen ihn dennoch zu überzeugen. Drei Raupenfahrzeuge sind von Garmisch und auch Krün aus unterwegs, doch es kann ewig dauern, bis sie hier sind, wir müssen es alleine versuchen."

Sean nickte. „Los, Tobias, so schnell wie möglich. Halte dich an die Spur. Kommen wir auf einem der Wege an das Plateau ran, auf dem Leo gefunden wurde?"

„Meinst du, sie sind dahin unterwegs?", fragte Kanzler, doch bekam sich gleich wieder in den Griff. „Nein, wenn sie abdrehen, müssen wir ihnen zu Fuß folgen, es gibt keinen Weg mit der Raupe da rauf."

„Los."

Kanzler startete die Raupe und folgte der Fußspur im Schnee. Sie sahen, dass die Schneeschuhspur neben den tieferen Fußspuren verlief, sahen die breiten Schneeaufwerfungen, wenn einer der beiden gefangenen Männer gestürzt war. Ihre Hände mussten immer noch gefesselt sein, denn es gab keine Abdrücke von Händen oder Armen, die einen Sturz aufgefangen hätten. Die Schneeschuhe waren an diesen Stellen etwas tiefer eingedrückt, dort, wo er sie gepackt und wieder aufgerichtet hatte, wenn sie der Länge nach in den Schnee gefallen waren.

Sie kamen gut voran mit der Raupe und konnten den Vorsprung verringern, doch entging ihnen dafür, dass nur wenige Meter neben ihnen eine zweite Spur der Fährte gefolgt war, ebenfalls Schneeschuhe, die eilig über die weiße Schicht gehetzt waren.

Seiler lehnte sich an die Felswand, die er so gut kannte. Sein Overall war triefend nass, doch er fror nicht, obwohl sich Eiskrusten über seine Hände zogen. Seine Wangenmuskeln zitterten, so fest biss er die Zähne aufeinander. Mit wässrigen Augen starrte er ins Nichts und wagte es nicht sich zu bewegen, als man ihm den Kabelbinder an seinen Händen zerschnitt. Mirco Rambacher heulte vor sich hin, war auf die Knie gesunken; auch seine Hände wurden befreit.

„Ich habe doch nichts getan“, wimmerte er, „das weißt du doch.“ Rotz lief an seiner Nase herunter, es war erbärmlich, wie er da hockte.

„Rauf, wir wollen aufs Plateau, Mirco“, raunte die Stimme unbarmherzig.

„Ich kann das nicht“, flennte er und hielt sich vorn übergebeugt die Hände über den Kopf, sein Körper versank fast ganz im Schnee.

„Nein, kannst du nicht?“

„Nein“, stöhnte er wieder und spürte, wie ihm etwas in den Nacken gedrückt wurde. Es knallte. Maximilian zuckte zusammen, als die Kugel in Mircos Nacken eindrang und der Mann einfach zusammensackte. Er sah, wie sich eine Blutlache im weißen Schnee sammelte und ihn zum Schmelzen brachte.

„Kannst du auch nicht, Max? Du konntest doch vor zwanzig Jahren so gut, hast es dem Mädchen doch so gut besorgt, bist doch über die Schlampe rübergerutscht, nicht wahr?“

Der Ton war jetzt gefährlich, wahnsinnig, dachte Max.

„Es tut mir leid, es hat mir immer leidgetan, glaub mir, ich hätte alles getan, um das rückgängig zu machen, bitte nicht.“ Max' Worte waren leise und ehrlich.

Die Gestalt vor ihm zögerte einen Moment. Doch dann hörten sie einen Ruf, entfernt, doch nicht sehr weit; jemand schrie: „Nein, hör auf, warte auf mich, bitte warte auf mich.“

Sein Gegenüber bekam sich sofort wieder in den tödlichen Griff, warf ihm ein Seil zu und sagte: „Rauf mit dir, und denk daran, ich habe ein Gewehr. Wenn du nur versuchst abzuhauen, dann zerschieße ich dir die Kniescheiben. Du stirbst nicht so leicht wie Mirco.“

Seiler verharrte resigniert. „Dann tu es, es ist mir egal, tu es, schieß schon.“

Die Gestalt lachte höhnisch auf. „Nein wirklich? Gut! Und danach hole ich mir deine Tochter – wie alt ist sie, dreizehn, vierzehn?“, sagte die Stimme sanft. Dann wurde sie wieder hart: „Wenn du nicht sofort da raufsteigst, dann wird sie genauso leiden wie Leo, und glaube mir, er hat vor Schmerzen geschrien.“

Max schnappte nach Luft, hing sich das Kletterseil um den Oberkörper und stieg langsam auf die vereisten Felsen, kletterte vorsichtig hoch, um auf den kleinen Weg zu gelangen, der zum Aufstieg auf das Plateau führte. Er rutschte aus und fiel vornüber auf den Weg. Die Gestalt war nun auch aufgestiegen und hielt wieder die Pistole in der Hand. „Aufstehen, wir sind noch nicht da.“

Max hatte mit dem Gedanken gespielt, sich einfach nach unten fallen zu lassen, doch er konnte seine Tochter nicht der Gefahr aussetzen; er würde alles tun, nur damit seinem Kind nichts passierte.

Kaum hatte Kanzler die Raupe abgestellt, waren sie ins Freie gesprungen. Dann hörten sie den Schuss.

„Herrje, was ist jetzt schon wieder passiert?“, rutschte es Tobias raus.

„Halt den Mund!“, schrie Sean ihn an und horchte in die Stille, doch da war nichts mehr. „Habt ihr das mitbekommen? Ein Geräusch, als ob jemand etwas gerufen hat.“

Cat und Peter schüttelten den Kopf.

„Tut mir leid“, nuschelte Kanzler.

„Du bleibst hier. Wenn die Raupenfahrzeuge der Polizei kommen, musst du ihnen sagen, welchen Weg wir gegangen sind. Gib mir deine Handynummer.“

Kanzler nickte, Peter tippte sie in sein Handy ein und dann schlugen sich die drei in die Wälder. Der Schein von zwei Taschenlampen schlängelte sich ins Unterholz und verlor sich schon nach wenigen Metern. Tobias Kanzler stand an die Raupe gelehnt und griff mit zitternden Händen in seine Hosentasche. Er steckte sich mühsam eine Zigarette an und inhalierte tief.

Sie kämpften sich durch den hohen Schnee, verstanden nicht, wie John Kaylor mit seinen gefesselten Geiseln überhaupt so weit gekommen war, denn sie schafften es unter Zuhilfenahme ihrer Arme und Hände kaum. Seans Finger waren rot und kribbelten mittlerweile schmerzhaft vor Unterkühlung – er war Kanzler wirklich dankbar, dass Cat ein zusätzliches Paar Handschuhe hatte.

Sie konnten die Felswand bereits sehen, es waren keine zehn Meter mehr. Sean und Cat gingen weiter, denn sie beide hatten im schwachen Licht der Taschenlampe etwas gesehen, das unweit der Wand lag. Peter war stehen geblieben und versuchte die Wand anzustrahlen – ohne viel Erfolg, denn die Reichweite der Taschenlampe war sehr begrenzt. Als er gerade weiter wollte, knallte es wieder, diesmal ganz nah. Automatisch warfen sich Sean und Cat in den Schnee; er deckte die Lampe ab, griff nach Cat und zog sie an sich.

„Bist du in Ordnung?“, fragte er atemlos.

„Ja“, hauchte sie, fest an Sean gedrückt, tief im Schnee versunken.

Sean schaltete die Lampe aus, sah nach Peter: das Glimmen eines Lichts im Schnee, keine Regung. „Peter“, rief er, erhielt keine Antwort. „Warte hier.“

Er ließ sie los und robbte sich zu dem schwachen Schein durch. Als er das Licht erreichte, griff er die Lampe und schaltete sie aus, dann wartete er einen Moment, bis sich seine Augen an die Dunkelheit gewöhnt hatten und er wieder Umrisse erkennen konnte. Er griff nach dem Körper vor sich.

Ein Stöhnen entfuhr Peter, als Sean seinen Arm fasste und ihn mit sich zur schützenden Felswand zog. Es war totenstill bis auf ihren keuchenden Atem und das leise Stöhnen von Becker.

„Öffne deine Jacke und deck die Lampe damit ab. Bleib an der Felswand, ganz dicht. Ich muss sehen, wo es ihn erwischt hat."

Cat, die ihm gefolgt war, tat, was er sagte, und eine ganz schwache Lichtquelle schien jetzt auf Peter Becker. Er verlor massiv Blut. Sean horchte noch ein paar Sekunden in die Stille, drückte sich dann von der Felswand ab und kroch neben Peter, untersuchte ihn und sah den Einschuss im Oberschenkel. *Verdammt*, eine Arterie war getroffen und das Blut sprudelte aus der Schusswunde. Er riss sich den Gürtel von der Hose, warf Cat seine Glock zu und zerrte den Gürtel zweimal um Peters Oberschenkel, dann zog er zu. Peter Becker schrie auf, doch Sean schnallte den Gürtel unerbittlich fest. Peter schrie noch immer, als Sean seine Mütze vom Kopf zog und auf die Wunde presste. „Gib mir deinen Gürtel", sagte er zu Cat, sie zog ihn ab und reichte ihn Sean.

Er band ihn über die Mütze, welche bereits nass war von Peters Blut, und zog ihn ebenfalls fest. Er merkte, dass die Blutung etwas nachließ. Peter wimmerte leise, doch schrie nicht mehr vor Schmerz.

„Cat, nimm Peters Handy, ruf die Polizei nochmals an, der Hubschrauber muss kommen, sonst verblutet er. Halte ihn wach, er darf nicht ohnmächtig werden, hörst du? Dann versuche, Kanzler auf dem Handy zu erreichen, er muss versuchen, mit der Raupe durchs Unterholz zu kommen, damit der Pilot sieht, wo er landen kann."

„Und du, wo willst du hin?", fragte sie ängstlich.

„Ich muss Kaylor hinterher. Hast du die Schneeschuhe gesehen? Es sind zwei Paar. Lisl ist auch hier, sie folgt ihnen. Wenn ich ihn nicht vorher schnappe, dann gibt es noch zwei Tote."

„Sean“, sagte Cat, doch er beugte sich bereits vor und küsste sie schnell, dann schob er seine Glock hinten in den Hosenbund, griff nach den vereisten Felsbrocken und begann den Aufstieg.

Der Schneefall stoppte, der Wind frischte auf und trieb die Wolken weiter. Jetzt war der dunkle Sternenhimmel zwischen den Wolkenfetzen immer wieder zu sehen und ein blasser Mond erleuchtete das Gebirge, bevor sich die nächste Wolke davor schob. Sean tastete sich weiter hoch, rutschte, fing sich wieder. Das Herz klopfte laut in seiner Brust. Er schob sich auf den Weg – er war keinen halben Meter breit – und robbte vorwärts, nicht sicher genug, um aufzustehen. Der Weg führte nun über eine Felsspalte unter ihm, die nicht mehr nur zwei Meter hinabführte, sondern wie ein tiefer dunkler Schlund unter ihm glänzte.

Er blickte hinter sich nach unten und konnte Cats schwache Taschenlampe nur erahnen. Wenn er nicht gewusst hätte, dass die beiden dort unten waren, hätte er sie nicht sehen können. Das war gut, damit waren sie in Sicherheit vor weiteren Schüssen.

Es war wieder stockdunkel. Er sah auf zum Himmel – gleich würde sich eine Wolke verschieben und den Mond freigeben, dann konnte er vielleicht mehr sehen.

Er hörte ein Geräusch – die Raupe, Kanzler versuchte es wenigstens durchs Unterholz – und dann kam das Mondlicht. Er sah den schmalen Steig vor sich, seine schneeverkrusteten Finger, die sich am Geröll hielten und dann etwa drei Meter vor ihm das Ende eines Seils, das nach oben führte. Unter ihm die Felsspalte – *Mein Gott, was ein bodenloser Abgrund.* Sean drückte sich fester an die Wand und blickte auf. Über ihm zog sich ein Mann am Seil hinauf. Verdammt – Kaylor, er war dort über ihm!

Er zog seine Glock aus dem Hosenbund am Rücken, visierte ihn an, doch dann schob sich erneut eine Wolke vor den Mond und es war wieder dunkel. Mit der Waffe in der Hand schob er sich Meter für Meter voran, bis er endlich das Ende des Seils in seiner Hand fühlte.

In dem Moment erhellte das Mondlicht wieder die ganze Felswand. Er griff in die Wand, wickelte das Seil um seine andere Hand, musste aufstehen, um zu schießen, denn der Überhang versperrte seine Schusslinie. Er zog sich vorsichtig hoch, bis er stand, und visierte Kaylors Rücken an.

„Bleiben Sie sofort stehen oder ich schieße!“, rief Sean, doch kaum hatte er das gerufen, knallte ein Schuss und er spürte einen beißenden Schmerz in seiner Schulter. Die Glock fiel aus seiner Hand, der Rückstoß ließ ihn zurückwanken und seine Füße rutschten ab.

Um seine linke Hand war noch immer das lose Ende des Seils gewickelt und er griff mit aller Kraft zu, als seine Füße den Halt verloren und er über die Kante fiel.

Das aufgerollte Seil wickelte sich ab und Sean fiel – wie weit, wusste er nicht, doch es dauerte eine gefühlte Ewigkeit, bis das Seil sich spannte und ihn abfing. Es brannte sich in seine Hand, doch er hielt fest, als sein Körper hart gegen die Felswand schlug. Sein rechter Knöchel knallte gegen einen Felsvorsprung und er sah vor lauter Schmerz plötzlich gleißendes Licht vor den Augen, doch er klammerte sich mit aller Kraft an das Seil. Nachdem er gegen die vereiste Felswand geschlagen war, versuchte er, die rechte Hand zu heben, um das Seil zu greifen, doch sein Arm bewegte sich nicht. Er sah kurz hinunter auf die blutende Schusswunde an seiner Schulter. Das Seil fraß sich immer tiefer in seine linke Hand; er wusste nicht, wie lange er sich noch festhalten konnte.

Er hörte für einen Moment Cat von unten, sie rief ihn, doch ihre Stimme wurde vom Getöse der Raupe verschluckt, die immer näher kam.

Er konnte nicht mehr lange halten, es waren nur noch Sekunden und das wusste er.

„Lassen Sie los", tönte eine Stimme hart über ihm – es war Kaylor. Sean blickte auf, sah dem Mann ins Gesicht. „Nein", stöhnte er.

„Ich hab Sie. Lassen Sie endlich das Seil los, sie wird es jeden Moment durchschneiden!"

Da erst merkte er, dass Kaylor mit festem Griff sein linkes Handgelenk umklammert hielt; er lag auf dem Bauch quer über dem Weg. Mit der anderen Hand versuchte er, Seans Jacke zu greifen, doch konnte die Schulter nicht erreichen.

„Lassen Sie los und geben Sie mir Ihre andere Hand!", schrie Kaylor jetzt, da das Geräusch der Raupe verebbte und es wieder still war.

„Ich kann nicht", erwiderte Sean und in dem Moment sah Kaylor das Blut an Seans Schulter. Er zog an Seans Handgelenk, bekam ihn ein Stück hoch, doch das Seil hatte sich in einer Felsspalte verkeilt und Kaylor konnte ihn nicht weiter ziehen. Sean fiel zurück in die zerrende Wucht des Seils, das sich immer tiefer in seine Hand schnitt.

„Sie müssen loslassen", mahnte Kaylor noch einmal, „bevor es zu spät ist."

Sean verstand immer noch nicht. Würde der Mann ihn fallen lassen, sobald er losließ? Er reckte seinen Kopf hoch und sah in Johns Augen, dann öffnete er seine Hände. Im selben Moment fiel das lose Ende des Seils an ihm vorbei in den Abgrund.

Mein Gott, dachte er entsetzt. Das Seil hatte sich in genau diesem Moment weiter oben gelöst, er hing mit seinem ganzen Gewicht im Griff von Kaylors Hand.

„Versuchen Sie, mit den Füßen Halt zu bekommen. Sie müssen mir helfen, sonst schaffe ich es nicht!", stöhnte Kaylor angestrengt über ihm, doch hielt Sean Handgelenk in seinem eisernen Griff.

Sean suchte mit seinem linken Fuß, dann fand er endlich einen Widerstand und drückte seine Sohle fest hinein. Er merkte, dass sich sein Körper ein paar Zentimeter in die Höhe schob; plötzlich löste sich Kaylors Griff und seine Hand rutschte in Seans, er zog und Sean drückte mit dem Fuß nach; Kaylor bekam die Jacke zu fassen und zerrte Sean unerbittlich auf den Weg. Er schrie auf, als sein Knöchel über den Rand gezogen wurde.

„Weg von ihm oder ich bring Sie um!“, brüllte Cat. Sie hatte ihre Glock von unten auf Kaylor gerichtet, war bereit zum Schuss. Der Mond erhellte die beiden Männer; Sean lag auf dem Rücken und Kaylor beugte sich über ihn.

„Nein, nicht ihn, erschieß sie!“, schrie Sean mit letzter Kraft, dann verdunkelte wieder eine Wolke die Felswand und ein Schuss krachte.

Sean blinzelte, er war festgeschnürt am Rücken eines Mannes, blickte auf etwas Blaues, der Geruch von Öl schlug ihm entgegen, seine Schulter und sein rechter Fuß schmerzten höllisch, er versank wieder in Dunkelheit.

Als er die Augen aufschlug, lag er im Schnee. Eine rötlich leuchtende Fackel, keine zwei Meter von ihm entfernt, blendete seine Augen. Er sah auf.

„Sean, alles wird gut, sie kommen schon“, sagte Cats Stimme über ihm, ihre Hand war auf seine Schulter gepresst.

KAPITEL DREIZEHN

München, Samstag, 8. Dezember 2018

Als Sean erwachte, reckte er sich automatisch, doch der Schmerz in seinem Fuß stoppte seine Bewegung sofort. Seine Schulter brannte heiß. „Scheiße", fluchte er und sah auf seinen Gipsfuß, der in einem Gestell hochgelegt in einer Art Schiene steckte. Er brauchte einige Sekunden, um sich wieder zu erinnern. Er hatte in der Felswand gehangen, Kaylor hatte ihn hochgezogen, dann ein Schuss – *mein Gott, Cat* – sie hatte auf Kaylor geschossen, dabei war Sean in dem Moment klar geworden, dass Kaylor unschuldig war. Er schloss kurz die Augen, ihm war schwindelig.

Eine Hand legte sich vorsichtig auf seine verpflasterte Linke. Er öffnete die Augen und sah Cat.

„Hallo", sagte sie zaghaft. „Wie geht es dir?"

„Cat." Seine Stimme war etwas rau, er räusperte sich. „Er ist unschuldig, Kaylor ist nicht unser Mörder."

„Ich weiß", sagte sie.

„Wieso weißt du?"

„Er hat es mir erzählt, er hat mir alles erzählt."

„Dann hast du ihn nicht erschossen?"

„Nein, ich habe Elli erschossen." Sie klang angespannt, als sie das sagte. „Du hast gerufen, weißt du noch? Du schriest: ‚Nein, nicht ihn, erschieß sie!' Da sah ich sie für den Bruchteil einer Sekunde über euch – Elli Kaylor – und ich traf eine Entscheidung."

„Mein Gott, Cat", flüsterte Sean und ließ sich wieder ins Kissen sinken. „Hatte sie eine Waffe?", fragte er müde.

„Ja", sagte Cat knapp. „Sie stand dort, sah auf euch runter, ich visierte sie an und dann wurde es dunkel. Ich schoss trotzdem."

Ihr Tonfall gefiel Sean ganz und gar nicht, sie war sehr distanziert. „Langsam, Cat. Fang von vorne an. Und vor allem: wie geht es Peter?"

„Schon viel besser. Er hat viel Blut verloren, man hat euch beide sofort in den OP gebracht und noch am frühen Morgen operiert. Er lag einen ganzen Tag auf der Intensivstation, wurde dann aber heute verlegt. Seine Familie ist gestern in München eingetroffen. Seine Frau meinte, dass er heute Morgen schon ein paar Worte mit den Kindern reden konnte."

„Einen ganzen Tag. Der Wievielte ist heute?"

„Der achte Dezember."

„Ich war doch nicht so lange weggetreten …", murmelte Sean unsicher.

„Nicht richtig weggetreten. Du warst gestern immer mal wieder kurz wach, doch sie haben dir starke Schmerzmittel gegeben und ich glaube, du hast noch nicht einmal mitbekommen, wenn ich bei dir war."

„Nein, tut mir leid. Wie schlimm ist mein Bein und die Schulter?"

Cat rückte mit ihrem Stuhl etwas näher ans Bett und schob vorsichtig ihre Finger in seine bandagierte Hand. Er drückte sie leicht.

„Die Kugel steckte in einem Muskel, der Arzt sagt, es wurden kaum Nerven verletzt und die Knochen sind in Ordnung, es wird schnell heilen. Das mit deinem Bein hingegen dauert länger. Die Außenbänder sind abgerissen und auch das Spangenband, darum haben sie dort auch operiert. Du wirst wohl ein, zwei Wochen mit dem Gips liegen und dann eine Schiene bekommen. Er glaubt, in etwa zwei Monaten kannst du langsam wieder mit dem Joggen anfangen."

Sean lächelte und sah in ihr blasses Gesicht. Sie war übermüdet und brauchte selbst Ruhe. „Hätte schlimmer kommen können. Wie geht's dir, Liebes?"

Cat seufztzte, blickte auf seine Hand und streichelte zärtlich über seine Finger. „Ich habe einen Menschen getötet und das fühlt sich nicht gerade gut an."

Sean strich sanft über ihre Wange. „Cat, damit hast du mir das Leben gerettet."

Sie sah wieder auf. „Ich weiß." Doch es klang nicht überzeugt.

„Ich glaube, du brauchst ein bisschen Zeit, um damit klarzukommen. Hast du überhaupt geschlafen die letzten zwei Tage?"

Sie schüttelte den Kopf. „Nicht viel. Ich war bei dir nach der OP, bin am Nachmittag dann zum LKA – Don wollte unbedingt, dass ich bei Kaylors und Seilers Verhören mit dabei bin – und letzte Nacht war ich hier; sie haben mir ein Bett reingestellt. Aber schlafen konnte ich nicht wirklich. Ich habe den Bericht für Washington geschrieben."

„Du musst dich ausruhen. Wenn du dich ausgeschlafen hast, dann sieht die Geschichte schon anders aus, glaub mir." Sean verzog das Gesicht und legte den Kopf wieder zurück.

„Hast du starke Schmerzen?", fragte sie leise.

„Geht schon, ich bin nur unwahrscheinlich müde." Er schloss die Augen.

„Ruh dich aus, schlaf noch ein paar Stunden. Ich komme am Nachmittag wieder, lege mich im Hotel auch etwas hin, bis Don kommt."

Sean blinzelte. „Don kommt?"

„Ja, er ist schon unterwegs. Als er hörte, dass es dich erwischt hat, bestand er darauf. Er hat den Abendflug bekommen und landet um halb eins. Wir kommen dann gemeinsam zu dir." Cat stand auf und beugte sich zu ihm, um ihn zu küssen.

„Warte! Erzähl mir von Kaylors Verhör, vieles ist mir noch nicht ganz klar." Aber er schloss schon wieder die Augen.

„Später, zusammen mit Don. Schlaf jetzt. Ich liebe dich."

Er lächelte, ohne die Augen noch einmal zu öffnen. Cat verließ leise das Krankenzimmer.

Don war pünktlich gelandet und ein Kollege der Münchner Polizei hatte ihn am Flughafen abgeholt und in das Hotel Prinzregent in der Ismaninger Straße, unweit des Klinikums rechts der Isar, gebracht. Er checkte gerade an der Rezeption ein, als Cat auf ihn zukam. Don nahm seinen Zimmerschlüssel und wandte sich ihr zu. Sie sah immer noch angestrengt und übermüdet aus, doch dank der drei Stunden Schlaf hatte sie wenigstens wieder etwas Farbe im Gesicht. Sie trug saubere Sachen, denn heute Morgen hatten zwei Polizisten ihr und auch Seans Gepäck aus Garmisch geholt und ins Hotel gebracht. In ihrer Jeans und dem weißen Rollkragenpullover wirkte sie heute sehr jung.

Don stand ihr in seinem makellosen Anzug mit ernstem Gesicht gegenüber. Dann grinste er leicht. „Na, Kampell, für Ihren ersten Fall haben Sie gleich das volle Programm durchgezogen." Er schüttelte ihre Hand und klopfte ihr anerkennend auf die Schulter. „Wie geht's ihm?"

„Angeschlagen, hat Schmerzen, aber er wird wieder ganz gesund."

„Gut, gehen wir einen Kaffee trinken. Anschließend bringe ich meine Tasche aufs Zimmer und dann besuchen wir Sean. Ist er in der Lage, mit uns zu reden?"

Cat nickte. „Ja, er hätte mich am liebsten schon heute Morgen über die Kaylors ausgequetscht, wenn er nicht eingeschlafen wäre."

Sie gingen in die rustikale Bauernstube des Hotels, setzten sich an einen der Holztische und bestellten Café Latte. Don schwieg eine Weile und nippte an seinem Getränk. Da Aschenbecher auf den Tischen standen, zündete er sich eine Zigarette an und hielt Cat das Päckchen hin. „Es geht ihm also gut?", fragte er wieder.

„Ja, der Arzt meint, in zwei Monaten ist sein Bein wieder einigermassen hergestellt und die Schusswunde an der Schulter wird schneller heilen."

Don nickte. Er hatte Cats Bericht bereits im Flugzeug gelesen und wusste genau, was in der Nacht passiert war.

„Wie geht es dir, Catherine?", fragte er plötzlich sehr besorgt.

Sie zog an der Zigarette. „Ich bin müde, aber es ist alles in Ordnung. Sean meint, dass ich Zeit brauche, um damit klarzukommen." Ihre Stimme klang zerbrechlich, als sie das sagte.

„Du meinst, weil du sie erschossen hast?"

Sie nickte.

„Er hat recht, das dauert ein bisschen, aber der Schatten geht vorbei."

Cat sah erstaunt auf, denn sie kannte Don nicht von dieser Seite. Er sprach sehr sanft, ohne jeden Zynismus. „Hast du schon einmal einen Menschen getötet?", fragte sie ihn.

„Ja, das habe ich. Es ist nicht einfach, doch mit der Zeit versteht man, warum es notwendig war. Mach dir keine Sorgen und vor allem keine Vorwürfe."

„Danke, Don."

Er nahm wieder einen Schluck Kaffee und drückte die Zigarette im Aschenbecher aus.

„Und wie steht es mit euch beiden?“, fragte Don sehr direkt.

Sie sah ihn erschrocken an. „Ich …“, stotterte Cat, doch kam nicht sehr weit, da Don sehr ernst meinte: „Sag jetzt ja nicht, dass du nicht weißt, wovon ich rede. Hör zu, Cat, Sean ist mein Freund; ich weiß, was er für dich empfindet, und dass ich dich mit ihm nach Deutschland geschickt habe, hatte nicht nur mit deinen Sprachkenntnissen zu tun.“

Cat errötete leicht und blickte den Ermittlungsleiter unsicher an. „Sir, ich weiß, dass ich noch in Ausbildung bin und damit gegen die Grundsätze von Quantico verstoßen habe, doch ich liebe ihn und Sean liebt mich. Wenn Sie mich aus dem Programm feuern wollen, dann tun Sie das, doch Sean – bitte lassen Sie ihn aus der Sache raus.“

Don zog die Augenbrauen hoch. „Du hältst mich für ein ziemliches Arschloch, oder? Du hast mir nicht zugehört, Cat. Ich sagte: Sean ist mein Freund. Ich weiß, dass er dich liebt, und mir war von Anfang an klar, dass etwas zwischen euch passieren wird, wenn ihr allein in Deutschland seid. Es geht nicht darum, dass er dein Ausbilder ist, es geht überhaupt nicht um das FBI. Du hast einen super Job gemacht und deine Vereidigung ist nur noch eine Formalität. Es geht mir darum, ob es mit euch klappt – ist er glücklich?“

Cat kräuselte die Stirn. Meinte Don Viggen, was er sagte? Er wollte kein Diziplinarverfahren gegen sie führen, obwohl ihr und Seans Verhältnis ein eindeutiger Grund war, gefeuert zu werden?

„Frag ihn selbst“, bat sie leise.

„Ich frag aber dich.“

„Ja, ich glaube, er ist glücklich.“

Don lächelte zufrieden. „Gut, dann ist das geklärt, Agent Kampell. Deine FBI-Marke drücke ich dir bei der Vereidigung selbst in die Hand. Doch versuche, deinen Liebsten ein bisschen an die Zügel zu nehmen, ihr solltet euer Tête-à-tête in Quantico nicht an die große Glocke hängen. Ich weiß, dass du dich für Seans BAU beworben hast und auch in der Ausbildung arbeiten willst – dennoch, denk noch mal darüber nach. Vielleicht ist es besser, wenn du fürs CASMIRC arbeitest; ich hätte nichts dagegen, wenn du bei mir anheuerst. Dann könnt ihr mit der Zeit die Sache offiziell machen, ohne dass zu viel gemunkelt wird."

„Danke, ich denke darüber nach und spreche mit Sean."

Don leerte sein Glas. „Dann lass uns mal zu unserem Helden gehen."

Sean saß aufrecht im Bett und starrte gelangweilt vor sich hin, als es an der Tür klopfte und die beiden eintraten. Cat ging zu ihm und küsste ihn auf den Mund. Sean sah überrascht von ihr zu Don.

„Ich weiß Bescheid", meinte Don trocken. Dann grinste er frech. „Mann, siehst du beschissen aus."

„Danke, Don, und wo sind die Blumen?!", erwiderte Sean erleichtert, denn er hatte damit gerechnet, dass sie Don etwas vorspielen müssten. Er war sich Dons Reaktion nie ganz gewiss, wenn es um Cat ging.

Don kam an sein Bett, setzte sich und legte freundschaftlich seine Hand auf das gesunde Bein. „Blumen kriegst du von mir erst bei deiner Beerdigung."

„Reizend", murmelte Cat und zog sich einen zweiten Stuhl heran.

„Da ich weiß, dass es dir gut geht, erspare ich mir die höflichen Floskeln. Also, Agent Kampell wird uns gemeinsam durch John Kaylors und Maximilian Seilers Befragung führen. Ich denke, du hast bestimmt Fragen – ich auch. Schaffst du das oder müssen wir einen Arzt dazuholen?" Don war wieder ganz er selbst.

Sean schüttelte den Kopf und verzog den Mund. „Fangt einfach an. Wenn ich den Löffel abgebe, merkt ihr das schon."

Cat schüttelte den Kopf, kramte dann aber einen Hefter aus ihrer Computertasche und schlug ihn auf.

„Das ist der Bericht, den ich letzte Nacht an Don und McSimmens geschickt habe. Ich gebe euch die Quintessenz und ihr könnt dann eure Fragen stellen", sagte sie professionell und begann zu sprechen. „Gestern Nachmittag, am siebten Dezember um fünfzehn Uhr, wurde als Erster Maximilian Seiler zu den Ereignissen der Nacht vom sechsten auf den siebten Dezember befragt. Er sagte aus, dass Elisabeth Kaylor alias Lisl Kohler ihn in seiner Garage mit einer Waffe bedroht, gefesselt und entführt hat. Danach fuhren sie zu Mirco Rambacher, lockten ihn mit einem Anruf, den Seiler führen musste, aus dem Haus. Elli Kaylor schlug Rambacher bewusstlos und sie fuhren auf die Wettersteinalm. Während der Fahrt erzählte Elli Kaylor, wie sie am Nachmittag zuvor Rudolph Wiesner in München ausfindig gemacht und getötet hatte; sie sprach auch davon, wie sie zu Herbert Hohlbeck ging. Sie war mit dem Zug von München nach Garmisch gefahren und am späten Nachmittag zu Fuss zu seinem Haus gegangen. Hohlbeck war völlig arglos, als sie erschien, und trank mit ihr Tee. Dann fragte sie ihn nach Seiler und Rambacher aus. Im Laufe des Gesprächs wurde Hohlbeck wohl klar, um was es ging; er weigerte sich und es kam zu einen Kampf, in dessen Verlauf Elli Hohlbeck niederstach. Er verblutete und sie fand die Adressen in seinem Büro."

„Wie hat Elli Wiesners Adresse in München herausbekommen?", fragte Sean, der momentan etwas wacher war.

„Seiler wusste es nicht, doch das LKA hat mit Wiesners Familie in Krün gesprochen – sie hat sich an dem Morgen, als sie in Frankfurt ankam, telefonisch mit ihnen in Verbindung gesetzt, sich als eine alte Freundin ausgegeben und die Adresse erfahren.“ Cat sah wieder in die Papiere und fuhr mit ihrem Bericht fort. „Seiler sagte aus, dass Elli am Haus ihrer Mutter einen kurzen Wortwechsel mit Maria Laner hatte und gleich danach schoss, gezielt ins Herz. Er konnte nicht verstehen, was geredet wurde, doch meinte, es wären keine drei Sätze gewesen. Wie wir es bereits mutmaßten, hat Elli die beiden Männer vor sich her den Berghang hochgetrieben. Dort angekommen wollte sie Rambacher und Seiler auf das Plateau bringen, doch Rambacher weigerte sich. Sie tötete ihn mit einem Genickschuss; Seiler nannte es eine Exekution. Dann drohte sie, sich an Seilers dreizehnjähriger Tochter zu rächen, wenn er nicht in die Wand stieg. Dabei gab sie zu, Leopold Seiler getötet zu haben. Seiler meinte, dass sie wörtlich sagte: ‚Wenn du nicht sofort da rauf steigst, dann wird sie genauso leiden wie Leo, und glaube mir, er hat vor Schmerzen geschrien.‘ Seiler sagte, er würde diese Worte nie in seinem Leben vergessen. Er bestätigt, dass er nach dem Schuss auf Rambacher einen Mann rufen hörte; John Kaylor war also bereits in ihrer Nähe.“

„Das war, als wir mit der Raupe an der Abzweigung ins Unterholz ankamen. Ich hatte etwas gehört, doch Kanzler quatschte dazwischen und ich konnte es nicht verstehen“, meinte Sean und Cat nickte.

„Ja, das war der Moment. Seiler stieg auf und sie folgte ihm, das Jagdgewehr, das sie aus dem Haus ihrer Mutter mitgenommen hatte, im Anschlag. Sie erreichten das Plateau. Er meinte, dass sie einen Mann sahen, der ihnen in die Felswand folgte. Als sie das Plateau erreichten, stieß Elli ihn auf den Boden und zielte mit dem Jagdgewehr auf John, der gerade auf der Felskante angekommen war, doch zögerte, als sie ihn erkannte. Genau zu dieser Zeit kamen wir unten an, sie zielte auf unsere Taschenlampen und schoss Peter Becker nieder."

„Ja, und als ich dann in der Wand war, versuchte John, an dem Seil weiter auf das Plateau zu steigen. Ich konnte von meiner Position Elli nicht sehen und dachte immer noch, John Kaylor wollte Seiler auf dem Plateau töten. Ich zielte auf ihn und rief ihm zu, er sollte stehen bleiben oder ich würde schießen. In dem Moment muss Elli auf mich geschossen haben", warf Sean wieder ein.

„Seiler sagt aus, dass Kaylor wieder abstieg und sich um dich kümmerte. Elli hatte mitbekommen, dass du an dem Seil hingst, und schnitt es durch, aber John hielt dich bereits. – Gott sei dank", fügte Cat hinzu und sah Sean liebevoll an.

„Turteln könnt ihr später, können wir weitermachen?", knurrte Don ungeduldig.

„Ich rief Kaylor an, als er dich auf den Weg gezogen hatte, und zielte auf ihn, dann hörte ich dich, sah Elli und schoss. Sie hatte das Jagdgewehr wieder im Anschlag."

„Cat ist eine ziemlich gute Schützin – Elli hatte einen Kopfschuss, als man sie gestern Morgen vom Plateau holte", sagte Don.

„Seiler gab zu Protokoll", fuhr Cat ungerührt fort, „dass Elli zusammenbrach, dann rief John nach ihm und er kletterte auf den Weg hinunter. John Kaylor band dich auf Seilers Rücken fest und seilte euch beide ab. Mittlerweile war Kanzler mit der Raupe angekommen und entzündete Rettungsfackeln, die er im Fahrzeug hatte; es dauerte keine zwanzig Minuten, bis der Helikopter landete und Peter Becker, dich und auch mich nach München flog. John Kaylor hatte sich die ganze Zeit um Peter gekümmert." Damit schloss Cat.

„Hat Seiler die Vergewaltigung von Lisl Laner zugegeben?“ Sean wirkte wieder erschöpft und hatte sich in das Kissen zurücksinken lassen.

Cat nickte. „Ja, alles unter Tränen. Er sagte, dass sein Vater trank und wenn er betrunken war, ihn, Leo und auch seine Schwester schlug. Er verging sich auch regelmäßig an seiner Tochter; die Brüder hatten es jedes Mal mitbekommen. Seiler ist wieder einmal ein Opfer, das zum Täter wurde.“

„Man wird ihn nicht dafür belangen, oder ist die Gesetzgebung in Deutschland anders als bei uns?“, fragte Don. Sein Gesicht hatte sich verhärtet.

„Nein, zwar ist die deutsche Rechtslage etwas anders – die Höchststrafe bei Vergewaltigung beträgt fünfzehn Jahre, dadurch lässt sich aus §78 StGB eine Verjährungsfrist von zwanzig Jahren ableiten. Bei minderjährigen Opfern jedoch beginnt diese Frist erst mit der erlangten Volljährigkeit zu laufen. Theoretisch kann man ihn belangen, doch da er selbst damals erst zwölf war, wird man den Fall wohl nicht weiterverfolgen.“ Cat fügte noch hinzu: „Ich habe kurz mit dem deutschen Staatsanwalt gesprochen.“

„Seiler muss doch geahnt haben, dass Lisl seinen kleinen Bruder getötet hat“, warf Don zusammenhanglos ein.

„Ich habe ihn das auch gefragt. Er meinte, nachdem er gesehen hatte, wie sein Bruder an den Baum gefesselt war und die Brandwunden, dachte er, dass Lisl oder Hans damit zu tun hatten, doch er war neunzehn, gerade auf Bewährung wegen des Autodiebstahls. Er hatte nicht den Mut, die Vergewaltigung zuzugeben.“ Cat sah Sean an, er hatte wieder die Augen geschlossen. „Bist du müde, sollen wir aufhören?“, fragte sie ihn.

„Nein, ich will hören, was Kaylor zu sagen hatte, aber mach es etwas kürzer.“

„Wir können auch morgen weitermachen“, warf Don jetzt doch etwas beunruhigt ein.

„Höre ich da eine gewisse Sorge, Don Viggen?“, fragte Sean belustigt, doch seiner Stimme hörte man an, dass es ihn angestrengte zu sprechen.

„Wenn ich anfange, mir um dich Sorgen zu machen, werde ich meines Lebens nicht mehr froh. Nee, vergiss es, da hüte ich lieber einen Sack voller Flöhe!“, flapste Don.

„Gut, Kurzfassung und dann hauen wir ab, damit du schlafen kannst“, warf Cat dazwischen und legte ihre Hand auf Seans. Don verdrehte die Augen.

„Gemäß Kaylors Aussage wusste er nicht, dass seine Frau eine Mörderin ist, weder damals in Deutschland noch in Colorado. Er folgte ihr, als sie verschwand, ahnte, dass sie in ihre alte Heimat wollte. Er glaubte damals noch, dass die Kindermorde sie so sehr verwirrten, dass sie aus irgendeinem Grund nach Deutschland zurück wollte.“

„Aber warum hat er uns in Gunnison nicht von den Morden in Deutschland erzählt, er musste doch die Ähnlichkeiten gesehen haben?“ Don war für den Moment von dem Fall zu sehr gefesselt, um sich weiter Sorgen um Sean zu machen.

„Auch das habe ich ihn gefragt. Er meinte, es sei wie ein Fluch gewesen, der beide, Elli und ihn, wieder eingeholt hatte. Er sagte, dass er für einen Moment ins Grübeln kam, doch alles machte keinen Sinn, darum schwieg er lieber.“

„Und er liebte seine Frau zu sehr, um an die augenscheinlichste Möglichkeit zu denken“, murmelte Sean.

Cat nickte mit zusammengepressten Lippen. Sie sammelte sich für einige Sekunden und fuhr fort: „Erst als er zu Hohlbeck kam, dessen Tür offenstand, und er Herbert in einer Blutlache fand, fing er an zu verstehen. Wie wir angenommen hatten, fand Hans

Kohler erst in seiner Hochzeitsnacht heraus, was seiner Frau einmal angetan wurde. Genau wie du vemutetest, konnte sie keine Intimität zulassen. Sie gestand ihrem Mann, dass sie als zwölfjähriges Mädchen vergewaltigt, misshandelt und in der Kälte an einem Baum gebunden worden und fast gestorben war. Dennoch erfuhr er nie, wer die Täter waren. Er ging davon aus, dass es Männer waren, wusste nie von den kleinen Jungen und Max, der kaum dreizehn war. Als dann Leo verschwand und anschließend Stephan gefunden wurde, vermutete er, dass es sich um die gleichen Täter handelte wie sechs Jahre zuvor bei seiner Frau. Er sprach mit Hohlbeck darüber."

„Und?", fragte Don hastig.

„Hans wollte zusammen mit Hohlbeck die Täter finden, er wollte Rache für seine Frau, doch Elli, Lisl, wurde immer unruhiger; sie flehte ihn an, Garmisch zu verlassen. Er glaubte, sie hätte Angst, und das war nur zu verständlich. Sie gingen nach Berlin, doch selbst das war für Lisl nicht weit genug, darum sparte Hans jeden Pfennig und plante ihre Auswanderung."

„Was war mit Hohlbeck?"

„Kohler sprach mit ihm, sagte, dass Lisl weg wollte. Hohlbeck verstand das und seine Besessenheit, was den Fall anging, wurde immer größer, denn er sah, wie sehr Hans und Lisl unter all dem litten."

„Warum sind sie von Kanada weg?" Die Fragen strömten nur so aus Don, er musste jetzt unbedingt die ganze Geschichte kennen.

„Sie fanden eine Pension in Toronto, lavierten sich mit Nachhilfejobs durch. Ausserdem stand Kaylor unter enormen Druck. Seine Ehe war ein Desaster: Er hatte Lisl 1998 geheiratet, und als sie Toronto Ende 2000 verließen, war er noch kein einziges Mal mit seiner Frau intim gewesen. Sie ließ es nicht zu, dass er sie berührte – so was hatte Sean bereits vermutet, genau so war es dann auch. Ich glaube, er hatte eine wirkliche Lebenskrise; das hat er zwar nicht so ausgedrückt, doch er sagte, dass Lisl die Liebe seines Leben war und er alles für sie getan hätte, doch er kam nie ganz an sie heran. Als er dann wieder anfing, als Lehrer zu arbeiten, und eine Beziehung zu seinen Schülern aufbaute, holte ihn endgültig die Trauer über Leopold, Stephan und Andreas ein. Er wollte und konnte seinen Schülern nicht mehr so nah sein, ohne an die Morde in Deutschland zu denken. Er war es, der Lisl vorschlug, nach Amerika zu gehen, den Beruf zu wechseln, die Namen, und ganz neu anzufangen."

„Mein Güte", stöhnte Sean. „Und dann kamen sie nach Hoyt Lake und merkten, dass es gar nicht so einfach war, die Greencard zu bekommen."

„Ja, genau, er fing als Arbeiter im Sägewerk an, meinte, dass Griffin hilfreich war, doch ihr Visum war nur für drei Monate ausgestellt. Er sagte, dass sich Griffin plötzlich aus heiterem Himmel für sie einsetzte; er wurde Vorarbeiter und dann hatten sie endlich ihre Greencards in der Hand." Cat räusperte sich.

„Hast du es ihm gesagt?", fragte Sean.

„Dass Lisl sich für die Greencard prostituierte? Nein, das habe ich nicht."

Sean nickte.

„Kaylor sagte aus, dass Lisl fort wollte, wie panisch, und er einer Nacht-und-Nebel-Aktion zustimmte; sie landeten in Gunnison."

„Warum tat er das, wenn er nichts wusste von Griffin und Lisl? Es muss ihm doch komisch vorgekommen sein, dass sie schon wieder weg wollte?", warf Don ein.

„Weil Lisl in Hoyt Lake das erste Mal, seit sie verheiratet waren, Sex mit ihm hatte. John sagte wörtlich: ‚Ich war ihr verfallen seit diesem Moment und tat einfach alles, um sie glücklich zu machen.'"

„Scheiße", entfuhr es Sean leise. „Denkst du, dass die Tochter vielleicht Griffins Kind ist?"

Cat schüttelte leicht den Kopf. „Darüber habe ich nachgedacht. Es kann sein. Sie musste mit Griffin schlafen, danach hat sie es auch mit ihrem Mann getan." Sie sah ihn kurz an. „Das ist etwas, dass nie jemand erfahren muss. Ich weiß, dass du Griffin am liebsten in den Gerichtssaal zerren möchtest – ich auch –, doch der Schaden, den wir Kaylors Tochter zufügen könnten, und auch John selbst, ist groß. Ich habe es im Bericht unter den Tisch fallen lassen; ich hoffe, das ist euch beiden recht."

Sean sah sie wieder prüfend an. „Okay", war alles, was er erwiderte. Er wartete auf Dons Reaktion.

Don verzog den Mund. „Mir passt es zwar nicht, dass wir Griffin noch nicht mal Ärger machen können, doch ich verstehe, worauf ihr hinaus wollt. Von mir aus muss das keiner erfahren."

„Er weiß auch nicht, dass seine Tochter vergewaltigt wurde – er rätselt darüber, warum Elli es wieder getan hat; keine Erklärung, das zerfrisst ihn, aber auch in diesem Punkt habe ich geschwiegen. Wenn seine Tochter es ihm eines Tages selbst erzählt, dann ist das ihre Sache."

Sean griff sich mit der verbundenen Hand an die Stirn. „Warum habe ich das alles nicht gesehen?"

„Du hast Teile gesehen, Sean, viel mehr als wir alle. Du hast im Grunde von Anfang an gewusst, dass Kaylor unschuldig ist. Doch du hast angenommen, dass er aus Liebe zu Lisl alles tun würde, und das war dein Fehler."

Sean drehte den Kopf wieder in ihre Richtung, sah, dass sie mit dem Satz etwas mehr gesagt hatte, als nur über Kaylor zu sprechen.

„Das klingt wie ein Vorwurf. Ist es so falsch, alles zu tun für den Menschen, den man liebt?“, fragte er und vergaß vollkommen, dass Don neben ihnen saß und alles mitbekam.

Sie lachte halbherzig auf. „Nein, kein Vorwurf gegen dich; das betrifft eher mich.“

Don räusperte sich, um darauf hinzuweisen, dass er auch noch da war.

„Sorry, Don“, sagte Sean.

„Mhmm, bitte macht das ein andermal aus, wenn ihr allein seid. Cat, lass uns zum Ende kommen und dann denke ich, es ist wirklich besser, wenn Sean sich ausruht.“ Don schien ein wenig peinlich berührt von der Situation.

Kein Wunder, dachte Sean, *er hat mich noch niemals so mit einer Frau gesehen.*

„Eigentlich war es das“, sagte Cat und hatte sich wieder vollkommen unter Kontrolle. „Was planst du, Don, werden wir Kaylor wegen Mitwisserschaft vor Gericht bringen?“

„Das müssen wir. Ich bin mir nicht sicher, ob er nicht gelogen hat, als er sagte, er wusste nicht, was seine Frau tat. Aber sein größter Fehler war, bei den Kindermorden in Colorado zu schweigen, er hätte mit uns über die Morde in Deutschland reden müssen. Jedoch spätestens, als er Herbert Hohlbecks Leiche fand, hätte er die Polizei einschalten müssen. Was wollte er denn tun, nachdem er Elli vielleicht davon abgehalten hätte, Rambacher und Seiler zu töten? Ich für meinen Teil glaube, er wäre wieder mit ihr verschwunden.“

Sean sah Cat wieder an und sagte dann sehr vorsichtig: „Es stimmt, was Don sagt, Kaylors Obsession für seine Frau war krankhaft.“

Cats Gesichtsausdruck veränderte sich. Sean sah, dass er sie persönlich verletzt hatte mit dem, was er über Kaylor gesagt hatte, und wollte schon etwas hinzufügen, doch sie kam ihm zuvor.

„Ich teile eure Meinung nicht, doch das ist eine moralische Grundsatzdiskussion. Rein rechtlich müssen wir ihn anklagen." Sie stand auf und rückte den Stuhl wieder an die Wand. „Lass uns gehen, du solltest schlafen." Dabei drehte sie sich bereits zur Tür.

„Cat, warte", sagte Sean angespannt.

„Ich gehe schon mal vor", meinte Don und verschwand schnell durch die Tür.

Cat sah Sean an. „Komm her, bitte", flüsterte er.

Sie setzte sich auf sein Bett und er griff nach ihrer Hand.

„Du weißt, wie sehr ich dich liebe, und was ich über Kaylor gesagt habe, hat nichts mit uns zu tun."

Cat blickte ihn traurig an. „Sean, ich bin mir da nicht sicher, denn meine Gefühle für dich sind auch obsessiv."

Es bildeten sich Falten zwischen seinen Augen, während er sie beobachtete.

„Schau, ich habe dich sieben Jahre gesucht, mein Leben darauf ausgerichtet, dich zu finden, und vor zwei Tagen eine Frau erschossen, ohne nur eine Sekunde zu zögern, nur weil du in Gefahr warst."

Er schüttelte den Kopf. „Das hättest du auch, wenn Peter an meiner Stelle in der Wand gehangen hätte."

„Vielleicht, aber sicher bin ich mir nicht. Sean, es ist das zweite Mal, dass ich für dich getötet habe", brach es aus ihr heraus.

„Was?" Sean verstand nicht.

„Ja." Sie zögerte einen Moment, doch fand dann die Worte: „Als ich damals die Abtreibung hatte. Was du nicht weißt, ist, dass ich mich dagegen entschied, ich wollte das Kind und habe das Staatsanwältin Monica Winter auch gesagt."

„Ich versteh das nicht, Cat."

„Nein, natürlich nicht. Monica sagte mir, dass, wenn ich der Abtreibung nicht zustimme, man dich verhaften müsse. Siehst du, Agent Caver", sie lachte verzweifelt auf, „ich bin doch nicht so schlecht in Rechtsfragen, denn sie sagte mir, dass man dich als Sexualtäter behandeln wird, ungeachtet der Geiselnahme; dass du ins Gefängnis wanderst, wenn herauskommt, dass du mit einer Siebzehnjährigen Sex hattest."

„Diese verdammte Bitch", fluchte Sean.

Es war still im Raum, eine erdrückende Stille. Sean sah, dass ihr Tränen über die Wangen rollten. Er setzte sich auf, legte den Arm um sie und zog sie an sich, den Schmerz in seiner Schulter ignorierend. „Es tut mir so leid, Cat. Ich verstehe nicht, warum Winter das getan hat. Ich dachte immer, sie steht auf der Seite der Gerechtigkeit; es war einfach nur unfair, dich für ihre politischen Spiele zu benutzen. Bitte weine nicht, wir haben uns wieder und wenn es dir so wichtig ist, dann können wir immer noch ein Kind adoptieren."

Cat löste sich sanft von ihm, wischte sich übers Gesicht. „Sean, darum geht es momentan doch gar nicht. Es ist nur … seit ich Elli erschossen habe und John mit all seiner Trauer sah, denke ich die ganze Zeit darüber nach, wie fatal seine Liebe zu ihr war …"

Sean unterbrach sie. „Nicht, Liebes, du …"

„Hör mir zu", sagte sie bestimmt. „Was ich meine, ist: wenn du ein Mörder wärest und ich davon wüsste, dann hätte ich das Gleiche getan wie John, und das beunruhigt mich."

Sean sah sie forschend an. „Cat, du bist übermüdet; du hast Gewissensbisse, weil du getötet hast; das sind ganz normale Reaktionen auf eine extreme Stresssituation. Verrenn dich jetzt nicht. Gibt dir Zeit und sprich mit dem FBI-Psychologen in Quantico."

Cat blickte ihn enttäuscht an, wollte sich vom Bett erheben, doch er hielt ihren Arm fest. „Geh nicht so weg von mir."

„Du verstehst immer noch nicht. Ich habe keine Gewissensbisse wegen Elli, sie wollte dich umbringen und wenn es sein müsste, würde ich sie jetzt sofort wieder töten. Mir macht Angst, dass ich etwas so leicht kann, wenn es um dich geht. Ich habe damals keine Sekunde gezögert und sofort der Abtreibung zugestimmt, als sie dir drohte. Meinst du nicht, dass ich dich genau so krankhaft liebe wie John seine Frau?“

Sean antwortete nicht, er dachte über sich selbst nach. Würde er es verdrängen können, mit Cat zusammen bleiben, wenn er wüsste, dass sie gemordet hätte, aus welchen Gründen auch immer? *Nein*, war die intuitive Antwort, die er sich gab. Auf der anderen Seite war sie gerade traumatisiert, war nicht sie selbst. Er glaubte nicht, dass sie all das genau so meinte, wie sie es sagte.

„Ich geh jetzt, Don wartet bestimmt schon.“ Sie stand auf und er ließ sie gehen.

„Kommst du morgen wieder?“, fragte er ängstlich, denn es fühlte sich an, als entglitte sie ihm gerade.

Cat lächelte, bevor sie die Tür öffnete. „Natürlich, gleich morgen früh. Schlaf gut!“

EPILOG

Sie war am anderen Morgen wiedergekommen, ganz die Cat, die er kannte und liebte. Er hatte es vermieden, das Thema wieder aufzugreifen, dennoch gärte es in ihm. Don hatte mit den deutschen Behörden eine Abmachung getroffen: John Kaylor wurde an die USA ausgeliefert, von Seiten des BKA hatte man einer Strafverfolgung in den Staaten zugestimmt. In Deutschland konnte man ihm nicht mehr als Behinderung von Ermittlungen vorwerfen; in Colorado lag der Fall anders, dort handelte es sich um Mitwisserschaft bei drei Kindermorden.

Don überführte John Kaylor am neunten Dezember persönlich nach Washington und bestand darauf, dass Cat ihn begleitete. Er brauchte Agent Kampell für die Anklage und aus Sicherheitsgründen eine zweite Person, um einen Straftäter per Flugzeug zu transportieren. Sean verstand es, es war nun einmal Teil des Protokolls, doch als sich Cat am Abend des neunten Dezember von ihm verabschiedet hatte, hatte das ein großes Loch in seinem Herzen hinterlassen. Die Ärzte hatten ihm geraten, nicht zu fliegen. Es würde noch etwas dauern, bis der Gips durch eine Schiene ersetzt werden konnte, auch wenn er sich täglich besser fühlte und seine Schulter schneller heilte als erwartet.

Es war der achtzehnte Dezember. Sean hatte Peter jeden Tag besucht, erst im Rollstuhl und jetzt humpelte er mit der Schiene zu seinem Zimmer. Seit seine Frau und die Kinder nach München gekommen waren, ging es Peter stündlich besser. Es war immer ein fröhliches Zusammentreffen mit der Familie und Sean vergaß während dieser Zeit seine Sehnsucht nach Cat. Er spielte mit den Kindern und Peter wurde mehr und mehr zu einem engen Freund. Auch wenn Peter es ihm ein bisschen übel nahm, dass er seine Deutschkenntnisse verheimlicht hatte. Peter entging nicht, dass mit Sean etwas nicht stimmte, und er fragte ihn, doch Sean schwieg, lächelte auf seine Fragen und sagte nur: „Mein Freund, es ist besser, du weißt nicht zu viel darüber."

Peter wurde am neunzehnten Dezember mit einer Ambulanz nach Wiesbaden gebracht und auch Sean entließ man aus dem Krankenhaus. Er konnte einigermaßen laufen mit der Schiene, auch wenn er noch Krücken benutzte. Die Ärzte rieten ihm immer noch davon ab zu fliegen, er sollte damit warten – die Schwellungen, die aufgrund der Druckverhältnisse in Flugzeugen auftreten konnten, waren weder gut für den Fuß noch die Schulter.

Er saß am Abend des neunzehnten in seinem Hotelzimmer und sah auf das verschneite München; die Straßen wirkten grau, der Himmel bewölkt, als die Dämmerung anbrach.

Cat hatte sich, seit sie das Krankenhaus vor zehn Tagen verlassen hatte, jeden Abend bei ihm gemeldet, wenn er nicht schon vorher bei ihr angerufen hatte. Sie war mittlerweile wieder in Quantico und nahm eigentlich nur der Form halber am Rest des Ausbildungsprogramms teil, denn sie hatte, genau wie Robert Briggs, ihren Abschluss in der Tasche. Don rief regelmäßig an, teilte ihm alle Einzelheiten des Abschlussberichts mit. Man hatte John Kaylor in Untersuchungshaft genommen; der Staatsanwalt warf ihm Mitwisserschaft in sogar sechs Mordfällen vor und Kaylor war am Boden zerstört.

Sean stand am Fenster, stützte sich ab, sah in den verhangenen Himmel und dachte über Kaylor nach. John Kaylor hatte seine Frau zu sehr geliebt, war blind gegenüber einer Mörderin, einer Wahnsinnigen gewesen. Als es ihm klar wurde, hatte er sie abhalten wollen, doch er war zu spät gekommen. *Er hätte früher etwas unternehmen müssen*, dachte Sean und war wieder bei sich und Cat. Was sie im Krankenhaus zu ihm gesagt hatte, ließ ihn nicht los, auch wenn sie sich am Telefon wieder ganz normal anhörte. Sie ging zweimal die Woche zur FBI-Psychologin, wie es die FBI-Richtlinien verlangten nach einem Schusswechsel mit Todesfolge, und es schien ihr gut zu tun. Er musste wieder daran denken, was sie gesagt hatte: „Meinst du nicht, dass ich dich genauso krankhaft liebe wie John seine Frau?" Er hatte sich im Inneren geweigert, weiter darüber nachzudenken. Sein intuitives NEIN wollte er nicht weiter analysieren. Doch jetzt, hier so allein, drehten sich alle seine Gedanken um Cat. Sean hinkte zum Bett und zündete sich eine Zigarette an.

Okay, lass ich mich für einen Moment darauf ein, dachte er. *Was, wenn ich in Cats Situation wäre, was verlange ich eigentlich alles von ihr? Mein Vater ein gefallener Engel; Erzengel, die gegen uns Todesdrohungen aussprechen.* Dann hatte Cat als junge Frau all das ertragen müssen, in den Händen von Wahnsinnigen, eine Abtreibung, und dennoch liebte sie einen Mann, der nicht nur versucht hatte sich umzubringen, sondern auch noch in der geschlossen Psychiatrie gewesen war. *Aber sie verlangt nichts, nur, dass ich sie liebe und für sie da bin. Ja, sie hat Recht, diese Art von Liebe ist obsessiv. Was würde ich tun, wenn ich Cat wäre?*

„Rennen, weit weg rennen", sagte er laut zu sich selbst.

Nein, ich lass sie nicht rennen, ich bin nicht John Kaylor und sehe nur zu. Ich unternehme was, bevor es zu spät ist.

Dann ging er zum Telefon, setzte sich wieder aufs Bett und rief den Empfang an. „Caver, Zimmer 18. Ich brauche so schnell wie möglich einen Flug von München nach Washington, und können Sie mir einen Mietwagen in Washington reservieren? Ja, danke."

Er legte auf und packte die wenigen Sachen, die er bei sich hatte, dann setzte er sich aufs Bett und wartete auf den Rückruf.

Zwanzigster Dezember. Er hatte am frühen Morgen den Flug über Wien nach Washington genommen. Es war halb drei am Nachmittag, als Sean zur Autovermietung humpelte. Er fluchte leise vor sich hin; natürlich hatten die Ärzte recht gehabt, die fast zwölf Stunden im Flugzeug hatten seinem Bein nicht gut getan. Bei der Autovermietung angekommen, wechselte er den Stock, gegen den er mittlerweile seine Krücken getauscht hatte, auf die andere Seite und tat, als ob sein linkes Bein verletzt wäre, doch es schien nicht wirklich jemanden zu interessieren, ob er das Auto fahren konnte oder nicht. Man übergab ihm anstandslos Papiere und Schlüssel des Mietwagens. Ein Mercedes Automatik. *Das geht*, dachte er.

Heute am späten Nachmittag würde Cat vereidigt und er wollte dabei sein; er hatte beschlossen, dass genug Zeit vergangen war. Er würde anwesend sein, wenn man sie zur FBI-Agentin machte, und dann würde er es ihr sagen, was ihm mittlerweile selbst klar geworden war. Er war bereits eine Stunde auf der Interstate 95 unterwegs, als sein Handy klingelte. Er nahm ab.

„Wo zum Kuckuck bist du? Ich versuche dich schon seit Stunden zu erreichen!“, bellte Don ihn an.

„Etwa zehn Minuten von Quantico entfernt.“

„Wie bitte?! Du bist also doch geflogen. Ist dir eigentlich zu helfen?“ Don seufzte.

„Nein, nicht wirklich“, erwiderte Sean.

Dann fragte Don ziemlich hart: „Wegen Cat, nicht wahr?“

„Ja, ihretwegen.“

Don brummte etwas Unverständliches, dann wurde er wieder ernst. „Wie stellst du dir das eigentlich vor, wie es mit euch weitergehen soll?“

Sean schwieg ein paar Sekunden lang, dann sagte er: „Ich weiß noch nicht, Don. Ich bin mir in München über einiges klar geworden und wenn es sein muss, dann verlasse ich das FBI, um mit ihr zusammen zu sein."

„Ich habe mit ihr darüber gesprochen, hat sie nichts gesagt?"

„Nein", antwortete Sean etwas irritiert.

„Ich denke, es ist besser, sie arbeitet nicht für dich in Quantico, aber sie kann gerne bei mir im CASMIRC arbeiten, dann ist eure Beziehung vielleicht akzeptabel."

Sean atmete tief ein. „Denkst du? Was ist mit McSimmens und vor allem mit Monica Winter?"

„Winter? Was hat die denn damit zu tun?", fragte Don überrascht.

„Don, Monica hat Dreck am Stecken. Sie hat Cat damals gezwungen abzutreiben." Irgendwie kamen ihm die Worte sehr leicht über die Lippen. Don war sein Freund und er wusste, dass er ihm vertrauen konnte.

„Scheiße, du meinst, sie war schwanger?" Dons Stimme überschlug sich fast.

„Ja", setzte Sean an, doch Don unterbrach ihn: „Ich dachte, du bist steril?"

„Scheinbar nicht, es ist nur einmal passiert zwischen uns und Cat erwartete ein Kind."

„Mann, oh Mann, das ist harter Tobak. Winter stand enorm unter Druck; das Weiße Haus; ich habe damals davon eine Kostprobe mitbekommen, das ist schon etwas beängstigend", sagte er fast entschuldigend und fuhr fort: „Das alles wird nicht einfach, erst solltest du John hinter dich bekommen und dann unbedingt das Okay von Winter kriegen."

Sean blinkte und bog ein Richtung Marine Base.

„Momentan bin ich stinksauer auf Winter und muss mich erst einmal beruhigen, bevor ich mit ihr sprechen kann. Das kann erst einmal warten. Jetzt geht es um Cat. Sie hat viel mitgemacht, nicht nur die Sache mit Elli. Ich werde erst einmal sicherstellen, dass sie weiß, wie sehr ich sie liebe. Dann sehen wir weiter. Alles andere ist mir momentan egal."

„Sean", meinte Don mahnend, „ich glaube, ich verstehe dich – sie ist ein toller Mensch, ich habe Kampell auch ein bisschen kennengelernt – doch schmeiss deine Karriere nicht aus dem Fenster; denke, bevor du handelst. Versprichst du mir das?"

Sean musste lächeln und war froh, solch einen Freund zu haben. „Ja, Don, ich verspreche es."

„Gut, dann sehe ich dich gleich."

„Was?"

„Ich bin in Quantico, habe Cat versprochen, ihr die Marke persönlich zu überreichen."

„Du bist und bleibst ein Arsch. Warum hast du das nicht gleich gesagt?", entgegnete Sean nicht gerade ernst.

„Tja, wie du mir, so ich dir. Wir sehen uns gleich, freu mich drauf."

„Okay, bis gleich Don und … danke für alles!" Dann legte Sean auf.

Als er auf den Parkplatz vor dem FBI-Verwaltungsgebäude in Quantico einbog, hatte er ein komisches Gefühl, alles wirkte fremd, als ob es Jahre her wäre.

Er stieg aus, griff nach seinem Stock, sah an sich herunter. Er trug den anthrazitfarbenen Anzug mit weißem Hemd und passender Krawatte, er hatte alles im Hotel zur Reinigung gegeben. Seine Marke hing an der oberen Sakkotasche, denn heute waren viele Besucher hier, Eltern, Verwandte und Freunde, die der Vereidigung beiwohnen wollten, darum waren überall Kontrollposten, die Papiere prüften. Er sah in den Außenspiegel des Wagens; er war glatt rasiert, hatte im Krankenhaus Gewicht verloren, doch sein Gesicht wirkte frisch trotz des langen Fluges. Sein Haar war länger als gewohnt, er strich es nach hinten; seine Augen tief dunkelblau; *Viel zu dunkel*, dachte er; er sah überhaupt viel zu jung aus, nicht wie Caver – er sah aus wie Nate, als er Cat das erste Mal begegnet war. Die gleiche Distanz in seinen Augen, Unsicherheit; es war irritierend, dass man sehen konnte, was er gerade fühlte. Er war hier wegen ihr, doch was immer in den nächsten Stunden passierte, es würde sein Leben von Grund auf verändern.

Als er den großen Saal betrat, blieb er weit im Hintergrund, lehnte stehend an einer der Türen und sah auf die Tribüne. Die Rekruten wurden aufgerufen und traten auf das Podium. Es wurden ein paar Worte gesprochen, man überreichte ihnen den Ausweis und die Marke, dann wurde ein Photo geschossen. Als Catherine Kampells Name erklang, streckte sich sein Rücken automatisch durch, er lehnte sich fester an die Wand. Sie lächelte, als Don ihr den Ausweis überreichte, sich bei ihr für die hervorragenden Leistungen bedankte; sie hielt den Ausweis hoch, lachte für das Photo. Sie sah in die Zuschauermenge, fixierte jemanden; *Wahrscheinlich Briggs*, dachte Sean. Er wandte sich ab und verließ den Raum, als sie von der Tribüne stieg.

Vor dem Saal stand er eine Weile im Freien und rauchte, dann ging er langsam zur Kantine, die sich mittlerweile mit Gästen und den neuen Agents füllte. Es war heiteres Gelächter zu hören, als er eintrat, überall blitzen Photoapparate auf, Kuchen wurde gereicht. Erleichterung und Stolz lagen in der Luft. Er ging langsam durch den Raum, wurde immer unsicherer, was seinen Entschluss anging. Einige seiner Rekruten sahen ihn, stürmten auf ihn zu, schüttelten seine Hand, dann fragten sie, wie es ihm ging, und dankten ihm.

Er fühlte plötzlich ihren Blick, als er mitten in einer Unterhaltung mit McKinney war, nickte dem frischgebackenen Agenten zu, verabschiedete sich und ging zu ihr.

Sie stand zusammmen mit Don, Joan Ingres, Robert Briggs und einem älteren Mann, den Sean noch nie gesehen hatte.

Er streckte die Hand aus, sie legte ihre Hand überrrascht in seine.

„Herzlichen Glückwunsch, Agent Kampell“, sagte er. Sie blickte in seine Augen, hielt seine Hand, bis er sie zurückzog und Briggs und Ingres die Hand schüttelte. Er sah den unbekannten Mann an.

Cat meinte schnell: „Agent Caver, das ist mein Vater Eric Kampell; Dad, mein Ausbilder Agent Sean Caver.“ Wieder Händeschütteln.

„Agent Caver, wie schön, Sie kennenzulernen; meine Tochter meinte, Sie könnten nicht kommen, wegen Ihrer Verletzung. Es freut mich, dass Sie es geschafft haben.“

„Ja, mich auch.“ Sean taxierte Eric Kampell, der maximal acht Jahre älter war als er selbst. *Verflucht*, dachte er, *habe ich überhaupt ein Recht auf Cat?*

„Es freut mich, dass Sie es alle geschafft haben. Ich muss jetzt los, feiern Sie Ihren Erfolg.“ Dann lächelte Sean noch einmal und drehte sich um, ging wieder auf die Außentür der Kantine zu und verschwand nach draußen.

Cat stand immer noch da wie vom Donner gerührt, sie konnte nicht reagieren. Wo zum Teufel ging er hin?

„Das war also Caver. Na, ihm scheint ja doch was an euch zu liegen, wenn er hier auftaucht.“ Eric Kampell sah seine Tochter an.

„Was?“, fragte sie völlig verdutzt.

Don sah Sean nach, ahnte, was gerade in ihm vorging. „Kampell“, sagte er, „ich glaub, da bekommt jemand gerade kalte Füsse, Sie sollten vielleicht Ihrem Ausbilder nachgehen.“

Robert und Joan runzelten verdutzt die Stirn.

Dann wurde Cat plötzlich wach. „Entschuldigt mich für einen Moment." Sie stürmte los, rannte auf die Tür zu und nach draußen. Dort sah sie sich um, konnte ihn nicht finden. *Wohin, verdammt, wohin?* Natürlich, zum Parkplatz; sie rannte, sah ihn nicht, es waren keine Leute hier. Sie stoppte. Wo konnte er nur hin sein? Sie atmete tief ein.

Cat ging langsam zur Kantine zurück, sah sich immer wieder um und wollte schon durch die Tür gehen, als ihr ein Gedanke durch den Kopf schoss: *Der Brick!*

Dann drehte sie sich abrupt um, rannte auf den Yellow Brick zu. Am Anfang standen ein paar Familien und photographierten ihre Söhne und Töchter vor den Schildern, doch Cat übersah ihre irritierten Blicke, als sie an ihnen vorbeihetzte in ihrem dunkelblauen Anzug.

Mit ihren Pumps sank sie im Waldboden ein, der hier in Quantico noch nicht einmal gefroren war, aber rannte weiter. Es dauerte nicht lange, bis sie ihn sah. Er ging langsam den Brick entlang, auf seinen Stock gestützt.

„Sean", rief sie, so laut sie konnte, und sah, wie er stehenblieb und sich umdrehte. Sie rannte weiter auf ihn zu und als sie endlich vor ihm zum Stehen kam, griff er ihre Schultern, damit sie nicht gegen ihn prallte. Cat sah ihn an, er lächelte unsicher. „Hey, es ist erst vier, wir laufen doch immer um sieben."

Sie sah auf sein Bein, dann auf ihre dreckverkrusteten Pumps, und lachte. „Ich hatte Angst, zu spät zu kommen, Agent Caver."

„Sie waren nie zu spät, Agent Kampell", antwortete er.

„Nein, zu spät war ich nie, aber manchmal bin ich einfach zu schnell, vor allem, wenn ich mir Sorgen mache, wie es mit uns weitergeht."

Sean schüttelte den Kopf und legt einen Finger auf ihre Lippen, um sie zum Schweigen zu bringen. „Cat, ich war nicht fair.

Etwas, mit dem wir beide schon immer Schwierigkeiten hatten – fair sein.“ Er machte eine kurze Pause, sie wollte etwas erwidern, doch sein Finger legte sich wieder auf ihre Lippen. „Als du mich im Krankenhaus fragtest, ob deine Liebe zu mir nicht auch krankhaft sei, da schwieg ich. Das war falsch, Cat.“

Sie sah ihn an, wartete.

„Ich verlange ständig zu viel von dir. Meine Geschichte, wie kann ein normaler Mensch damit leben? Cat, du bist stark, stark genug, um mich trotz all dieser Dinge zu lieben. Es ist keine blinde Besessenheit, du bist nicht John und ich auch nicht. Wenn ich wüsste, dass du getötet hättest, dann würde ich dich verteidigen, für dich da sein, weil ich wüsste, dass es einen Grund gibt. Ich würde nicht schweigen und alles verdrängen, doch ich würde für dich da sein, mein ganzes Leben.“

Cat sah zu ihm auf, zog langsam seinen Finger von ihren Lippen. „Du glaubst nicht, dass ich verrückt bin?“

„Doch, genauso verrückt wie ich! Ich werde John McSimmens überzeugen und mir dann Winter vornehmen. Wenn ich mit ihr fertig bin, dann hat sie nichts mehr dagegen, dass wir zusammenleben und in der gleichen BAU arbeiten.“

„Aber sie kann dich immer noch dafür anklagen“, warf Cat besorgt ein.

Sean verzog den Mund. „Wenn sie das versucht, bringe ich sie genauso vor Gericht. Sie hätte eine Abtreibung nicht zulassen dürfen, du warst minderjährig und deine Erziehungsberechtigten hätten dem Eingriff zustimmen müssen. Damit hat sie sich genauso strafbar gemacht wie ich. Aber vergiss das jetzt, ich finde eine Lösung. Cat, komm mit mir nach Stafford. Ich habe ein kleines Haus, nichts Großes, doch es ist schön dort. Komm mit mir!“

Sie sah ihn an. „Und Don?“, fragte sie. „Spielt er mit? Er wollte, dass ich zum CASMIRC gehe, nach Washington.“

Sean musste lachen. „Don ist nun mal Don, aber er weiß mehr von uns, als du dir vorstellen kannst. Manchmal ist er ein echtes Arschloch, aber wenn es darauf ankommt, der beste Freund, den man sich wünschen kann. Er wird uns unterstützen." Sean griff ihre Schultern, zog sie näher an sich und sah in ihre Augen. „Was denkst du, wollen wir es versuchen, du und ich, gemeinsam?"

Cats Augen strahlten. „Versuchen wir es!"

Danksagung

Uff, geschafft, habe ich da wirklich ein Happy End hingekriegt? Wer hätte das gedacht! Ich muss gestehen, dass ich eher die Tendenz habe, meinen Protagonisten das Leben schwer zu machen! Aber es ist noch nicht aller Tage Abend, Sean und Cat sind noch nicht auf der sicheren Seite. Mal sehen, was Monica Winter so veranstaltet, um die beiden auseinanderzubringen. Werden Sims und Don hinter ihnen stehen? Vor allen Dingen: wie entwickelt sich die Geschichte im Hinblick auf Seans Herkunft? Sind Gabriel und Camio weiterhin eine Bedrohung? Na klar, der nächste Teil der Serie ist in Arbeit ... aber das war's, mehr wird nicht verraten.

Hier einen herzlichen Dank an alle Leser: Leute, ihr seid großartig!

Ich selbst bin ein begeisterter Leser und verfolge immer mal wieder die Foren der Leseratten im Internet. Wer liest, der lebt; wer es zulässt, sich in Fantasien zu ergehen, der muss nicht gelangweilt und mürrisch durchs Leben gehen. Daher danke, dass ihr euch auf Seans und Cats Geschichte eingelassen und mutig „Desperate Angels“ und nun auch „Guardian Angels“ gekauft habt, obwohl man vorher noch nie von E. M. Ross gehört hat.

Ich möchte meinen lieben Freunden danken, die mich tatkräftig mit „Desperate Angels“ unterstützt haben. Nur dadurch ist dieser zweite Teil überhaupt möglich geworden:

Meinen beiden Heidschnucken Nati und Gabi, der göttlichen Marion, Anke und Sabine, Sabine S., Adi, Beate, Heike und Franjo, Corina, Maria K., Rollo und Max, Ralf und Silke, Thomas und Angi, Roman, Jane, Frank S., Martin, Ille, Michael,

Thomas G., Anette, Susanne und Torsten, Hisham und allen anderen, die so selbstlos die Lawine ins Rollen gebracht haben.

Und natürlich allen Lesern, die sich die Zeit genommen haben, Rezensionen zu schreiben!

Besonderen Dank an den MEDU Verlag, Special Agent Fee Heitland, Verena Brennig, Stefan Fassel-Wenz und nicht zu vergessen meinen wunderbaren Mentor Stephan Schwammel (diesmal mit ph!).

E. M. Ross, Oktober 2012

Verpassen Sie nicht den ersten Band der Reihe
um Nate Caim und Catherine Kampell:

Drei tote Teenager in Virginia: blutjung, superreich und unschuldig. Man findet jedes der ermordeten Mädchen arrangiert als Engel in weißem Rüschenkleid mit betenden Händen, einem Engelsflügeltattoo – und Sperma. Die Spezialeinheit des FBI rekrutiert den jungen Agenten Nathaniel Caim, der die Sonderkommission „Angel" als Profiler unterstützen soll. Als er undercover mit seiner abgebrühten Partnerin Tandra Romano okkulte Sekten infiltriert, fängt unerwartet für ihn selbst ein abartiger Albtraum an: Tandra wird während eines Rituals brutal vor seinen Augen abgeschlachtet, Nathaniel hält man anschließend monatelang in einer winzigen Zelle in Dunkelhaft, er wird allabendlich tätowiert und vergewaltigt. Knapp mit dem Leben entkommen, doch psychisch wie physisch fürs Leben gezeichnet, muss er bald feststellen, dass er eine Art Galionsfigur der Sekte – der Desperate Angels – geworden ist. Trotz neuer Identität und Zeugenschutzprogramm heften sich ihm die Desperate Angels und, wie es scheint, auch noch andere Mächte erneut an die Fersen. Der unfassbare Albtraum seines Lebens geht gnadenlos weiter …